教育部人文社会科学研究规划基金项目
《中国智慧美学的世界视域会通研究》成果
（项目编号12YJA751018）

ZHONGGUO SHUQING MEIXUE LUNYAO

中国抒情美学论要

郭昭第　著

人民出版社

责任编辑:李之美

图书在版编目(CIP)数据

中国抒情美学论要/郭昭第 著. -北京:人民出版社,2013.4
ISBN 978-7-01-011697-6

Ⅰ.①中… Ⅱ.①郭… Ⅲ.①文学美学-研究-中国 Ⅳ.①I206

中国版本图书馆 CIP 数据核字(2013)第 022189 号

中国抒情美学论要

ZHONGGUO SHUQING MEIXUE LUNYAO

郭昭第 著

人民出版社 出版发行
(100706 北京市东城区隆福寺街 99 号)

环球印刷(北京)有限公司印刷 新华书店经销

2013 年 4 月第 1 版 2013 年 4 月北京第 1 次印刷
开本:710 毫米×1000 毫米 1/16 印张:22.25
字数:300 千字 印数:0,001-3,000 册

ISBN 978-7-01-011697-6 定价:49.00 元

邮购地址 100706 北京市东城区隆福寺街 99 号
人民东方图书销售中心 电话 (010)65250042 65289539

目　录

第二编　中国抒情的创作传统与美学阐释

第三编　中国抒情的文本传统与美学阐释

第四编 中国抒情的阅读传统与美学阐释

绪　论

中国是一个有着非常鲜明而且悠久的抒情传统的国家。这不仅因为在中国文学中抒情文学一直占据主体地位，具有叙事文学性质的戏剧与小说相对晚熟，尤其小说直到近代以来才受到人们的普遍重视，直到 20 世纪才逐渐占据主体地位；而且因为即使具有叙事文学性质的戏剧和小说仍然在很大程度上具有抒情的成分，传统戏曲诗化的语言与传统章回小说穿插其中乃至交相呼应的诗歌，无不充分地彰显着抒情的性质和特点。所以抒情传统事实上占据着中国文学的主体地位。

中国文学有着鲜明的抒情传统，其原因可能是多方面的。但其中一个主要原因是中国有着世界上最为理性而且严格的礼教传统。这个礼教传统确实在历史上发挥过规范人们行为方式、维持社会正常秩序的功能。这个功能至今仍在发挥效用。而西方国家往往拥有可以净化心灵、维持社会正常秩序的宗教，而且相对民主的社会制度也为规范的法制赢得了成长空间，并且很大程度上维护了法律尊严的神圣不可侵犯。所有这些最终决定了西方社会常常借助内在的宗教观念与外在的法律制度相得益彰地维持社会正常秩序和人类作为人的尊严。中国自古没有发达的宗教传统，虽然也有人曾经将儒家和道家也分别称为儒教和道教，但事实上除了道家曾经具有一定的宗教性质之外，儒家很难讲是否构成一种宗教。而且即使后来发展成为宗教的道教也从来没有发展到受人们普遍信仰的国教程度，充其量也只是个别人修身养性、延年益寿、羽化成仙的工具，并不完全具有真正意义的宗教信仰性质。因为宗教往往有一定神灵崇拜和信仰，但道家经典如《道德经》并没有神灵观念，至于儒家虽然可能并不彻底否认神灵的存在，但也没有发展到崇拜乃至信仰的程度。而且作为道家创始人的老子和作为儒家创始人的孔子，都以不谈神灵作为有意无意的思想准则与生活原则，甚至不约而同地对圣人保持了极大的兴趣甚或崇拜。圣人虽然在老子和孔子的阐释中可能有着不尽相同的内涵，但都赋予了追求自我生命境界提升、能够与人类和自然界保持高度和谐的人间圣者角色，尤其赋予了高度尊重自然及其规律、与宇宙保持和谐一致的生命精神。这些人虽然后来也被一定程度神化，但并不构成宗教中的信仰对象。

对于一个缺乏一定宗教观念尤其法制意识的国家来说，采用礼教方式维持社会秩序是必要的。即使如此，礼教依靠伦理道德来维持社会秩序，本来就比依靠宗教和法律手段要软弱无力得多。因为宗教常常借助至高无上乃至神通广大的神灵的监督与惩罚来规范人们的心灵世界和行为方式，法律常常通过强大的国家机器以及肉体惩罚的方式达到维持社会正常秩序的目的，二者的珠联璧合，使其在净化人们心灵、维持社会正常秩序方面拥有了强大的内外结合的强制性震慑力量。唯独礼教之伦理道德约束常常来自良心，在很大程度上依赖于人们良心的自觉程度，力量极其微弱。所以，在缺乏宗教乃至法制的国度完全否定礼教显然有失草率。而且中国思想史出现的性善论或性恶论，事实上在否认人性的双重性的同时，也在一定程度上使宗教乃至法律丧失了更强有力的理论支持。与此相反，西方文化中古希腊文化与基督教文化的珠联璧合使其人性二元论的思想获得了普遍认同，使相当多的人模糊了人性善恶二元的观念到底源自古希腊还是源自基督教。但正是这种有史以来比较盛行的二元论观点在很大程度上强化了宗教尤其法律存在的合理性。人类是一种习惯于群居的政治性动物，正是由于这种群居的特性决定了必须借助一定手段才能达到维持社会秩序的目的。而且正是凭借伦理道德力量显示出区别于其他动物的特征，也赢得了作为人的基本尊严。如果一个人不讲求伦理道德,则无异于禽兽。但中国数千年的礼教尤其儒家礼教所形成的诸多烦琐的清规戒律,也确实在很大程度上束缚了人们的思想感情乃至创造力,明显不利于人们的个性发展以及创造力的充分发挥。这一点在中国数千年的历史发展过程中得到了充分证明。

在儒家学派中,虽然孟子很早就提出了尽性说,但这种尽性说并没有受到重视,至少没有被发展为政治乃至社会制度的立足点。虽然后来的禅宗将其与无二本性联系起来,赋予了很大程度的智慧性质,但充其量只是一种明心见性的脚注,至于后来的宋明理学虽然也极力张扬这种性,但更多赋予了天命的属性,不但没有发展成为一种个性发展的理论依据,反而成为扼杀天性乃至个性的理论阐释。尤其是不断得到强化的中央集权制与重视礼教传统观念的珠联璧合,更使其在很大程度上束缚和奴役了封建制度下人们的心灵世界。也许正是这种很大程度上以压制对立思想、对立情感、对立派别为特征,甚至在特定历史时期不惜施行暴力的极权政治,以其对礼教传统无以复加的利用,最终剥夺了古代人在日常生活中正常表达自己情感乃至思想的权利,这种被压抑的思想情感,便不得不通过其他方式得到宣泄。在诸多宣泄方式之中,唯独文学艺术具有可以在幻念中最大限度地满足日常生活中无法满足的愿望的性质,从而能够使作家最大限度地体会到生命的自由与解放,获得更多的成就感与幸福感。文学艺术具有认识和反映情感世界的整体性质,能够使作家被压抑情感思想在很大程度上获得尽可能全面的宣泄;文学还具有政治伦理道德的文饰性质,能够使作家最大限度地躲过伦理规范的监督和极权政治的压制,因此人们往往选择借助文学手段来宣泄思想情感。正是因为这个原因,使得抒情成为中国文学的传统,使许多并不热衷于文学、仅仅以文学作为排遣情绪、抒发情感的手段的人们具有了作家的名分。这虽然使中国文学抒情未能达到专业化乃至职业化程度,也没有能够形成鸿篇巨制,但为具有一定文化程度甚或文化程度并不高却有着强烈抒情愿望的人尽可能多地参与文学抒情,形成蔚为壮观的中国文学抒情传统创造了条件。所以中国古代社会很少有专业作家,更少有以文学作为职业的人，即使“奉旨填词”的柳永，显然也是由于皇帝对他不任用，不得已才进行文学抒情的。在中国文学抒情中，除了绝大多数民间抒情，可能源自原始本能和生理需要，体现出更多的原始、率真、裸露的抒情特色之外；绝大部分文人抒情主要还是宣泄仕途坎坷甚或怀才不遇的愤懑心情，即使有些貌似爱情诗，也很大程度上与作者的愤懑之情有着千丝万缕的联系，甚至是借助爱情的方式来曲折委婉地宣泄不满。即使真正意义的爱情题材抒情文学也常常建立在通过幻念满足其生活中无法实现的爱情愿望这一情感基础之上。所以说中国文学抒情传统大抵源于礼教传统与极权政治的压抑是不为过的。通过文学手段宣泄情感，显然更为明智，至少与哲学、科学、宗教等相比可以免受更多约束和压制，而且还能在幻念中使受压抑的情感获得一定程度释放，能够在心灵深处获得某种程度的自由与解放。这也是中国文学抒情传统常常将无所执著、心体无滞作为生命最高境界的标志的主要原因。尽管如此，文学抒情也不是绝对宽松和自由的，在极权政治的特定历史时期尤其文字狱时代，甚至可能有丧失性命的危险。但这并不能彻底削弱文学抒情传统，有时候反而助长文学抒情传统的曲折发展。一个不争的事实是，愈是受到礼教和极权政治压抑的时代，中国文学抒情传统获得文体突破的动力乃至创造空间愈大，严酷的礼教和极权政治压抑反而很大程度上刺激了文学抒情传统的强势发展。如汉武帝“罢黜百家，独尊儒术”的极权政治使汉赋和乐府格外发达，宋代理学的严酷压制使词更为兴盛，元代民族政策的残酷压抑使曲更为繁荣等，都在很大程度上彰显了这一历史规律。正是由于中国古代长期以来形成的严格礼教与严酷极权政治的双重压抑，使中国文人受压抑最严重，所以借助文学手段宣泄被压抑情感的欲望便愈强烈，宣泄情感所取得的成就也便愈突出，因此形成的中国文学抒情传统也往往最为独特、鲜明、悠久。相形之下，西方社会由于有着较为民主的政治制度和文化传统，许多情况下可以采取更直率、更快捷的手段直接实现各种生活愿望，甚至无须通过文学手段间接达到宣泄被压抑情感的目的，所以抒情在文学传统中反而并不占据重要地位。

中国文学有着悠久的抒情历史。从远古的抒情歌谣、民歌，到汉魏南北朝乐府、唐诗、宋词、元曲，无不洋溢着抒情韵味，与这种悠久而绵延不断的抒情传统相比，叙事传统显得略微逊色了些，既没有形成诸如《荷马史诗》、《人间喜剧》那样的宏大叙事巨制，也没有形成诸如亚里士多德《诗学》那样早熟而完善的叙事理论，更没有发展到现代经典叙事学那么严密而卓有成就的理论体系。但中国并不早熟的叙事传统，却使得中国文学叙事比西方叙事传统平添了更多抒情韵味，无论先秦诸子散文如《庄子》，还是历史散文如《左传》等，都饱含着强烈的抒情色彩，甚至在很大程度上体现了以抒情为原初动机或在原始动机中蕴涵着无法完全排除的抒情成分。至于其后的历史叙事如《史记》，虚构叙事如《西厢记》、《牡丹亭》，甚至《红楼梦》等仍然洋溢着强烈的抒情色彩，乃至成为中国文学叙事传统的最为鲜明而独特的风格。马克思指出："五官感觉的形成是迄今为止全部世界历史的产物。"①中国文学史在很大程度上就是中华民族五官感觉的发展史，同时也是五官感觉不断获得解放和自由的发展史，甚至也是五官感觉不断获得解放和自由的文学抒情史。因此，所谓中国文学传统在很大程度上其实就是中国文学的抒情传统。正是由于这一传统，不仅形成了中国文学最具特色的抒情文学，而且也在此基础上形成了中国文学最具特色的抒情理论。在这些抒情理论中，不乏《文赋》、《诗品》、《沧浪诗话》这样的专著，也不乏更多散见于其他文章中的论述。诸如浩如烟海的诗话、词话、曲话，甚至相当数量的戏曲、小说点评，乃至书札等无不蕴涵着抒情理论的丰富成就。这些理论虽然更多是零散的感性领悟，但正是这种零散的感性领悟才避免了西方抒情理论因为崇尚理性和体系而导致的缺憾。因为崇尚理性势必削弱乃至遮蔽抒情文学自身存在的非理性、无意识性的感性直觉及其快捷、真切、透彻的优势，因为追求系统性乃至体系化势必疏忽乃至缺失直觉感悟的随意、圆活与透辟。也许正是由于理性阐释与体系化追求，使得西方抒情理论在显示出严密的概念范畴与知识谱系的优势的同时，却丧失了中国文学抒情理论诸如直接快捷、真切透彻等优势。一个不容置疑的事实是，许多不能

① 《马克思恩格斯文集》第1卷，人民出版社2009年版，第191页。

用严密的概念范畴与知识谱系所表达的思想情感,恰恰能够用近似零散乃至感性的描述获得生动、准确和透辟的阐释。如果说西方文学理论中黑格尔美学的严密概念范畴与知识谱系,有着无以复加的理性哲学优势,那么尼采哲学却显示出无法掩盖的非理性哲学的光芒。中国文学抒情理论实际上就属于这种非理性性哲学的范畴,而且由于道家思想的早期成熟与佛教思想的后期介入,使得中国文学抒情理论在看似零散的感性描述中,甚至有着尼采非理性哲学甚或黑格尔理性哲学很少有的思想睿智与深刻。如果说西方哲学更多来自对客观规律乃至知识谱系的诉求,那么中国乃至东方哲学似乎更感兴趣于主观情感乃至生命体悟的传达。惟其如此,中国乃至东方哲学常常更多来自生命本体的感悟与体认,虽然没有十分严密的概念范畴与知识谱系,却有着更加灵活、更为圆熟、更为透彻的情感体验与生命智慧,甚至能够在极其寻常的事物中发现自然宇宙乃至生命本体的感悟。黑格尔虽然在许多方面否定了中国乃至东方,但在这一点上却肯定了东方,他说:"东方的意识方式比起西方的(希腊的是例外)就较适宜于诗。在东方,未经分裂的,固定的,统一的,有实体性的东西总是起着主导作用,这样一种观照方式本来就是最真纯的,尽管它还不具有理想的自由。"①正是由于中国乃至东方文化的这一传统决定了中国文学抒情传统有着独特的生命力。正是这些建立在中国乃至东方文化传统基础上的情感体验与生命智慧为中国文学抒情传统注入了无与伦比的思维方法和认知智慧。所谓中国文学抒情传统乃至文学史实际上是在中国乃至东方文化传统基础上所形成的关于生命的不断体验乃至感悟的历史,是不断超越二元论的知识判断,赢得"非二非不二"的不二论思维方式的自觉的历史,是不断寻求心体无滞乃至明白四达的生命智慧的历史。

与西方相继主张模仿论与表现论相比,中国文学抒情传统则更早提出了"诗言志"与"诗缘情"的理论主张,虽然这两种主张在后来的某些理论阐述中似乎表现出一定差异,乃至给人以"志"更多属理性而"情"更多属感性

---

① 黑格尔:《美学》第3卷(下),商务印书馆1981年版,第27页。

的印象。其实就文学本身而言,应该没有多大差异,至少都是主张表达作家思想情感的。即使这一分别阐释有些偏差,也至少表明了中国文学抒情传统对理性与感性的同等重视。虽然人们似乎更愿意接受"诗言志"及其理性成分,但事实上"诗缘情"却从来没有中断过。即使不能与"诗言志"同日而语,却总是以一种更加民间化的方式持续存在着,甚至在中国民间抒情中彰显着更加鲜明而丰富的优势和特色,乃至形成了中国文学抒情传统的一个主要特征。中国文学这一感性与理性基本同等重视的抒情传统,往往与中国文化传统有机融合,并以文化传统作为基质在中国文学史上获得了充分发展。虽然儒家、道家乃至佛教并不一定有着完全相同的情感论,但这些情感论无一例外地存在宽容意识。如果说儒家的宽容,还是有限度的,至少是建立在对诸如善与恶的一定程度分别的基础之上,那么道家的情感论则一视同仁,对人类与自然界一切事物,无论善恶、美丑都一视同仁,其襟怀的博大更加显而易见。至于佛教之凡圣廓然无别、佛与众生平等不二的思想似乎更张扬了周遍而平等的精神。正是由于这些襟怀博大的情感论,才使中国文学抒情传统拥有了无与伦比的广大和谐的生命精神与平等不二的生命智慧。如果说西方文学常常有着强烈的社会批判意识,总是表现出与社会和自然对立乃至对抗的情绪,中国文学抒情虽然也不乏这种社会批判意识,但并不总是以势不两立宣告结束,而是以类似大团圆之类的结局达到和解。这虽然并不表明中国社会就是和谐的,但也至少表明中国人是以人与自我、人与社会、人与自然的和谐作为最高生命理想的。不仅如此,中国文学抒情传统还热衷于人们生命境界的提升,甚至不约而同地勾画了大体一致的提升层级。如果说士人,就是能够通过修身养性而达到自我和谐生命境界的人,那么君子则常常能够在此基础上达到人与人、人与社会和谐的生命境界,而圣人更是在此基础上达到人与自然的和谐。这种人格理想的内在超越与提升所体现的并不仅仅是一种抒情理想,更是一种文化理想。正是这个抒情理想乃至文化理想奠定了中国文学抒情传统的思想基础。

不仅如此,中国抒情理论甚至涉及今天所谓文学活动的主要因素,涉及创作论、文本论、阅读论等各个方面。在创作论方面所提出的感物论、感兴论虽然分别类似于西方的模仿论和表现论,但有着不同于它们的理论品格。因为模仿论和表现论总是存在顾此失彼的缺憾,不是因为强调客体而忽视主体,就是因为强调主体而忽视客体。但中国文化传统尤其道家和佛教文化传统决定了中国文化传统从来没有简单乃至武断的主客体划分,所以也就避免了西方模仿论和表现论因为执著于主客体二元论而导致的缺憾,以及对技巧与灵感等方面顾此失彼的思维逻辑与理论偏颇。中国文学抒情传统之情景交融思想事实上就是以诸如天人合一乃至人与万物为一体的思想作为基础的,这就决定了中国文学抒情传统常常比西方文学抒情能够更充分、更全面地展示人与自我、人与社会和人与自然的和谐关系。广大和谐的生命精神其实是中国文学抒情的基本内容。虽然由此而形成的诸如比与兴可能在外在形态方面存在一定差异,或重视外在客观存在物的比喻,或重视内在主观情感的书写,但都没有发展到肯定一者就必得否定另一者的地步,而且许多方面还息息相通、相得益彰。在中国文学抒情传统中,也许最独特的是妙悟论,妙悟论往往要求超越文字乃至常理达到对自身无二本性的顿然体悟,这是习惯于用语言表达情感,而且过分依靠逻辑推理和二元论思维模式的西方文学理论所难以理解的。也正是凭借这一点,使中国文学抒情传统有了西方文学所没有的广大和谐的生命精神和平等不二的生命智慧。

用西方文学理论阐述中国文学,也许最为无能为力甚至一筹莫展的,就是对中国文学艺术精神无法进行恰切而透辟的理论概括与阐述。因为诸如模仿论及其变体的再现论、反映论、超越论、否定论,及作为表现论及其变体的投射论、宣泄论、展示论等,事实上都因为执著于客体与主体的二元对立,无法卓有成效地阐释中国文学抒情传统的根本精神。如模仿论强调模仿客体必须达到细节真实甚或历史真实等理论主张,充其量只能对中国文学惟妙惟肖之物境有所阐述,而表现论强调表达主体的强烈情感与心灵活动的理论主张,也只能用来评析中国文学之真挚感人的情境,这两种理论对真正最透彻、最深邃、同时也最具特色的意境显然无能为力。因为意境作为中国文学抒情之最高境界,以所谓物境和情境为基础,但仅仅拥有物境或情境是无法最终形成意境的。即使 20 世纪以来西方文学理论所热衷的主体间性论虽然在很大程度上弥补了模仿论与表现论的缺憾，事实上仍然未能彻底解决二元论思维方式和文化传统的致命弱点。因为中国文学抒情的意境事实上是建立在诸如主客体平等不二的思维基础上的，是西方所谓互为主体性、互为客体性理论所无法简单概括的，是以对主体与客体、情与景、虚与实不加分别与取舍，乃至以“非二非不二”作为基本特征的。意境作为中国文学抒情追求的最高境界，同时也是中国文学艺术精神的最典型的体现形式。这不仅因为中国意境理论实际上是对中国文学艺术精神最富于成就的理论概括，是对中国文学艺术精神的最为自觉同时也最具智慧的理论概括；而且因为中国意境理论其实是中国文化传统之儒释道文化高度融合统一所形成的最高理论成果之一。其中所谓情景交融的特点，事实上主要是以儒家天人合一思想为基础并兼容了道家道通为一乃至佛教人与万物为一体的思想而形成的；虚实相生的特点更是以道家有无相生的思想为基础并兼容了儒家言近旨远尤其佛教色不异空、空不异色等思想而形成的；至于韵味无穷，是以禅宗不立文字作为基础并兼容儒家、道家言不尽意思想而形成的。虽然中国文学理论可能有很多理论范畴，但似乎很少有比意境更能概括中国文学艺术精神的了，即使如所谓气韵生动等事实上也可以包含在意境范畴之中。用西方文学理论阐释中国文学，最大的失败就是对意境的置若罔闻与无可奈何。我们甚至可以并不十分不恰当地指出，不以意境理论作为基础的文学理论至少对中国文学艺术是没有发言权的。近年来出现的愈益缺失独立审美感受力的态势，很可能便与中国文学意境理论及其感悟方式的缺失有关。

西方人习惯于用英伽登的理论来阐述文学文本的层次，某些中国学者似乎如获至宝。其实源于中国《周易》时代的言象意哲学阐释，如《周易·系辞传上》所谓“书不尽言，言不尽意”、“圣人立象以尽意”，以及王弼《周易略例》，尤其白居易将诗歌的声律、物象、意格分别喻为窍、骨、髓等生命存在物的阐释，实际上比苏珊·朗格等将艺术作品看成情感的生命形式，更超前更成熟，甚至有将英伽登与苏珊·朗格理论融为一体的襟怀与胆识。也许关于文学抒情文本最富有成就的理论贡献还在于对情感元素及其所构成的浑圆结构的理论概括方面。西方发达的叙事文学造就了西方发达的叙事理论，乃至早熟的叙事学，使得中国文学理论显得有些逊色，甚至至今也未能形成与西方叙事学相媲美的中国叙事学。虽然现在已有以“中国叙事学”命名的专著，但是真正属于中国叙事学，能够展现中国叙事文学特点的理论至今还没有出现，至少没有取得令人瞩目的成就。但中国早熟的抒情理论却成功地弥补了这一缺憾，而且形成了西方无法比拟的理论。如果说格雷马斯对语义方阵的描述成功概括了叙事结构的特征，那么中国抒情理论关于浑圆结构的阐述至少成功概括了中国文学抒情结构的特点。中国文学抒情结构，由表及里依次体现为文字、语句乃至篇章结构的浑圆，情感及其物象乃至气韵的浑圆，以及情理、事理乃至理趣的浑圆。小至每一个情感元素，大至整个抒情文本，事实上都是由不同层次的圆成自足的情感元素所构成的圆满自足的浑圆结构。更有意义的是，这一理论的形成建立在对自然界小至颗粒物，大到宇宙天体等一切存在物都是浑圆结构的认识的基础之上，甚至可以说是“道法自然”的主要成果。这是中国文学抒情传统给予人类抒情理论的最别具一格的贡献。因为它所体现的不仅是抒情结构的基本特征，而且是宇宙万物生命结构的基本形式。也许习惯于将人与自然对立起来的西方人也能够从圆的结构中找到一定自然乃至客观规律，但不可能与存在物的生命结构有机联系起来，更不会赋予其生命的圆成与圆满之类的意义。因为在西方人看来，对自然乃至客观规律的阐释一旦受到主观成分的侵入和干扰，就一定是不科学的、不客观的。在中国文化传统看来，生命的圆成应该不是十字架式的对外四面扩张，而是太极图式的阴阳消长乃至循环往复，以至无穷。所以中国文学抒情的浑圆结构根本上就是由诸如阳刚与阴柔之气连同其所派生的肯定情感与否定情感等所构成的彼此消长乃至循环往复的结构。这种结构的根本点不在于对物象、情感、气韵乃至理趣的分别与取舍，而在于对诸多看似矛盾对立因素的不加执著与取舍所体现的心体无滞、通达无碍，这才是中国文学抒情传统的灵魂。

虽然近年来似乎流行着一种观念，以为教育的终极目的就是训练乃至获得以后生活工作所需要的某些技术和知识。其实智慧也许比技术乃至知识更重要、更关键。因为技术乃至知识常常执著于二元论思维方式，对事物必定有所分别与取舍，必然导致有所知有所不知的缺憾；智慧却由于并不执著于二元论思维方式，甚至也不执著于不二论思维方式，常常对事物不加分别与取舍，乃至有着“非二非不二”的认知智慧，所以往往不会导致有所知而有所不知的缺憾，甚至可能因为有着“非二非不二”的认知智慧而具有无知而无所不知的优势。而且技术和知识与智慧的终极目的也有所区别。如果说技术的终极目的是能工巧匠，知识的终极目的是专家学者，那么智慧的终极目标却不是能工巧匠，也不是专家学者，而是超凡脱俗的圣人。于是技术和知识可能仅仅对从事特定专业或职业的人才有用，一旦离开这种专业或职业可能变得百无一用，而智慧对任何人、任何专业和职业都普遍有效。比较而言，技术比知识似乎更加狭隘，如果知识有所知有所不知，那么技术可能就是只知其一不知其二。这样阐述似乎有将技术和知识与智慧对立起来区别对待的嫌疑，也有可能使人们陷入另一层次的二元论思维模式的束缚之中。其实这里所要表达的是，技术、知识与智慧似乎有所分别，作为其思维基础的二元论思维方式与不二论思维方式也似乎有所分别，其实技术和知识的最高境界同样应该是智慧。如果深谙某些技术和知识，能够触类旁通，真正体悟到无所执著、无所分别的不二本心，同样能够达到心体无滞、明白四达的智慧境界。真正的智慧实际上是无所执著、无所分别的，既不执著于二元论，也不执著于不二论，甚至认为技术、知识与智慧、二元论与不二论非二非不二，有分别与无分别也是非二非不二的。因为无论执著于技术、知识及其二元论思维方式，还是执著于智慧及其不二论思维方式，都有可能因为执著而产生分别乃至取舍之心，都有可能导致有所知而有所不知的缺憾。

对于技术、知识和智慧，中国文学抒情传统虽然有着不同层次的分别阐释，但并不意味着存在厚此薄彼的分别与取舍之心。其实在中国文学抒情传统看来，无论技术、知识，还是智慧，在其最高境界都有可能达到智慧的高度。不仅中国许多文学抒情表达过这种识解，而且如庄子这个先秦诸子中最富于抒情风格的思想家也常常通过诸多生动形象的寓言恰到好处地阐述了这一思想。与西方文化传统崇尚专家学者有所不同，中国文化传统似乎更崇尚圣人。圣人区别于专家学者的一个根本特征，应该就是无所执著，无所分别与取舍，从而有着心体无滞乃至周遍无碍的生命智慧。孔子“毋意、毋必、毋固、毋我”（《论语·子罕》），老子“圣人无常心”（《道德经》第四十九章）等观点都集中阐述了圣人无所执著的生命智慧。但人们如果执著于这种无所执著的生命智慧，同样可能陷入另一层次的分别和取舍，导致有所知而有所不知的缺憾，所以慧能所谓“无念”、“无相”、“无住”，其实既非执著于有念、有相、有住，也非执著于“无念”、“无相”、“无住”，而是于念无念、于相离相、于住离住，是“无念”、“无相”、“无住”与有念、有相、有住的“非二非不二”和平等不二。无所执著乃至通达无碍的圣人人格的普遍认同，不仅是中国文学抒情传统的最高生命理想，也是中国文化传统的最高生命理想。与此相反，由于专业化、学科化分工，使得许多专家学者只能术业有专攻，虽然在一定程度上减轻了人们的研究负担，似乎为人们的研究提供了方便快捷的道路，但是这种专业化、学科化却导致了只知其一不知其二乃至挂一漏万，甚或人格结构残缺不全的单向度的人，而且随着这种劳动分工的进一步细化，这种片面化乃至单向度化趋势，知识结构甚或人格结构残缺不全的趋势必然日益严重。诸如马克思、卢卡奇、马尔库斯等人对此有着精辟论述，事实也表明许多建立在劳动乃至专业学科分工基础上的所谓技术和知识，并不能够从根本上造就具有丰富、全面、深刻的完整的人，只能造就现代文明社会知识乃至人格结构残缺不全的野蛮人。其实中国文学抒情传统之最大优势是比西方文化更早认识到了这一现象，而且将无所执著乃至心体无滞、明白四达的圣人作为一切文学抒情的最高理想。因此，中国文学抒情之阅读传统的最大优势，就是能够凭借中国文学抒情传统之崇尚圣人的生命精神，达到生命解悟乃至心体无滞的圣人境界。所谓圣人境界其实就是“得至美而游乎至乐”（《庄子·田子方》）的境界。所谓至美，就是“备于天地之美”（《庄子·天下》），就是“淡然无极而众美从之”（《庄子·刻意》），就是囊括宇宙万物之美而无所遗漏；所谓至乐，就是“至乐无乐”（《庄子·至乐》）。可见真正的圣人境界其实就是并不执著于诸如美与丑、悲与乐之类的分别，就是无美无丑、无悲无乐。因为只有美丑、悲乐非二非不二，乃至了无所得，才可能真正无所执著乃至心体无滞。只有这种无所执著乃至心体无滞的智慧，才能在很大程度上造就具有丰富、全面和深刻的感觉的人，才能造就无所执著乃至心体无滞、明白四达的圣人。也许中国现代化进程中所付出的最大代价，就是用技术、知识取代了智慧，使西方文化传统没有圣人也不崇尚圣人的文明缺憾向中国社会大量蔓延，最终导致了中国社会的鄙俗化。

中国文学抒情的阅读传统也是有一定层次差异的。一般依次表现为文字训诂、形象阐释和生命解悟等三个不同层次。这些层次并不是不可逾越，而是可以攀援而上的。这种层次差异不仅是阅读的不同阶段和层级，更是思维发展，乃至生命境界提升的不同阶段和层级。第一阶段属于本质主义阶段，不仅相信世界上存在着真理，而且认为人类能够成功发现并阐述这些本质及其规律，对文学阅读来说就是相信文字有着确定无疑的意义，阅读的根本目的就是为了发现并阐释文字所承载的意义；到了第二阶段，进入反本质主义阶段，不再相信世界上存在着本质及其规律，认为人类不可能发现而只是发明某些本质及其规律，所以怀疑甚至否定一切本质及其规律存在的合法性，对文学阅读而言就是不再满足于第一段所获得的文字意义，往往试图通过怀疑和否定进行形象重构，乃至反对一切意义阐释；到了第三阶段，进入本质主义与反本质主义平等不二的境界，既不执著于本质主义，也不执著于反本质主义，对文学阅读而言也就是既不执著于第一段的文字阐释，也不执著于第二阶段的反对阐释，而是将阐释与反对阐释平等看待，乃至无所执著。只有达到第三阶段才有可能谈得上生命解悟。因为生命解悟的根本同样是无所执著、无所分别，而第一、第二阶段，显然有所执著与分别，只是这种执著与分别的对象有所不同，甚或截然相反，只有达到第三阶段才能真正无所执著与分别，也只有达到这一境界，才能真正心无挂碍、明白四达。这个心无挂碍、明白四达的境界，就是生命获得最大自由与解放的境界。

西方文化传统虽然也强调审美解放，但如黑格尔似乎对艺术的审美解放并不寄予更高希望。他认为："无论是就内容还是就形式来说，艺术都还不是心灵认识到它的真正旨趣的最高的绝对的方式"①。他还指出："美的艺术只是一个解放的阶段，而不是最高的解放本身。"②这也许是因为在黑格尔看来艺术最起码与哲学、宗教相比似乎并不是"认识绝对理念的最高方式"③。其后的卢卡奇、马尔库塞等虽然更加强调艺术的审美解放功能，而且将审美解放看成克服科学技术乃至西方发达工业文明所导致的片面发展和单向度的人的主要途径。这很大程度上只是对工人阶级武装反抗丧失信心之后的一种无可奈何的选择，而不是真正最有效的手段和途径，而且西方文化传统之所谓人的解放可能只是对绝对理念的一种认识或者感性的解放，中国文化传统中的所谓解放则可能才是一种真正的自由和解放。真正的自由解放不是对绝对理念的一种认识，因为执著于对绝对理念的认识同样可能由于有所执著而不能获得真正的心灵解放。中国文学抒情传统之审美解放，则是心灵的彻底解放，是心灵无所执著乃至心体无滞所获得的心灵乃至精神的真正自由解放。庄子所谓"得至美而游乎至乐，谓之至人"（《庄子·田子方》），不仅是中国文学抒情传统之最高理想，而且也是中国文化传统赋予至人乃至圣人的根本特征。徐复观对此有这样的看法，他说："至乐天乐的真实内容，乃是在使人的精神得到自由解放。"④事实上，追求生命的自由解放，不仅是中国文学抒情传统之终极目的，而且也是人类一切生命活动的终极目的。而无所执著、心体无滞显然是生命获得自由解放的根本原因。佛教甚至将破除诸如我执、法执和非法执等一切执著作为获得自由解放的根本途径，并为此设置了三个阶段或境界。第一阶段是破除我执，第二阶段显然就是破除法执，第三阶段才是破除非法执。审美乃至生命解放的根本就在于真正破除佛教所谓我执、法执、非法执，达到无法相、无非法相、无非非法相，乃至理事无碍、事事无碍的境界。

---

① 黑格尔：《美学》第1卷，商务印书馆1979年版，第13页。

② 黑格尔：《精神哲学》，人民出版社2006年版，第377页。

③ 黑格尔：《美学》第1卷，商务印书馆1979年版，第13页。

④ 徐复观：《中国艺术精神》，华东师范大学出版社2001年版，第36页。

中国文学抒情传统的价值和意义其实就是通过这种阅读达到生命解悟，从而实现审美乃至生命的自由解放。但这种解悟只是一种来自书本的间接经验，更高层次的觉悟应该是证悟。然而证悟也只是一种来自实践的直接经验，这种经验虽然较之间接经验似乎更为真切、深刻，但仍不是最高层次，仍属知识范畴。只有来自自我真如本性的自觉自悟，才因为更方便、更快捷、更透彻、更圆成而具有彻悟的性质，才可能是觉悟的最高层次。彻悟虽然可能受到来自书本的间接经验和来自实践的直接经验的启发，但这种启发根本上还得依赖自我真如本性的自觉自悟，否则就不可能成为真正意义的智慧。真正意义的智慧应该来自自我，来自自我的真如本性，来自自我对生来具有的未经后天教育所蒙蔽的无二之性的自悟自觉，也就是禅宗所谓明心见性。遗憾的是，现代教育往往片面夸大了向书本学习间接经验和向实践学习直接经验的价值和意义，而忽视了更有价值、更为根本的向自我学习的本性经验，忽视了对自我无二本性的自悟自觉。其实要实现人类生命的真正自由与解放，必须依靠这种自悟自觉。也许只有这种自悟自觉，才能真正彰显人之所以为人的丰富、全面、深刻的感觉，才能使人的生命获得真正的自由与解放。达到解悟阶段并不意味着获得了真正的生命智慧，充其量也只是获得了见诸文字的智慧，也许达到证悟阶段也只是获得见诸实践的智慧。只有达到彻悟阶段才可能获得真正源自自性的智慧。用佛教的观点来说，第一阶段所获得的只是文字般若，第二阶段所获得的也只是观照般若，只有第三阶段所获得的才是实相般若。因此所谓生命解悟阶段也可能只是一种获得文字般若的识解，只有循序渐进上升到证悟乃至彻悟阶段，才可能获得最为方便透彻圆融的智慧。但无论达到觉悟的哪个阶段，起码可以有效避免专业学科化所导致的单向度缺憾。

虽然中国文学抒情传统，在创作方面取到了丰硕成果，但也不是绝对没有缺憾，如宗白华所说："中国纯文学传统的中心是抒情文学：诗、词、曲。而长篇叙事诗足以代表一民族一时代之最深情感，理想，憧憬与生活经历者最为缺乏。古代神话传统的衰落或也是长篇叙事诗不发达之一原因。然而文学境界之不能波澜阔大，局促于抒情小品，这是我们文学急待补救的缺憾。”①在理论方面亦是如此，虽然有史以来的中国古代抒情学取得了丰硕成果，但很大程度上仍停留在诗话、词话和曲论的层次，仍有着零散、琐碎、感性等诸多缺陷，虽然20世纪许多学者尤其高友工、叶维廉等海外学者在体系化和学科化方面作了许多有益探索，但真正具有原创性的成果并不多见。高友工的《美典：中国文学研究论集》和叶维廉的《中国诗学》等在与西方文学抒情传统的比较中充分利用地缘优势成功发掘和阐释了许多并不曾受到人们关注的中国文学抒情传统，取得了举世瞩目的成就，但难免存在一些不尽如人意之处，如高友工的研究很有理论高度，也颇具体系化优势，但毕竟失于笼统、空泛、不具体，不能全面体现中国抒情文学的整体特征。叶维廉对个别问题的研究颇有见地，但失于零散，缺乏体系化建构。所以，能够最大限度发掘乃至整合中国文学抒情传统及其成果的真正意义的中国抒情学至今尚未真正形成。这也是我们进行中国抒情美学研究的原因所在。这并不意味着我们的阐述就是周遍无遗的，事实上许多研究还刚刚起步。不过我们相信，作为中国人，谁能够真正对中国文学抒情传统进行全面的理论概括，且能达到与西方叙事学同等的理论水平，那将必定是对中国乃至世界文学的一个伟大贡献。

① 宗白华：《〈沃富兰〉编辑后语》，载《宗白华全集》第2卷，安徽教育出版社1994年版，第297页。

第一编　中国抒情的文化传统与美学阐释

第一章　中国抒情的文学传统与美学表征

中国是一个有着抒情传统的国家。这不仅表现为作为文学抒情之最完善最便捷文体之诗歌最为早熟，持续时间最长、影响力最大，而且除诗歌之外的其他文体同样无一例外地受到了抒情的影响，并以强烈的情感意味见长。一个突出的表现形式是作为抒情之最集中形式的诗歌简直无孔不入，存在于一切文体之中。小说、戏剧乃至散文之中常常存在着诗歌，却很少发现在诗歌之中存在着小说、戏剧乃至散文，充其量只是在相当有限的程度上存在某些叙事乃至表象成分，使其在某种程度上具有一些小说、戏剧乃至散文的性质而已。这也许是因为中国长期以来受压抑极深，因而借助抒情排遣压抑的欲望最为强烈。但中国抒情却从来没有将宣泄乃至裸露所谓强烈情感作为基本使命，这反过来也印证了中国抒情受压抑程度之深。

第一节　中国抒情的理论传统与美学阐述

在中国文学理论之中，大概抒情理论最为早熟最为发达。中国抒情理论之最具代表性的就是所谓"诗言志"和"诗缘情"说，这几乎是整个中国文学理论之基石。这两个理论表面看来似乎有很大区别，主要是因为后来人们的阐释存在一定差异，事实上这两个理论本身并不存在巨大差异，至少没有西方文学理论之模仿论和表现论那么明显对立。

一、“诗言志”的美学阐述

“诗言志”是中国文学理论的最基本命题，在西方文学理论中只有模仿论可以比拟。也正是在这一点上中国文学理论与西方文学理论显示出根本差异。西方文学理论注重对客观存在的模仿，中国文学理论则注重对作家主体的表现。“诗言志”十分类似西方浪漫主义兴起之后逐渐占据主流地位的表现论。但西方表现论又往往强调情感乃至激情，在这一点上又类似于“诗缘情”，而不是“诗言志”。西方表现论不同于“诗言志”和“诗缘情”的基本特征在于强调诗人的创造性乃至天才的特征，中国抒情理论之“诗言志”和“诗缘情”则并不十分在意诗人的创造性乃至天才特征，更强调理想抱负以及思想感情等。

在中国文学理论史上，最早提出“诗言志”观点的是《尚书·尧典》：“诗言志，歌咏言。”此后这一理论不断受到人们的阐述和发挥。如《左传·襄公二十七年》亦有“诗以言志”，《庄子·天下》亦有“诗以道志”，《荀子·儒效》亦有“诗言是，其志也”之类的观点。所有这些阐述虽然在理论上似乎没有多大发展，但正是这种重复强调使其在中国文学理论史上成为占据主导地位的抒情理论。无论在文学理论史还是在人类文化发展史上真正发挥深刻影响的往往并不一定是真正有卓越创造性的观点，而恰恰是经过多次重复被人们长久记住的观点。所谓“诗言志”本身还存在歧义性：这里所谓的“诗”，是普泛意义的诗歌，还是特定意义的《诗经》本身难以清楚辨别。但无论泛指所有诗歌，还是特指《诗经》，都凭借其特殊影响成为中国抒情理论的奠基性观点，成为中国文学理论史上最具影响力的理论观点。这种理论观点不仅构成中国文学理论的思想基础，甚至数千年的文学创作也未能彻底摆脱其约束。

对“诗言志”之所谓“志”的阐释历来存在更大分歧：一种看法认为“意志”，这就使其具有了原始力量乃至生命本能的性质，但这种生命本能不是西方文学理论所谓无意识的生命本能，而是更具理性色彩或理性与感性并重的生命精神；一种看法认为指“情感”，实际上具有更多非理性乃至感性成分；一种看法认为既包括意志等理性的思想认识，同时也包括非理性乃至感性的情感。认为所谓“诗言志”指意志，主要是孔颖达，他认为诗言人之志意，有所谓：“诗者，人志意之所之适也。虽有所适，犹未发口，蕴藏在心，谓之为志。发见于言，乃名为诗。”①认为所谓“诗言志”主要言情，如所谓“今夫《雅》、《颂》之声，皆发于词，本于情”（《淮南子·泰族训》），“六经皆以情教也”②。最为妥当的说法应该是情志合一，如《毛诗序》有云：“诗者，志之所之也。在心为志，发言为诗。情动于中而形于言”，“发乎情，止乎礼义”③。这实际上指出所谓“志”是发端于情的，但是受到礼义的约束，因此便兼备了非理性与理性的特征。刘勰所谓：“人禀七情，应物斯感；感物吟志，莫非自然。”（《文心雕龙·明诗》）事实上也肯定了非理性的情感与理性的意志之不可分离的特征。

以上三种观点虽然有一定差异，但更多强调了情感的重要性。这种情感可能更多具有非理性性质，或者兼备与情感有千丝万缕的联系的理性因素。可见虽然对“诗言志”可能存在诸多并不完全相同的阐释，但基本上都倾向于抒情，而且既强调情感，同时也强调这种情感必须受到理性的约束。这种抒情理论其实与主张“一首好诗都是强烈情感的自然流露”的华兹华斯的观点基本相同，因为华兹华斯同样强调“持续不断的感情流溢要受到思想的修正与指引”④。只是西方诗歌抒情受到的思想修正与约束事实上远远没有达到中国诗歌抒情的程度。所以中国文学抒情虽然长期以来占据主体地位，并且构成了中国文学的主要传统，但很大程度上由于受到礼义之类的理性约束而具有更多理性乃至道德的成分。

---

① 《诗大序正义》，载郭绍虞：《中国历代文论选》第1册，上海古籍出版社1979年版，第5页。

② 《情史类略序》，载《情史类略》，岳麓书社1984年版，第3页。

③ 《毛诗序》，载郭绍虞：《中国历代文论选》第1册，上海古籍出版社1979年版，第63页。

④ 华兹华斯：《抒情歌谣集前言》，载塞尔登：《文学批评理论》，北京大学出版社2000年版，第183页。

歌德对此有深刻认识。他说:“中国人在思想、行为和情感方面几乎和我们一样,使我们很快就感到他们是我们的同类人,只是在他们那里一切都比我们这里更明朗,更纯洁,也更合乎道德。在他们那里,一切都是可以理解的,平易近人的,没有强烈的情欲和飞腾动荡的诗兴。”①即使有许多民间诗歌在很大程度上超越了这一束缚,但最终在儒家礼乐文化的阐释乃至张扬之中仍然被赋予了诸多理性的成分。倒是西方那些热情大胆的爱情诗似乎显示了更加无拘无束的情感力度,致使有些抒情可能蕴涵着某些情欲冲动乃至原始本能的报复性质。一个突出的例子是西方诗歌往往存在诸如波德莱尔《恶之花》的抒情模式,这并不是说波德莱尔的抒情具有完全非理性的成分,但即使这种抒情在中国文学中都是不可能真正出现的。后来的闻一多虽然模仿《恶之花》创作了一系列诗歌,这些诗歌甚至也确实在某种程度上借鉴了波德莱尔“以丑为美”的审美趣味,但闻一多诗歌其实与波德莱尔存在根本差异。波德莱尔诗歌更多出自对美丽女性的近似残酷甚至有些歹毒的报复,充其量只是将美丽女性作为一种恶的象征;但闻一多则有所不同,并不拘泥于儿女情长范畴的报复,而是赋予其更为鲜明的爱国主义情感,这种情感显然超越个体的局限性而具有更为博大的国家情怀,虽然也是对其所深爱的祖国的恶的一种揭示和暴露,但揭示和暴露的根本目的,不是张扬所谓“以丑为美”的审美趣味,而是为了祖国的繁荣富强。仅此就可以看出中国抒情传统之不同于西方的更为明朗和理性的精神。

这当然并不意味着中国诗歌抒情就全然没有这种热情大胆的抒情,只是诸如《关雎》之类的抒情诗往往被儒家赋予了更具权威性的理性诠释而不再具有那种热情奔放的情感罢了。也许更多的诗歌可能由于理性道德观念的约束被无情封杀于民间或诗人的心中了。中国抒情甚至被曹植判定为雕虫小技,至于那些抒发粗野奔放情感的抒情就更不能登大雅之堂了。如果说诸如《诗经》、《古诗十九首》、《乐府诗》乃至《玉台新咏》等一定程度上还存在这种情感,这种情感到后来由于诸多理性约束只能渐趋淡化,到宋代

① 爱克曼:《歌德谈话录》,人民文学出版社 1978 年版,第 112 页。

让位于受约束较少的词，当词也很大程度上受到束缚时就只能让位于相对宽松的曲，到曲也受到束缚时便只能寿终正寝。不过正是因为这种约束使得中国抒情更为悠久的理论传统往往具有更加理性和明朗的特征。这种传统甚至在某些色情小说诸如《金瓶梅》、《肉蒲团》之中也往往被贴上道德说教的标签。这不仅可能出自社会接受的考虑，也可能是所有中国作家自设的一种不可逾越的道德底线。

二、"诗缘情"的美学阐述

与"诗言志"比较起来，"诗缘情"更加明朗地强调了情感的重要性。也只有这种抒情理论才真正类似于西方诗歌抒情之表现论。在中国抒情理论发展史上，最早明确提出"缘情说"的是陆机，有所谓"诗缘情而绮靡"①，后来皎然也有所谓"缘境不尽曰情"②的附和，乃至后来还有汤显祖所谓"情生诗歌"③，王夫之"诗以道情"，④等说法。其实"诗缘情"的说法并不是从陆机才真正开始的，事实上在此前的诸如《国语・晋语五》等文化典籍之中都有所谓文章是情感的表现形式类似的说法，如："身为情，成于中。言，身之文也"，但这种抒情理论从一开始事实上并没有引起人们的高度重视，至少没有达到重视"诗言志"的程度。这主要因为"诗言志"受到儒家的重视，而儒家长期以来占据中国意识形态的统治地位，导致"诗缘情"被一直边缘化。在此期间，虽然有《淮南子》对《诗经》作了"诗缘情"观点的阐释，即所谓"《雅》、《颂》之声""本于情"（《淮南子・泰族训》）之类，但这种阐述产生的影响力并没有达到与儒家相媲美的程度。虽然王充也有"观文以知

① 陆机：《文赋》，载郭绍虞：《中国历代文论选》第1册，上海古籍出版社1979年版，第171页。

② 皎然：《诗式》，载北京大学哲学系美学教研室：《中国美学史资料选编》（上），中华书局1980年版，第285页。

③ 汤显祖：《玉茗堂文之四・耳伯麻姑游诗序》，载北京大学哲学系美学教研室：《中国美学史资料选编》（下），中华书局1980年版，第135页。

④ 王夫之：《古诗评选》，载北京大学哲学系美学教研室：《中国美学史资料选编》（下），中华书局1980年版，第280页。

情”(《论衡·佚文》)的观点,而且王充在新中国成立以来一直被作为唯物主义思想家受到褒扬,但这并没有能够改变他强调情感的观点同样遭冷遇的命运。惟其如此“诗缘情”较之“诗言志”在长期历史发展中所赢得的合法性乃至影响力极其微弱,不能与“诗言志”同日而语。这种情形在中国文学史上有普遍反映。正是因为《玉台新咏》和《花间集》之类比《文心雕龙》更重视抒情,所以在郭绍虞:《中国历代文论选》以及中国文学理论批评史乃至文学史中常常受到忽视甚或排斥。虽然《文心雕龙》也有“人禀七情,应物斯感,感物吟志,莫非自然”(《文心雕龙·明诗》)之类论述,但人们似乎更重视其中强调“诗言志”的《原道》、《征圣》、《宗经》诸篇。

虽然“诗缘情”与“诗言志”比较起来似乎更单纯而且明确地彰显了情感至高无上的价值和意义,并使其在某种意义上具有了与西方表现论基本相同的理论内涵,但这并不意味着中国“诗缘情”就与西方表现论完全相同。事实上“诗缘情”并不与西方表现论那样强调诗人的创造天才,而且更强调理性成分,这使其更趋同于“诗言志”,而不是更趋同于西方表现论。如白居易虽然强调情感的根本意义,但也强调其他因素与成分的重要性。如其所说:“感人心者,莫先乎情,莫始乎言,莫切乎声,莫深乎义。诗者,情根,苗言,华声,实义。”①白居易虽然强调情感,但也强调义,在情感中嵌入义的成分,使其“诗缘情”的观点在很大程度上与“诗言志”差别不大。正是“诗言志”与并不占据主体地位的“诗缘情”的水乳交融和珠联璧合,形成了中国抒情理论传统的基本观点。同时,中国抒情理论往往将具有感性特征的情与更具有理性特征的性相提并论,如王若虚有所谓:“哀乐之真,发乎情性,此诗之正理也。”②情性并提正是中国抒情理论并不片面强调其中之一,总使二者并存的传统体现。正是这种传统使得中国抒情在感性的情感中嵌入理性成分。真正单纯乃至纯粹的非理性抒情在中国抒情理论中其实

① 白居易:《与九元思书》,载郭绍虞:《中国历代文论选》第2册,上海古籍出版社1979年版,第96页。

② 王若虚:《滹南诗话》,载丁福保:《历代诗话续编》(上),中华书局1983年版,第512页。

并不存在。也正因为中国抒情总是嵌入理性成分，才没有使中国文学从总体上沦为低级下流的东西，从而对人类道德范式和社会秩序产生负面影响，也正因为这个原因，才不至于如西方文学那样，由于过多渲染非理性成分导致被柏拉图提出要将诗人从理想国中驱逐出去。

虽然“诗缘情”在中国抒情的理论传统之中并不占据主导地位，但它与“诗言志”的诸多共同点使其与“诗言志”一起影响了中国抒情文学的主流方向，并从根本上影响了中国文学艺术的发展方向，使得抒情文学总是发达于叙事文学，成为中国文学艺术显而易见的民族传统。人们对中国文学抒情传统的认识应该是比较到位的。王文生将情味作为中国美学传统，认为“将美感与味觉联系起来，是中国美学的传统，却是西方美学的大忌”①他的观点并不一定十分正确，至少没有全面揭示中国智慧美学传统。虽然抒情是中国文学艺术最具影响力的传统，但并不能因此将其作为中国美学传统的根本精神。因为中国美学常常蕴涵多方面的文化传统，特别应该关涉哲学传统。特别是真正能够体现中国哲学不同于西方哲学的根本精神在于，西方哲学仅仅是知识论哲学，建立在二元论思维基础之上，崇尚有所肯定也有所否定，有所选择也有所舍弃的思维模式；中国乃至东方哲学则并不执著于二元论思维模式，常常将不二论作为思维基础，推崇无所肯定也无所否定，无所选择也无所舍弃的思维品质，所以归根结蒂是智慧哲学。西方哲学至今未能成功达到智慧哲学的高度，虽然苏格拉底曾经有过这方面的努力，但这种努力并没有被柏拉图和亚里士多德继承下来，因此未能成为西方哲学的根本精神和传统。在美学方面同样如此。真正体现中国美学不同于西方美学的根本精神在于，中国美学是智慧美学，或者如老庄道家主张美丑齐物等观，或者如吉藏主张美与丑“非二非不二”（《大乘玄论》卷一），而西方美学作为知识美学，更斤斤计较于美与丑的诸多形式方面的分别，或者强调和谐与对称，或者强调愉悦与快感，往往因为执著于一种美而否定了一种

① 王文生：《中国美学史——情味论的历史发展》（上），上海文艺出版社 2008 年版，第 4 页。

美，总是由于有所执著而陷入片面和狭隘。不过王文生对中国文学艺术传统的概括还是比较恰当的。他这样描述道："三千年的中国文艺传统是现存于世持续时间最长，内容最为丰富，且具有突出民族特点的文艺传统。它像一条滔滔长河，由抒情文学开其源，主其流，引导着它的发展方向。"他还指出："只有'情味'，既鲜明地标示抒情文学的本质，又包含其影响，是全面而准确地概括抒情文学美感作用的义界。情味是中国抒情文学的美感和价值。它培养了中国人的审美习惯。这种习惯转过来要求叙事文学、音乐绘画等各个领域的作者在他们的创作中以具有情味为高格。情味也就成了引导中国文艺发展的方向和中国美学研究的核心。"①。虽然王文生并未揭示出中国美学的根本精神，但他关于中国文学艺术注重情味传统的阐释，却较恰当地揭示出抒情在中国文学艺术发展史的崇高地位。

高友工对中国抒情传统的认识更别具慧眼。他对以诗歌为代表的中国抒情传统进行了颇有见地的阐述："所谓抒情传统只是艺术传统中的一个源流，但却是一个绵延不断支脉密布的主流。虽然有其他的传统与之争锋，但直迄今日仍然壮大。也许这是由于它正体现了我们文化中的一个意识形态或文化理想。至少可以说它透露了一套很具体的价值体系，触及了文化的根本。"②虽然对整个世界文化来说，也许抒情传统可能只是一个旁流支脉，但有时却确实能够蔚为主流，在中国文化中尤其如此，它毋庸置疑地成为中国文化传统之最有影响力的主脉。虽然中国文化并不都体现为抒情，但大多数以其为基础。甚至可以说，虽然并不是所有中国文化都抒情，但没有哪一种中国文化传统能够真正摆脱抒情，在中国文学艺术方面更是如此。虽然中国文学体裁多种多样，但无论小说、散文、戏剧，还是诗歌都直接或间接地表达了抒情的需要与宗旨。即使后来所谓"文以载道"、"文以明道"之类的学说，貌似强调了理性的道，但也未能彻底摆脱抒情的成分。至于司马

① 王文生：《中国美学史——情味论的历史发展》（上），上海文艺出版社 2008 年版，第 2—4 页。

② 高友工：《中国文化史中的抒情传统》，载《美典：中国文学研究论集》，生活·读书·新知三联书店 2008 年版，第 90 页。

迁“发愤著书说”,韩愈“不平则鸣说”,乃至刘鹗“哭泣说”等,都一脉相承地体现了这一传统,并且普遍地存在于中国文学抒情的一切体裁创作理论之中。

第二节　中国抒情的创作传统与美学表征

中国抒情传统不仅体现在理论阐述之中,更表现在文学艺术创作的实践之中。无可否认,任何文学艺术都有彰显抒情传统的功能,但不是所有文学艺术都能够达到相同的抒情效果。这里有一个事实,就是越接近于音乐的艺术形式越具有抒情的功能,越能够将抒情功能发挥至极致。即在所有艺术形式之中,音乐是最富于抒情功能的艺术形式,而在所有文学形式之中,诗歌显然最富于抒情功能。

一、中国文学抒情的诗歌形式

诗歌尤其抒情诗在中国文学抒情传统之中具有无与伦比的崇高地位。它不仅是形成其他文学形式抒情传统的基础,而且是推动其他文学形式抒情传统达到顶峰的根本动力。中国文学抒情发端于诗歌,并通过诗歌达到抒情顶峰而且全面彰显着抒情的风格。对比王文生有这样的描述:“中国文学艺术发轫于抒情的诗。在后来的发展中,始终以抒情文学为主导,以抒情扩大到其他文艺领域为特点。”①惟其如此抒情诗往往也是中国文学抒情传统的基本范式或最高标准。如高友工指出:“抒情诗的美学在中国传统中,确曾被普遍视为文学的最高价值所在。”②

在中国,诗歌不仅是最先诞生的文学抒情形式,而且在很大程度上构成了其他文学抒情形式的基础。在中国文学所有抒情形式中,没有比诗歌尤

① 王文生:《中国美学史——情味论的历史发展》(上),上海文艺出版社 2008 年版,第 12 页。

② 高友工:《中国叙述传统中的抒情境界》,载高友工:《美典:中国文学研究论集》,生活·读书·新知三联书店 2008 年版,第 295 页。

其抒情诗更纯粹更富于黏合性的了。诗歌富于想象的特点使庄子散文很早就具有了自由的逍遥精神与诗意化的人生境相,这种抒情诗对散文的不断渗入,最终使其在汉代发展为赋。后来进一步散体化,但长于抒情的传统并没有受到削弱,而且演变为愈来愈成熟的抒情散文,诞生了中国唐宋八大家,形成了中国文学抒情绵延不断的潮流;而诗歌对戏剧的渗入更是成就了戏剧的辉煌,甚至可以说,在中国戏剧没有引入西方话剧之前,几乎所有戏剧形式都是诗剧,无论元杂剧,还是明清传奇剧,无论京剧,还是越剧、黄梅戏、秦腔等地方戏曲剧种无不体现着这一特点;小说显然以叙事为基础,似乎与诗歌风马牛不相及,在西方文学也只是演变为诗体小说,在中国文学中则连体制宏大的诗体小说也没有真正形成,至少汉民族文学是如此,充其量也只发展成为长篇叙事诗,而且无论体制还是诞生的时间,都不能与荷马史诗相媲美。但中国抒情诗却能够与小说叙事天衣无缝地融合在一起,形成最具民族风格和精神的章回小说。这是中国小说抒情传统的典型形式:在中国章回小说叙事中穿插着大量抒情诗,将抒情诗与叙事文融为一体,不仅是塑造人物、推动情节发展的必然环节,而且是展示人物乃至叙述人思想情感的主要方式,更是点明主题、深化主题的不可替代的手段。正因为如此,在中国所有文学形式之中,无论诗歌、散文、戏剧,还是小说,较之西方文学都更具抒情传统。如果说西方文学以叙事文学乃至叙事美学见长,那么中国文学则无疑以抒情文学乃至抒情美学见长。抒情传统显然是中国文学传统之中最具生命力和影响力的传统,体现着中国文学传统的主流方向。

这主要因为诗歌是最富于抒情功能的文学形式。诗歌尤其抒情诗之所以在所有文学形式中独树一帜而且具有无与伦比的抒情功能,并不是哪一个民族特有的现象或精神,而是由诗歌自身的特点所决定的。瑞恰慈认为:“诗歌乃是情感语言的最高形式。”①如果说诗歌是文学抒情的最高形式,那么抒情诗更是诗歌抒情的最高形式。这是由抒情诗自身特点所决定的。如

① 瑞恰慈:《文学批评原理》,百花洲文艺出版社1992年版,第249页。

黑格尔指出:“诗不仅使心灵从情感中解放出来,而且就在情感本身里获得解放。”①中国文学抒情受到抒情普遍规律的制约,同样具有这样的抒情功能。但中国抒情传统却也存在着与西方乃至普遍抒情传统不大相同的特点,即越受到形式制约的诗歌形式越可能具有突出的抒情功能。这并不是说诗歌形式越受到限制便越具有抒情功能,而是越受到音乐形式的限制越具有抒情功能。例如,在中国诗歌的诸多形式中,词比诗更多受到音乐限制,曲比词更多受到音乐限制,而词的抒情功能明显突出于诗,曲的抒情功能明显突出于词。就中国诗歌抒情传统而言,诗乃至后来的格律诗的音节较之词缺少变化,对音乐的依赖也并不十分突出,因此其抒情功能也显得较为薄弱;但词尤其曲越来越依赖音乐的表演形式,且音节也更富于变化,所以其抒情的功能更突出。即便是诗,如果仅仅是单纯的诗歌,也许在抒情方面只能显示较为平面化的功能,如果一旦被谱为曲,其抒情功能的立体表现力就可能获得充分彰显。一个突出的例子是王立平的谱曲,使本来蕴涵着丰富抒情意味的《红楼梦》诗歌更加彰显出强大的抒情功能。

这就告诉人们一个普遍规律:在所有文学抒情之中,诗歌最具有抒情功能,但如果这种抒情在不同程度上依赖于音乐形式,其抒情功能将可能获得不同程度的彰显,而且越依赖于音乐形式,其抒情功能就越得到彰显。这与其说是由文学形式自身所决定的,不如说是由音乐形式所决定的。黑格尔这样描述道:“如果我们一般可以把美的领域中的活动看作一种灵魂的解放,而摆脱一切压抑和限制的过程,因为艺术通过供观照的形象可以缓和最酷烈的悲剧命运,使它成为欣赏的对象,那么,把这种自由推向最高峰的就是音乐了。”在黑格尔看来,“音乐方面的关于形式的规律性和必然性全都限于声音本身的范围里,而声音与它所含蓄的内容并不那么紧密地联系在一起,所以在声音的运用上,音乐家主体创作自由有尽量发挥作用的余

① 黑格尔:《美学》第3卷(下),商务印书馆1981年版,第188页。

地。”[①]中国抒情传统显著特点就是绝大多数明显依赖于音乐，因而也在很大程度上彰显了更突出的抒情功能。刘若愚的《中国诗学》认为中国抒情传统之根本在于汉语自身的特点，诸如汉字一字多义决定了比英文更简洁，更富于暗示性，汉字单音节与固定声调决定了中国诗歌比英文诗歌更强烈但也许更欠音乐性，汉语较少受到文法限制使其更便于表达普遍性感觉等[②]。这只是说对了一半。中国诗歌抒情传统之所以具有强烈情感，除了汉语自身的某些特点之外，更重要的是其对音乐的依赖性。很显然，任何文学抒情都建立在文学文本的基础之上，诗歌作为文学文本的一种形式理所当然由语言、形象和意义构成，而在语言层面，音律显然至关重要，它虽然不是最为根本的因素，但却是最为基本甚至决定文学抒情功能最终得以完全凸显的最关键原因。

声律虽然是诗歌抒情的表层特征，但却是至为关键的因素。过去一段时间人们总是倾向于认为较为严格乃至近乎刻板的格律缺乏自由度，可能在很大程度束缚人们的思维乃至自由创作。于是五四精英们几乎不约而同地将废除格律，破坏音乐性作为新诗革命的突破口。但诗歌发展的历史证明，这一尝试实际上是失败的。五四以来的白话文运动所受报复最为惨烈的是诗歌，诗歌之所以几乎遭到了彻底失败，最关键的原因就是无视汉语自身的语言特点，丧失了对音乐的依赖性。正如卡西尔所说：“字词的表达，通过语言符号的表现并不等同于抒情的表现。抒情诗中给我们印象最深的不仅是意思、词汇的抽象意义，而是音响、色彩、旋律、和谐；是语言的协调一致。”[③]诗歌的节奏、韵律乃至格律并不像五四精英们所认为的是完全僵死的、只能束缚人们思维乃至自由的因素，而可能有着并不为人们十分关注的自由因素。高友工这样论述道：“由于早期诗歌可能有极强的音乐成分（包括咏叹的朗诵调），音乐的成分名正言顺地控制了节奏的发展；这反而予语

① 黑格尔：《美学》第3卷（上），商务印书馆1981年版，第339页。

② 赵宪章：《二十世纪外国美学文艺学名著精义》，江苏文艺出版社1995年版，第154页。

③ 卡西尔：《语言与神话》，三联书店1988年版，第139页。

言的成分以相当的自由。"①高友工的反思是深刻的：看似最具束缚力的事物，如果熟能生巧则往往是最为自由的。五四精英们并没发现这里所潜藏的玄机，一味将废除格律乃至音乐性作为获得思维乃至抒情最大自由的突破口，结果只是赢得了表面的思想与抒情的自由与解放，却极其惨烈地削弱了诗歌自身的抒情功能，致使中国现代抒情未能产生真正能与古典诗相媲美的抒情诗。这种抒情传统的缺失，是中国新诗与古典诗抒情相比黯然失色的根本原因。

因此，真正的诗人尤其杰出的抒情诗人，并不固执己见地无视自身母语的民族特色乃至音乐性，盲目模仿本来并不属于自己民族的语言风格，更"尊重本民族语言独特的语音系统和形式，服从本民族语言的独特语音系统和形式方面存在的基本格局和规则，不能肆意创造一种仅仅属于自己的独特语音系统和形式，乃至语音格局和规则，但是这并不意味着作家只能屈从这种格局和规则，他们可以通过炉火纯青的驾御和统治，来使其为自己的文学创作服务"②。与中国现代诗歌抒情无视汉语语音系统和形式具有的审美因素和资源所导致的失败有所不同，一些真正杰出的作家从来没有忽视对语音系统和形式所具有的独特审美因素和资源的发掘和利用，创作出了真正堪称世界一流的文学作品。人们不难在但丁、莎士比亚、歌德和华兹华斯的每一首抒情诗里发现诗人能够将普通语言点石成金的天赋，似乎一切看似极其寻常的语言乃至音律，在他们的创作之中往往焕发出极其特殊的声音、无与伦比的节奏，以及令人难忘的韵律。这也是诸如陶渊明、王维之类的诗人之所以能够创作出最具影响力的中国诗歌的根本原因。这也说明最自由的抒情并不全然超越格律限制，往往能够在最恰当的限制与规范中游刃有余、炉火纯青地驾驭自己的情感并且达到抒情的目的。

---

① 高友工：《中国语言文字对诗歌的影响》，载高友工：《美典：中国文学研究论集》，生活·读书·新知三联书店 2008 年版，第 197 页。

② 郭昭第：《文学元素学：文学理论的超学科视域》，中国社会科学出版社 2006 年版，第 246 页。

二、中国文学抒情的历史轨迹

从中国文学抒情的历史轨迹看，中国文学抒情符合春生、夏长、秋收、冬藏的生命节律，大体体现为这样四个阶段：

第一阶段即中国文学抒情传统的生成期，也就是春生阶段，主要指先秦两汉时代。这一阶段在政治上经历了从远古时代到春秋战国乃至秦汉封建政权的确立，在思想上经历了春秋战国时代的百家争鸣，而渐趋儒家一统，初步形成了中国思想的基本范式。在文学上也初步形成了以《诗经》与《楚辞》为代表的中国诗歌抒情传统，以及以《庄子》、《史记》为代表的中国散文抒情传统。如果说《诗经》和《楚辞》奠定了中国文学抒情传统之直接抒情传统，那么《庄子》、《史记》等则奠定了中国文学抒情传统之间接抒情传统。前者主要通过直接方式来抒情，间接方式主要借助较为细腻的写景状物和略显粗略的叙事来抒情，后者主要通过说理尤其叙事来抒情，但无论说理还是叙事一般都点到为止，并不十分崇尚铺陈。这一时期的抒情无论细腻程度还是曲折程度都略显不足。往往以思想的深度和情感的真挚掩盖了抒情自身的微妙复杂。其中汉乐府诗和《古诗十九首》大概是这一时期文学抒情传统最典型的体现形式。

第二阶段即中国文学抒情传统的成长期，也就是夏长阶段，主要指魏晋南北朝隋唐时代。这一时期在政治上经历了魏晋南北朝的混乱与隋唐的一统，在思想上经历了汉以来佛教的传入以及与中国本土文化的融合，隋唐佛学尤其禅宗是这一融合的最高成就的体现。在文学上则经历了从魏晋南北朝民歌与建安文学向唐诗的演变过程。不过，魏晋南北朝民歌及建安文学只是丰富了抒情的内容，对抒情的文学形式的发展则似乎没有多大突破。真正使诗歌抒情传统臻于成熟的是唐诗。李白与杜甫分别在发挥诗人主体与张扬现实客体价值方面卓有建树，极大地丰富了诗歌的内容与形式。更伟大的贡献当属陶渊明与王维，李白和杜甫主要标志着中国文学抒情传统之形式的成熟与完善，陶渊明和王维则主要彰显了中国文学抒情传统之精神的成熟与完善。李白与杜甫的主要贡献则是极大地丰富和完善了中国诗歌抒情传统之浪漫主义与现实主义手法，而陶渊明和王维的重要贡献则是极大地彰显了中国文学抒情传统之意境精神，而意境精神显然能够更深层地切入中国文化的精髓。这一阶段的文学抒情在思想深度方面可能有些退化，至少在李白和杜甫那里体现了这一点，陶渊明和王维事实上也未能达到先秦诸子尤其老庄的深刻与洒脱，充其量只是借助诗歌抒情的形式完成了对儒、道、佛原创性思想的发挥。至于唐代散文之韩愈、柳宗元等事实上也缺乏思想原创性，虽然他们也曾试图在思想领域有所贡献，但并没有真正如愿以偿。如果我们不受狭隘文学观念的束缚，将魏晋玄学和隋唐佛学也包括在内，王弼、郭象尤其慧能的哲学智慧显然值得称道，尤其郭象的《庄子注》和主要记载慧能言行的《坛经》炉火纯青地张扬了中国哲学智慧之不二论思维方式和"非二非不二"的生命智慧，但王弼、郭象过分沉溺于经典阐释，慧能又不齿于著书立说，使文学抒情传统之思想深度有所欠缺，其真正意义的抒情风格显得有些支离破碎，甚至模糊不清。长期以来被人们誉为展现盛唐气象的唐诗，主要体现为几乎遍及社会各阶层的人都参与文学抒情，而且创作了为数极多的抒情诗。其作者队伍的普遍性和创作数量的多样性，都可能是中国文学抒情不可复得的繁荣景象，但这一时期的文学抒情主要还是集中在对社会问题的思考或对自我生命的关注方面，情感的微妙与曲折似乎并未得到彻底改观。

第三阶段即中国文学抒情传统的收获期，也就是秋收阶段，主要指宋元时代。这一阶段经历了五代十国的混乱，以及宋代由盛而衰，但到元代毕竟创造了中国历史上真正幅员辽阔的中华大帝国，在思想上，融合儒、释、道而形成了颇具气派的理学。不仅散文继续保持了唐代以来的文学抒情传统，渐趋成熟的宋元话本也明显比唐宋传奇对诗歌抒情传统采取了更加宽容的吸收态度，使其在很大程度上完成了小说的抒情传统建构乃至抒情倾向转变，为后来章回小说进一步继承中国文学抒情传统奠定了坚实基础。在诗歌抒情方面由于受文以载道或文以明道思想的极端影响，尤其南宋理学的深刻影响，使中国抒情传统明显遭遇了前所未有的挑战，致使一些颇有影响的诗人仅仅将诗歌作为抒写人生志向与生命体悟的工具，真正意义的抒情传统尤其情感的真挚、微妙和曲折都显得不尽如人意。正是由于这种变化，使得这一时期的诗人在某种程度上似乎放弃了诗歌抒情的传统，而改用词和曲作为抒情工具，使词和曲的抒情达到了前所未有的真挚、微妙、曲折，甚至深刻的高度，成为中国文学抒情传统所能够达到的极致。以苏轼、辛弃疾、柳永、李清照等为代表的中国诗人通过词这一文学艺术形式将抒发真挚、微妙、曲折的情感推到高峰，元散曲虽然可能在情感的真挚、微妙和曲折方面有些退化，但其对生命感悟的深刻却并不亚于宋词，而且有过之而无不及。这一时期所形成并趋于成熟的元杂剧更是在叙事与抒情的融合方面迈出了创造性的一步，情感的真挚、微妙、曲折乃至深刻的程度都是宋元话本所无法比拟的。应该说这一极高峰的形成是与音乐分不开的。音乐被广泛采用是宋元文学抒情传统达到极致的根本原因。正是这一原因使宋元文学抒情传统彰显出任何时代都无法企及的艺术感染力。无论词、散曲，还是杂剧，对音乐的依赖性都十分突出，甚至可以说是完全建立在音乐性的基础之上的。与唐诗比较而言，宋元诗歌抒情虽然存在一些不尽如人意的地方，但对生命感悟之深邃乃至哲理阐发又是唐诗所无法比拟的。如果我们把对生命的深切感悟同样视为一种抒情传统，那么这种抒情传统显然最深刻，最成熟。所有这些都从不同侧面显示了宋元文学抒情传统的鼎盛。

第四阶段即中国文学抒情传统的收藏期，也就是冬藏阶段，主要指明清时代。明清时代在政治上封建政权继续维持其存在，也出现过繁荣和鼎盛的局面，在思想上出现了王阳明的心学，较之前一阶段的程朱理学在形成国家意识形态方面表现出明显衰弱的趋势。如果说宋元，尤其南宋以后文学抒情传统的鼎盛得益于对理学这一国家意识形态的逆反作用，那么王阳明心学理所当然应该在很大程度上帮助文学抒情传统进一步得到发展，然而事实并非如此。这一时期的散文、诗歌尤其诗、词抒情并未形成更加良好的抒情传统，更多情况只是平稳延续而已。倒是明清传奇与小说在抒情传统方面呈现出进一步发展的趋势，无论情感的细腻、缠绵、微妙、复杂，还是深刻、曲折，都在很大程度上超过了前一阶段。《牡丹亭》、《红楼梦》分别是中国文学抒情传统之中戏剧和小说抒情的极致，但总体来说无论在对音乐的依赖性，还是抒情的内容与方法方面都没有特别突出的进步，基本处于收藏阶段。此后这种抒情传统到近代以来明显受到削弱，现代以来对反映论、经济决定论乃至政治标准的提倡，使这种削弱的趋势更加强化。

在高友工看来，中国诗歌抒情传统之最大遗憾也许在于未能有效融合其他艺术抒情而使自身的抒情传统获得壮大与发展，如其所说："唯一允许想象力自由的文学形式是抒情诗，其内在的意义肯定了本身的功能。同样；就某一意义而言，抒情诗未尝不可与我们企图在自传中捕捉的反省内观的一刹那相等同；但中国人对推论性语言的怀疑却阻止了除抒情诗外，任一企图表现此一情境的文学形式之发展。因此，原可轻易铸入抒情诗中的'传奇'和'自传性'的成分一直要到相当晚期方能发展成个别的文类。"①其实这恰是中国文学抒情之大幸。如果中国抒情诗真能如高友工所说最大限度地吸收诸如"传奇"、"自传"之类入诗，虽然可能产生诸如荷马史诗之类的史诗，其叙事功能可能得到凸显，但中国文学抒情传统受到削弱甚至消解将成为历史的必然。事实上，正因为中国抒情诗丧失了将"传奇"和"自传"之类的文学形式入诗的功能，才使其最大限度保留了抒情诗的纯洁与独立，才使其对其他文学形式拥有了无以复加的黏合力，才使其在最大限度铸入其他文学形式的过程中，卓有成效地推广和彰显了中国文学抒情传统，使中国文学诸多形式几乎无一例外地拥有了抒情功能。如果说形形色色的中国文学乃至艺术有着相同传统与风格，这一传统与风格必然地体现为抒情传统与风格。王文生这样描述道："中国各种形式的文艺，有彼此相通的灵犀一点，那就是情味。它们的发展有共同的轨迹可寻，那就是朝着与抒情相结合的方向。"②正是由于中国诗歌抒情传统突出的黏合性使如散文、小说、戏剧，乃至绘画、书法等中国文学乃至艺术形式都具有了其他国家和民族所没有的抒情传统与艺术风格。这虽然使中国诗歌抒情传统丧失了博大精深的襟怀，却意外成就了中国文学艺术抒情传统的丰富多彩与博大精深，并且形

① 高友工：《中国叙述传统中的抒情境界》，载高友工：《美典：中国文学研究论集》，生活·读书·新知三联书店2008年版，第295页。

② 王文生：《中国美学史——情味论的历史发展》（上），上海文艺出版社2008年版，第10页。

成了中国文学艺术抒情传统之最为亮丽的风景线。我们可以这样概括:中国文学艺术是以抒情传统而拥有了其他国家和民族无法比拟的传统与风格的。强化抒情传统,意味着中国文学艺术民族精神的繁荣与发展,而消解抒情传统,就意味着中国文学艺术民族精神的消解与削弱。同时,中国文学艺术抒情传统在很大程度上是依赖于音乐性的。音乐性的消失,标志着中国文学抒情传统的消解,也同样意味着中国文学民族精神的消解;张扬音乐性,则标志着中国文学抒情传统的继承,同样也意味着中国文学民族精神的继承与发展。纵观中国文学抒情传统的历史发展,文学抒情越依赖音乐性,其抒情性越强,越疏离对音乐的依赖性,其抒情性就越遭到消解。越张扬音乐性乃至抒情性,文学抒情传统越获得继承,文学抒情所取得的成就便越突出,越消解音乐性乃至抒情性,文学抒情传统越遭到否定,文学抒情所取得的成就便越收效甚微。

这也许仅仅描述了中国文学抒情传统历史轨迹的形式变化,未能涉及更为深邃的内在变化。高友工有这样的阐述:"早期抒情传统因此普遍将感官之需减至最低,只取自然之中举手可得之物,甚至避免奇异的山水,以其不真,转而更重视单纯的田园景物(例如陶潜)。然则往后抒情诗之发展渐由禁欲主义走向最无抵抗的方向:感官享受被强化成美感经验的基础。于是,由有意识的节制感情(于一反省的脉络下)一转而为强调激情反应:此可由晚唐诗、南宋词与明曲得证。"①中国文学抒情传统在某种程度上的确存着文学抒情传统的审美经验不断扩展,不断从单纯自然山水审美扩大到日常生活之衣食住行等各个领域的现象。这种现象充分体现了审美经验的普泛化倾向,乃至人生的艺术化趋势,诸如《红楼梦》等将人们日常生活之饮食起居写得富有诗情画意,而且将诉诸动物性本能的宴饮与标志人类高级精神活动的文学艺术活动有机结合,使诉诸动物性本能的宴饮不再单纯具有动物性本能活动的性质,同时具有人类高级精神活动的性质。这也

① 高友工:《中国叙述传统中的抒情境界》,载高友工:《美典:中国文学研究论集》,生活·读书·新知三联书店 2008 年版,第 299 页。

是人类获得审美乃至生命的自由与解放的突出标志。倒是诸如《金瓶梅》对性生活的描写似乎只是揭示了人类动物性本能活动的真实世相。在马克思看来,如果人们从事只有人类才能进行的高级精神活动时感到不幸,却只有从事动物本能性活动时才感觉自己是真正自由的、幸福的、快乐的,那这个人必然是异化了的人,如果这个人将动物的本能活动作为生命活动的终极目的,他只能是堕落为动物意义上的人。中国文学抒情传统着眼于这种异化的宴饮等活动描写,事实上就是较早揭示人类异化的现象,达到与马克思基本相同的思想深度。中国文学抒情传统对诸如衣、食、住、行的关注并不开始于晚唐或者《金瓶梅》、《红楼梦》,在更早的《尚书》、《左传》、《诗经》之中就已经出现了关于宴饮的描写,而且总是与清明政治相提并论。或更具体地说,古代哲人们总是从看似极其平凡的宴饮之中体悟到治理国家的政治智慧,如《道德经》第六十章所谓"治大国若烹小鲜"之类的说法,甚至是高明的中国政治哲学智慧的体现。西方却只能通过罗兰·巴特对诸如牛排、葡萄酒乃至筷子的体悟而阐发了某些政治智慧。

中国文学抒情传统区别于西方抒情传统的一个特点,可能是西方抒情传统仅仅着眼于单纯情感的抒发,中国抒情传统却从来并不仅仅着眼于单纯抒情,总是要与其他诸如政治理想乃至智慧联系起来,这使其在一定程度上偏离了"诗缘情",而更趋近于"诗言志",但它确实构成了中国文学抒情传统的主要精神。诸如衣食住行方面的审美经验本来可能存在双重意义,由于人们的关注点不同表现出某些差异,这种差异可有着非常重要的价值和意义,至少彰显了中国抒情传统之基本内涵。虽然高友工关于抒情审美经验的描述并不一定全面而真实地揭示中国文学抒情传统演变的过程,但的确揭示了中国文学抒情传统内容越来越丰富多彩的事实,同时也可能是人们日常生活的丰富多彩本身成就了中国抒情传统日益丰富多彩的事实。

第二章　中国抒情的文化传统与美学智慧

所谓中国抒情传统从来并不仅仅是一种抒情传统，或者文学艺术传统，必然体现为一种文化传统，甚至是一定文化传统在文学这一特殊领域的体现。离开文化传统的文学传统是不存在的。抒情传统本身就是一种文化传统，是文化传统之最为独特的体现形式。中国抒情传统，作为中国文化传统在文学艺术领域的特殊体现，必然深刻地渗透着最为隐秘最为原始的文化内涵。

第一节　中国抒情的文化基础

中国抒情传统必然受到中国传统文化的深层影响，甚至可以说是中国文化传统发生作用的必然产物。如果说中国抒情传统典型地体现着中国文学艺术传统，那么这种传统必然深刻寄寓着中国儒、释、道文化的深刻影响。这种儒、释、道文化通过意识层面发生作用，甚至通过无意识层面发生作用，甚至可能成为中国抒情传统的集体无意识，成为整个民族数千年日积月累乃至潜移默化的原始情结，成为中国抒情的最原始也最深刻的动力。而且正是由于儒、释、道对作家并不完全相同的影响，最终使得中国文学抒情传统呈现出最为丰富的民族特色。

一、儒家情感论

在中国文化传统中，儒家有着无与伦比的影响力。甚至可以说儒家的情感论就是中国传统文化情感论，或者可以说是中国文化传统之占据统治地位的情感论。孔子的情感论是最为原始且最具影响力的情感论，他充分肯定情感的自然流露，并把憎爱分明的情感流露看成仁者的品质，如《论语·里仁》有所谓"惟仁者，能好人，能恶人"。这是因为仁者是爱人的，出自爱人之本心的一切爱与憎都合乎道德规范，而不是出自私心杂念。君子正是因为心怀道德规范和法律法规，所以他们无论喜爱还是憎恶都坦荡无私。孔子的这种情感论虽然其深层内涵仍然是道德规范，但还是充分肯定了建立在道德规范基础的情感流露的合理性。爱憎分明的情感流露实际上是符合原始儒家情感论的基本精神的。

受其影响，儒家情感论在后来的发展中，呈现出并不相同的两种趋势：一种肯定原始情感的自然流露，而且认为人类的原始情感本来是恶的，在礼乐制度的教化规范下，这种"恶"的情感能够转化为善。这种学说的代表人物荀子指出："目好色，耳好声，口好味，心好利，骨体肤里好愉佚，是皆生于人之情性者也，感而自然，不待事而后生之者也。夫感而不能然，必且待事而后然者，谓之生于伪。"（《荀子·性恶》）荀子这里只是说人类放纵情感所显现出来的只能是违背礼义的恶，所谓合乎礼义的情感其实是一种"人为"的结果。这表明人类的原始情感其实是恶的，而不是善的，这并不是要人类肆无忌惮地暴露这种本来性恶的原始情感。荀子的情感论虽然在伦理学层面还是主张善的情感，但至少在原始本性的角度肯定了性恶情感得以流露的真实性。另一种主张同样肯定原始情感的自然流露，但这种情感并不是恶，而是善的。孟子认为人皆有恻隐之心、羞恶之心、辞让之心和是非之心，如果人没有恻隐之心、羞恶之心、辞让之心和是非之心，就不是人。孟子说："恻隐之心，仁之端也；羞恶之心，义之端也；辞让之心，礼之端也；是非之心，智之端也。"（《孟子·公孙丑上》）孟子的这种情感论只表明人的情感只要自然流露，就必定合乎仁义礼智，所以是善的。按理来说，孟子的情感论较之荀子情感论更应该成为张扬情感自然流露的中国文学抒情传统的指导思想，而且无论哪一种思想都至少肯定了原始情感自然流露的可能性。但事实并非如此。孟子这种情感论后来被朱熹作了这样的阐释："恻隐、羞恶、辞让、是非，情也。仁、义、礼、智，性也。心，统性情者也。端，绪也。因其情之发，而性之本然可得而见，犹有物在中而绪见于外也。"①这就意味着原始性情必然受到心的统摄，并因此显现出善的特点。这实际上篡改了性本善的宗旨。

但后来儒家正统情感论恰恰以朱熹等人所提倡或赞同的观点为基础。这种正统情感论更加极端地强调了伦理基础的重要性。在《大学》看来，在人类最基本的情感态度方面可以体现出君子与小人的根本区别，有所谓："君子贤其贤而亲其亲，小人乐其乐而利其利，此以没世不忘也。"儒家十分重视修身，而修身的一个主要内容就是克制这种原始情感，使情感具有的理性判断与价值标准存于其中。《大学》说："所谓修身在正其心者，身有所忿懥，则不得其正；有所恐惧，则不得其正；有所好乐，则不得其正；有所忧患，则不得其正。心不在焉，视而不见，听而不闻，食而不知其味。此谓修身在正其身。"②儒家用理性看待情感，乃至"好而知其恶，恶而知其美"（《大学》）作为情感态度的最高理想。除此而外儒家还将中和看成情感态度的基本范式，如《中庸》有云："喜怒哀乐之未发，谓之中；发而皆中节，谓之和。中也者，天下之大本也；和也者，天下之达道也。"③

儒家情感论在南宋理学与王阳明心学体系之中，还有着不尽相同的阐述。朱熹基本上遵循了《大学》、《中庸》之情感论，认为："常人之情惟其所向而不加审焉，则必陷于一偏而身不修也。"（《大学章句·注》）"自戒惧而约之，以至于至静之中，无少偏倚而其守不失，则极其中而天地位矣。自谨独而精之，以至于应物之处，无少差谬，而无适不然，则极其和而万物育矣。"（《中庸章句》）王阳明则认为："喜怒哀惧爱恶欲，谓之七情。……七

---

① 《孟子集注》，朱熹：《四书章句集注》，中华书局 1983 年版，第 238 页。
② 《大学章句》，朱熹：《四书章句集注》，中华书局 1983 年版，第 8 页。
③ 《中庸章句》，朱熹：《四书章句集注》，中华书局 1983 年版，第 18 页。

情顺其自然之流行，皆是良知之用，不可分别善恶，但不可有所著。”①王阳明所谓良知还是个是非好恶之心，只是其是非好恶，已比朱熹及其他儒家情感论显得更加豁达自如。

儒家情感论总体来说是不允许情感放任自流的。这从理论上来讲更有利于伦理学而不是更有利于文学尤其文学抒情传统。这是因为理性的情感约束常常制约情感的丰富多彩与本真自然。这种情形在中国文学抒情传统演变过程之中也可能看出一些微妙变化。比较而言，早期文学抒情传统较之后期文学抒情传统受儒家情感论的束缚较小，因而《诗经》、《古诗十九首》、《玉台新咏》较之唐诗尤其宋诗似乎更能表达率真的情感；下层民间抒情传统较之上层文人抒情传统所受儒家情感论的影响较小，如汉魏南北朝民歌较之唐宋文人诗歌似乎更能表达率真的情感。所以在某种意义上说，儒家情感事实上不利于抒情传统，往往使情感受到较大约束。比较而言，南宋理学如朱熹的情感论较之王阳明情感论更具约束力，南宋理学情感论较之原始儒家情感论也更具约束力。人们总是以为儒家压抑甚至否定情感，这主要体现在孟子及朱熹一派的情感论之中。但历史的悖论就在于中国抒情传统乃至文化传统却选择了孟子而冷落了荀子，选择了朱熹而冷落了王阳明，这是儒家情感论并不十分有利于文学抒情传统建构的根本原因。

儒家情感论在中国文学抒情传统发展演变过程中实际上更多受到孟子、董仲舒乃至朱熹等人的影响，在很大程度上主张克制情感，使之符合理性原则和中庸之道。这种克制乃至节制情感而使之合乎理性、合乎中和的主张被推而广之，成为真正意义上的国家意识形态。从而导致中国抒情传统在宋明以后的发展过程中，越是能够表达真挚情感的抒情越下移为民间抒情传统，而官方抒情传统大体上落入阐发理性的滥觞中。

人们有理由相信这种后来逐渐占据主体地位的情感论并不代表原始儒家的基本观点。原始儒家是十分重视情感抒发的，如《乐记》认为，人类虽然千差万别，但是因为情感而相通，正是因为乐传达不可改变的情感，于是

①　《王阳明全集》（上），上海古籍出版社 1992 年版，第 111 页。

具有促进人们相互沟通、和睦相处的功能,甚至认为礼乐依赖情感而获得贯通。如《礼记·乐记》所云:“礼乐之说,管乎人情矣。”郭店楚简《性》甚至有所谓“道始于情,情生于性”的说法,认为“凡声其出于情也信,然后其入拨人之心也厚”。在更早的孔子看来,情感是有所分别,而且也应该加以分别。这才是原始儒家情感论的核心内容。这种情感论决定了中国文学抒情传统之憎爱分明的情感态度。尽管这种情感态度的核心仍然是伦理学上的善的观念,但并不因此全然否定伦理学上恶的情感的存在,只是相对来说憎恶伦理学上的恶,褒扬伦理学上的善,更不因此全然否定情感的价值与地位。后来的“正统”儒家情感论往往将情感作了道德范畴的界定,忽略了同样有理由存在的审美范畴阐释,致使中国文学抒情传统的内容陷入片面和狭隘。对此,徐复观指出:“‘可以兴’,朱元晦释为‘感发意志’是对的。不过此处之所谓意志,不仅是一般之所谓感情,而系由作者纯净真挚的感情,感染给读者,使读者一方面从精神的麻痹中苏醒,同时,被苏醒的是感情;但此时的感情,不仅是苏醒,而且也随苏醒而得到澄汰,自然把许多杂乱的东西,由作者的作品所发出的感染之力,把它澄汰下去了。这样一来,读者的感情自然鼓荡着道德,而与之合而为一。”①可以说,孔子等原始儒家的情感论实际上并不像后来的人们所理解的那么刻板甚至僵死。孔子十分重视艺术,从《论语》的许多记载可以看出,他本人极富于艺术情趣,也符合艺术人生的基本精神。因为真正的生命境界,尤其圣人的生命境界,实际上与艺术境界、道德境界一样具有物我合一乃至两两相忘的特点。换句话说,真正的艺术境界、道德境界乃至生命境界,尤其是圣人的艺术境界、道德境界和生命境界其实是合而为一的。但后世儒家常常只强调道德境界,而忽视同样有理由存在的艺术境界乃至生命境界。实际上,圣人区别于庶民乃至君子的一个最大特点可能就是这种道德境界、生命境界和艺术境界的合而为一。这是因为圣人无所执著,也无所取舍,乃至无知而无所不知。遗憾的是后世学者并不十分知晓个中真谛,以致使孔子等原始儒家圣哲的情感论,及建立

① 徐复观:《中国艺术精神》,华东师范大学出版社2001年版,第20页。

在这种情感论基础上的抒情传统被篡释甚或消解。

当然,对于圣人而言其艺术境界与道德乃至生命境界完全一致,并不意味着普通人也能够达到这种境界。这也就是后世儒家情感论的价值所在。如韩愈所说:"情之品有上中下三,其所以为情者七:曰喜、曰怒、曰哀、曰惧、曰爱、曰恶、曰欲。上焉者之于七也,动而处其中。中焉者之于七也,有所甚,有所亡,然而求其合其中者也;下焉者之于七也,亡与甚,直情而行者也。"①正是由于情感的这种差异性,才使后世儒家情感论有了存在的必要。要求诉诸文学抒情的所有情感必须合乎理性原则和中庸之道,至少在对文学抒情传统可能造成约束效应方面是有可取之处的。正是由于儒家情感论对文学抒情传统的这种约束,使得中国后来的文学抒情往往关注妙悟乃至意境的营造。这事实上证明了儒家文化传统至少在宋代以后是受到了一定程度的削弱的。因为文学抒情一定程度上避开抒情而关注意境乃至妙悟的努力,实际上表明儒家在政治领域拥有无以复加的意识形态话语权的同时,在抒情传统中却从一个侧面放弃了意识形态话语权。从而使得道家乃至佛教情感论以及更多其他理论在形成和丰富中国艺术精神方面产生了较大影响力。

二、道家情感论

人们总是以为道家并不看重情感,甚至明确否定情感。如《道德经》第十二章所谓"五色令人目盲,五音令人耳聋,五味令人口爽,驰骋畋猎令人心发狂,难得之货令人行妨"之类的说法,表面看来像是禁欲主义的宣言,其实这不是禁欲,而是揭示物极必反的自然现象,也就是过分放纵感官享受,只能导致感觉功能的退化,揭示过分执著感官享受可能丧失更多、更重要的东西的生命智慧。因为执著于一分为二,只能导致有善有恶、有美有丑、有是有非,只能因为有所取舍而丧失更多;但真正的生命智慧并不一分为二,而是善恶、美丑、是非不二的,惟其如此也因为无取无舍而周遍万物、

① 马其昶:《韩昌黎文集校注》,上海古籍出版社 1986 年版,第 20 页。

明白四达。所以《道德经》第六十四章主张无为无败、无执无失，“圣人无为，故无败；无执，故无失。”这并不是说圣人没有情感或无视情感的存在，而是圣人并不执著于情感，因而也不为情感所束缚，王弼所谓“圣人之情，应物而无累于物”才深得道家情感论的宗旨。

庄子同样强调无所分别乃至无善无恶、无美无丑、无是无非的广大平等情感，反对有所分别的褊狭情感。所谓“至乐无乐”（《庄子·至乐》），“至任无亲”（《庄子·庚桑楚》）都表达了基本相同的观点。在庄子看来，性格褊狭之人，往往沉溺乃至执著于违顺，顺则喜乐，违则哀怒，“日夜相代乎前，而莫知其所萌”（《庄子·齐物论》）。一个人要存在于人世间就必须有混同群体而群居的精神，这是人类作为政治性动物的本能体现，但混同群体过群居生活，并不意味着一切人云亦云，而是破除一般所谓是非曲直，采取无所分别、无所取舍，乃至无是无非、无取无舍的广大周遍态度，这才是参乎自然大道的圣人情感。庄子有所谓：“有人之形，无人之情。有人之形，故群于人；无人之情，故是非不得于身。眇乎小哉，所以属于人也；謷乎大哉，独成其天。”（《庄子·德充符》）庄子并不是要否定情感，而是要人们既能够混同群类，又能够超越是非、物我的狭隘分别，不至于因为斤斤计较于是非曲直而伤害身体，如云：“吾所谓无情者，言人之不以好恶内伤其身，常因自然而不益生也。”（《庄子·德充符》）庄子这种情感论实际上仍然是老子情感论的一种发展，是对老子“圣人不仁，以百姓为刍狗，天地不仁，以万物为刍狗”（《道德经》第五章）的进一步阐述，是对至仁无亲、大爱无疆的博大平等情感的一种张扬。有所谓：“故乐通物，非圣人也；有亲，非仁也。”（《庄子·大宗师》）可见圣人之所以是圣人，不是因为他有三头六臂，或者别的特异功能，也不是因为他能够离群索居，而是因为他能够不为一般所谓是非曲直之类的分别之心所束缚和禁锢，能够超越一般人的偏爱之情，对自然界一切事物，无论虫鱼鸟兽、山川大河，还是善恶美丑、是非曲直、富贵贫贱，都能平等看待，一视同仁。即如成玄英所疏：“至仁无亲，亲则非至仁也。”①正因为庄子比其他人更明白建立在分别

① 《南华真经注疏》（上），中华书局1998年版，第138页。

基础上的褊狭情感的局限性，“夫两喜必多溢美之言，两怒必多溢恶之言。凡溢则类妄，妄则其信也莫，莫则传言者殃。”（《庄子·人间世》）所以才比其他人更明确提倡博大平等情感。这是道家能够达到修身养性的目的，且能真正反映事物本真情状的精神的体现。

可见以老子、庄子为代表的道家实际上并不从根本上否定情感，他们所否定的充其量也只是那种建立在分别与取舍基础上的褊狭情感，而不是无是无非、一视同仁的博大情感。也许正因为道家有这样的情感论，才使其拥有了对世间一切事物一视同仁的情感态度。也许正是这种大爱无私、大爱无疆的情感态度，才使道家情感论显示出儒家所没有博大襟怀。儒家的善恶、美丑、是非分明的情感态度，总是因为褒扬一部分贬斥一部分而陷入狭隘与偏袒，而道家的这种情感态度就没有这种缺憾，它基本上无所偏执、无所遗漏。而受儒家情感论影响的中国文学抒情传统总是有所偏失，这正是中国文学抒情传统的悲剧如《窦娥冤》、《白毛女》无法达到莎士比亚《哈姆雷特》、《李尔王》的高度的根本原因。因为中国悲剧总是在不同人群中分出善恶、美丑、是非，总是扛起了弃恶扬善的道德使命，总是将一部分人的悲剧看成另一部分人作恶的结果，而莎士比亚的悲剧，似乎每一个人都是悲剧的受害者，同时又是悲剧的制造者，甚至没有一个人是真正意义的作恶多端的悲剧制造者。

如果说儒家情感论给出了用理性和道德的标准约束和规范情感的理论依据，而且成功强调了艺术境界与道德境界的完美统一，甚至在某种意义上存在以道德境界替代艺术境界的倾向，致使中国抒情传统很大程度上受到理性和道德约束而具有更为明朗和理性的情感基调，那么道家情感论却给予中国抒情传统最大限度的、全方位的影响。最可贵的是其善恶、美丑、是非平等不二、一视同仁的情感态度，使中国抒情传统从老庄开始就拥有了无与伦比的博大襟怀与艺术境界，这个艺术境界，不仅是其生命境界的充分展示，而且是其智慧境界的高度展示。如果说儒家情感论更多给予人们理性和道德的约束，那么道家情感论更多给予人们哲学乃至智慧的启迪。它不仅彻底改变了单纯依赖道德标准而选择艺术题材的心理定式，而且也最大限度地彰显了中国艺术乃至生命的最高境界。宗白华有这样的描述:“中国古代一位影响不小的哲学家——庄子,他好像整天是在山野里散步,观看着鹏鸟、小虫、蝴蝶、游鱼,又在人间世里凝视一些奇形怪状的人:驼背、跛脚、四肢不全、心灵不正常的人,很像意大利文艺复兴时大天才达·芬奇在米兰街头散步时速写下来的一些‘戏画’,现在竟成为‘画院的奇葩’。庄子文章里所写的那些奇特人物大概就是后来唐、宋画家画罗汉时心目中的范本。”①生活中诸如驼背、跛脚、四肢不全、心里不正常的人,也许在常人看来就是丑,甚至对罗丹等杰出艺术家来说,也不过是拥有化丑为美的所谓神奇炼金术,如其所说“自然中公认为丑的事物在艺术中可以成为至美”②,事实上他们所认可的现实丑与艺术美之间毕竟还是存在一定分别的,但对庄子来说则显然是混同为一,等物齐观,乃至无丑无美,美丑不二的。

道家情感论由此最大限度地拓宽了艺术表现的领域,而且最大限度地提高了艺术境界。艺术境界与哲学境界的高度融合,无疑是人类生命获得最大限度自由与解放的必然产物,是人的智慧乃至生命境界的最高体现形式。虽然老庄道家情感论并不仅仅是一种艺术情感论,也不一定真正直接见诸文学抒情乃至艺术创作,但这种艺术情感论,显然提升了中国文学抒情传统的智慧高度,事实上也奠定了中国艺术精神的灵魂。徐复观指出:“庄子之所谓道,落实于人生之上,乃是崇高的艺术精神;而他由心斋的功夫所把握到的心,实际乃至艺术精神的主体。由老学、庄学所演变出来的魏晋玄学,它的真实内容与结果,乃是艺术性的生活和艺术上的成就。历史中的大画家、大画论家,他们所达到、所把握到的精神境界,常不期然而然的都是庄学、玄学的境界。宋以后所谓禅对画的影响,如实地说,乃是庄学、玄学的影响。”③如果说儒家情感论奠定了中国文学抒情传统的情感基调,那么道家情感论则显然奠定了中国文学抒情传统的灵魂,甚至也奠定了中国艺术精

---

① 宗白华:《美学的散步》(一),载《宗白华全集》第3卷,安徽教育出版社1994年版,第284页。

② 葛赛尔:《罗丹艺术论》,中国社会科学出版社2001年版,第40页。

③ 徐复观:《中国艺术精神》,华东师范大学出版社2001年版,第2页。

神的基础。所以从某种意义上讲，道家情感论在中国文学抒情传统的发展演变过程中的实际影响事实上超过了儒家，而且为中国文学抒情传统乃至艺术精神创造了不同于西方的特点。徐复观这样阐述道："庄子所体认出的艺术精神，与西方美学家最大不同之点，不仅在庄子所得的是全，一般美学家所得的是偏；而主要是这种全与偏之所由来，乃是庄子系由人生的修养工夫而得；在一般美学家，则多系由特定艺术对象、作品的体认，加以推演、扩大而来。因为所得到的都是艺术精神，所以在若干方面，有不期然而然的会归。但西方的美学家，因为不是从人格根源之地所涌现、所转化出来的，则其体认所到，对其整个人生而言，必有为其所不能到达之地，于是其所得者不能不偏。"①庄子在更高的人生境界所获得的博大平等的情感态度，使其与西方抒情传统相比具有了明显的优势。

西方文学抒情传统或炫耀诗人以一个人的身份抒情，炫耀诗人个性的表现，如华兹华斯，或主张脱离这种个人性情感，脱离个性，如艾略特。其实谁都没有真正完全摆脱个人或者人类唯我独尊的情感定位。所以他们抒发情感始终无法彻底超越人类自身的局限，无法达到平等对待人类与其他事物的境界。这种情况直到梭罗《瓦尔登湖》才有所改观。但中国文学抒情传统却受到道家情感论的影响，很早就赋予人类与自然界其他事物平等的地位，不仅老子如此，庄子也通过他的"至德之世"细腻地勾画了那种理想图景。这种抒情传统在许多文学抒情中都得到了较好体现，不仅如陶渊明，甚至在深受儒家情感论影响的作家如柳宗元等人笔下也有出神入化的体现。在这些文学抒情之中，诗人自我乃至整个人类与自然界一切事物处于极其和谐的关系之中，人类从来不趾高气扬地以自然的主人、宇宙的精华，乃至宇宙的征服者的身份自居，人类与自然的亲和，以及平等不二被彰显到极致。艾略特意识到："艺术的情感是非个人的。诗人不可能达到这个非个人的境界，除非他把自己完全献给应该做的工作。"②我们相信艾略特这

① 徐复观：《中国艺术精神》，华东师范大学出版社2001年版，第79页。

② 艾略特：《传统与个人才能》，载《艾略特文学论文集》，百花洲文艺出版社2010年版，第12页。

里所谓“非个人”,充其量只是扩展到整个人类,并不可能包括自然界其他事物,而且即使如此,也是西方文学难以达到的。但正是在艾略特看来难以达到甚至不可能达到的境界,中国文学抒情传统却出色完成了这一任务。这是因为道家情感论是等物齐观和一视同仁的,这使得中国文学抒情最终能够超越自我乃至人类的局限而具有了博大平等的宇宙情怀。庄子鱼之乐就是这种抒情传统的较早实践与阐述。

中国抒情诗那种淡泊宁静甚至淡然无极的抒情境界,就得益于这种情感论。陶渊明诗歌即明证。有人相信陶渊明是得益于儒家文化传统的,但更有理由相信:如果陶渊明单纯接受了儒家文化传统,是断然创造不出那种抒情境界的。李泽厚指出说:“‘不为五斗米折腰’,终于弃官归田的陶潜,应该算作是真正的道家精神的代表者了。但即使是陶潜的道家精神,也仍然是建立在儒道互补的基础之上,仍然是与儒家精神渗透在一起的。”他接着又指出:“这‘情’不同于一时的感伤哀乐,也不是庄子那种无情之情,而是渗透了儒家的人际关怀、人生感受的情。”①其判断是有一定道理的,但也必须看到,至少陶渊明“种豆南山下,草盛豆苗稀”的诗句本身也体现了不加分别与取舍的无情之情。倒是朱光潜的阐述更为透彻,他说:“渊明打破了现在的界限,也打破了切身利害相关的小天地界限,他的世界中人与物以及人与我的分别都已化除,只是一团和气,普运周流,人我物在一体同仁的状态中各徜徉自得,如庄子‘鱼相与无忘于江湖’。”②可见真正为中国文学提供最高境界的抒情传统的,并不是儒家情感论,而是道家情感论。

中国文学抒情传统之一个主要特点是,往往将文学抒情传统与生命境界相结合,而且总是在更广大更高超视域进行文学抒情。所抒发的情感,与其说是建立在分别与取舍基础上的喜怒哀乐,不如说是对生命乃至所谓“道”的一种更通达无碍、明白四达的体悟。所谓“道”的境界,其实就是中国道家情感论所崇尚的最高艺术境界乃至生命境界。艺术的最高境界不仅仅是一种

---

① 李泽厚:《华夏美学》,载《美学三书》,安徽文艺出版社1999年版,第316、317页。

② 朱光潜:《诗论》,北京出版社2005年版,第323页。

抒情传统或艺术把握，更是一种对人类生命境界的体悟与把握，更是一种生命境界。中国文学抒情传统的终极目的并不仅仅是创造抒情境界，而是创造生命境界。生命境界才是一切境界之中最切实的境界，因为它直接关涉人类自身的生命。道家情感论的最大优势在于能够最大限度地提升人们的生命境界。因为不执著于善恶、美丑、是非的分别与取舍，乃至并不因此陷入分别和取舍所导致的喜怒哀乐，既不因为喜怒哀乐伤及身体，更不因为厚此薄彼而挂一漏万，是成就豁达无碍、明白四达的智慧人生的必然途径。

三、禅宗情感论

印度佛教传入中国，彻底更新了中国情感论，为中国文学抒情传统提供了一种全新视角与内容，在儒家情感论善恶有别论之外，与道家情感论善恶齐物论珠联璧合，形成了更加丰富多彩而且别具一格的抒情传统，使得中国文学抒情传统在关注充实、通达的抒情风格之外更多了几分空灵。

众所周知，佛教如《心经》是宣称“五蕴皆空”的，意味着诸如色、受、想、行、识等人类对物质和精神世界的感知和意识都是虚幻不实的，似乎意味着从根本上否定了人类感觉、知觉乃至意识活动的价值和意义。同时佛教还将贪（贪欲）、嗔（嗔恨）、痴（不知无常无我之理等）即所谓“三毒”与慢（傲慢）、疑（犹疑）、恶见（不正确的见解如常见、断见等）合为六根本烦恼，而且将生、老、病、死、爱离别（与所爱的分离）、怨憎会（与所怨憎的聚会）、所求不得、五取蕴（即五蕴）等合称为八苦，似乎从根本上否定了与人生相关的诸多情感活动的价值与意义。使人觉得佛教似乎没有情感论，即使有所谓情感论，也往往以否定情感为基本内容。即使是作为印度佛教中国化程度最深的禅宗，如法融牛头宗认为，诸如爱恶等情感不过是荣枯贵贱相违相顺而生成的，是人生痛苦的根源，惟其如此应该以“忘情为修”：“既达本来无事，理宜丧己忘情。情忘则绝苦困，无度一切苦厄，此以忘情为修也。”①

---

① 宗密：《中华传心地禅门师资承袭图》，转引自方立天：《中国佛教哲学要义》（上），中国人民大学出版社 2005 年版，第 392 页。

但这仅仅是一个表面现象，因为佛教否定人类知觉乃至情感的根本目的，并不仅仅是为了压抑乃至否定知觉和情感，而是为了排除知觉乃至情感可能给人们体悟清净自性和真如本心造成的障碍。如果人们执著于知觉乃至情感的压抑，同样可能造成事实上的对体悟清净自性和真如本心的干扰。所以禅宗也常常存在相反的结论，如达摩《血脉论》有云："心量广大，应用无穷，应眼见色，应耳闻声，应鼻嗅香，应舌知味，乃至施为运动，皆是自心。……色无尽是自心，心识善能分别一切，乃至施为运用，皆是智慧。"①甚至还有所谓："返贪嗔疑为戒定慧，即名超三界。然贪嗔疑亦无实性，但据众生而言矣。能返照、了了见，贪嗔疑性即佛性，贪嗔疑外更无别有佛性。"②

禅宗是一种思想解放与自由的智慧哲学，如果执著于任何文字，即使是对佛陀说法的执著，也必然是作茧自缚。禅宗平等不二的思想是遍布一切的无漏智慧，这是禅宗哲学智慧的精髓所在。禅宗之所以有烦恼与涅槃、众生与菩提平等不二之类的说法，其根本目的是让人们不执著于包括文字般若在内的一切而自悟本性。而自悟本性其实就是识见平等不二的真如本心和清净本性。如弘忍有云："夫修道之本体，须识当身心本来清净，不生不灭，无有分别。自性圆满清净之心，此是本师，乃胜念十方诸佛。"③可见佛教乃至禅宗虽然认定情感是导致人生痛苦的根源，乃至主张忘情为修，但并不是要人们执著于忘情为修，而是认为代表般若智慧的真如本心和清净本性本来就是无情执、无分别、无取舍的，就是平等不二的。所以禅宗乃至佛教常常与道家情感论一样保持了对自然界一切事物平等不二的博大自由、平等无私的情感态度，甚至有所超越。如果说道家情感论对自然界一切事物平等不二还多少有些模糊，以致并不为许多人所识解的话，佛教尤其禅宗

① 达摩：《血脉论》，载明尧、明洁：《禅宗六代祖师传灯法本》，中州古籍出版社 2009 年版，第 25 页。

② 达摩：《悟性论》，载明尧、明洁：《禅宗六代祖师传灯法本》，中州古籍出版社 2009 年版，第 25 页。

③ 弘忍：《最上乘论》，载明尧、明洁：《禅宗六代祖师传灯法本》，中州古籍出版社 2009 年版，第 176—177 页。

的平等不二则是显而易见、明白无误的，是不允许人们存在模糊认识的。诸如《坛经·自序品第一》所谓“凡夫见二，智者了达”，‘无二之性即是佛性”之类的说法，明确阐发了这一点。

由此可知，佛教尤其禅宗的根本并不在于不加分别、不加取舍、不加执著，而在于来去自由，心无挂碍，最终达到心灵的最大自由与解放。禅宗认为，心灵的最大自由与解放是本来存在的，是人类原始本心的真实存在，只是由于后天各种欲望、习障的干扰乃至被遮蔽和压抑。所以禅宗认为，回归自然本性并不是建立在执著的基础之上。因为人类的原始本心本来就是自由解放的，是无须追求而本身具有的。达摩这样描述本心：“此心从无始旷大劫来，与如今不别，未曾有生死，不生不灭，不增不减，不垢不净，不好不恶，不来不去，亦无是非，亦无男女相，亦无僧俗老少，无圣无凡，亦无佛，亦无众生，亦无修证，亦无因果，亦无筋力，亦无相貌；犹如虚空，取不得，舍不得。”①道信更是作了情感论方面的阐释：“但任心自在，莫作观行，亦莫澄心，莫起贪嗔，莫怀愁虑，荡荡无碍，任意纵横，不作诸善，不作诸恶，行住坐卧，触目遇缘，总是佛之妙用。快乐无忧，故名为佛。”②在禅宗看来，如果人们无情执、无分别、无取舍，一切无情之物亦有佛性；如果执著于情执、分别与取舍，一切有情之物亦无佛性。真正悟见真如本性，达到解脱境界的人，没有情执、分别和取舍，乃至无论黄花翠竹都有般若法身。如法融有所谓无情有性的说法，即“青青翠竹，尽是真如；郁郁黄花，无非般若”③；百丈淮海禅师亦云：“若踏佛阶梯，无情有佛性；若未踏佛阶梯，有情无佛性。”④

不仅如此，佛教尤其禅宗较道家情感论更加明确地张扬了广大无限、平等不二的情感态度，《坛经》谓：“心量广大，犹如虚空，无有边畔，亦无方圆大小，亦非青黄赤白，亦无上下长短，亦无嗔无喜，无是无非，无善无恶，无有

① 达摩：《血脉论》，载明尧、明洁：《禅宗六代祖师传灯法本》，中州古籍出版社 2009 年版，第 24 页。

② 道信：《开示牛头法融禅师法语》，载明尧、明洁：《禅宗六代祖师传灯法本》，中州古籍出版社 2009 年版，第 166 页。

③ 静、筠二禅师：《祖堂集》(上)，中华书局 2007 年版，第 170 页。

④ 赜藏主编集：《古尊宿语录》(上)，中华书局 1994 年版，第 19 页。

头尾。”“能含万物色像，日月星宿，山河大地，泉源溪涧，草木丛林，恶人善人，恶法善法，天堂地狱，一切大海，须弥诸山，总在空中。”（《坛经·般若品第二》）这是一种比道家更强调心量广大、无所分别、无所执著、无所滞碍、无所取舍、来去自由，通达无滞的般若智慧，亦即情感态度。此外，佛教尤其禅宗还十分重视清净自性、真如本心，认为无论任何人如果能够识心见性，就能自悟般若智慧，有所谓“若识自心见性，皆成佛道”（《坛经·般若品第二》）。这意味着禅宗以及佛教否定知觉和情感的根本目的是尽可能排除知觉和情感可能导致的束缚与障碍，以求最大限度彰显人们平等无私、广大无限、自由解放的心灵世界。正是由于对广大无滞、不加分别、不加取舍的清净本心和真如本性的强调，使禅宗乃至佛教情感论不仅具有了道家情感论视域开阔、境界高远的优势，而且具有了道家情感论所没有的关注自心本性而又不执著于自心本性的优势。由于关注自心本性，使其具有了与西方表现论类似的关注诗人主体的价值；由于并不执著于自心本性，又使其最终脱离了西方表现论，而具有了道家情感论所具有的平等无二的博大情感态度。正是这种关注自心本性而不为其所限制，同时还能够与自然界一切事物保持平等不二的博大情感态度，构成了禅宗乃至佛教情感论的基本内容，并对中国文学抒情传统的形成产生了不可低估的影响力。

徐复观对中国禅宗乃至佛教影响力的估计有所不足。他认为：“禅所给予文学的影响，乃成立于禅在修养过程中与道家——尤其是与庄子，两相符合这一阶段之上。禅宗若更向上关，便解除了文学成就的条件。”①在这一点上，倒是李泽厚的阐述更透彻：“中国传统的心理本体随着禅的加入而更深沉了。禅使儒、道、释的人际——生命——情感更加哲理化了。”但他认为“禅正是诗的哲学或哲学的诗，它不关涉真正的自然、人世，而只建设心理的主体”②的论述，似乎又有些走偏。因为禅宗并没有构建这种心理主体，而是通过诸如无念、无住、无相来破除我执，达到对主体与客体分别与对

① 徐复观：《中国文学精神》，上海书店出版社 2004 年版，第 7 页。

② 李泽厚：《华夏美学》，载《美学三书》，安徽文艺出版社 1999 年版，第 383、384 页。

立的消解，乃至在与自然的契合之中实现于念无念、于住无住、于相无相。因此，真正体现禅宗情感论影响的文学抒情主要体现无我、无执和空灵的特点。所以尽管人们常常将王维看成禅宗乃至佛教抒情传统的杰出代表，但圣严法师对其《鹿柴》（“空山不见人，但闻人语响。返影入深林，复照青苔上”）仍然不很满意：“诗中谈的空山，指的是没有人的山，然后提及人声，最后引到照在青苔上的光。谁看到这一切？其中依然有个在看的人。只要有自我存在，就不会是高层次的禅。”①认为中国所谓禅言诗实际上是并不透脱的，是仍然有着“我”的存在的，但是如果一味地执著于“无我”，似乎也不是真正透脱。真正透脱和空灵的抒情诗应当既不执著于有也不执著于无的，是二者有分别也无分别，也就是二者“非二非不二”的。

即便如此，禅宗情感论还是更新了中国文学抒情传统，参与创造了不同于西方的文学抒情传统。亦即很大程度上消解了抒情主人公的存在，创造了自然景物不经抒情主人公主观情感感染而直接进入印象，而西方文学抒情传统则有着明确的抒情主人公身份，而且正是这一主人公的存在才使自然景物有了存在的理由。西方文学抒情传统认为，进入抒情情境的自然景物必然经过抒情主人公的感知、介绍乃至分析和评价，禅宗情感论却消除我执的努力，为自然景物的尽可能客观地进入情境提供了依据。所以王维虽然在表达禅意方面并不尽如人意，但就此也印证了不同于西方文学抒情传统的特点。叶维廉的阐述富有启发性，他说：“景物自现，几乎完全没有作者主观主宰知性介入却侵扰眼前景物内在生命的生存与变化。……作者仿佛没有介入，或者应该说，作者把场景展开后便隐退，任景物直现读者目前，不像大量西方的诗，景物的具体性往往因为作者的介入分析说明而丧失其直接性而趋向抽象思维。”②作者隐退所形成的自然景物直接入场，是禅宗情感论对中国文学抒情传统之最伟大贡献，同时也是中国文学抒情传统区别于西方文学抒情传统重要特点之体现。

---

① 圣严法师：《禅的智慧》，上海三联书店2006年版，第224页。

② 叶维廉：《中国诗学》，人民文学出版社2006年版，第117页。

可见,所谓禅意实际上就是通过这种于我无念,于自然无相而达到无所执著、无所分别、无所凝滞的清净本心和真如本性的豁然开朗。这不仅是生命智慧的顿然觉悟,而且是生命自由与解放的瞬间完成。这也是对庄子"逍遥游"所寄寓的生命自由与解放的更为透彻见性的重申与发展。人类一切生命活动的终极目的其实就是赢得生命的自由与解放。庄子在追求这种自由与解放,而禅宗乃至佛教则认为自心自性本来就是自由解放的,无须主观营求,只要执著于营求,本来存在的自由与解放就会因为营求而反被束缚。比较而言,儒家情感论太过关注道德标准而使人反倒使其束缚,庄子太过注重逍遥而反受其约束,倒是禅宗对自心本性的识解,能够帮助人们认识自我无执无别的清净本心,赢得真正的自由与解放。这正是禅宗乃至佛教给予人们生命自由与解放的希望。

第二节　中国抒情美学的文化理想

中国文学抒情传统作为文化传统的一种表现形式,寄寓着我们民族的文化理想。这种文化理想常常以人格化形象而呈现出来,包含有所谓知书达理、修己立命、恪守道义的士阶层或理想,攀援而上有所谓自强不息、公而忘私、兼济天下的君子境界或理想,更有无所执著、与天地合德、乐天知命的圣人境界或理想。所有这些构成中国文学抒情传统之经久不衰的主题,通过士人气节、君子风范乃至圣者气象构成了不同层次和境界的人格理想范式。

中国人生理想可以以孔子"吾十有五而志于学,三十而立,四十而不惑,五十而知天命,六十而耳顺,七十而从心所欲,不踰矩"(《论语·为政》)为依据划分为三个阶段:从十五至三十为修之于己而立命阶段,这是从普通庶民到知书达理的士人的养成阶段,是自我生命和谐的士人阶段;从四十至五十为自强不息而凝命阶段,是从知书达理的士人到君子的养成阶段,也是达到社会和谐的君子阶段;从六十至七十是听之于天而安命阶段,也是从君子到圣人的养成阶段,是达到自然宇宙和谐的圣人阶段。严格来说修己立命的士人是文化理想的初级层次，自强凝命的君子是文化理想的中级境界，乐天安命的圣人才是文化理想的高级境界。立命、凝命、安命的有机统一，循序渐进，攀援而上，才是中国人格理想内在超越的基本轨迹。

一、修己立命的士人理想

士，并不是一个固定的职业或专业，只是知识阶层的一个统称。他们可能从事各种各样的职业或专业，但无一例外与知识活动有关，而且常常需要超越知识的有限进而关注诸多社会历史问题，承担起诸多的社会历史使命。这个阶层常常是中国社会良知的代表。但这并不意味着这个阶层一定具有比其他阶层更高尚的社会良知，只是他们可能更敏锐地感觉到社会历史问题的存在，能够更准确、更超前、更集中地表达出这种社会良知。所以他们常常是中国文化传统的建构者和弘扬者。他们往往在完成其职业需求的同时更多地承担起传承和创新中国文化传统的神圣使命，甚至更多地承担其社会、自然宇宙赋予的伟大使命。这使他们很大程度上超越了自己作为知识人的职业特点而具有了更加广泛的历史使命，总是与当时社会乃至自然的基本问题联系起来。这士可以说是中国文学抒情传统所着力表彰的一个理想角色，甚至是知识人最基本的理想人格的集中体现。

几乎所有有良知的人，基本上都能够或多或少地自觉超越职业局限而担负更多社会历史使命，但士作为中国社会良知的集中代表，承担着更多更神圣的社会历史使命。这些社会历史使命也因为众多思想范式的建构者和阐释者而固定了下来，成为古往今来几乎所有有良知的知识人共同的人格理想。在中国文化传统中，士作为社会知识层，其最为突出的使命就是弘扬道的价值和力量，使道成为社会的基本思想，成为社会乃至民族的集体无意识，成为一个民族在任何历史年代都必须遵从的文化传统。这种文化传统的价值和意义不仅仅局限于文化领域，而具有更普遍的价值和意义，成为一个民族经久不衰的灵魂和精神支柱。在中国文化传统中，儒家作为占据统治地位的思想对知识人即士最具影响力。孔子“士志于道”（《论语·里仁》）的说法，被曾参作了这样的发挥：“士不可以不弘毅，任重而道远。仁以为己任,不亦重乎?死而后已,不亦远乎?”(《论语·泰伯》)这使中国知识人即士长期与道联系在一起。

一个人要将自己真正打造成为一个士,就必须加强自身道德修养。养“浩然之气”,乃至“至大至刚”、“配义与道”,施展自己的才能,实现自己的理想抱负,对士而言是必不可少的。孟子将士的道德修养和行为规范作了这样的界定:“士穷不失义,达不离道。穷不失义,故士得己焉;达不离道,故民不失望焉。古之人,得志,泽加于民;不得志,修身见于世。穷则独善其身,达则兼济天下。”(《孟子·尽心上》)意思是说,士作为社会历史良知的集中体现者,在其穷困潦倒的时候也不能丢失义,即使飞黄腾达也不能忽视道。“穷则独善其身,达则兼济天下”从而成为数千年儒家知识分子亘古不变的生命信条。在此基础上,儒家特别强调神圣社会历史使命,如孔子所云:“行己有耻,使于四方,不辱君命,可谓士矣。”(《论语·子路》)作为士必须比社会上其他阶层能更有效地承担起国家赋予的伟大社会历史使命,同时还得保持其人格的独立性,如孟子所谓:“古之贤王好善而忘势,古之贤士何独不然?乐其道而忘人之势。”(《孟子·尽心上》)这也就是说,作为贤士,应该以弘道为己任,绝不能为了富贵而屈服于权贵,这是士作为社会良知的代表必须做到的。如果他们不能担负社会历史赋予的神圣使命,他们的思想观点乃至行为言论就不能代表社会良知,甚至还可能因为斤斤计较于个人得失而沦为浅陋识见。尽管士阶层的独立人格常常是其恪守社会良知的基本条件,但并不是所有士阶层的人都能够恪守这一基本条件。有两种人可能依附于权势:一种是借助政权而使其话语成为社会政治意识形态乃至国家政治意识形态的知识人,这种人常常是士阶层的成功者;另一种是处于窘迫的生活境遇而依附于社会各阶层的有权者,这种人常常是士阶层的失败者。但有些士阶层的人确实能够保持自己的独立性,如陶渊明。知识层依附于权贵,并不一定就导致社会良知的缺失,但依附于权贵,服从于自己政治或经济利益而使其思想观点和行为言论沦为附庸风雅、粉饰太平之词,丧失社会良知的可能性很大。虽然社会风气的败坏可能无孔不入,但士阶层社会良知的缺失显然是社会风气病入膏肓的典型体现。儒家由此也赋予了士阶层以身殉道的牺牲精神，如孔子有云："志士仁人，无求生以害仁，有杀身以成仁。"（《论语·卫灵公》）这其实是中国士阶层维持其人格独立性的一种极端做法。众所周知，中国文学抒情不乏讴歌这种士人气节的传统。不仅志士仁人杀身成仁是中国文学抒情传统之主题，而且许多人正是以志士而受到人们的尊敬，如叶燮有云："志士之诗，虽代不乏人，然推其至，如晋之陶潜、唐之杜甫、韩愈，宋之苏轼，为能造极乎其诗，实在能造极乎其志。"①。

要求全社会都注重修己养德，是中国文化的一个传统，如"自天子以至于庶人，壹是皆以修身为本"（《大学》）的说法，显然是社会道德和良知的最理想形态。但在任何历史时代，也只是一种理想。因为社会上总是存在某些并不十分关注修己养德，甚或道德沦丧的人，这种情形常常在某些特殊历史时期显得特别严重，而且社会越丧失基本道德规范，士阶层所承担的社会历史责任就越艰巨，因此就越需要士修己养德。这是因为正人须先正己，"其身正，不令而行；其身不正，虽令不行"（《论语·子路》）。儒家还将修身与正心相联系，认为"修身在正其心"（《大学》）。在现代社会，修己养德、正身修心，可能是克服忿懥、恐惧、好乐、忧患等情绪的主要手段。现代社会普遍存在的焦虑及其所导致的诸如心不在焉、视而不见、听而不闻、食而不知其味等现象，在某种程度上往往与不重视修身为本的自我超越精神密切相关。《易传》也系统阐发了修己养德的思想，认为："作易者，其有忧患乎？是故履，德之基也；谦，德之柄也；复，德之本也；恒，德之固也；损，德之修也；益，德之裕也；困，德之辨也；井，德之地也；巽，德之制也。"（《周易·系辞传下》）不仅如此，《易经》还将修己养德看成一个人成败得失、凶吉祸福的重要因素，如《周易·系辞传》所谓："善不积，不足以成名。恶不积，不足以灭身。"（《周易·系辞传下》）修德甚至被看成关系一家人成败得失、凶吉祸福的根本原因，如《周易·坤文言》所谓："积善之家，必有余庆；

① 叶燮：《密游集序》，载北京大学哲学系美学教研室：《中国美学史资料选编》下，中华书局 1980 年版，第 321 页。

积不善之家，必有余殃。”

老子同样十分重视修己养德，有“常德乃足，复归于朴”（《道德经》第二十八章）、“修之于身，其德乃真”（《道德经》第五十四章）等说法，同样将修己养德与成败得失紧密联系了起来，认为“重积德则无不克”（《道德经》第五十九章）。与儒家主张士可以为道而杀身成仁有所不同的是，道家更看重人自身的生命，常常将士修己养德与保身全生联系起来。这就为士提供了不同于儒家的道义观。老子说：“古之善为士者，微妙玄通，深不可识。夫唯不可识，故强为之容：豫兮若冬涉川，犹兮若畏四邻，俨兮其若客，涣兮若冰之将释，敦兮其若朴，旷兮其若谷，混兮其若浊。”（《道德经》第十五章）这实际上将修己养德与生存智慧有机统一了起来。他认为一个真正有生命智慧的士，修己养德最起码应该体现这样七种生命表征：一是“豫乎其若冬涉川”，言唯恐行动招致自我伤害，进不敢行，退不敢先；二是“犹乎其若畏四邻”，言唯恐处事招致四邻伤害，守持柔弱，不敢矜持；三是“俨乎其若客”，言唯恐自满招祸，恭谦卑下，自卑敬人；四是“涣乎其若凌释”，言唯恐囤积肇祸，自行损弊，不敢坚挺；五是“敦乎其若朴”，言唯恐聪慧招祸，自我亏缺，守持拙朴；六是“旷兮其若谷”，言唯恐自满招祸，自行暴露缺憾，不敢自称贤能；七是“混兮其若浊”，言唯恐清明招祸，而自甘浑浊，不敢自恃清高。《文子·上仁》也作了这样的发挥：“夫道，退故能先，守柔弱故能矜，自卑下故能高人，自损弊故坚实，自亏缺故盛全，处浊辱故新鲜，见不足故能贤。”如果说儒家士的人格理想更看重持之以恒、死而后已，那么道家士的人格理想似乎更看重保身全生，而佛教更强调道德戒律，乃至形成了诸如所谓不杀、不盗、不淫、不欺、不饮酒的“五戒”和“身不犯杀、盗、淫，意不嫉、恚、痴，口不妄言、绮语、两舌、恶口”的“十善”等。这就使得中国知识层可能因为道义的承担而有两种不同效果，或成功或失败。有些可能为道义献出生命，有些可能并不一定得献出生命。同样是戊戌君子，谭嗣同选择了牺牲生命，而梁启超却选择了生存，但二人都是中国士阶层的杰出代表。

西方知识人虽然同样担负着神圣的社会历史使命，但往往并不十分看重生命的现世超越，更不看重修己养德，借助道德的自我完善而实现生命的内在超越。有宗教信仰的知识分子往往将生命的最终超越寄托于宗教的终极关怀,那些并不信仰宗教,也不寄托于宗教的终极关怀的西方知识分子,也都不大看重现世的内在超越,如柏拉图将生命的自我超越寄托于把灵魂和精神从自我的身体之中解脱出来。在他看来,一个热爱智慧的人在临死的时候并不感到悲哀,而一个感到悲哀的人常常是热爱身体以及财富和名誉的人。每一个寻求智慧的人,都必须接近他的灵魂,灵魂作为一个无助的囚犯,总是捆绑在身体之中,所以人们充其量只能透过身体这一灵魂的囚室间接感知,只能在无知的泥沼着打滚。他甚至得出结论:“只有在我们死去以后,而非在今生,我们才能获得我们心中想要得到的智慧。”①与西方这种认为只有使灵魂从身体中解脱和分离出来才能获得生命的真正超越的观点不同,中国强调修己养德显然寄托于当下社会生活。只不过儒、释、道各自取向有所区别,儒家的士更加关注社会伦理规范,道家的士则更注重自身的生命解放,佛教的士似乎不食人间烟火,但中国佛教不同于印度佛教的一个重要特点是,中国佛教的“士”总是致力于佛教自身的改造,总是使其更具有所谓“人间佛教”的性质,总是通过自我心灵的最大解放与自由,以及普度众生使其最大限度实现现世化。所有这些,充分体现了中国士阶层十分关注现世,而且以改造现世为人生理想的精神。

中国士阶层在不同历史时期常常有不同表现,这一精英阶层可能表现在文学领域,也可能表现在文学之外的其他领域,相对来说哲学乃至宗教和政治领域可能更突出。余英时有这样的概括:“‘士’的传统虽然在中国延续了两千多年,但这一传统并不是一成不变的。相反地,‘士’是随着中国史各阶段的发展而以不同的面貌出现于世的。概略地说,‘士’在先秦是‘游士’,秦汉以后则是‘士大夫’。但是在秦汉以来的两千年中,‘士’又可更进一步划成好几个阶段,与每一时代的政治、经济、社会、文化、思想各方面的变化密相呼应。秦汉时代,‘士’的活动比较集中地表现在以儒教为中心的‘吏’与‘师’两个方面。魏晋南北朝时代儒教中衰,‘非汤、武而薄周

① 《裴多篇》,《柏拉图全集》第1卷,人民出版社2002年版,第64页。

孔’的道家‘名士’(如嵇康、阮籍等人)以及心存‘济俗’的佛教‘高僧’(如道安、慧远等人)反而更能体现‘士’的精神。这一时代的‘高僧’尤其值得我们注意,因为此时的中国是处于孔子救不得、为佛陀救得的局面;‘教化’的大任已从儒家转入释氏的手中了。隋唐时代除了佛教徒(特别是禅宗)继续其拯救众生的悲愿外,诗人、文士如杜甫、韩愈、柳宗元、白居易之伦更足以代表当时‘社会的良心’。宋代儒家复兴,范仲淹所倡导的‘以天下为己任’和‘先天下之忧而忧,后天下之乐而乐’的风范,成为此后‘士’的新标准。这一新风范不仅是原始儒教的复苏,而且也涵摄了佛教的积极精神。北宋云门宗的一位禅师说:‘一切圣贤,出生入死,成就无边众生行。愿不满,不名满足。’一直到近代的梁启超,我们还能在他的‘世界有穷愿无尽’的诗句中感到这一精神的跃动。”①虽然中国诗人、文人可能并不在中国历史的任何时代都雄踞最为精英的阶层,但由于文学的特殊影响力,其贡献同样有目共睹。这一士阶层的根本任务是表达社会历史的心声,并以此达到表达社会良知,只不过他们在语言领域的造诣掩盖了他们在其他领域的贡献,但他们所共同创造的中国文学抒情传统却可能为表达社会良知提供了最高水平的声音。这些人的影响力在特定历史时代并不一定总是占据最重要的地位,但他们必定在各自地位承担并实现了士阶层的共同使命,如屈原、杜甫、柳宗元、苏轼、辛弃疾、关汉卿、孔尚任、曹雪芹、鲁迅等确实一脉相承地继承了这种传统,并创造和传承了中国文学抒情传统。他们不仅是中国不同历史时代社会良知的代表人物,而且是民族文化精神的传承者与创新者。

当然,所谓士仅仅是中国社会的一个阶层,并不是所有人格理想的代表,但是由于历史常常使这一阶层中真正的精英切实承担起了社会历史使命,成为人们人格理想的代表。关于士阶层人格理想的表述,不同的人,不同的时代都可能有不同的表述,但张载的表述最具代表性。他的“为天地

① 余英时:《略说中西知识分子的源流与异同》,载何俊编:《余英时学术思想文选》,上海古籍出版社 2010 年版,第 50 页。

立心,为生民立道,为去圣继绝学,为万世开太平'(《张子语录》中),应该是中国历史上任何时代知识阶层人格理想的最具概括力的表述。虽然士阶层修己养德的努力可能局限于自我范畴,不可能拥有更大襟怀,乃至关涉整个人类社会及自然宇宙,但这并不是其终极目的,其终极目的可能是立命。张载的表述呈现了中国知识阶层人亘古不变的生命理想,同时也应该是中国知识阶层永恒不变的人格理想。人们之所以强调士阶层修己养德的历史使命,这只是意味着士阶层在人生的初期阶段,尚未具备构建人类社会乃至自然宇宙和谐秩序的力量和条件的情况下,需要不断积蓄力量,创造条件,为实现所谓"为天地立心,为生民立道,为去圣继绝学,为万世开太平"生命理想做必要准备。

二、自强凝命的君子理想

中国士阶层在人生初期阶段修己养德达到一定程度,具有了改造社会历史,构建和谐社会历史秩序的力量和条件的时候,其关注的兴趣点就可能突破自我范畴,向更广阔的人类社会领域扩展。当他们义无反顾地肩负起这一社会历史使命的时候,也就从现实层面的士阶层上升到具有更高人生理想的君子境界。如果说士主要是一种社会阶层的统称,那么君子明显具有明确的人格理想内涵。在中国儒、释、道文化传统中,似乎儒家更关注君子的人格理想。我们甚至可以不恰当地说,君子的人格理想几乎占据儒家文化传统的最主要部分。

儒家君子人格理想有特定内涵。与普通人比较起来,君子是具有较高人生理想的群体。他们往往最大限度地改变了其他人过分关注形而下物质欲求,突破斤斤计较于个人的物质利益的局限,而对形而上精神生活有更高追求。这种追求常常使他们最大限度超越物质领域的诱惑,在更高层次的精神生活领域有所建树。如孔子所云:"君子喻于义,小人喻于利。"(《论语·里仁》)"君子上达,小人下达。"(《论语·宪问》)"君子疾没世而名不称焉。"(《论语·卫灵公》)有强烈社会忧患意识是君子极其普遍的社会心理,如《周易·系辞传下》之所谓"君子安而不忘危,存而不忘亡,治而不忘乱”。与普通人比较起来,君子还最大限度超越了自我局限,具有了广阔的社会视野。他们常常比普通人更能够做到严于律己,宽以待人,这是君子人格理想的最基本特征。如孔子所谓“君子病无能焉,不病人之不己知也”(《论语·卫灵公》)。“君子求诸己,小人求诸人。”(《论语·卫灵公》)不仅如此,他们还能够在很大程度上超越自我利益的局限,将为他人服务作为人生宗旨,如孔子有云:“君子成人之美,不成人之恶。小人反是。”(《论语·颜渊》)“君子学道则爱人,小人学道则易使也。”(《论语·阳货》)能够超越自身利益将为他人服务作为宗旨,这使君子比一般意义上的士阶层更多了几分伦理道德的责任与义务。当一个人不是出于本能而是出于责任,以牺牲自身利益乃至生命为代价实现利他的目的的时候,这个人无疑具有了君子的理想人格,是任何时代任何民族都值得称颂的。这种君子风范常常是中国文学抒情传统经久不衰的主题。不仅如此,作为君子还能够超越自身局限,将社会的成败得失作为自己的成败得失。孔子有云:“君子周而不比,小人比而不周。”(《论语·为政》)“君子易事而难说也:说之不以道,不说也;及其使人也,器之。小人难事而易说也:说之虽不以道,说也;及其使人也,求备焉。”(《论语·子路》)对此朱熹《论语集注》有这样的阐释:“君子之心公而恕,小人之心私而刻。”这种以天下为己任,任劳任怨,公而忘私,乃至鞠躬尽瘁,死而后已的精神,就是君子人格理想的主要内容。诸葛孔明的努力以及杜甫等人的讴歌,反映了中国抒情传统的基本精神。

君子常常比其他普通人更关注良好人际关系乃至社会秩序,所以善于以礼待人,如子夏有云:“君子敬而无失,与人恭而有礼。”(《论语·颜渊》)他们常常能够遵循孔子“君子和而不同、小人同而不和”(《论语·子路》)的人际交往原则。孟子甚至更明确地阐述了君子的人际交往原则:“君子所以异于人者,以其存心也。君子以仁存心,以礼存心。仁者爱人,有礼者敬人。爱人者人恒爱之,敬人者人恒敬之。”(《孟子·离娄下》)强调和谐人际关系乃至社会秩序,是中国文化传统的共同理想。儒家主张“无争”与“和为贵”的思想,如孔子所谓“君子无所争”(《论语·八佾》),“君子矜而不争,群而不党”(《论语·卫灵公》),如有子也有所谓“礼之用,和为贵。

先王之道斯为美，小大由之。有所不行，知和而和，不以礼节之，亦不可行也”（《论语·学而》）等。虽然从消极方面看，不争与和为贵的思想，较之西方竞争思想似乎缺乏扩张性，但在维护社会秩序，允许各种差异性的共同存在方面，没有比这种交往原则更切实可行的了。不仅如此，道家也强调所谓“均调天下，与人和者”（《庄子·天道》）的思想。老子明确地主张不争，尤其反对战争，称：“君子居则贵左，用兵则贵右。兵者，不祥之器，非君子之器，不得已而用之，恬淡为上，胜而不美，而美之者，是乐杀人。”（《道德经》第三十一章）强调和谐相处，无所争执的人际交往原则，构建人与人之间和谐关系的基础，同时也应该是处理一切社会关系的基本准则，是儒家为代表的中国文化传统之社会原则和政治制度的基础。而和谐相处，无所争执的最高境界就是“与人为善”，孟子将与人为善看成君子的最高境界，有“君子莫大乎与人为善”（《孟子·公孙丑上》）的说法，主张在家庭伦理关系基础上推己及人和崇尚仁让以至构建国家内部和谐关系，孟子认为应“推恩足以保四海，不推恩无以保妻子”（《孟子·梁惠王上》）的说法，他将爱人与敬人作为赢得别人爱戴与尊敬的基本条件，如所谓“仁者爱人，有礼者敬人。爱人者人恒爱之，敬人者人恒敬之”（《孟子·离娄下》）。当然这种推己及人也并不是没有任何条件的，孟子认为应“仁者以其所爱及其所不爱，不仁者以其所不爱及其所爱”（《孟子·尽心下》），《大学》更明确阐述了推己及人与崇尚仁让的人际关系准则：“一家仁，一国兴仁；一家让，一国兴让；一人贪戾，一国作乱。其机如此。”

“和而不同”，不仅是君子人际交往的基本准则，而且是构建和谐社会的基本原则。中国人强调人际交往的和谐关系，但这个和谐，绝对不是丧失原则的同流合污，而是既强调团结与合作，又尊重差异与独立的多元并存。《左传·昭公二十年》以厨子和羹与乐师操琴的设喻系统阐发了和与同的差异，认为和就是承认矛盾的客观性与不同意见的合理性，并且允许不同看法和意见存在，而同则抹杀了差异与矛盾，不允许不同意见与认识存在。在此基础上，还进一步阐述了治理国家应该坚持和而不同的原则，提出了“济五味，和五声”，“以平其心，成其政”的思想。《国语·郑语》在更加普遍的意义阐述了“和实生物，同则不继”的思想，并指出排除异己、强调同一的专制可能造成恶劣的后果。中国人不仅处理人与人之间关系的大大小小事件都以和谐作为基本准则，而且常常拓展到人与人之间关系之外的国家治理与政治制度之中，涉及一定民主政治与专制政治的基本意识。遗憾的是这种和谐思想在后来并没有发展成为一种成熟的民主政治，也没有成为其理论依据。

君子无疑是儒家理想人格的集中体现。君子人格理想的突出特点是超越了自我乃至物质欲求层面，具有了更广阔的社会视野和精神需求。君子之本在于构建和谐社会秩序。如孔子弟子有子有云：“君子务本，本立而道生。孝弟也者，其为人之本。”（《论语·学而》）惟其如此，君子所恪守之道也不过是按照一定行为准则构建和谐人际关系，如孔子所云：“有君子之道四焉：其行己也恭，其事上也敬，其养民也惠，其使民也义。”（《论语·公冶长》）其乐趣也不过是为构建和谐人际关系贡献力量，甚或以和谐关系为快乐，如孟子有云：“君子有三乐，而王天下不与存焉。父母俱存，兄弟无敌，一乐也。仰不愧于天，俯不怍于人，二乐也。得天下英才而育之，三乐也。”（《孟子·尽心上》）可见，无论孔子所谓“君子之道”，还是孟子所谓“君子三乐”，都更多地体现了对人类社会秩序的关注，也是士阶层部分人能达到君子境界的一个基本标准。

当一个人能够真正达到君子境界的时候，他自然会具备中庸的人格特征。所谓中庸一般认为就是适中，也就是恰到好处。它要求表现在性格乃至行为举止的各个方面，如孔子有“君子泰而不骄，小人骄而不泰”（《论语·子路》）的说法。虽然亚里士多德也强调中庸，但他从来没有将其与美联系起来。孔子的贡献在于很早就认识到了这种联系，而且将所谓“惠而不费，劳而不怨，欲而不贪，泰而不骄，威而不猛”称之为“五美”，将“不教而杀之谓之虐；不戒视成谓之暴；慢令致期谓之贼；犹之与人也，出纳之吝谓之有司”称之为“四恶”（《论语·尧曰》）。这实际上是儒家对君子理想人格的最系统阐述。这种人格理想阐述起来似乎较为容易，但真正付诸行动，其实很难做到。因此，孔子也感慨：“中庸之为德也，其至矣乎！”（《论语·雍也》)可见中庸作为君子人格的一种标志,不是一种仅仅落在口头上的承诺,更是一种行为准则。要真正落实在行为中而不是挂在口头上,只有真正的君子才能做到。所以儒家将其看成区别君子与小人的一个基本标准,有所谓“君子中庸,小人反中庸”(《中庸》)的说法。而亚里士多德所谓中庸,仅仅是伦理学层面的一种观点,在中国却是数千年来人们所致力以求的人格理想;在西方仅仅是一个伦理学观念,在中国却是一种集体无意识。由士阶层向君子攀缘而上,显然是儒家文化传统提供给人们的一种生命内在超越的主要途径。

要达到君子境界,必须持之以恒、自强不息,不断超越自我局限,以为广大民众服务,构建和谐人际关系和社会秩序为己任。《周易·乾象》有所谓“天行健,君子以自强不息。”君子自强不息,可能表现在日常生活以及为人处世的各个方面,如孔子所云:“君子无终食之间违仁,造次必于是,颠沛必于是。”(《论语·里仁》)朱熹注曰:“君子为仁,自富贵、贫贱、取舍之间,以至于终食、造次、颠沛之顷,无时无处而不用其力也。”孟子甚至作了更为详尽的描述:“天将降大任于斯人也,必先苦其心志,劳其筋骨,饿其体肤,困乏其身,行拂乱其所为,所以动心忍性,曾益其所不能。”(《孟子·告子下》)历史上士阶层的许多人正是通过自强不息,超越自我,自觉承担起构建和谐人际关系乃至社会秩序的使命而成为君子的。但也不是士阶层所有人都能轻而易举达到君子境界。自强不息,不是横冲直撞,盲目蛮干,还得量力而行,适可而止,尤其得理性把握自己力量,力量弱小时谨小慎微,不轻举妄动,以积蓄力量,等待时机为主,所以君子其实有所畏惧,如孔子所谓:“君子有三畏:畏天命,畏大人,畏圣人之言。”(《论语·季氏》)所谓士阶层修己立命阶段,其实就是君子有所等待乃至积蓄力量的阶段;但当积累到一定阶段具有真正强大的力量,能够改造社会历史的时候,就不能迟疑不决,坐失良机,而应该当机立断,勇往直前,大展宏图。当然也得警惕过犹不及、物极必反的结果。君子只有自强不息,有所畏惧,才可能上升到更高的圣人境界。

正因为圣人往往有着常人乃至君子难以企及甚或难以理解的精神境

界，所以连孔子也只能望而兴叹："圣人，吾不得而见之矣；得见君子者，斯可矣。"（《论语·述而》）如果君子不能深刻体悟天地宇宙规律，不能做到与天地合德，顺任自然，就不能成其为君子，如孔子所云："不知命，无以为君子也。"（《论语·尧曰》）君子如果能够真正把握天地宇宙规律，顺任自然，与天地合德，就达到了圣人境界。叔本华常常执著于悲观哲学，这在很大程度上限制了他成为圣人的可能。因为真正的圣人常常能够混迹俗尘、安时处顺、淡然无极、恬然自得，这其实也就是《周易·系辞传上》所云"乐天知命，故不忧"。虽然并不是所有君子都能做到乐天知命、无所执著、与天地合德，但只要做到这些，就意味着达到了圣人境界。《庄子·天道》有所谓："夫明白于天地之德者，此之谓大本大宗，与天地和者也，所以均调天下，与人和者也，谓之人乐，与天和者，谓之天乐。"可见真正的圣人，往往能够自得至乐，而且这种至乐常常体现与天地合德的特点。

三、乐天安命的圣人理想

与君子相比，圣人的人格理想主要超越了人类自身的局限，将视野投向更广阔的自然乃至宇宙，能够与天地合德、乐天安命、大化流行。如《周易·乾文言》所谓："夫大人者，与天地合其德，与日月合其明，与四时合其序，与鬼神合其凶吉。"孟子亦云："充实而有光辉之谓大，大而化之之谓圣，圣而不可知之之谓神。"（《孟子·尽心下》）这其实也是中国文化对圣人人格理想的基本阐述，如庄子有所谓"天地与我并生，而万物与我为一"（《庄子·齐物论》），僧肇有所谓"天地与我同根，万物与我一体"（《肇论·涅槃无名论》），程颢有所谓"仁者浑然与物同体"，①王阳明也认为圣人之心，以天地万物为一体，而且主张人与天地万物均有良知，"天地万物与人原是一体，其发窍之最精处，是人心一点灵明"。② 可见能够超越人类自身局限具有广阔的宇宙视野，并能深切体悟人类与宇宙万物浑然一体，才是中国文化

① 《二程遗书》，上海古籍出版社 2000 年版，第 66 页。

② 王阳明：《语录》三，《王阳明全集》（上），上海古籍出版社 1992 年版，第 106 页。

圣人人格理想的基本内涵。这与西方文化宣扬人是万物的精灵，宇宙的精华，主张人类应该征服自然、利用自然的思想，显然格格不入。人与自然和谐，是圣人之所以成其为圣人的最基本原因。《中庸》还较系统地阐述了人与天地合德："唯天地至诚，故能尽其性，能尽其性，则能尽人之性，能尽人之性，则能尽物之性，能尽物之性，则可以赞天地之化育，能赞天地之化育，则可以与天地参矣。"可见，作为圣人不仅能深切体悟人与宇宙和谐的真正内涵，而且能通过尽人之性，尽物之性，真正实现赞天地之化育，与宇宙万物共同创造、进化的目的。

与儒家对圣人与天地合德人格理想的阐述相比，道家尤其老子的阐述更具安时处顺、乐天安命的可操作性。在老子看来，所谓圣人，不仅能够深入认识和把握自然规律，而且能够将自然规律运用于人类的一切生命活动。作为能够从自然界各种规律中最大限度获取生命智慧，并成功运用来处理一切事情的圣人，首先应该坦荡无私，对自然界一切事物一视同仁，平等不二。老子说"天地不仁，以万物为刍狗；圣人不仁，以百姓为刍狗"(《道德经》第五章)，这并不是说圣人对待百姓残酷无情如同草芥，而是说大自然与圣人都没有私心和偏爱，能够对自然界一切事物保持一视同仁的态度。这是圣人人格理想的出发点和基本点。二程也主张人与天地万物没有差别，有所谓："人在天地之间，与万物同流，天几时分别出是人是物？"①没有这一出发点和基本点，圣人的生命智慧就会显得莫名其妙。因为在圣人看来，自然界一切事物，无论人与动物，还是富贵与贫贱、善良与邪恶、美好与丑陋都平等不二，所以才有了无所施为的必要性。人类一切生命活动的目的是选择自己认为的富贵、善良、美好，消除自己认定的贫贱、邪恶、丑陋。然而，所有这些看似矛盾对立的双方其实并不像人们所设定的那么千差万别和相互矛盾，因此，圣人以无所施为为基本行为方式，如老子所说："圣人处无为之事，行不言之教，万物作焉而不辞，功成而不居。"(《道德经》第二章)但圣人无所施为，并不是养尊处优、得过且过，而是为了不干扰和妨害

① 《二程遗书》，上海古籍出版社2000年版，第80页。

一切事物的原始本性,使其能够最大限度顺任本性而自由发展。所以"圣人之治,虚其心,实其腹;弱其志,强其骨。常使民无知无欲,使知者不敢为也,为无为,则无不为"(《道德经》第三章)。可见圣人无所施为,并不是为了偷懒懈怠,而是为了最大限度激发自然界一切事物自身的创造力,获得最大限度的自由发展,即"圣人之言曰:我无为而民自化,我好静而民自正,我无事而民自富,我欲不欲而民自朴"(《道德经》第五十七章)。

因为圣人平等看待诸如善恶、是非、美丑等看似矛盾对立的因素,无所分别、无所执著、无所取舍,自然就没有妄自为大,与人相争的必要,并且因为不妄自为大反而成其大,因为不与人相争反而无人能与其争。如老子有云:"天长地久。天地所以能长且久者,以其不自生,故能长生。是以圣人后其身而身先,外其身而身存。非以其无私邪?故能成其私。"(《道德经》第七章)"圣人执一为天下式。不自见故明,不自是故彰,不自伐故有功,不自矜故能长。夫唯不争,故天下莫能与之争。"(《道德经》第二十二章)"万物归焉而不为主,可名于大。是以圣人终不为大,故能成其大。"(《道德经》第三十四章)"圣人终不为大,故能成其大。夫轻诺必寡信,多易必多难。是以圣人犹难之,故终无难矣。"(《道德经》第六十三章)"圣人不积,既以为人,己愈有,既以与人,己愈多。故天之道,利而不害;人之道,为而不争。"(《道德经》第八十一章)无所执著,无所取舍,无所竞争,反而使圣人拥有了没有谁能够与其竞争,乃至能够长久保持强大的优势。

因为圣人无所分别、取舍乃至执著,使其真正具有了周遍万物乃至无所遗漏的襟怀,以及通达无滞、明白四达的智慧。而有所选择,就必然有所舍弃。老子所云:"圣人常善救人,故无弃人;常善救物,故无弃物。是谓袭明。故善人者,不善人之师;不善人者,善人之资。"(《道德经》第二十七章)老子虽然不提倡智慧,但也不反对无所分别乃至无所取舍的大智慧。老子将这种大智慧叫作"袭明",他所反对的只是那种斤斤计较乃至有所分别、有所取舍的小智慧。正由于圣人具有这种无所分别乃至无所取舍的袭明,才不至于有所失误。因为圣人深切认识到执著于分别和取舍,必然导致失误乃至失败:"为者败之,执者失之。是以圣人无为故无败;无执故无失。"

(《道德经》第二十九章)有所执著和取舍必然导致失误乃至失败,只有真正能够做到无所执著和取舍,心无所滞、通达无碍,才能够成为圣人。这就是老子所谓:“圣人无常心,以百姓心为心。善者吾善之,不善者吾亦善之,得善矣。信者吾信之,不信者吾亦信之,德信矣。”(《道德经》第四十九章)

圣人之所以成其为圣人,就是其因为无所执著而拥有了通达无碍的生命智慧,这是中国儒释道文化的共同认识,同时也是中国文化传统中最具智慧力量的思想。如孔子强调“毋意、毋必、毋固、毋我”(《论语·子罕》),孟子认为“所恶执一者,为其贼道也,举一而废百也”(《孟子·尽心上》),郭象所谓“体道圣人”、“泊尔无心”,①僧肇所谓“圣人无心”(《肇论·般若无知论》),杜光庭所释“圣人无心,未始有滞也”,②慧能所谓“心体无滞”,乃至“无念无忆无著”等(《坛经·般若品第二》),其实都是对圣人无所执著、无所用心、通达无碍人格理想之根本精神的高度概括,同时也是对中国哲学不同于西方的智慧哲学的高度概括。弗朗索瓦·于连认为:“哲学按照排除的模式来思考(真/假,是/不是),然后用辩证的方法演绎相互对立的项,由此而产生了哲学的历史。而智慧是按照‘平等接受’的模式思考(平等地对待‘正’‘反’),由此智慧是不可能有历史的。”③中国哲学一开始就具有智慧哲学的性质,但西方至今没有出现智慧哲学。这是因为,西方哲学过分关注诸如知识论、逻辑论乃至形而上学论方面的努力,不仅使其丧失了成为智慧哲学的可能,而且使其哲学家同样也丧失了成为圣人的可能。方东美认为苏格拉底是唯一有可能成为圣人而最终没有能够成为圣人的哲学家,此后的哲学家无一例外只能与圣人失之交臂。圣人不同于学者的一个基本特征就是从来不肯定什么,也不否定什么,而学者总是通过肯定或否定一些事物和观点来构建自己的知识体系。圣人淡然无极、虚静无心、无所执著、无所偏爱,学者总是执著于既成观念,乃至自己的知识谱系和学科疆界,而且越是执著于某一狭隘专业、不愿越雷池一步,越可能沦落为褊狭自私的

---

① 《南华真经注疏》(上),中华书局1998年版,第50页。

② 《老子奚侗集解》,上海古籍出版社2007年版,第125页。

③ 弗朗索瓦·于连:《圣人无意——或哲学的他者》,商务印书馆2004年版,第91页。

专家。

圣人区别于普通人的一个显著特点是有自知之明。自知之明是圣人之所以成其为圣人的一个根本特点,如孔子有所谓:"知之为知之,不知为不知,是知也。"(《论语·为政》)与知人相比,自知之明似乎更有智慧,如王弼对《道德经》"知人者智,自知者明"有这样的阐释:"知人者,智而已矣,未若自知者,超智之上也。"①自知显然是圣人智慧的主要特征,达摩亦云:"上上智人内照圆寂,明心即佛,不待心而得佛。"②程颐亦云:"上知,则颖悟自别;其次,须以义理涵养而得之。"③王阳明也认为:"惟天下至圣,为能聪明睿智,旧看何等玄妙,今看来原是人人自有的。耳原是聪,目原是明,心思原是睿智,圣人只是一能之尔。能处正是良知,众人不能,只是个不致知,何等明白简易!"④人们常常碰到这样的一种悖论:真正有智慧的人常常是圣人,而不是学者,学者充其量只是一些有学识的无知者。但真正有智慧的圣人反而觉得自己无知,真正无知的人反而觉得自己很有智慧。如孔子自叹:"吾有知乎哉?无知也。"(《论语·子罕》)老子亦云:"知不知上,不知知病。夫唯病病,是以不病。圣人不病,以其病病,是以不病。"(《道德经》第七十一章)杜光庭如是释曰:"了知非知,是谓真知;知而不知,是以为上。不知真知而强知之,是以为病。"⑤之所以有智慧的圣人自己认为自己无知,无知的学者反而觉得有智慧,其根本原因是学者常常将知识误认为智慧。但知识与智慧从来不能相提并论。知识建立在分别与取舍基础上,充其量只能是一种有漏智慧,而智慧无所分别与取舍,因而常常是周遍万物的无漏智慧。知识有所知有所不知,智慧则无知而无所不知。孟子亦云:"知者无所不知也。"(《孟子·尽心上》)知识并不是智慧,知识有特定用途,只能解决人类面临的它所属领域的特殊问题,对这一领域之外的其他问题则无能为

① 王弼:《老子道德经注》,中华书局2008年版,第84页。

② 达摩:《悟性论》,载明尧、明洁:《禅宗六代祖师传灯法本》,中州古籍出版社2009年版,第45页。

③ 《二程遗书》,上海古籍出版社2000年版,第226页。

④ 王阳明:《语录》三,《王阳明全集》(上),上海古籍出版社1992年版,第109—110页。

⑤ 《老子奚侗集解》,上海古籍出版社2007年版,第178页。

力，尤其并不涉及人自身生命的再造与升华；智慧却直接与人的整个生命相联系，常常促成生命的再造与升华。知识是经验的积累与延续，是记忆，记忆是可以培养、强化、塑造和限制的；智慧则是对当下的体悟，是对因为延续而束缚自由的知识的终止，是脱离一切积累的对真实的观照。智慧从来不是知识积累的必然产物，而恰恰是知识中止之后出现的空灵乃至无知，所以真正有智慧的圣人常常觉得自己无知。

无知之知，无智之智，往往是圣人才可能具有的真正智慧，而自知无知之明，更是圣人智慧中的最大智慧。这不仅因为如成玄英疏《庄子·知北游》所谓"不知之知"是"真知之至希"，而且因为自知无知常常具有真知乃至无所不知的基本特征，如僧肇所谓"以圣心无知，故无所不知。不知之知，乃曰一切知"(《肇论·般若无知论》)。圣人之所以无知而无所不知，不是因为他们拥有无与伦比的知识，而是因为他们能够用自己的心灵感知和思考世界，而不是用他人所创造的知识阐释世界。用他人所创造的知识阐释世界，虽然显示出知识的力量，但由于所有知识都建立在有所取舍，术业有专攻的基础上，所以毕竟有所漏失。只有不用他人所创造的知识，而用自己的心灵感知和思考世界，才有可能真正无所遗漏。这就是老子所谓："不出户，知天下；不窥牖，见天道。其出弥远，其知弥少。是以圣人不行而知，不见而明，无为而成。"(《道德经》第四十七章)就是僧肇所谓："夫圣人真心独朗，物物斯照，应接无方，动与事会。物物斯照，故知无所遗；动与事会，故会不失机。"(《肇论·般若无知论》)就是慧能所云："用自真如性，以智慧观照，于一切法，不取不舍，即是见性成佛道。"(《坛经·般若品第二》)王阳明也作了这样的发挥："无知无不知，本体原是如此。譬如日未尝有心照物，而自无物不照。无照无不照，原是日的本体。"①真正的智慧常常是破除对诸如是非、善恶、美丑等分别之心的执著后所形成的大澄明、大透彻。这也正是圣人之所以成为圣人，之所以拥有超乎常人的智慧的根本原因。圣人，作为中国儒释道的共同人格理想，确实是历代士阶层乃至君子们所致力

① 王阳明：《语录》三，《王阳明全集》(上)，上海古籍出版社 1992 年版，第 109 页。

以求的最高理想,同时也是中国文学抒情传统试图达到的最高境界。充分讴歌圣人理想,其抒情就具备了难得的圣者气象。庄子所谓"得至美而游乎至乐,谓之至人"(《庄子·田子方》),体现了中国文学抒情传统之最高人格理想。所谓至美就是《周易·系辞传上》所谓"范围天地之化而不过,曲成万物而不遗",就是王弼所谓"大爱无私"、"至美无偏"①,所谓至乐就是庄子所谓"至乐无乐,至誉无誉"(《庄子·至乐》)。

圣人这一最高人格理想的根本特征是周遍万物,是至美无美、至乐无乐,是对诸如美丑、悲乐之类无所分别、无所执著,乃至心体无滞、明白四达。圣人也因此具有了周遍万物,无知而无所不知的智慧。真正能够达到这种境界的中国文学抒情并不多见,而是更多存在于那些本身具有圣者气象的士阶层乃至君子阶层的文学抒情之中。诸如老庄、孔孟、僧肇、慧能,乃至二程、朱熹、王阳明等就是中国文化史上屈指可数的"圣者"。在这一点上,通常意义的文学抒情显得有些力不从心,甚至相形见绌。遗憾的是许多中国文学史的编著者,往往将汉魏晋南北朝之后的文学局限于纯文学范畴,致使此后各个历史时代最难得的圣者气象在文学史书写中最终被削弱乃至消解。历来文学史家所津津乐道的所谓"盛唐气象",如李白《梦游天姥吟留别》之"安能摧眉折腰事权贵,使我不得开心颜",杜甫《茅屋为秋风所破歌》之"安得广厦千万间,大批天下寒士俱欢颜,吾庐独破受冻死亦足"等也不过是些士人气节与君子风范。倒是王维《终南别业》之"行到水穷处,坐看云起时",有些安时处顺、乐天安命的圣者气象。这实在不是中国文学抒情缺乏圣者气象,而是文学史家过于孤陋寡闻。因为如果抛开这些有所拘泥的文学史观,就不难发现,中国仍然是有史以来所有民族中最能深切体会与天地合德、大化流行,乃至无所执著、乐天知命的圣者气象的民族,仍然是最能在盎然趣机之中参透人类与宇宙内在生命精神,并在艺术意境和文学抒情传统中成功创构圣者气象的民族。

---

① 程树德:《论语集释》第2册,中华书局1983年版,第550页。

第二编　中国抒情的创作传统与美学阐释

第一章　中国抒情的美学理论

中国文学理论最核心的内容往往是文学抒情理论。中国文学抒情理论不仅是中国文学理论最高成就的体现，而且是中国美学最根本精神的概括。关于中国文学抒情乃至创作的理论，主要有感物、感兴、比兴、神思、妙悟等，根据状物表象、应感缘情、妙思寓意，可能将其概括为感物、感兴和妙悟三大理论。这三种理论因为分别关涉中国文学抒情之物境、情境、意境三个层次或境界，所以有着十分重要的价值和意义。

第一节　感物论

感物论是中国文学极其重要的抒情理论。其核心内容是，情感的发动源于事物的感染，或者说是由于事物的刺激与感染，使作家产生了情感乃至创作冲动；这种冲动达到一定程度就会通过文学抒情方式见诸文字，主要依赖事物与相应情感之间结构的相似性，用艾略特的话说，就是客观对应物，用阿恩海姆的话说就是异质同构。所以这种文学抒情的终端显现形式是寄寓着强烈或深沉情感的事物。这种理论起源于先秦文化典籍，如《乐记》之所谓“乐者，音之所由生也。其本在人心之感于物也”，及“感于物而动，性之欲也”。这些阐述真正提升为抒情理论，主要体现为陆机之所谓“瞻万物而思纷”①，刘勰之所谓“情以物迁，辞以情发”（《文心雕龙·物色》），钟嵘之所谓“气之动物，物之感人，故摇荡性情，形诸舞咏”（《诗品》）等。

一、事物感发是文学抒情的诱因

虽然情感是中国文学抒情之灵魂，但情感不是无源之水、无本之木，在绝大多数情况下可能源于外界事物的刺激与感染。按照威廉·詹姆士理论，情感是躯体变化的结果，而躯体变化则是由所面对的对象或事实反射作用的结果。情感经验的顺序是：(1)人对某种令人兴奋的对象或事实的感知；(2)躯体表达，如哭泣、攻击或逃离情境等；(3)某种精神性感受或情感，如感到害怕或气愤等。在他看来，情感的发生是由于对象世界的刺激，主体对作为刺激物的对象世界产生某种知觉，这种知觉必然引起主体的躯体变化，当这种躯体变化正在发生时，主体对躯体变化的感觉就是情感。他指出：“躯体变化直接跟随着对令人兴奋的事实的感知，当这些变化发生时，我们对它们的感受即是情感。”②在他看来，愤怒、亲爱、恐怖的对象世界不但刺激人产生某种外部行动，而且使其姿态和面容发生某种特定变化，并以特殊方式影响其呼吸、血液循环及其他脏腑的机能。即使外部行动受到限制，但对象世界的这种刺激所引发的躯体本能反应必然渐渐地不知不觉地转为情感。躯体的本能反应通常与对象世界发生直接关系，而情感反应则滞后于躯体的本能反应，且仅限于主体的躯体之内，不是由于觉得悲愁才哭泣，而是因为哭泣才觉得悲愁。詹姆士的这一理论后来被许多心理学家进行了阐发，他们认为情感是个人运用各种情感符号而限定的一些生理唤醒状态，是对诸如生理的、文化的、结构的，相互作用的关系的反应。他们更加强调情感的生理特征，将情感看成躯体变化的特定样式。

中国文学抒情传统之一主要形式就是由于某种外界对象或事物的刺激与感染，使作家在很大程度上引起对这一对象或事物的感知，当然，并不是

---

① 陆机：《文赋》，载郭绍虞：《中国历代文论选》第1册，上海古籍出版社1979年版，第170页。

② 转引自诺尔曼·丹森：《情感论》，辽宁人民出版社1989年版，第32页。

所有受到作家感知的事物都能够使作家产生情感冲动，熟视无睹乃至无动于衷的情况总是存在的。这里一个先决条件是外界事物恰到好处地引起作家的关注而且有足够能量引发抒情冲动。一旦抒情冲动形成，作家进行文学抒情的可能就会形成，这是感物论产生的前提。正是由于受到外界事物的感染，才使作家产生了抒情冲动，最终形成了文学抒情。对此徐复观认为："大家公认最早说明诗之来源的'诗言志'的'志'，乃是以感情为基底的志，而非普通所说的意志的'志'。普通所说的意志的'志'，可以发而为行动，并不一定发而为诗；发而为诗的志，乃是有喜怒哀乐爱恶欲的七情，蓄积于衷，自然要求以一发为快的情的动向。情，才是诗的真正来源，才是诗的真正血脉。"①

这种抒情最为突出的体现形式理所当然是诗歌尤其抒情诗，梁肃有云："诗人之作，感于物（一作感于物象），动于中，发于咏歌形于事业。"②但也不尽然。事实上所有文学创作在不同程度上都可能带有抒情的性质，没有掺杂任何抒情成分的文学创作根本不存在。宋濂在更普遍的文学乃至文章层面阐述了这一理论："及夫物有所触，心有所向，则沛然法之于文。"③可见，在感物论中，情感是核心因素，没有情感的发动不可能有抒情冲动。情感常常是抒情冲动发生的内驱力，但情感冲动发生的原因又是外界事物。所以外界事物事实上是文学抒情的最根本动力，这种动力不是内在的，而是外在的。不过，仅外在事物，仍然无法导致内在冲动。这种外在事物的内在化同样至关重要。外在事物的内在化事实上既来源于外在性，同时又受益于内在化。外在事物的内在化过程事实上就是被作家感知的过程。李梦阳云："情者，动乎遇者也。……故遇者物也，动者情也，情动则会，心会则契，

---

① 徐复观：《中国文学精神》，上海书店出版社 2004 年版，第 21 页。

② 梁肃：《周公瑾幕下诗序》，载胡经之：《中国古典文艺学丛编》（一），北京大学出版社 2001 年版，第 9—10 页。

③ 宋濂：《叶夷仲文集序》，载胡经之：《中国古典文艺学丛编》（一），北京大学出版社 2001 年版，第 16 页。

神契则音,所谓随寓而发者也。"①李梦阳较为详尽地阐发了物动情,情动心,心动文学抒情的基本过程。总之,按照这种理论,文学抒情源自情感发动,情感发动的根源在于事物的刺激及人对事物的感知。

这种理论确实揭示了部分文学抒情现象。在中国文学抒情传统中,杜甫之所以比其他诗人创作题材更加丰富,几乎所有现象都能够成其为诗歌题材,主要得益于杜甫有着其他诗人少有的生活经历。丰富的生活经历成就了杜甫。当然也不是所有有着丰富经历的人都能够成其为诗人,但有丰富经历的诗人其创作题材可能更加丰富。苏轼也有类似的文学抒情经验,他指出:"山川之秀美,风俗之朴陋,贤人君子之遗迹,与凡耳目之所接者,杂然有触于中而发于咏叹。"②这种文学抒情经验可能并不仅仅存在于抒情诗乃至文学创作领域,甚至可能泛见于其他艺术创作,如郭熙就十分明确地揭示了绘画领域存在的这种现象,他说:"欲夺其造化,则莫神于好,莫精于勤,莫大于饱游饫看。历历罗列于胸中,而目不见绢素,手不知笔墨,磊磊落落,杳杳漠漠,莫非吾画。此怀素夜闻嘉陵江水声而草圣益佳,张颠见公孙大娘舞剑器而笔势益俊者也。"③可知外界事物足以能够引发艺术家抒情冲动的因素十分丰富,风花雪月、飞禽走兽,衣食起居、举手投足等都可能成为引发情感和抒情冲动的诱因。

源于外界事物刺激和诱发的情感以及抒情冲动可能带来十分丰富多彩的创作灵感和创造力。这是因为世界上没有比大自然更具创造力的了。在中国文学抒情传统中,外界事物,不仅是引发抒情冲动乃至最终形成抒情的最原始最关键的因素,而且是作家和艺术家获得无与伦比的创作题材以及创造力的最重要源泉。《词苑萃编》有这样的记载:"泰和己丑,元好问裕之

---

① 李梦阳:《杨月先生诗序》,载胡经之:《中国古典文艺学丛编》(一),北京大学出版社2001年版,第17页。

② 苏轼:《南行前集序》,载胡经之:《中国古典文艺学丛编》(一),北京大学出版社2001年版,第11页。

③ 郭熙:《林泉高致集·山水训》,载胡经之:《中国古典文艺学丛编》(一),北京大学出版社2001年版,第11—12页。

赴并州，道逢捕雁者捕得二雁，一死一脱网去，其脱网者空中盘旋，哀鸣良久，亦投地死。好问遂以金赎得二雁，瘗汾水傍，垒石为识，号曰“雁邱”。因赋摸鱼儿词曰：‘问世间情是何物，直教生死相许。天南地北双飞客，老翅几回寒暑。欢乐趣。离别苦。就中更有痴儿女。君应有语。渺万里层云，千山暮雪，只影向谁去。横汾路。寂寞当年箫鼓。荒烟依旧平楚。招魂楚些嗟何及，山鬼暗啼风雨。天也妒。未信与、莺儿燕子俱黄土。千秋万古。为留待骚人，狂歌痛饮，来访雁邱处。’乐城李治和云：‘双双雁正分汾水，回头生死殊路。天长地久相思债，何事眼前俱去。摧劲羽。倘万一幽冥，却有重逢处。诗翁感遇。把江北江南，风嗥月唳，并付一邱土。仍为汝。小草幽兰丽句。声声字字酸楚。拍江秋影今何在，草长欲迷堤树。霜魂苦。算犹胜，王嫱青冢真娘墓。凭谁说与。对鸟道盘空，龙艘古渡，马耳泪如雨。’”①这种记载较为典型地体现了外界事物刺激和诱发情感乃至抒情冲动的情形。寻思觅句的构思和加工，与饱阅外界事物比较起来，外界事物仍较为重要，如杨万里有云：“山思江情不负伊，雨姿晴态总成奇。闭门觅句非诗法，只是远征自有诗。”②也许与借鉴过去艺术创作经验相比，外界事物的刺激与诱发仍较为关键。袁宏道亦云：“善为诗者，师森罗万象，不师先辈。”③感物论显然对有丰富生活阅历、很大程度上依赖经验而不是灵感的作家更具适用性。这也正是这种理论的最大优势。

二、事物与情感同构是文学抒情的基础

虽然进入作家感知的事物多种多样，但并不是所有事物都能够诱发作家产生抒情冲动，在许多情况下真正能够诱发抒情冲动的只能是其中的部分事物。比较而言，最有可能诱发作家抒情冲动的常常是那些与作家情感

① 冯金伯：《词苑萃编》，载唐圭璋：《词话丛编》第 3 册，中华书局 1986 年版，第 2083—2084 页。

② 杨万里：《下横山滩头望金华山》（其二），载胡经之：《中国古典文艺学丛编》（一），北京大学出版社 2001 年版，第 13 页。

③ 袁宏道：《序竹林集》，载胡经之：《中国古典文艺学丛编》（一），北京大学出版社 2001 年版，第 19 页。

结构最为相似的外界事物。这里存在互为因果的问题:一方面具有一定相似结构使事物引发作家产生了相应结构的情感,另一方面是具有一定心理结构的情感最大限度激发了作家对具有相似结构事物的格外兴趣。正是这样两种因素的珠联璧合最终成就了情感冲动的产生,及抒情行动的最终实现,也正是作家所感知事物与其情感结构之间存在的某种相似性,最终成就了文学抒情活动的实现。这种作家情感与事物结构之间存在的相似性即同构一般来说主要体现为力的向度的相似性。具体来说,主要有两种情形:一种是空间结构的相似性;另一种是时间结构的相似性。

一是空间同构。所谓空间同构,就是空间结构的相似性,即事物结构与作家情感结构的相似性。但这种结构相似性,一般来说并不经常是某些现实结构的相似性。按照一定理论,的确存在着某种诸如公路的水平直线常常与心理的稳定感与实现感,S形曲线常常与心态的灵活变化,红色常常与情感的热情冲动、喜庆欢快之类的密切联系,但这只能是一种最为基本的表层结构相似性。真正意义的深层结构相似性常常表现为某些事物特征与某种特定情感乃至思想之间的相似性,如菊花与归隐、南山与长寿、海燕与斗士、黑夜与恶势力之类的相似性,最为常见的还有类似杨柳与离愁别恨、羁鸟与眷念家乡、蜡烛与无私奉献之类。所有这些显然具有更深刻的隐喻乃至象征成分。这种结构相似性,也就是同构。阿恩海姆也认为,自然事物的结构与人类的心理结构存在着相同性,诸如上升与下降、统治与服从、软弱与坚强、和谐与混乱、前进与退让等,其实是包括自然事物和人类在内的一切存在物的基本存在形式。他指出:“那推动我们自己情感活动起来的力,与那些作用于整个宇宙的普遍性的力,实际上是同一种力。”①

中国抒情传统对此虽然没有十分明晰的阐述,但与阿恩海姆的观点极其吻合。中国儒家和道家常常最早实践了这种同构理论,并且赋予其极其丰富的哲学内涵,使之明显超越文学范畴而拥有了至为广阔的文化视域。

---

① 阿恩海姆:《艺术与视知觉》,载朱立元:《二十世纪西方美学经典文本》第1卷,复旦大学出版社2000年版,第748页。

儒家和道家对水的阐述极其鲜明地彰显了他们对同构理论的共同体认，在很大程度上寄托了对情感指向和生命理想的几乎相近的体悟。儒家许多典籍有以水比德的例证，如据刘向《说苑》载孔子曰："夫水者，君子比德焉。遍予而无私，似德；所及者生，似仁；其流卑下句倨皆循其理，似义；浅者流行，深者不测，似智；其赴百仞之谷不疑，似勇；绵弱而微达，似察；受恶不让，似包；蒙不清以入，鲜洁以出，似善化；至量必平，似正；盈不求概，似度；其万折必憧，似意，是以君子见大水观焉尔也。"[①]与儒家相似，道家也以水比德。如老子有云："上善若水。水善利万物而不争，居众人之所恶，故几于道。居善地，心善渊，予善天，言善信，政善治，事善能，动善时。"（《道德经》第八章）苏辙的阐释更为细致地体现了这一点："避高趋下，未尝有所逆，善地也。空虚寂寞，深不可测，善渊也。利泽万物，施不求报，善仁也。圆必旋，方必折，塞必止，决必流，善信也。洗涤群秽，平准高下，善治也。遇物赋形，而不留于一，善能也，冬凝春冰，涸溢不失节，善时也。"[②]

虽然儒道两家对水的结构分析及象征性内涵的阐释存在一定差异，但这并不影响他们对水结构的几乎相似的体认，表明了水的结构与儒家、道家生命理想之间存在结构相似性。人们之所以能够在相同事物上面感知到不尽相同的情感指向与生命理想，关键在于事物本身的确存在某种可以引发人们联想和思考的相似特质，更重要的是感知者本身有特定思想乃至情感指向。但是，在相同事物上面找到不同乃至相反特质情感指向的现象也是存在的，如同样是牵牛花，可以从其找到乐观向上的情感指向，也可以找到缺乏独立性只能依附其他事物的特质。这是一个普遍的文学抒情现象，但中国文学抒情常常赋予事物更富中国文化精神的象征性内涵是显而易见的。中国儒家、道家对生命理想的阐释构成了中国文学抒情传统最根本的精神内核。虽然随着佛教文化的进入，使得这种精神内核有了很大变化，但这种变化只是丰富了中国文学抒情传统内涵，并没有从根本上改变东方文

---

① 刘向：《说苑·杂言》，载《中国古典文艺学丛编》（一），北京大学出版社 2001 年版，第 7—8 页。

② 苏辙：《道德真经注》，华东师范大学出版社 2010 年版，第 8 页。

化精神的根本特征。儒家的刚健笃实、道家的洒脱飘逸、佛教的透彻空灵，共同构成了中国文学抒情传统基本内核，同时也形成了中国文化人格的基本特质。中国作家们从类似《论语》之类的儒家经典中吸收做人的温柔敦厚的智慧以及刚健笃实的美学风格，从诸如《道德经》之类的道家经典中吸收明白四达的智慧和洒脱飘逸的美学风格，从《坛经》之类的佛教经典中借鉴明心见性的智慧和透彻空灵的美学风格。正是儒家、道家、佛教文化典籍潜移默化的影响，共同构成了中华民族广大和谐的生命精神，形成了中国文学抒情传统的民族风格。

二是时间同构。所谓时间同构其实就是时间结构的相似性，主要指诸如不同季节与特定情感指向之间的相似性。这种相似性在中外文学理论传统中均有体现。在中国，早在西汉，董仲舒就已将四季与特定情感相联系，如喜是对春天的应答，怒是对秋天的应答，乐是对夏天的应答，哀是对冬天的应答，董仲舒云："夫喜怒哀乐之发，与清暖寒暑，其实一贯也。喜气为暖而当春，怒气为清而当秋，乐气为太阳而当夏，哀气为太阴而当冬。四气者，天与人所同有也。"（《春秋繁露·五道通三第四十四》）与董仲舒相似，弗莱《批评的解剖》将喜剧、传奇、悲剧、嘲弄与讽刺分别看成春季、夏季、秋季和冬季的叙事结构，而且认为这些叙事结构构成双双相对的两组："悲剧与喜剧彼此对立而互不相容，传奇与讽刺也复如此，因二者分别捍卫理想与现实。另一方面，喜剧一端不知不觉地融入于讽刺，另一端又融入传奇；传奇既可能是喜剧，也可能是悲剧；悲剧由崇高的传奇扩展到辛酸和嘲讽的现实主义"①董仲舒与弗莱的观点既存在相似性，也存在不同。悲剧乃至悲情、喜剧乃至喜情，理所当然分别存在着向下或向上运动的力的向度。虽然董仲舒与弗莱都将喜情或喜剧与春天相提并论，但对悲情或悲剧，则分别与冬天或秋天相提并论。在弗莱看来，喜剧既是春天的叙事结构又同时可能融入夏天和冬天的叙事结构之中，而悲剧既是秋天的叙事结构，又同时可能融入夏天的叙事结构。这种对时间结构相似性乃至同构性的认识差异，理所

① 弗莱：《批评的解剖》，百花文艺出版社 2006 年版，第 232 页。

当然体现了各自不同的主观认知，两种不同文化传统尤其抒情传统差异的体现。中国抒情传统之中存在的情感指向正是中国文化传统，至少是儒家文化传统的集中体现。

中国文学抒情事实上也已经有意或无意地实践着这种文学抒情的时间同构。中国古代的作家很早就认识到不同季节往往形成不同情感，及由此而引发不同情感指向与生命理想的现象，如陆机有云："尊四时以叹逝，瞻万物而思纷；悲落叶于劲秋，喜柔条于芳春。心凛凛以怀霜，志眇眇而临云。"①钟嵘亦云："若乃春风春鸟，秋月秋蝉，夏云暑雨，冬月祁寒，斯四候之感诸诗者也。"②虽然四季分别与不同情感指向相联系，但在中国文学抒情传统中似乎更热衷伤春与悲秋的情感指向。如李煜《虞美人》与马致远《秋思》等即是如此。这可能与中国文化传统有着深刻联系。儒家文化传统对中国社会产生的普遍影响，虽然在很大程度上为中国人确立了最严格的日常行为规范，使得中国人在思想、行为和情感方面更节制，也更明朗，更纯洁，也更合乎道德。但这种节制在形成中国文化传统尤其文学抒情传统的同时，也很大程度上束缚了人们的生命。对此尼采有深刻体悟。他说："任何道德是对'本性'、也是对'理性'的一种专制。"③正是这种束缚最终助长了人们伤春与悲秋的情感指向。

时间同构是形成中国文学抒情传统情感基调的基础，不同季节往往导致不同情感基调。但具体情况十分复杂，如同样是春季，常常初春与暮春有别，初春多喜慕，暮春多伤悲。也并非全然如此，也不乏初春伤悲而暮春喜慕的文学抒情，如曹豳《春暮》之所谓"门外无人问落花，绿阴冉冉遍天涯。林莺啼到无声处，草青池塘独听蛙"，更多体现了随遇而安、顺任自然的情感指向。这种文学抒情在陶渊明、王维等人的诗歌中表现得最为突出，而且

---

①　陆机：《文赋》，载郭绍虞：《中国历代文论选》第1册，上海古籍出版社1979年版，第170页。

②　钟嵘：《诗品》，载何文焕：《历代诗话》（上），中华书局1981年版，第3页。

③　尼采：《论道德的本性史》，载江怡：《理性与启蒙：后现代经典文选》，东方出版社2004年版，第52页。

意境最为深远。由此可见并不是一定时间的事物必然导致基本相同的情感内核,关键还在于作家本人的情感反应,情感反应才是时间同构得以最终实现的根本。外界事物在许多情况下只是一种情感诱因,并不是最终决定因素,真正起决定作用的一般来说还是作家自身。无论作家的主观情况多么复杂,对自然乃至季节变化的敏锐感知的确是中国文学抒情传统的一个主要特征。这也许与中国长期以来形成的农业社会特点有关,使得中国作家对自然乃至季节变化常常比习惯于工商业社会的西方作家更敏感。

三、文学抒情的模仿论基础

感物论,大概是中国抒情理论中最具西方模仿论性质的一种理论。因为相对来说,这一理论在很大程度上强调了外界事物的重要性,存在一定程度模仿外界事物的成分。最常见的模式是先模仿外界事物,再借题发挥,抒发情感。这样就具有前为因后为果的因果关系模式。这种模式常常受感物论影响而生成最普遍的抒情模式乃至传统。当然西方模仿论也不是一成不变,或内容十分明晰的。事实上模仿论从一开始就存在歧义性。希腊文的模仿大概出现于荷马之后,其词源意义不大清楚,大体代表祭司所从事的舞蹈、奏乐和歌唱等礼拜活动。至公元前 4 世纪,共有礼拜式概念(表现)、德谟克利特式概念(自然作用的模仿)、柏拉图式概念(自然的临摹)、亚里士多德式概念(以自然的元素为基础的自由创作)4 种模仿概念被人们应用。以后的模仿论只是改造与修正了其中的一些观点,总体上没有超出这些范围。除了 18 世纪遭到了较普遍与猛烈的批判之外,模仿论较为持续地影响了艺术创作与西方美学史的发展。直至后来的法兰克福学派主张艺术是对实在的否定、超越和异在,才在一定程度上清除了模仿论的负面影响。模仿论的优势在于强调了技巧的作用。①

模仿论的主要特征是强调外界事物作为模仿对象的重要性,认为外界事物不仅是文学模仿得以实现的基本诱因,而且是文学模仿的核心内容,甚

① 参见郭昭第:《审美智慧论》,人民出版社 2008 年版,第 145 页。

至是文学模仿成就高低的衡量标准。文学作品愈真实模仿了外界事物，愈具有真实性，其所取得的艺术成就便愈高。感物论同样强调了外界事物的重要性，使其很大程度上具有了现实主义风格。因为现实主义最主要特征就是模仿的真实性及事物形象的重要性。不过中国文学抒情传统虽然在一定程度上模仿外界事物，而且也常常以具有一定真实性的物境取胜，但从来不将逼真模仿外界事物作为核心内容与最高成就，充其量也只是肯定其作为情感诱因的重要性，许多情况下外界事物与其所诱发的情感常常平分秋色，甚至更多情况下明显次于情感，情感才是文学抒情的核心内容，外界事物明显从属于情感，仅仅作为情感诱因有价值。如果仍然以真实性作为衡量标准，也主要是衡量情感的真实性，而不是外界事物的真实性。即使所谓山水田园诗，也常常并不仅仅是为了描画或模仿山水田园，更多还是为了抒发情感，如高友工所说："中国诗的传统中由自然物境的描写发展的所谓'山水、田园'的诗体始终不能与自我心境的表现所生的所谓'咏怀、言志'的诗体分离。"①中国文学抒情传统的这种现象，表面看来似乎以自我情感和意志感染改变了客观事物的存在，甚至在某种意义上有了西方事物移情论的特点，但这种特点在中国文化传统尤其文学抒情传统看来是符合事物客观存在的，如戴震云："自然之分理，以我之情絜人人之情，而无不得其平是也。……情得其平，是为好恶之节，是为依乎天理。"②在这一点上，感物论最终又与西方表现论在很大程度上趋于一致。

第二节　感兴论

感兴论是中国抒情理论中的又一主要理论。这种理论虽然也承认作为情感诱因的外界事物，但强调文学创作中占据重要地位的常常是作家自身的主观思想情感乃至灵感等等。与其说外界事物引发了作家的情感乃至创

① 高友工：《美典：中国文学研究论集》，生活·读书·新知三联书店 2008 年版，第 84—85 页。

② 《孟子字义疏证》，载《戴震集》，上海古籍出版社 2009 年版，第 266 页。

作冲动，还不如说作家的情感乃至创作冲动最终改变了外界事物，致使外界事物更多的作为作家的一种主观创造物而不是作为一种客观存在物而存在，作为作家情感化的容器而存在。这种文学抒情的终端显现形式也常常是情感而不是事物，即使有事物成分，也在很大程度上只是情感载体。这种理论同样起源于先秦文化典籍，如《道德经》第二十一章对"惟恍惟惚"，其中"有象"、"有物"、"有精"之道的阐述，庄子对"逍遥游"的阐述等。但真正使其成为抒情理论的仍然是陆机、刘勰等。具体内容如下：

一、作家的灵感是文学抒情的源泉

感物论在很大程度上强调作家情感源于外界事物感发和诱导，但在中国文学抒情传统中也的确存在并不十分依赖外界事物感发与诱导的事实，或者即使受外界事物感发和诱导，但感发和诱导的痕迹并不十分鲜明，在很大程度上得益于作家自身因素的影响。这种受到作家自身因素影响而产生抒情冲动乃至行为，最终使文学抒情得以实现的情形，正是感兴论所强调的。刘勰有云："盖风雅之兴，志思蓄愤，而吟咏情性，以讽其上，此为情而造文也。"（《文心雕龙·情采》）遍照金刚云："夫文章兴作，先动气，气生乎心，心发乎言，闻于耳，见于目，录于纸。"①叶燮的阐述最具代表性："诗是心声，不可违心而出，亦不能违心而出。"②

在这种情况下，作家情感可能更多来自于被压抑的无意识欲望。弗洛伊德认为：如果一部分心理兴奋在正常情况下作为身体的刺激而发泄出来，就产生所谓情感；如果这些情感被压抑，无法获得正常发泄，就导致癔病，一部分将作为病人心理生活中的一个永久负担和经常为此发生兴奋的根源而保留下来，而另外一部分将通过癔症转换，以更为剧烈的情感表现过分发泄出来。这种情感理所当然往往是以被感受为痛苦和焦虑的情感体现出来的。情感常常具有复杂性，既包含某种运动的神经支配或发泄，又包含已经

---

① 遍照金刚：《文镜秘府论·南卷·论文意》，载胡经之：《中国古典文艺学丛编》（一），北京大学出版社2001年版，第35页。

② 叶燮：《原诗》，载王夫之：《清诗话》，上海古籍出版社1999年版，第597页。

完成动作的知觉和直接引起快感或痛感的知觉。情感及其复杂结构都是带有普遍性质的作为物种史共有物的以往经验的重演和积淀。如果情感获得诸如由流泪到报复行动的全部随意或不随意的强烈反应，情感的大部分就会因此消失；如果这种反应受到压抑，则情感仍然依附于记忆。他指出："一种情感状态的构造和癔病很相类似，它们都是记忆的沉淀物。因此，癔病的发作，可比作一种新形成的个体的癔病，而常态的情感则可比作一种已成为遗传的普遍的癔病。"[①]当然弗洛伊德也并非一味否定作为刺激物的对象世界的作用，焦虑和恐惧虽然与逃避反射相结合，可视为自我保护本能的一种表现，但就其本身而言则是对外界危险或意料中伤害的知觉的反应。

拉康将弗洛伊德的理论进行了发挥，更加强调情感主体和无意识的语言学基础。用拉康的理论阐释情感，所谓情感就是他人的无意识言语，他人是情感主体情感性的镜子，正是在他人对自我的体验和评价之中，情感主体感到和体验了自我情感。在这里情感虽然仍是一种被压抑的无意识，但这种被压抑的无意识是从他人的体验和评价的言语之中获得的。作家的情感在本质上确实是作家通过读者的体验和评价的言语而体验到的[②]。谢弗同弗洛伊德一样把情感看作由压抑而产生的身体紧张状态，但他修正了弗洛伊德情感论，更强调了如忧伤、害怕、气愤、厌烦四种基本的苦恼情感，认为这种紧张状态及四种苦恼情感在没有干预的情况下能够通过哭泣（由于忧伤）、颤抖和出冷汗（由于害怕）、苦笑（由于窘迫和气愤）和激怒获得发泄。这种情感释放既可以自发进行，也可以借助于精神宣泄，通过对苦恼情感的超越而进行，既可以是超距离的，也可以是近距离的，还可以是巧妙平衡的[③]。按照弗洛伊德、拉康和谢弗的情感理论，人们可以将作家的情感看成其受压抑的无意识欲望的集中体现，虽然这种情感在很大程度上可能只是一种类似痛苦乃至焦虑的情感，但这种情感显然更具有深刻的性质，许多情

---

① 弗洛伊德：《精神分析引论》，商务印书馆1984年版，第317页。

② 参见郭昭第：《文学元素学：文学理论的超学科视域》，中国社会科学出版社2006年版，第77—78页。

③ 诺尔曼·丹森：《情感论》，辽宁人民出版社1989年版，第68页。

况下也并不仅仅显现为痛苦情感，而是显现出一定的丰富性。上述理论使人们理解感兴论有了更扎实的心理学基础。所谓文学抒情其实就是作家被压抑情感的全面释放。这种理论也确实阐释了有些作家情感可能更大程度上源于自身被压抑欲望的事实。

作家情感有可能是连作家自身也无法进行明确阐释的，带有一定程度的莫名其妙的性质。这体现了作家情感以及抒情冲动并不完全受制于外界事物刺激的事实。当作家情感处于这种状态时，其情感解放和释放的程度往往带有出乎意料的性质，不仅如此，受这种也许来自受压抑欲望的情感激发，其文学抒情常常呈现出出人意料的情形，作家的各种心理能力和创造力常常得到超常发挥，如陆机有云："若夫应感之会，通塞之纪，来不可遏，去不可止。藏若景灭，行犹响起。方天机之骏利，夫何纷而不理。思风发于胸臆，言泉流于唇齿。"①在这种抒情传统中，作家受压抑欲望和情感获得最大限度释放的性质十分明显。但真正体现于情感释放乃至宣泄状态的时候，情感释放受中国文化传统影响也可能在一定程度上有所节制，但这并不表明作家情感释放乃至宣泄的心理体验仍然受压抑，思维和情感冲动相对于其他非创作状态时候具有痛快淋漓的宣泄性质。如刘勰所云："吐纳文艺，务在节宣，清和其心，调畅其气，烦而既舍，勿使壅滞，意得则舒怀以命笔，理伏则投笔以卷怀。"（《文心雕龙·养气》）有理由相信，如果作家的情感和思维在很大程度上受到诸多理智因素的约束，作家就不可能有这种痛快淋漓的心理体验，其创造力也就不可能真正发挥到极致。

虽然中国文学抒情在一定程度上总是受到文化传统的约束，但这种约束完全有可能是无意识状态下发生的，甚至有可能是集体无意识发挥作用的结果，但作家自身情感体验实际上不受任何约束，遍照金刚《文镜秘府论》列举了许多例证，有所谓："感兴势者，人心至感，必有应说，物色万象，爽然有如感会。亦有其例。如常建诗云：'泠泠七弦遍，万木澄幽音，能使

① 陆机：《文赋》，载郭绍虞：《中国历代文论选》第 1 册，上海古籍出版社 1979 年版，第 174 页。

江月白，又令江水深。'又王维《哭殷四诗》云：'泱莽寒郊外，萧条闻哭声，愁云为苍茫，飞鸟不能鸣。'"①其实许多作家有过这样的体验，如苏轼云："吾文如万斛泉源，不择地而出，在平地滔滔汩汩，虽一日千里无难。"②中国作家作为士阶层的代表，确实是中国所有阶层中受文化压抑最严重的。这种情形往往在政治乃至思想统治相对薄弱的历史时代有所改观，在其他时代几乎无一幸免，而且越是封建专制受到强化的时代，受压抑的程度越严重。所以希望思想自由，是包括作家在内的中国士阶层一贯的理想。这虽然也是人类共同的理想，但在中国尤其显得突出。弗洛伊德将文学创作看成作家受压抑的欲望在幻念中获得满足，其实是很有道理的。中国士阶层的受压抑甚至可能表现社会政治、经济乃至生活的各个方面，但文化方面的压抑显然更为严重。如李渔所说："予生忧患之中，处落魄之境，自幼至长，总无一刻舒眉，惟于制曲填词之顷，非但郁藉以舒，愠为之解，且尝僭作两间最乐之人，觉富贵荣华，其受用不过如此，未有真境之为所欲为，能出幻境纵横之上者。我欲做官，则顷刻之间便臻富贵；我欲致仕，则转盼之际又入山林；我欲作人间才子，即为李白、杜甫之后身；我欲娶绝代佳人，即作王嫱、西施之原配；我欲成仙作佛，则西天蓬岛即在砚池笔架之前；我欲尽孝输忠，则君治亲年，可跻尧、舜、彭篯之上。"③从李渔以上的描述中可以看出，士阶层在政治、文学、婚姻乃至文化理想等方面受压抑乃至祈求解放的愿望。而李渔的这种观点还仅仅是作家受压抑欲望乃至情感在戏剧抒情中获得解放乃至释放的一种阐述。

人们总是津津乐道于庄子的洒脱与逍遥，而庄子的洒脱与逍遥正在于能够在束缚中获得解放，在压抑中找到自由。其《养生主》"庖丁解牛"寓言所阐述的正是通过技艺达到炉火纯青地步乃至近乎道的境界，就能够在束

---

① 遍照金刚：《文镜秘府论·地卷·十七势》，载胡经之：《中国古典文艺学丛编》（一），北京大学出版社2001年版，第35页。

② 苏轼：《文说》，载胡经之：《中国古典文艺学丛编》（一），北京大学出版社2001年版，第38页。

③ 李渔：《闲情偶寄》，上海古籍出版社2002年版，第116—117页。

缚乃至压抑中获得自由与解放的道理；而《逍遥游》则更是对超越了诸多社会和自然束缚之后所能够获得的最大自由与解放的抒写。徐复观对此有这样的阐述："庄子决不曾像现代的美学家那样，把美，把艺术，当作一个追求的对象而加以思索、体认，因而指出艺术精神是什么。庄子只是顺着在大动乱时代人生所受的像桎梏、倒悬一样的痛苦中，要求得到自由解放，而这种自由解放，不可能求之于现世；也不能如宗教家的廉价的构想，求之于天上，未来，而只能是求之于自己的心。心的作用、状态，庄子即称之为精神；即是在自己的精神中求得自由解放。而此种得到自由解放的精神，在庄子本人说来，是'闻道'、是'体道'、是'与天为徒'，是'入于寥天一'；用现代的语言表达出来，正是最高的艺术精神的体现，也只能是最高的艺术精神的体现。"①即使从更高远的生命美学领域降至较为狭隘乃至浅表化的文学抒情传统中来阐述，借助艺术精神获得生命的自由解放，也是中国文学抒情传统之灵魂所在。这种自由解放在感兴论中获得了较突出的关注和阐述。这种自由解放的艺术精神在中国文学中之所以有着非常突出的表现，之所以产生了世界上最悠久乃至发达的文学抒情传统，就是由于中国作家作为士阶层的主要代表受压抑，尤其是受文化传统压抑最严重。所以，说文学抒情是作家获得生命自由与解放的一种有效途径，对中国作家尤其如此。对他们而言，通过经济和政治手段获得解放的希望比较渺茫，而通过宗教手段又往往并不受到绝大多数中国古代作家的欢迎，通过文学抒情获得生命的自由与解放，就成为了一条较为切实可行的道路。

感兴论不同于感物论的一个重要特点就是不再强调外界事物对情感感发的重要性，而强调了作家自身存在的所谓灵气、灵光乃至灵感的重要性。作家自身的灵气、灵光乃至灵感，可能受到某种外在机缘的刺激和感发，但这种刺激和感发的作用较为有限，充其量可能只是一种因素。只要作家进入某种状态，受制于外界机缘影响的程度就显得微乎其微，作家心理能力和创造力就具有无与伦比的价值和意义。如李德裕《文章论》有云："文之为

① 徐复观：《中国艺术精神》，华东师范大学出版社 2001 年版，第 37 页。

物，自然灵气。恍惚而来，不思而至。”①正是这种心理能力乃至创造力的充分展示，才使其大大冲淡乃至遮蔽了机缘的价值与意义，使人们相信作家的文学抒情可能完全得力于自身灵气乃至灵光和灵感。应该注意的是，真正的灵感状态常常是文学抒情的高峰体验状态，是作家各种心理能力获得超常发挥的时期，甚至可以说，真正处于灵感状态的文学抒情常常是作家全部心理能力综合作用的产物。如徐祯卿有云：“情者，心之精也。情无定位，触感而兴，既动于中，必形于声。故喜则为笑哑，忧则为吁戏，怒则为叱咤。然引而成音，气实为佐；引音成词，文实与功。盖因情以发气，因气以成声，因声而绘词，因词而定韵，此诗之源也。然情实幽眇，必因思以穷其奥；气有粗弱，必因力以夺其偏；词难妥帖，必以才以致其极；才易飘扬，必因质以御其侈。此诗之流也。由是而观，则知诗者乃精神之浮英，造化之秘思也。”②张孝祥《鹧鸪天》所谓“忆昔彤庭望日华，匆匆枯笔梦生花”明确凸显了妙笔生花的典故。

情感不受外界事物感发，同时也不受意识压抑而使其思想情感在创作中获得全面充分释放和宣泄的情形可以表现于各个艺术领域。如萧子显就揭示了文学抒情的情形：“蕴思含毫，游心内运，放言落纸，气韵天成，莫不禀以生灵，迁乎爱嗜，机见殊门，赏悟纷杂。”③李嗣真《续画品录》揭示了绘画创作中的情感宣泄，有云“得妙物于神会”，④张怀瓘《书断》描述了书法创作中的情感宣泄，如云：“偶其兴会，则触遇造笔，皆发于衷，不从于外。”⑤感兴在各种艺术抒情中的普遍存在，也显示了艺术家受压抑情感获得最广

① 李德裕：《文章论》，载胡经之：《中国古典文艺学丛编》（一），北京大学出版社 2001 年版，第 35 页。

② 徐祯卿：《谈艺录》，载何文焕：《历代诗话》（下），中华书局 1981 年版，第 765—766 页。

③ 萧子显：《自序》，载胡经之：《中国古典文艺学丛编》（一），北京大学出版社 2001 年版，第 33 页。

④ 李嗣真：《续画品录》，载胡经之：《中国古典文艺学丛编》（一），北京大学出版社 2001 年版，第 34 页。

⑤ 张怀瓘：《书断》，载胡经之：《中国古典文艺学丛编》（一），北京大学出版社 2001 年版，第 34 页。

泛丰富的宣泄的可能性,构成了中国抒情传统显著特征。使情感论获得了较广泛的理论价值。

二、感兴的心理特征

感兴论的突出特点是将文学抒情归之于作家自身灵气、灵光乃至灵感,许多事实也似乎足以使人们相信作者自身灵气、灵光乃至灵感的确是文学抒情得以变为现实,达到高远艺术境界的根源。张问陶云:"凭空何处造情文,还仗灵光助几分。奇句忽来魂魄动,真如天上落将军。"①在这种心理体验中,任何外界因素和自身其他因素的束缚都可能对文学抒情造成束缚乃至不幸。文学抒情的最理想状态应该是作家精神的无拘无束与自由解放。因为这种心理状态是文学抒情能真正达到高远艺术境界的根本保证,如吴雷发所云:"诗固以兴之所至为妙。"②但达到至为高远的艺术境界,还不是作家追求自由与解放的终极目的,其终极目的应该是自身生命的最大自由与解放。感兴的心理特征主要表现为:

一是高峰创造。作家处于灵感状态的主要特点是能够最大限度激发其创造性。这种创造性突出地表现为作家完全有理由也有权力按照自己情感释放和宣泄的需要创造足以展示这种情感的媒介,这种媒介可能是现实世界的客观存在物,也完全有可能是作家根据情感释放需要进行重构乃至虚构的事物,如李白《梦游天姥吟留别》、《蜀道难》等正是依赖丰富的想象乃至夸张重构了许多事物。这种重构借助灵感的力量常常可以达到无以复加的程度,如包恢所云:"一诗之出,必极天下之至精,状理则理趣浑然,状事则事情昭然,状物则物态宛然,有穷智极力之所不能到者,犹造化自然之声。"③马斯洛把这种灵感重构所达到的高峰创造状态称为高峰体验。他认

① 张问陶:《论诗十二绝句》,载胡经之:《中国古典文艺学丛编》(一),北京大学出版社2001年版,第50页。

② 吴雷发:《说诗菅蒯》,载王夫之等:《清诗话》,上海古籍出版社1999年版,第897页。

③ 包恢:《答曾子华论诗》,载胡经之:《中国古典文艺学丛编》(一),北京大学出版社2001年版,第42页。

为处于高峰体验的人往往摆脱了抑制、畏惧、疑虑,达到情感的最大宣泄和释放,甚至能够感到强烈的娱乐,有凯旋的性质,也有解脱的性质,既成熟又童贞,是幸福的享乐、是愉快的生气勃勃,是喜悦。马斯洛指出:“高峰体验中的人也许更像艺术家、诗人、音乐家、预言家一类的人。”①马斯洛所谓高峰体验的躯体变化和唤醒状态其实就是艺术情感在作家身上反应的集中体现。高峰体验正是文学抒情之最理想的状态。处于这种状态的作家,其心理能力和创造能力常常能够获得超常发挥,使其生命获得最大自由与解放。方孝孺有云:“庄周之著书,李白之歌诗,放荡纵恣,惟其所欲,而无不如意。彼其学而为之哉?其心默会乎神,故无所用其智巧,而举天下之智巧莫能加焉。使二子者有意而为之,则不能皆如其意,而于智巧也佚矣。”②一个作家的文学抒情要达到独一无二的地步,没有比这种状态更理想的了。沈周有云:“山水之胜,得之目,寓诸心,而形于笔墨之间者 无非兴而已矣。”③

二是偶然机缘。人们总是说伟大的事业常常是一刹那完成的,这其实是强调偶然机缘的重要性。许多情况下百思不得其解的问题可能因为某种意想不到的机缘在刹那间豁然开朗乃至迎刃而解。文学抒情同样存在这种情形,而且更突出。文学抒情是极其空灵的艺术创造活动,对灵感型作家来说更是如此。偶然机缘的不期而遇,常常使作家的文学抒情文思泉涌,达到抒情的最佳境界;但当机缘未成熟时,即使搜肠刮肚,也往往无济于事甚至事与愿违。沈宗骞有云:“不前不后,恰值其时,兴与机会,则可遇而不可求之杰作成焉。复欲为之虽倍力追寻,愈求愈远。”④偶然机缘不是文学抒情得以实现的唯一条件,但却是重要条件,因为偶然机缘常常能够帮助作家进

① 马斯洛:《论高峰体验》,载胡经之:《西方二十世纪文论选》第1卷,中国社会科学出版社1989年版,第292页。

② 方孝孺:《苏太史文集序》,载胡经之:《中国古典文艺学丛编》(一),北京大学出版社2001年版,第44页。

③ 沈周:《石田论画山水》,载俞剑华:《中国古代画论类编》(下),人民美术出版社2000年版,第711页。

④ 沈宗骞:《芥舟学画编》,载胡经之:《中国古典文艺学丛编》(一),北京大学出版社2001年版,第51页。

入最佳创作状态，使得作家的文学抒情爆发出最佳创作水平。许多达到最佳水平的文学抒情很大程度上得益于这些偶然机缘。那些并不十分依赖感兴乃至灵感的作家也常常最大限度地利用灵感的机缘，至于那些深谙灵感规律和优势的作家更是能够恰到好处地利用这一机缘。可以推测，所有那些偶然天成的文学抒情常常就是偶然机缘所导致的灵感活动的产物，如王士禛有云："世谓王右丞画雪中芭蕉，其诗亦然。如'九江枫树几回青，一片扬州五湖白'。下连用兰陵镇、富春郭、石头城诸地名，皆寥远不相属。大抵古人诗画，只取兴会神到，若刻舟缘木求之，失其指矣。"[①]那些深谙感兴论的作家常常是最能恰到好处地利用灵气、灵光乃至灵感的作家，而且是能够轻而易举达到最佳抒情状态的作家。

三是潜在积累。处于感兴乃至高峰体验状态，虽然其终端显现形式可能是作家自我的高度自由与解放，但实际上所有平时积累的生活和审美经验常常潜在地发挥着作用和影响。如葛立方所谓"观物有感焉，则有兴，"[②]就揭示了日常积累的生活经验的潜在作用。杨基所谓"胸中何所蓄，经史子集传。酒酣文思涌，强弩机发箭"，[③]，充分展示了审美乃至文化经验的价值。应该看到，任何经验，只有烂熟于心，化为自身能量的一部分，并不知不觉发生作用的时候，其价值才是不可估量的。一种经验在意识层面发生作用，价值有限，它可能因为遗忘而付诸东流，只有在潜意识乃至无意识层面发生作用的时候，才是真正持久的、深刻的。有些作家在文学抒情中常常会遗忘平时的经验积累，或平时积累在文学抒情中往往派不上用场。这是因为，这些所谓经验还仅仅处于意识层面，还没有沉入潜意识乃至无意识层面。只有真正沉入潜意识乃至无意识层面的经验，才可能无时无刻发生作用。这也就是《道德经》第三十八章有所谓"上德不德，是以有德；下德不失德，是以

① 王士禛：《池北偶谈》，载胡经之：《中国古典文艺学丛编》（一），北京大学出版社 2001 年版，第 48 页。

② 葛立方：《韵语阳秋》卷二，载何文焕：《历代诗话》（下），中华书局 1981 年版，第 497 页。

③ 杨基：《赠别龚行义》，载胡经之：《中国古典文艺学丛编》（一），北京大学出版社 2001 年版，第 43 页。

无德”的根本原因。徐大椿有这样的阐释:“‘上德’,德之最上者也;‘不德’,以与‘德’合体,而相忘于德也。如此则德常在我,而终身不离矣。‘不失德’,言保守其德,惟恐失之,则身与德为二,而德终不在我也。”①意思是说,最高层次的德是无意识状态仍发生作用的,所以虽然不在意识层面刻意于德,但无时无刻不受到德的约束,因此有德;低层次的德仅仅停留于意识层面,虽然在意识层面唯恐丢失,仍然常常被遗忘,因此没有德。换而言之高层次的德是与身体合而为一的已经化为身体的一部分,虽有所忘而须臾不离;而低层次的德仍然与身体相分离,虽然唯恐丢失,但往往因为遗忘而被丢失。同样的道理,平时的经验积累,只有化为身体的一部分,乃至无论遗忘还是记忆都经常发生作用,才能在文学抒情中发生深刻作用和影响。

三、感兴的表现论基础

感兴论作为中国文学抒情理论之一,在很大程度上与西方表现论存在相似性。西方表现论是文艺复兴之后在美学领域凸显出来的一种理论,是在文艺复兴弘扬人类自身个性的人文主义思想影响下形成的个体思想家日益重要和心智心理学发生变化的产物,是由 19 世纪浪漫主义诗人主要完成的一种艺术创造理论。其主要观点是,诗歌是思想情感的流露、倾吐和表现,类似的说法还有诗歌是修改、合成诗人意象、思想、情感的想象过程。表现论的所谓“表现”其实是重新起用了原来的词根和词源意义,具有挤出的意思,但从开始用来表达表现的术语并不确定。华兹华斯说诗歌是强烈情感的自然流溢。他把诗人看成了容器,诗歌的素材不是来自于外在实在,也不是来自行为,而是来自诗人液体般的情感。施莱格尔指出使用表现一词显然是表示,内在的东西似乎是在某种外力作用下被挤压而出的。此外也有诗歌是情感的表现或吐露的说法,也有认为诗歌是情感的表露的。华兹华斯是这一理论的主要创立者,但他的同辈们却创造了许多类似的术语,一个理论家往往同时使用好几个术语,如米尔不仅认为是表现和吐露,而且是

① 《老子奚侗集解》,上海古籍出版社 2007 年版,第 97 页。

展现和体现。这种理论虽然在1830年前后几乎一致认为诗歌是表露情绪，但一开始对获得外化的思想成分的阐述却仍然众说纷纭。除了华兹华斯主张是情感之外，柯尔律治说成源于心灵的表达智力的企图、思想、概念、感想，哈兹里特则说是心灵的音乐，雪莱认为是想象的表达，拜伦说成激情，最后亨特将一切在定义中见到的东西一律纳入其中，认为诗歌是表现了对真、美、力量的追求，凭借想象和幻想来体现并阐明其各种观念，并根据在一致性中求多样性来锤炼其语言。这种理论在后来的发展之中，被理查兹等从情感语言的角度做了补充。直至艾略特提出诗歌不是放纵情感而是逃避情感的主张，才在理论上恢复了知性与情感的同等地位。表现论的优势在于对天才的阐述颇有见地。按照这种理论艺术家本身变成了创造艺术品并且制造判断标准的主要因素。①

应该承认，中国最充分最圆满的文学抒情理论，及最充分最圆满的表现论当属于感兴论。但作为中国表现论之感兴论与西方表现论还是有差异的。与西方表现论相似，感兴论同样强调作家主观心智和灵气、灵光和灵感的重要性，并且将情感看得更重要，至少比外在事物刻画或模仿显得更重要。这种以情感抒发为主要目的，强调对心智乃至灵气、灵光和灵感依赖的理论主张，在中国文学抒情传统中形成了以情境取胜且具有鲜明浪漫主义文学风格的抒情优势。如果感物论还在一定程度上强调了事物形象的重要性，不可避免地涉及对事物形象的描摹，一定程度存在着以真实性作为标准的倾向，这就使其现实主义风格获得了充分彰显。但感兴论对作家灵感乃至情感的高度重视，以大胆夸张想象重构现实事物乃至形象和情感的努力，则使其浪漫主义风格获得最大限度展示。

在刘若愚看来，中国表现论与西方表现论的差异主要是：西方表现论强调“想象力的创造性具有占据重心的重要性，可是中国的表现理论家，除了陆机和刘勰等少数例外，很少强调创造性”。其次是中国理论家“除了一两个过激派像李贽和金圣叹以外，并不像西方表现理论家那样，倾向于重视激

---

① 参见郭昭第：《审美智慧论》，人民出版社2008年版，第146—147页。

情，认为它是艺术的创作的先决条件”。最后是除了李贽、金圣叹之外的中国理论家虽然认为“自然与直觉比技巧更重要”，但是不会像克罗齐一样认为“直觉即表现”，“虽然将主要重点放在自然表现上，可是并不完全排除自觉的艺术技巧”。① 这样的比较可能是不得要领的。中国感兴论同样强调想象力的创造性，强调灵气、灵光乃至灵感，但仅仅将其作为一种才气而不至于奉其为天才。这里显示出中西方天才论观点的主要差异：西方天才论在美学中只是将天才作为一种创造性进行吹捧，在未被现代普泛化为创造活动之前，只是作为诗人才有的创造性禀赋而受到重视。更具体地说，天才在一段时间是被西方看成只有诗人才有的一种禀赋；但中国人所理解的天才却仅仅是那些生而知之者，真正能够达到这种生而知之境界的只有为数极少的圣人，也只有他们才能堪称天才。西方天才论在将天才普泛化的同时也强化了人们的创造意识，中国天才论却在将天才神圣化的同时，在很大程度上打消了人们的创造兴趣尤其自信心。这种分歧显然不只是一种天才论的分歧，而是整个抒情乃至文化传统的分歧。这也充分彰显了中国人崇敬圣者气象的心态。也正是这个原因，中国感兴论总体上并不夸大激情的重要性，也不在根本上无视技巧的重要性。

比较而言，倒是宇文所安模糊地认识到了某些差异：“内心的原初状态或‘情’通过文本得以再生，这是另一个充满希望的承诺。如果我们把它理解为可信的文学表现只能发生在真实情感中，恐怕难以站得住脚。但是，如果我们把它理解为作家的内心状态可以完美而准确地在读者那里再生，那么，我们就遇到了一个困难重重的承诺，其难点比内外完全相符原则的难点还要多。”②刘勰《文心雕龙·征圣》之所谓“妙极生知，睿哲为宰”，就是中国文学抒情之圣人情结的精辟概括。当然，刘勰这里所谓睿哲可能主要指诸如周孔等儒家圣人，但如果人们能够不为儒家观念所限制而具有较为开阔的视野，崇敬圣人的情结是使文学抒情获得最高境界的思想内涵的重要

① 刘若愚：《中国文学理论》，江苏教育出版社2006年版，第131—132页。

② 宇文所安：《中国文论：英译与评论》，上海社会科学院出版社2003年版，第120页。

方法与途径，也是中国文学抒情传统重要内容和特色。

第三节　妙悟论

妙悟论是中国文学抒情理论之又一主要理论。这一理论的突出特点是既不过分强调外界事物的感发与诱导，也不过分强调作家主观心智乃至灵气、灵光和灵感，以及情感的重要性，而是将作家对生命的哲理性思考作为核心内容。这种抒情虽然不能最终完全摆脱事物形象和思想情感的存在，但对生命的哲理性思考与把握无疑是这种文学抒情最具震撼力的因素和终端显现形式。这种抒情理论在先秦文化典籍尤其老庄著作中找到依据，但真正的首倡者可能是僧肇，真正使其成为一种抒情理论的则是严羽等。

一、作家的妙悟是文学抒情的核心

妙悟是严羽等以禅喻诗而提出的中国抒情理论范畴。虽然人们总是怀疑文学抒情以及诗歌禅悟与真正意义的佛教尤其禅宗禅悟之间的区别，总是将佛教禅悟的“不立文字”与抒情禅悟的“不离文字”看成不可同日而语。事实上文学抒情不离文字但可以超越文字，造成非关文字、意在言外的效果。禅宗虽然强调不立文字，但事实上却往往不离文字，产生了诸多颇具抒情意味的禅言诗，二者实际上息息相通。禅悟乃至妙悟论在严羽之前已经有诸如孙绰、谢灵运等开始提到了相关妙悟的观点，只是到严羽有了更明晰的阐述，并产生了较为深远的影响。妙悟论的核心内容是将作家妙悟看成文学抒情的核心，认为是文学抒情的诱因和内在动力，如孙绰《游天台山赋》有云：“悟遣有之不尽，觉涉无之有间。泯色空以合迹，忽即有而得玄。释二名之同出，消一无于三幡。恣语乐以终日，等寂寞于不言。浑万象以冥观，兀同体于自然。”①而且认为妙悟是文学抒情最根本的核心内容，如谢灵

① 孙绰：《游天台山赋》，载胡经之：《中国古典文艺学丛编》（一），北京大学出版社2001年版，第164页。

运所云："禅室栖空观，讲宇析妙理。"[①]文学抒情的禅悟乃至妙悟虽然更多涉及生命感悟，但这种感悟如果真实深刻，就必然涉及情感成分。这种情感乃至感悟也可能受到外界事物的感发，也可能源于心灵的重构，不过显然与外界刺激而形成的躯体反应或被压抑情感的释放没有十分深刻的联系，可能是作家真如本心或原始本性的自觉自悟，带有生命存在与超越的精神内涵。这与萨特情感论有几分类似。

萨特与詹姆士和弗洛伊德不同，他不在躯体或无意识的范畴之内研究情感，而是将情感看成被体验过的意识的某种形式。在他看来，意识的一切事实在本质上都是有意义的，意识的事实总是指向人的整个实在。意识并不限于赋予它周围的世界以情感的含义，它还直接经历着它刚构成的新世界并且与之密切联系。如果所有道路被堵塞，便迅速冲入情绪这一神奇世界，并沉溺其中，以自身最内在的对自身毫无距离的在场及对世界的观点构成这个新世界。意识经受着它投入其中的神奇世界，并趋于使这个自缚其中的世界永恒存在；情绪也趋于使自己永远存在。正是在此意义上，被激动的主体与使其激动的对象通常统一于一个不可分割的综合体内，意识在其情绪的基础上激动，并使情绪更加激烈，情绪在对象身上感受到某种无限超出情绪本身的东西，这正是情绪的构成因素。所谓情绪是一种感知世界的方法，是对世界的非反思的意识，是意识面对世界时经受的自发堕落。情绪是一种被经受的信仰现象，以其有限方式表达着整个人的综合体，是在情绪的形式之下自我实现着的人的实在。情绪返回它所意味的东西即人的实在与世界的关系，按照神奇的特有规律彻底改变在世。情感性构成了人的实在的存在。他指出："情绪就是人的实在本质的实现，因为它就是情感。"[②]萨特虽然不主张作家将其情感倾泻于自己的文学抒情之中，使其情感得到软弱无力的延伸，但他主张将情感转变为自由情感。所不同的是，散文作家

---

① 谢灵运：《石壁立招提精舍》，载胡经之：《中国古典文艺学丛编》（一），北京大学出版社 2001 年版，第 164 页。

② 《情绪理论纲要》，载萨特：《萨特哲学论文集》，安徽文艺出版社 1998 年版，第 106 页。

在阐述情感的同时也照亮其情感，诗人则通过词语，浸透情感，使情感变形为连自己也不能全面认识的被情感所浇铸的物。①

按照萨特情感论，可以将作家的妙悟同样视为人的实在本质的实现。但西方哲学和心理学的这种阐述，与中国禅宗之禅悟有根本区别。中国禅宗之所谓禅悟往往关涉人的整个生命，甚至生命本身的再造与超越，而诸如萨特等创造的西方哲学可能只是解决人类面临的一个实际问题。中国禅宗的禅悟关涉无二本性，而西方哲学总是建立在二元论基础之上。这二者存在根本差异。这个差异就是二元论与不二论的差异，如《华严经》卷四十强调"不作二，不作不二"如吉藏强调"入非二非不二中道"（《大乘玄论》卷二）。将作家的文学抒情看成作家情感乃至生命本质实现的手段可能只是符合西方情感论的观点，却并不符合禅宗精神。将禅悟看成作家生命存在的方式或生命本质实现的手段，反而可能使人们陷入执著我相的困惑乃至烦恼之中。

妙悟可以说是作家自悟本性的表现。也正是在这一意义上，禅宗与抒情之间存在共同性，也就是禅宗禅悟与抒情禅悟息息相通，都依赖于妙悟。妙悟至少是文学抒情的入口，是文学抒情的切入点。范温有云："识文章者，当如禅家有悟门。夫法门百千差别，要须自一转语悟入。"②妙悟同时还是文学抒情的根本点，或更准确地讲，文学抒情能否具有深刻生命感悟，关键在于能否真正进行妙悟，如严羽有云："大抵禅道惟在妙悟，诗道亦在妙悟。"③甚至可以说文学抒情的成败取决于妙悟，如谢榛所说："体贵正大，志贵高远，气贵雄浑，韵贵隽永。四者之本，非养无以发其真，非悟无以入其妙。"④惟其如此，妙悟就成为文学抒情能否具有深刻生命感悟的关键，如屠

---

① 郭昭第：《文学元素学：文学理论的超学科视域》，中国社会科学出版社 2006 年版，第 78—79 页。

② 范温：《潜溪诗眼》，载胡经之：《中国古典文艺学丛编》（一），北京大学出版社 2001 年版，第 165 页。

③ 严羽：《沧浪诗话》，载何文焕：《历代诗话》（下），中华书局 1981 年版，第 686 页。

④ 谢榛：《四溟诗话》卷一，载丁福保：《历代诗话续编》（下），中华书局 1983 年版，第 1141 页。

隆有云："诗道有法，昔人贵在妙悟。"①

如果说文学抒情有以物境、情境、意境取胜三种境界，那么以意境取胜显然最为深远，妙悟的重要性由此也可得见。如胡应麟就列举了以下例证："太白五言绝自是天仙口语，右丞却入禅宗。如'人闲桂花落，夜静深山空。月初惊山鸟，时鸣春涧中'。'木末芙蓉花，山中发红萼。涧户寂无人，纷纷开且落'。读之身世两忘，万念皆寂，不谓声律之中，有此妙诠。"②凭借妙悟所达到的禅境，更是艺术的理想境界，宗白华这样阐述道："中国自六朝以来，艺术的理想境界却是'澄怀观道'（晋宋宗炳语），在拈花微笑里领悟色相中微妙至深的禅境。"③有些作家能够化禅理入诗歌而颇具禅趣，如苏轼《琴诗》："若言琴上有琴声，放在匣中何不鸣？若言声在指头上，何不于君指上听？"实则直接化用《楞严经》卷四之"譬如琴瑟箜篌琵琶，虽有妙音，若无妙指，终不能发"的观点。王维的许多诗歌也常常能够化禅理入诗，且融会贯通而不见痕迹。真正透彻体悟佛教妙理，发自圆通清净本根，通过一滴水、一片云而通透自然宇宙一切生命及其真谛，是通过妙悟形成意境，达到抒情的极高明境界的体现。如《楞严经》卷六有云："由我所得圆通本根，发妙耳门，然后身心微妙含容，周遍法界。"

因此，真正使中国文学抒情具有深远意境的关键还是妙悟。妙悟是中国文学抒情达到最高理想境界的核心因素，也是文学抒情保持透彻意境的根本保证。这种境界虽然不再拥有真挚、强烈的情感因素，但在这种看似淡然无味的文学抒情之中却蕴涵着无比深刻的生命感悟，常常关涉生命本体的价值与意义。王士禛有云："严沧浪以禅喻诗，余深契说，而五言尤为远之。如王、裴辋川绝句，字字入禅。他如'雨中山果落，灯下草虫鸣。''明月

① 屠隆：《论诗文》，载胡经之：《中国古典文艺学丛编》（一），北京大学出版社 2001 年版，第 171 页。

② 胡应麟：《诗薮》类编卷六，载胡经之：《中国古典文艺学丛编》（一），北京大学出版社 2001 年版，第 172 页。

③ 宗白华：《中国艺术意境之诞生（增订稿）》，载《宗白华全集》第 2 卷，安徽教育出版社 1994 年版，第 363 页。

松见照，清泉石上流'，以及太白'却下水精帘，玲珑望秋月'，常建'松际露微月，清光犹为君'，浩然'樵子暗相失，草虫寒不闻'，刘眘虚'时有落花至，远随流水香'。妙谛微言与世尊拈花，迦叶微笑，等无差别。通其解者为上乘。"①其他的感悟往往只是解决人类生活中存在的某些具体问题，随着问题的解决，其存在价值就可能显得微乎其微，但妙悟所达到的对人类生命的整体感悟，却是极深刻的，甚至关涉到生命的内在超越乃至重构，是一种关系生命个体乃至整体的脱胎换骨式精神革命。所以妙悟的价值与意义，并不仅仅在于为中国文学抒情传统提供了高远、理想的艺术境界，更在于为人类生命的内在超越提供了透彻便捷的方便之门。

二、妙悟的精神特征

妙悟不仅是使文学抒情获得高远艺术境界的根本手段，而且也是人类提升自身生命境界的根本途径。在某种意义上讲，人们之所以执著于禅宗的禅悟与文学抒情的禅悟之间的区别，是因为并不真正理解禅宗的根本精神，禅宗本质上是不二法门，强调所有看似差异乃至矛盾的一切事物其实是平等不二的。这是禅宗看待一切事物的基本态度和精神。禅宗禅悟与抒情禅悟有其共同精神特征。

一是超常理。在日常生活乃至思维习惯中，人们总是习惯于司空见惯的东西乃至常理，同一事物被感知多次的时候，人们就丧失了对这一事物的新奇感乃至新鲜感，于是并不十分了解却自认为十分了解。禅宗为了打破日常生活的思维习惯，往往通过违背常理乃至超常理的方式，以引起人们对司空见惯事物或思维模式的重新发现，提醒人们关注那些因为司空见惯而致知觉钝化甚至被漏失和迷误了的真理；文学抒情也常常借助这种超常理的文字表达和文学抒情创造一种新奇感和奇异感，引起人们的高度关注。这种超常理的新异性在戏剧中被布莱希特称为间离效果，在艺术中被什克

① 王士禛：《带经堂诗话·蚕尾续文》，载胡经之：《中国古典文艺学丛编》（一），北京大学出版社2001年版，第181页。

洛夫斯基表述为奇异化。什克洛夫斯基这样写道:“艺术的目的是为了把事物提供为一种可观可见之物,而不是可认可知之物。艺术的手法是将事物‘奇异化’的手法,是把形式艰深化,从而增加感受的难度和时间的手法,因为在艺术中感受过程本身就是目的,应该使之延长。”①所以禅宗乃至文学抒情事实上都十分重视奇异性、新异性乃至超常理性。如冯金伯深切体悟到了这种超常理的无理性。他说:“张子野‘不如桃杏,犹解嫁东风’。《词筌》谓其无理而妙。羡门‘落花一夜嫁东风,无情蜂蝶轻相许’。愈无理而愈妙,试与解文参之。”②可见无论禅宗还是文学抒情事实上都强调打破生活常理和习惯逻辑,在最合乎情理的地方彰显最透彻的生命体悟。只是这种打破常理在禅宗之中表现为行为乃至公案,在文学抒情传统之中只能体现为文学作品。事实上禅师的许多诗句在打破常理,提醒人们关注生命本性方面更具醍醐灌顶的优势,如临济义玄禅师有所谓“在途中不离家舍,离家舍不在途中”,人们知道按照一般常理离开家舍就在途中,不在途中就在家舍,而义玄禅师却告诫人们不要执著于家舍与旅途之分别相,只要能安身立命,则处处是家舍,不一定只有自家房子才是家舍;离开家舍亦无旅途可言,因为人生本来就是一个旅途。善慧傅大士的偈子更有代表性:“空手把锄头,步行骑水牛;人在桥上过,桥流水不流。”③在这首偈子中也许最好懂的就是“人在桥上过”,其他诗句基本上都违背常理,如空手把锄头,既然是空手,就谈不上把锄头,既然是把锄头,就不是空手了;既然是步行,自然谈不上骑水牛,既然是骑水牛,自然就无法步行了;至于桥流水不流同样违背常理,一般只能说水流,何以谈得上桥流呢?正是这种违背常理的诗句创造了无与伦比的奇异感,并且提醒人们关注,引发人们思考。人们总是执著于色相,在空手与把锄头、步行与骑水牛之间必定有所分别和取舍,认为空手就不能把锄头,把锄头就不是空手,步行就不能骑水牛,骑水牛就不能步

---

① 什克洛夫斯基:《散文理论》(上),百花洲文艺出版社 2010 年版,第 11 页。

② 冯金伯:《词苑萃编》,载唐圭璋:《词话丛编》第 2 册,中华书局 1986 年版,第 1792 页。

③ 《历代禅师语录》,载《禅宗经典精华》(下),宗教文化出版社 1999 年版,第 755 页。

行。其实如果不执著于色相,就可能空手与把锄头、步行与骑水牛之间没有分别,也无所谓取舍。因为纵使空手,如果心有所执著,仍然无异于把锄头,如果无所执著,即使把锄头,也如同空手;至于步行与骑水牛都是行进的方式,无论哪一种其实质没有差异;桥流与水流的问题,也是相对的,就空间而言,可能是水流桥不流,但对时间而言,则可能是桥流水不流,因为桥可以在时间的长河中流动下去,而水却不能,今日之水已非昨日之水。可见禅悟乃至妙悟超常理所形成的更多是对生命的彻悟,而不是一般意义的引起关注。目的并不是故弄玄虚,耸人听闻,而是为了感发人们顿悟生命本体,形成豁达无碍的般若智慧。

二是越文字。真正关涉生命本体的感悟,常常只可意会不可言传。所以禅宗强调诸佛妙理非关文字,在此之前庄子也曾经提出了得意忘言的观点。所有这些观点几乎毫无例外地揭示了语言在表达至为微妙复杂的思想和情感方面存在的极大缺憾:语言文字只能描述事物最为粗略的轮廓,对微妙复杂的意义却无能为力;语言一旦落笔便定型化为僵死的躯壳,真正生动的灵魂无法见诸语言文字,甚至还可能被僵死的语言文字所遮蔽。姚鼐云:"凡诗文事与禅家相似,须由悟入,非语言所能传。"①所以无论禅宗,还是文学抒情都是既不迷信语言,也不排斥语言,禅宗不立文字而不离文字,文学抒情虽立文字而不限文字。二者有着十分相同的文化传统。黄子肃《诗学指南》云:"是以妙悟者,意之所向,透彻玲珑,如空中之音,虽有所闻,不可仿佛;如象外之色,虽有所见,不可描摹;如水中之珠,虽有所知,不可求索。"②无论禅宗还是抒情都只能是不离语言,但更重视超脱语言束缚的思想与直达心灵的自由与解放。文学抒情常常借助浑然天成、无迹可求的空灵乃至空域,最大限度激发人们通过推测和想象的方式达到自由与解放。如沈祥龙有云:"词能寄言,则如镜中花,如水中月,有神无迹,色相俱空,此

① 姚鼐:《与石甫侄孙莹》,载胡经之:《中国古典文艺学丛编》(一),北京大学出版社2001年版,第179页。

② 黄子肃:《诗学指南》卷一,载胡经之:《中国古典文艺学丛编》(一),北京大学出版社2001年版,第171页。

惟妙悟而已。”①不离文字而旨在超越文字，是禅宗禅语与抒情禅悟的共同特征，同时也是中国文学抒情传统获得空灵风格的根本原因。

三是悟自性。人们的悟性是有差异的，有些显得迟钝些，有些显得机敏些。迟钝的觉悟需要渐悟，机敏的觉悟常常可能运到顿悟，但渐悟与顿悟也不是绝然二分的，总是存在着渐悟之后有顿悟，顿悟之后还得渐悟，或者说渐悟更多地体现觉悟的过程，顿悟更多地彰显觉悟的结果，渐悟体现的是量变到质变的过程，顿悟更多是指质变的刹那。文学抒情同样存在这种由渐悟的量变最终到顿悟的质变的过程，渐悟是达到顿悟的必要积累，顿悟是渐悟的理想结果。如吕本中云：“悟入之理，正在工夫勤惰间耳。如张长史见公孙大娘舞剑，顿悟笔法。如张者，专意此事，未尝少忘胸中，故能遇事有得，遂造神妙；使他人观舞剑，有何干涉。”②比较而言，悟自性更多依赖自身的悟性。在禅宗看来，谁能够自见本性，自识本心，谁就能够见性成佛道。文学抒情同样如此，谁能够充分发掘自家宝藏，谁的文学抒情就可能见人之所未见，发人之所未发，形成独特的生命体悟。如袁枚云：“诗文自须学力，然用笔构思，全凭天分。往往古今人论诗，不谋而合。李太白《怀素草书歌》云：‘古来万事贵天生，何必公孙大娘浑脱舞。’赵云松《论诗》云：‘到老始知非力取，三分人事七分天。”③悟自性常常依赖理智与直觉的高度融合与超常发挥，但由于顿悟的特殊影响力，以及生命体悟的超常理性，人们似乎更愿意接受直觉，不仅禅宗如此。文学抒情同样如此，对文学抒情最常用的诗性直觉，马利坦在《艺术与诗中的创造性直觉》作了这样的解释：“诗性直觉既不能通过运用和训练学到手，也不能通过运用和训练来改善，因为它取决于灵魂的某种天生的自由和想象力，取决于智性天生的力量。它本身不能被改善，它只要求服从它。但是，诗人可以通过排除障碍物和喧闹声来

---

① 沈祥龙：《论词随笔》，载唐圭璋：《词话丛编》第5册，中华书局1986年版，第4048页。

② 吕本中：《与曾吉甫论诗第一帖》，载胡经之：《中国古典文艺学丛编》（一），北京大学出版社2001年版，第166页。

③ 袁枚：《随园诗话》（上），人民文学出版社1982年版，第526页。

更好地为它做准备或得到它。"①马利坦虽然阐述的是诗性直觉,但事实上与禅宗所谓真如本心、原始本性息息相通。所谓诗性直觉和真如本心就是一种以无意识或潜意识方式存在于人们心灵深处并不为人们所感知的原始本性。禅宗后来将这种原始本性或真如本心称为父母未生前的本来面目或者称作"无二之性",如《坛经·自序品第一》有云"无二之性即是佛性"。事实也确实如此,每个人在父母未生前是没有善恶、是非、美丑之类的分别的,是视所有这些看似矛盾对立的双方为平等不二的,只是由于后天的家庭熏陶、学校教育乃至社会影响,才使人形成了建立在这种分别与取舍基础上的是非标准与价值观念,真正的真如本心才被蒙蔽。自悟本性其实就是排除后天教育所形成的诸多魔障,发见自身本来具有的无二之性。明极楚俊禅师所谓"两头俱斩断,一剑倚天寒"受到圣严法师的高度评价,就是对不二本心的彻悟的体现。儒家强调守持中庸之道,但只要有中庸,就必定存在两边,两边不存,中庸或中道必不存在,因此,如果人们真正斩断了两边,事实上中间或中道也必然不存在。倘若人们斩断了生与死的两边,中间也就只剩下斩断生死的那把剑,广大无边,犹如虚空了。

四是感超然。发见无二本性,就是禅宗所谓开悟。开悟是禅宗最理想的境界。达到这种境界意味着人们超越二元对立的分别心和取舍心,超越了现实事物和自身心灵的诸多羁绊,在无所分别和取舍之中获得了人生的最大自由与解放。僧肇有云:"玄道在妙悟,妙悟在于即真,即真则有无齐观,齐观则彼己莫二。"(《肇论·般若无名论》)只要人们透彻领悟无二之性,就能够获得自悟本性的成就感与实现感。当然禅宗体悟无二之性并不意味着如萨特所理解的实现自我生命本质,因此获得所谓成就感;禅宗往往并不因此沾沾自喜,更不会将其作为标榜和炫耀的资本。铃木大拙的阐述有一定道理,他说:"禅的超异感却是一种恬静的自足感;当它最初的光芒消逝以后,便根本不作任何表示了。在禅意识里,不用这种夸耀的方式来表

① 马利坦:《艺术和诗中的创造性直觉》,三联书店1991年版,第113—114页。

现无意识。"①文学抒情禅悟同样如此。如戴复古有云:"欲参诗律似参禅,妙趣不由文字传。个里稍关心有悟,发为言句自超然。"②如果作家真正能够体悟平等不二的自然本性,在人与自然,甚至善恶、是非、美丑诸方面达到无所分别与取舍,其实就透彻领悟了生命本性,也同样能获得类似禅宗的超然感。如韩驹云:"学诗当如初学禅,未悟且遍参诸方,一朝悟罢正法眼,信手拈出皆成章。"③吴可云:"学诗浑似学参禅,竹塌蒲团不计年,直待自家都了得,等闲拈出便超然。"④禅宗乃至文学抒情参透生命无二之性所带来的是生命的最大自由与解放。这种生命自由与解放的最基本心理体验是对生命的超然感。这种超然感可能是中国文学抒情传统超越西方抒情传统的根本精神。西方文学抒情总是夸大渲染人类自身的自尊乃至优越,从来没有形成人与自然平等不二的达观,即使有一定程度的讴歌自然的抒情,讴歌的出发点仍然是为人类自身考虑。王维诗歌的许多诗句至少展示了这种平等无二的原始本性,及由此形成的生命超然感。在这一点上称誉他为诗佛也不是完全没有道理的。

三、妙悟的文化传统

妙悟是源于佛教尤其禅宗的一种文学抒情理论,这种理论的丰富内容可以在道家和佛教中找到某些理论基础乃至文化传统。中国文学抒情传统之中的确存在着"文以载道"、"文以明道"之类的理论观点,妙悟论所阐述的"道"、"禅"乃至"佛理"的确有一定程度的形而上性质,也正因为如此,刘若愚将严羽妙悟论归之于中国形而上理论,他说:"在我看来,严羽关于

---

① 铃木大拙:《禅与生活》,黄山书社2010年版,第80页。

② 戴复古:《邵武太守王子文日与李贾、严羽共观前辈一两家诗及晚唐诗》,载胡经之:《中国古典文艺学丛编》(一),北京大学出版社2001年版,第167页。

③ 韩驹:《赠赵伯鱼》,载胡经之:《中国古典文艺学丛编》(一),北京大学出版社2001年版,第166页。

④ 吴可:《学诗诗》,载胡经之:《中国古典文艺学丛编》(一),北京大学出版社2001年版,第166页。

诗之本质的理论主要是形而上的，虽然也含有表现理论的要素。”①但妙悟论是至为复杂的，并不是一个形而上的概念所能完全概括的。

妙悟论既存在着与西方模仿论的相似性，又存在着与西方表现论的相似性，但它不属于西方模仿论与表现论中的任何一种。西方模仿论一般来说强调对客观存在的真实模仿，表现论却总是强调对主观思想情感的表现，但妙悟论并不刻意于主观与客观对立之所谓客观存在，也不执著于主观与客观对立之所谓主观世界。妙悟论最终领悟的是作为无二之性的真如本心、般若智慧。这种般若智慧本来就存在于人们的本心之中，从这种意义上讲，妙悟论似乎更接近于表现论，因为表现论声称表现的是人们的内心世界。但禅宗的真如本心乃至般若智慧却并不仅仅存在于人们的内心世界，而且存在于世界上一切事物之中，如禅宗有“青青翠竹，即是法身；郁郁黄花，无非般若”②的说法。《庄子·知北游》亦有所谓道无处不在的观点：“东郭子问于庄子曰：‘所谓道恶乎在？’庄子曰：‘无所不在。’东郭子曰：‘期而后可。’庄子曰：‘在蝼蚁。’曰：‘何其下也？’曰：‘在稊稗。’曰：‘何其愈下耶？’曰：‘在瓦甓。’曰：‘何其愈甚耶？’曰：‘在屎溺。’”在道家看来，大道同样平等不二、无所偏倚、无处不在、无时不有，遍及世界一切事物，无论蝼蚁、屎溺均存有大道。从再现大自然一切事物这一点看，妙悟论显然又具有模仿论的襟怀，同时也具有模仿论所具有的形而上性质。如果妙悟论果真如叶维廉所言“严羽的禅悟之说却似来自新儒”，是受到了包恢其父包扬这位“趋向陆者”的老师的影响，“一如包恢，带有心学的色彩”，③，那其文化传统就不仅仅是佛道，而且包括了儒家。所以妙悟论似乎更能够切入中国文化乃至东方文化的深层，更能够代表中国乃至东方文化的不二论思维方式和平等不二的生命精神。

西方人总是执著于诸如客观与主观、形而下与形而上、物质与精神之类

① 刘若愚：《中国文学理论》，江苏教育出版社 2006 年版，第 60 页。

② 林世因：《永嘉觉禅师语录》，载《禅宗经典精华》（上），宗教文化出版社 1999 年版，第 52 页。

③ 叶维廉：《中国诗学》，人民文学出版社 2006 年版，第 106—107 页。

的二元对立，禅宗所强调的妙悟和真如本心、般若智慧，则既属于主观，也同样属于客观，既属于形而上，同样也属于形而下，既属于物质，同样也属于精神。这种真如本心和般若智慧可能是人类自身原始本性中存在的一种观念，因此便具有所谓形而上的精神层面意义，但又存在世界上一切事物之中，并通过一切事物乃至诸如瓦砾、石头、草木表现出来，因而又具有形而下的物质层面意义。妙悟论思维方面并不执著于二元论，也不执著于不二论，不作二、不作不二的思维逻辑决定它不属于西方的任何一种理论。铃木大拙指出："作为大乘教派之一的禅宗，自然带有相当多的所谓超验理智主义色彩，不过这种超验理智主义不会产生逻辑的二元论。"①妙悟论作为中国文学抒情传统之一大理论，其最伟大的贡献在于张扬了这种周遍万物的生命智慧。

在这一方面，无论西方学者还是中国学者似乎都未能真正把握其精髓。如王文生所谓："一、'妙悟'是对诗人创作过程中心理活动的描述，而不是一种对创作规律的认识。二、'妙悟'是情物应感，属感性或直觉活动的范畴，而不是理性的思维活动。所谓'形象思维'、'直觉思维'的说法是没有根据的。三、'妙悟'的情物应感包括'情以物迁，辞以情发'的因物'兴情'、以辞'抒情'两个方面，它并不像禅悟那样'会意即超声律界'，流入'语言道断'、'不立文字'的机锋。"②叶维廉认为严羽及其妙悟论的理想是"缩短心象与诗的距离，诗中的文字仅是'指'，得以借此在读者心中追起诗前之境"③。至于宇文所安认为"悟只有一种状态，它有可能通过诗歌获得并在诗歌中显现。"④他们虽然在不同角度和层次上揭示了妙悟论的某些特点，但都不可避免地忽视了妙悟论无二本性这一最基本精神与灵魂。

妙悟论最关键的不在于阐释其理论，而在使其更能体现中国文化传统，

① 铃木大拙：《禅与生活》，黄山书社 2010 年版，第 62 页。

② 王文生：《中国美学史——情味论的历史发展》(上)，复旦大学出版社 2008 年版，第 171 页。

③ 叶维廉：《中国诗学》，人民文学出版社 2006 年版，第 108 页。

④ 宇文所安：《中国文论：英译与评论》，上海社会科学院出版社 2003 年版，第 443 页。

更能为中国文学抒情传统的构建作出贡献。妙悟论所形成以意境取胜的艺术境界是中国文学抒情的最高艺术境界。简单将感物论与现实主义风格、感兴论与浪漫主义风格比较，妙悟论因为十分看重通过隐喻、象征来达到表达禅悟的目的，因此似乎更接近象征主义。只是西方象征主义可能更关注社会问题，而禅宗禅悟和抒情禅悟则更关心自性的开悟，表现为内心世界的彻底洗礼与精神世界的彻底觉悟，帮助人们点亮自性的光辉，深切领悟僧肇《肇论·涅槃无名论》所谓“妙悟”之“有无齐观”、“彼己莫二”。

第二章　中国抒情方法与境界

中国抒情理论的核心不仅体现为早熟而且丰富的抒情创作理论，更体现为早熟而丰富的文学抒情方法理论。中国抒情传统不仅有着早熟而且丰富的抒情方法理论，而且总是与特定抒情创作理论如感兴论、感物论、妙悟论有机统一并形成了层次分明的境界理论。这种境界并不仅仅是一种艺术境界的高度概括，而且是人类生命境界的体现形式。

第一节　中国抒情方法的美学表征

中国文学理论关于抒情方法的阐述，主要体现为赋、比、兴三种。这三种抒情方法不仅是中国诗歌尤其抒情诗的创作方法，而且是中国文学抒情的主要方法。杨载指出："赋、比、兴者，诗之法。"①赋、比、兴作为中国文学抒情传统的重要组成部分，既是文学抒情方法之理论概括，又是文学抒情传统之创作实践的具体概括。

虽然历代阐释较多，但胡寅《与李叔易书》载李仲蒙的观点最有见地。他认为："叙物以言情，谓之'赋'，情物尽者也；索物以托情，谓之'比'，情附

① 杨载：《诗法家数》，载何文焕：《历代诗话》（下），中华书局1981年版，第727页。

物者也;触物以起情,谓之'兴',物动情者也。"①对李仲蒙的阐述,叶朗作过这样的说明:"这种解释,着眼于诗歌艺术中形象和情意互相引发、互相结合的不同关系。'叙物以言情',指出'赋'是一种即物即心的直接抒写。'索物以托情',指出'比'是一种心在物先的有意喻托。'触物以起情',指出'兴'是一种物在心先的自然的感发。"②不过,这种说明虽然在物象与心象或者主体与客体生成的先后顺序、核心内容的主次区别、终端显现形式等方面揭示了三种抒情方法的差异,但并没有全面揭示这三种抒情方法在物象与心象乃至主体与客体关系等方面的美学表征,因此需要进一步说明。

一、赋

人们往往以为赋区别于比、兴的特点是将情感直接宣泄出来。但情感的直接宣泄往往离不开事物乃至物象,如陆机有云:"诗缘情而绮靡,赋体物而浏亮"③,徐复观甚至指出赋是"把与内心感情有直接关联的事物说了出来"④,可见赋的抒情手法不仅看重情感的直接抒发,更不吝啬关于自然物象的铺陈描写。徐复观这样阐述道:"它之所以成其为诗,是因在这里的事物,不是纯客观地、死地、冰冷冷地事物,而是读起来感到软软地、温温地,好像有一个看不见的生命在那里蠕动着的事物,这是赋的真正本色、本领。赋中所说的事物的意义,并不在于它能把诗人的心事直截了当地说个明白,每个人都能如此做,但如此做并不一定能成其为诗,最低限度不一定能成为一首好诗。由赋所叙述的事物的意义,主要还是由它所象征、所挟带的感情而来的。"⑤

赋的抒情方法的真正特点还不仅于此,赋能将这种情感连同融合着这

---

① 胡寅:《与李叔易书》,载胡经之:《中国古典文艺学丛编》(一),北京大学出版社2001年版,第73页。

② 叶朗:《中国美学史大纲》,上海人民出版社1985年版,第93页。

③ 陆机:《文赋》,载郭绍虞:《中国历代文论选》第1册,上海古籍出版社1979年版,第171页。

④ 徐复观:《中国文学精神》,上海书店出版社2004年版,第22页。

⑤ 徐复观:《中国文学精神》,上海书店出版社2004年版,第21—22页。

种情感的相关事物尽情地发挥出来，不是一种一一对立的发挥，而是一种一对无穷大的发挥，常常将一种情感发挥为与之相融合的无穷个事物。正是因为这个原因，赋常常能够使情感抒发显得更加爽朗通畅、淋漓尽致。赋的抒情方法虽然在诗经时代就已经被广泛使用，但在后来的辞赋中显然获得了更出神入化的发展。如曹植《洛神赋》把对洛神的情感化解为无数众多的自然事物，而且使二者融为一体。如对洛神肖像的惟妙惟肖铺陈描写本身就饱含着种种丰富的情感："其形也，翩若惊鸿，婉若游龙。荣曜秋菊，华茂春松。仿佛兮若轻云之蔽月，飘摇兮若流风之回雪。远而望之，皎若太阳升朝霞；迫而察之，灼若芙蕖出渌波。纤得衷，修短合度。肩若削成，腰如约素。延颈秀项，皓质呈露。芳泽无加，铅华弗御。云髻峨峨，修眉联娟。丹唇外朗，皓齿内鲜，明眸善睐，靥辅承权。环姿艳逸，仪静体闲。柔情绰态，媚于语言。奇服旷世，骨像应图。披罗衣之璀粲兮，珥瑶碧之华琚。戴金翠之首饰，缀明珠以耀躯。践远游之文履，曳雾绡之轻裾。微幽兰之芳蔼兮，步踟蹰于山隅。于是忽焉纵体，以遨以嬉。左倚采旄，右荫桂旗。攘皓腕于神浒兮，采湍濑之玄芝。"

从曹植的《洛神赋》可见赋的抒情方法不仅注重自然物象描写，而且常常能达到其他方法所难以达到的至为细腻逼真的程度；这种铺陈描写不仅限于写实的层面，甚至可以不惜采用丰富的想象与大胆的夸张，使物象的铺陈描写更加合乎理想化的色彩，同时也使情感抒发获得充分圆满的展示。物象铺陈方面的想象、夸张与情感抒发相辅相成、相得益彰。这种看似较为客观的铺陈描写正是通过极尽想象与夸张的方法而使情感抒发充分地获得了显现。不仅如此，作家有时还会抛弃自然物象描写，直接将情感尽情宣泄，如《洛神赋》继而写道："余情悦其淑美兮，心振荡而不怡。无良媒以接欢兮，托微波而通辞。愿诚素之先达兮，解玉佩以要之。嗟佳人之信修，羌习礼而明诗。抗琼以和予兮，指潜渊而为期。执眷眷之款实兮，惧斯灵之我欺。感交甫之弃言兮，怅犹豫而狐疑。收和颜而静志兮，申礼防以自持。"曹植在对洛神肖像进行铺陈描写渲染情感之后便进行了更为直接快当的抒情，使直率的情感更加裸露，大有一泻千里的势头。可见，赋的抒情方法不仅不吝于自然物象的铺陈描写，同时也不吝于情感的直接宣泄。这些雍容华贵的铺张充分显示了主观情感与客观物象的水乳交融与完美结合。

可见，所谓赋不仅铺陈其事，乃至物象，而且注重情感的直接宣泄，将铺陈物象与抒发情感结合起来，使客观物象的铺陈显得惟妙惟肖，并使主观情感的抒发显得痛快淋漓。赋的抒情手法在后来的一些叙事诗中也有成功体现，如《孔雀东南飞》，除了发端两句用"孔雀东南飞，五里一徘徊"起兴外，通篇主要采用了赋的抒情方法，叙述惟妙惟肖、出神入化，正如沈德潜所说："淋淋漓漓，反反覆覆，杂述十数人口中语，而各肖其声音面目，岂非化工之笔！"[①]其后象北朝的《木兰诗》、杜甫的《石壕吏》，白居易的《卖炭翁》等，也有类似特点。不仅如此，赋通常是物象与心象双向互动，物象依赖心象获得感知并达到知觉的存在，心象依赖物象获得显现形式，达到可以被其他人感知和领悟的目的的抒情方法，所以赋一般以物象与心象、主体与客体的相通相融为基础，极尽铺陈之能事，物象与心象并茂，情感与物象捆绑在一起并全部达到极致。[②] 具体来说，与比、兴比较起来，赋作为一种主要抒情方法，有其独特表征：

一是主观情感与客观事物同时发动乃至难以分清先后。虽然所有抒情都不可避免地关涉心与物、情与景、主体与客体等因素，但是赋在创作缘起方面常常最典型地体现为心与物、情与景、主体与客体双向互动，在时间上难分先后。我们所谓感物论常常是客观事物引发了作家的情感抒发，是外在物象发动在前，内在心象及情感发动在后，而感兴论又是内在心象及情感发动在前，外在物象发动在后，作为率先发动的心象及情感的替代物具有价值和意义，但在赋的抒情手法运用中却无论如何也无法清楚明白地判定出彼此的先后顺序。跃动的自然物象与主观情感同时发动、同样强烈，以至于使作家无法按捺其中的任何一种。

二是主观情感与客观事物之间存在相融关系。心与物、情与景、主体与

---

① 沈德潜：《古诗源》，中华书局1963年版，第87页。

② 郭昭第：《文学元素学：文学理论的超学科视域》，中国社会科学出版社2006年版，第321页。

客体二者之间的关系基础是相融关系。心与物、情与景、主体与客体相互交融,乃至心中有物,物中有心,情中有景,景中有情,主体中有客体,客体中有主体。这种自然物象与主观情感之间的水乳交融,是赋的抒情方法的主要特点之一。众所周知,西方文学抒情传统向来受其主观与客观对立的二元论思维模式的影响,总是试图在人类的主观世界与自然的客观世界之间分出主次,不是主张作为造物主或代表着自然创造力的上帝具有无与伦比的统治力量,就是强调人类是宇宙的精华、万物的精灵,可以尽情征服和利用自然。中国文化传统向来强调天人合一的思想,主张自然界一切事物平等,认为人与自然界一切事物同样平等不二。正是因为有了这种平等不二的思想预设,使中国人在思想情感上并不与自然事物存在矛盾对立,理所当然也便最擅长展示二者的交融关系。方东美指出:正因为中国人深悟广大和谐的自然大道,所以"绝不以恶性二分法来看自然","与自然一向是水乳交融,毫无仇隙的,所以精神才能自由饱满,既无沾滞,更无牵挂"。[①] 这种主观与客观相融关系的极致是生与死的平等不二。如贾谊《鵩鸟赋》之所谓"忧喜聚门兮,吉凶同域"表达了齐万物、同生死的生命体悟。

三是主观情感与客观事物同时显现,二者并重。心与物、情与景、主体与客体并重,无主次之别,有心有物,有情有景,有主体有客体,能够达到二者并茂,如王国维所谓"其言情也必沁人心脾,其写景也必豁人耳目"[②]。二者并重可能有两种表现形式:一是自然物象与内在情感二者并存,或重物象铺陈,或重情感抒发,虽然各有侧重,但二者相互呼应,并不厚此薄彼。如杜牧《阿房宫赋》一段文字铺陈物象:"妃嫔媵嫱,王子皇孙,辞楼下殿,辇来于秦。朝歌夜弦,为秦宫人。明星荧荧,开妆镜也;绿云扰扰,梳晓鬟也;渭流涨腻,弃脂水也;烟斜雾横,焚椒兰也。雷霆乍惊,宫车过也;辘辘远听,杳不知其所之也。一肌一容,尽态极妍,缦立远视,而望幸焉。有不得见者,三十六年。燕、赵之收藏,韩、魏之经营,齐、楚之精英,几世几年,摽掠其人,倚叠

① 方东美:《生生之美》,北京大学出版社 2009 年版,第 307 页。

② 王国维:《人间词话》,载唐圭璋:《词话丛编》第 5 册,中华书局 1986 年版,第 4252 页。

如山。一旦不能有,输来其间。鼎铛玉石,金块珠砾,弃掷逦迤,秦人视之,亦不甚惜。”紧接着一段又抒发情感:“嗟乎!一人之心,千万人之心也。秦爱纷奢,人亦念其家。奈何取之尽锱铢,用之如泥沙?使负栋之柱,多于南亩之农夫;架梁之椽,多于机上之工女;钉头磷磷,多于在庾之粟粒;瓦缝参差,多于周身之帛缕;直栏横槛,多于九土之城郭;管弦呕哑,多于市人之言语。使天下之人,不敢言而敢怒。独夫之心,日益骄固。戍卒叫,函谷举,楚人一炬,可怜焦土!”其二,最典型的还是二者交融。如欧阳修《秋声赋》之所谓“噫嘻,悲哉!此秋声也,胡为而来哉?盖夫秋之为壮也:其色惨淡,烟霏云敛;其容清明,天高日晶;其气栗冽,砭人肌骨;其意萧条,山川寂寥;故其为声也,凄凄切切,呼号愤发。丰草绿缛而争茂,佳木葱茏而可悦;草拂之而色变,木遭之而叶脱;其所以摧败零落者,乃其一气之余烈”,与其说是写秋声,不如说是抒悲秋之情感,但抒悲秋之情感,无不与秋天自然物象有关。高友工有这样的阐述:“诗人所面临的问题是:一方面他试图表达他特定的感受、朦胧的心理状态;另一方面却无法找到相应的语言。权宜之计是采用释义和曲折的表达,以求近似的效果,诗人可以先用一些词来描述他所要表现的对象,然后用更多的词却修饰它,这种铺陈蹈厉的表现方法可以‘赋’为代表。”①可见对主观情感与自然物象不同角度、层次、性质的散点聚焦所形成的视点密集式铺陈,是构成二者并茂的基本方法。

四是理性与非理性并重,直觉与理智、情感与意志、无意识与意识并重,有直觉同样有理智,有情感同样有意志,有无意识同样有意识。人类认识世界的方式不外乎直觉与理智两种方式,西方理性主义常常夸大了有意识、有理性的理智活动,认为理性认识是认识的高级阶段而感性认识是认识的低级阶段;非理性主义又夸大了无意识和非理性的直觉的价值与意义。于是西方文学理论对文学抒情历来也存在两种截然不同的看法:一种认为文学抒情是感性活动的产物,任何的理性介入都可能干扰情感的宣泄,按照这种观点文学抒情自然应该是纯粹的感性活动;另外一种

① 高友工:《唐诗的魅力》,上海古籍出版社1989年版,第157页。

看法认为单纯的情感宣泄是不道德的，甚至是自私的，只有理性的介入，才可能因为情感的理性化而具有可存在的价值。中国哲学则不执著于理性与感性区别，赋的一个显著特点就是能够将感性与理性活动的优势发挥到极致，宣泄情感而能够极尽非理性的特征，使本来没有任何情感因素的客观事物顿时具有了人的情感，甚至有了连人都不可能有的极其丰富的情感，如欧阳修使任何一个自然物象都有了悲秋的情感；如果阐述事理，又往往能够将极其深奥的哲学思考融合于其中，使赋的抒情方法能够最大限度彰显理性活动的优势，乃至有深刻的哲学思考，如欧阳修《秋声赋》之所谓："嗟乎，草木无情，有时飘零。人为动物，惟物之灵。百忧感其心，万事劳其形。有动于中，必摇其精。而况思其力之所不及，忧其智之所不能；宜其渥然丹者为槁木，黟然黑者为星星。奈何以非金石之质，欲于草木而争荣？念谁为之戕贼，亦何恨乎秋声！"这既是对前文无意识、非理性情感活动的一种总结，更是一种有意识的理性梳理，是对非理性情感活动的理性阐释。

尽管赋这一抒情方法的最典型体现形式，是对自然物象与主观情感最大限度的融合与铺陈，但赋在后来的发展和演变过程中存在过犹不及的缺憾，在历史特定时期甚至沦落为一种徒有其表的僵死体裁，预示了最完满文学抒情传统的终结。这不能不说是中国文学抒情传统的一种缺失。

二、比

中国文学抒情并不是在任何作家的抒情实践中都能达到主观情感与自然物象、非理性的无意识与理性的意识的同时发动与高度融合。对一些理性的文学抒情尤其是一些更为理性的作家来说，他们可能更擅长理性的思考与把握。这种情况下可能更多运用到比的抒情方法。比的抒情方法常常表现为作家先有了一定情感，无论这种情感多么强烈，都绝不会达到使作家无法自我克制的地步。不论由于情感的强度或由于作家自身的秉性，总之，作家还有能力和机会对其进行较理性的处理与安排。如徐复观所说："比，是由感情反省中浮出的理智所安排的，使主题与客观事物发生关联的自然结果。"①可见比实际上是一种比赋理性参与的程度似乎更高一些的抒情方法。当然，比作为一种抒情方法，区别于赋、兴的美学表征同样是多方面的，具体来说，主要有这样几个方面：

一是主观情感的发动常常先于客观事物的感染。尽管所有抒情都关涉心与物、情与景、主体与客体等，都是心与物、情与景、主体与客体双向互动的产物，但比常常是心、情或主体率先发动，物、景或客体紧随其后，心动生物，情动生景，主体动而生客体，并且寓心于物，寓情于景，寓主体于客体。从最原始的文学抒情来看，可能仍然是因为某种外在机缘引发了作家的情感，但这种引发作家情感的客观事物是朦胧的，模糊的，是作家没有清楚意识到其存在的。在这种情况下，作家的情感至少在作家本人的意识中是率先发动的，而且这种率先发动的情感还没有足够的力量迫使作家直接将其宣泄出来，作家也有足够的力量克制这种情感，使之以某种合乎作家自身理性的方式得以表达出来。作家表达这种情感时不喜欢赤裸裸地展示，而是设法通过某种貌似客观的自然物象极其含蓄隐蔽地流露出来。这个时候作家首先想到的是寻找某些事物作为使其情感获得显现的感性形式。于是相关的自然物象被提到构思的议事日程。自然物象就以这样的后期姿态出现于文学抒情之中。所谓"索物以托情"就是这个道理。作家索取和选择一定自然物象以寄托感情，理所当然要通过一定自然物象的描写寄寓其情感。这种抒情方法的最大优势是可以将某些不便于直接抒发的情感通过某些事物的比喻含蓄表达出来。如孟浩然《临洞庭湖赠张丞相》"欲济无舟楫，端居耻圣明"，实际上是想入仕从政，却苦于无人赏识，但不便于直说，于是却借助本想渡过洞庭湖，却苦于没有舟和桨来间接表达这种意思。这实际上是将入仕从政比喻为渡洞庭湖，将寻找的引荐人比喻为船桨。除此而外还有出于强化表达效果或避免伤害的考虑而采用比的抒情方法，如《诗经·硕鼠》将不劳而获的剥削阶级比喻为硕鼠即是如此。在诸如此类的文学抒

① 徐复观：《中国文学精神》，上海书店出版社 2004 年版，第 22 页。

情之中，肯定是在日积月累的生活实践中先有了对入仕的渴望，才设法寻找用船桨渡过洞庭湖的比喻的，肯定是先有对不劳而获者的痛恨才设法用硕鼠加以比喻的。

二是主观情感与客观事物之间存在相似关系，即心与物、情与景、主体与客体二者的关系基础是相似关系。率先发动的主观情感与后来寻找到的自然物象之间是有一定关系的。这种用来表现作家主观情感和心象的自然物象其实就是艾略特所谓"客观对应物"。艾略特指出："用艺术形式表现情感的唯一方法是寻找一个'客观对应物'；换句话说，是用一系列实物、场景，一连串事件来表现某种特定的情感；要做到最终形式必然是感觉经验的外部事实一旦出现，便能立刻唤起那种情感。"①艾略特明确指出主观情感与自然物象之间存在对应关系，但对应仅仅指明二者之间有关系，这种关系的实质是什么仍然是模糊的。实际上，维系对应关系的根本在于二者之间的相似性。虽然这种相似性可能在很大程度上具有人为理解和赋予的成分，但毕竟是有某种相似性的。如不劳而获的生活习性与硕鼠、出官入仕必须依赖上级官员的赏识和提拔与渡过湖泊必须依靠船桨之间必定存在相似性。如果这种相似性更多依赖于感性，则读者只能从其中获得某种情感的感染与冲动，并不能够引发理性思考，但如果这种相似性建立在理智思考的基础上，那就很可能引起读者对生命的哲理性思考。陶渊明《归园田居·少无适俗韵》之"羁鸟恋旧林，池鱼思故渊"，杜甫《春望》之"感时花溅泪，恨别鸟惊心"，虽然可能引发人们的某些思考，但这种思考不一定是哲理性的，不一定引发人们对生命的终极思考，但佛光禅师"一片白云横谷头，几多归鸟尽迷巢"，则更能引发人们的深入思考。白云也许很美，但正因为美，总会使鸟儿由于迷恋美，或被美挡住视线而迷失归途。如果把陶渊明的诗句理解对自由的向往，将杜甫的诗句阐释为对和平的向往，向往自由与和平本是无可厚非的，但如果人们执著于这种自由与和平，同样会受到束缚，不能真正得到精神的自由与内心的和平。这正是佛光禅师诗句的本意所

① 艾略特：《艾略特诗学文集》，国际文化出版社1989年版，第13页。

在:人们总是被美丽的事物所吸引,正是这些美丽的事物引诱人们迷失正道。人们对知识的渴求同样如此。当人们迷信知识的价值,认定知识能够改变命运的时候,事实上很可能被知识所迷惑,丧失自我的智慧本性。

三是主观情感最终依赖客观事物而得以显现,客观事物重要于主观情感。心与物、情与景、主体与客体主次有别,往往索物托情,寄情于物,寓情于景,移主体于客体,以物、景乃至客体作为抒情言语的终端显现。虽然专事模仿,不涉情感,但物中藏情,景中寓情,客体中有主体,所有景物和客体皆心、皆情、皆主体,如王国维所谓"一切景语皆情语"。① 换言之,在比的抒情方法中,与主观情感比较起来,更重要的是自然物象,其文学抒情的终端显现形式也是自然物象,只是这自然物象中往往蕴涵着主观情感。在比的文学抒情方法运用中,虽然终端显现形式是自然物象,更重要的是自然物象,但这并不意味着主观情感将完全不存在,或完全没有价值和意义。无论是比的抒情方法运用,还是在文学抒情传统中,主观情感无疑都是至为核心的内容,都是文学抒情之所以发生的根本原因,只是就其终端显现形式来说,表面上似乎让位于自然物象。以蕴涵着主观情感的自然物象作为终端显现形式的最终结果,是使文学抒情显示出无与伦比的抒情张力。这是因为,尽管自然物象与主观情感之间存在某种相似性,但这种相似性在文学抒情自身则多少具有一定程度的模糊性,还得依赖作家的含蓄暗示与读者的主观破译而呈现,存在一定程度的随意性和歧义性是自然而然的。也正是因为作家的主观赋予与认可,读者的主观破译与指认,以及可能存在的多种歧义性,才可能生成文学抒情的多种意义,丰富文学抒情的意义域。中国文学抒情正是依赖这种歧义性和含混性充分彰显了抒情的力量,丰富了中国文学抒情传统的意义域。许多看似明白易懂的比喻最终可能显得相当朦胧乃至含混,如李商隐《无题》中"春蚕到死丝方尽,蜡炬成灰泪始干"之"春蚕"、"蜡炬",就被人们赋予不同的指称对象,但无论赋予哪一种似乎都有

① 王国维:《人间词话删稿》,载唐圭璋:《词话丛编》第5册,中华书局1986年版,第4257页。

其合理性,这就是比的抒情方法的突出功能。

四是理性比非理性更重要。虽然直觉与理智、情感与意志、无意识与意识可能共同发生作用,但比较而言发生作用的都主要是理智、意志、意识,甚至见理智而不见直觉,见意志而不见情感,见意识而不见无意识。比的抒情方法虽然可能有直觉发挥作用的现象,但其作用无论如何都没有超过理性的意识。徐复观对此有深刻认识:“情动以后,有时并不直接以情的本性直接发挥出来,却把热热的情,经过由反省而冷却后所浮出的理智,主导着情的活动。”①理智的反省无疑是比更突出的特点。因为越是具有理智的反省和体悟越能显示出比的抒情力量,越能使读者从中体悟到深刻的哲理性思考与透彻的生命感悟。比喻及其蕴涵的透彻哲理常常是比的抒情方法的独特功能。许多哲理诗和禅言诗实际上就是借助比的抒情方法获得深刻内容的,如陶渊明《饮酒》其五“采菊东篱下,悠然见南山”之“菊”与“南山”,可能并不是一种直观写实,而是一种比喻。菊往往是隐士的代名词,南山又常常是长寿乃至永恒的代名词。这在中国文化传统中尽人皆知的常识,使这个诗句有了特别的暗示意义。其中“采”显然是主观施事行为,而“见”不能读为看见的“见”,理解为呈现的“现”,就有了客观受事行为的性质。联系起来,其暗示意义就是主观追求隐士的人格理想,客观得到却是永恒体验,或者主观追求的是隐逸与自由,而客观得到的是悠然与永恒。在此可以看出主观努力与客观效果之间的一致性甚或差异性:如果主观追求的身体自由与客观获得的精神悠然一致的话,主观追求的隐逸与客观获得的永恒却可能并不一致。前者其实隐喻了“种瓜得瓜,种豆得豆”的道理,后者却可能隐喻了“有意栽花花不成,无心插柳柳成荫”的哲理。如寒山之所谓“吾心似秋月,碧潭清皎洁”,以秋月比喻开悟之后的智慧心。秋月是皎洁无暇、清净无染的,智慧心同样应该是心无挂碍、无所凝滞、无所染着的。就是说一个真正如同秋月一般清净无染、无挂无碍的心灵,才可能充满智慧的光芒。由此可知,在诸多抒情方法之中,比是最富于阐理性的,并以此具有了

① 徐复观:《中国文学精神》,上海书店出版社2004年版,第22页。

独特的抒情价值与意义,但这种阐理如果舍弃了比喻或作为终端显现形式的自然物象,而采用单纯的抽象议论,这种抒情方法就丧失本来的特点和优势而因为空洞议论走向衰落。以议论为诗的宋诗之所以失败,其根源就在于此。换言之,如果比的抒情方法丧失了建立在相似性基础上的自然物象而沦落为单纯说理,就意味着其抒情创作的失败。

可见,比的抒情方法,常常是作家首先具有一定情感和心象,然后借助与情感和心象具有某种相似或对应关系的物象来表现情感和心象的抒情方法。这种物象必须与其所要表现的情感和心象具有某种相似和对应的关系,依赖这种相似和对应的关系,作家情感和心象才能借助物象获得显现。由于比的抒情方法其终端显现形式是物象而非情感和心象,读者就只有通过这种物象的相似和对应关系破译其潜在脉搏表示的生命跃动和情感发动。① 理智显然在这种抒情方法中发挥着极为重要的作用,甚至在某种程度上直接决定着文学抒情的艺术成就。

三、兴

一般认为所谓兴,就是接触客观事物引发作家的主观感情冲动,即梅尧臣所说"因事有所激,因物兴以通",②进而通过一定的文学手法进行文学创作,将这种情感尽情宣泄出来。虽然这种宣泄必然不可避免地涉及自然物象,但这种自然物象只是作为情感诱因而具有价值和意义,而不是像比的抒情方法那样作为情感的感性显现形式。徐复观认为:"兴所叙述的主题以外的事物,不是情感经过了反省后所引入,而是由情感的直接活动所引入的。"③他的这一观点在区别比与兴的抒情方法之中的自然物象方面有一定道理,但就兴而言则颠倒了情感发动的顺序,实际情况不是情感活动直接引

① 参见郭昭第:《文学元素学:文学理论的超学科视域》,中国社会科学出版社 2006 年版,第 321—322 页。

② 梅尧臣:《答韩三子华韩五持国韩六玉汝见赠述诗》,载郭绍虞:《中国历代文论选》第 2 册,上海古籍出版社 1979 年版,第 237 页。

③ 徐复观:《中国文学精神》,上海书店出版社 2004 年版,第 23 页。

入了自然物象，而是自然物象直接引发了情感活动。换言之，自然物象在比的抒情方法运用中是作为主观情感的最终载体和呈现物而出现，但在兴的抒情方法运用中却是作为主观情感的基本诱因而具有意义。

所谓兴，就是起兴，现实世界自然物象的刺激使作家产生了某种情感和心象，常常是物象刺激在先，情感发动在后，但作家采取起兴抒情方法的目的不是为了对激发作家情感和心象的物象的模仿，作家的目的仍然是抒发情感。在这种抒情方法之中，物象只是作为一种情感和心象的诱因具有意义，并不与所刺激和引发的情感和心象具有严密的相似性和对应性，即使有时候存在一定的相似和对应关系，其关系也不十分深刻和严密，甚至常常表露于外，让读者一目了然。① 具体来说，其美学表征有这样几点：

一是客观事物引发主观情感，客观事物感染在先，情感发动在后。虽然所有抒情都涉及心与物、情与景、主体与客体等，甚至是心与物、情与景、主体与客体双向互动的产物，但兴常常是自然物象感染在前，情感发动在后，物在心先，景在情先，客体在主体之前，感物生情，触景生情，随客体而激发主体。情感的最终获得最大限度冲动乃至宣泄依赖于自然物象感发，依赖自然物象使其由量变引起质变，至少在文学抒情中总是以自然物象感发在先、情感发动在后而呈现出来。如北朝乐府民歌《地驱乐歌》之"驱羊入谷，白羊在前。老女不嫁，踏地呼天"，甘肃天水民歌《骨头喂狗也心甘》之"鸟死骨头丢在山，鱼死骨头丢河滩。落叶归根跟哥走，骨头喂狗也心甘"，这种老女不嫁的怨愤和女子誓死嫁人的决绝显然是日积月累的结果，但体现在文学抒情中，则往往出现于率先发动的自然物象之后，或由这些率先发动的自然物象最大限度感染了主观情感，得以使其由量变引起质变，最终获得极端发挥。

二是客观事物与主观情感之间是因果关系，即心与物、情与景、主体与客体二者的关系基础是相因关系。在兴的抒情方法之中，客观事物与主观

① 参见郭昭第：《文学元素学：文学理论的超学科视域》，中国社会科学出版社 2006 年版，第 322 页。

情感之间可能存在某种程度的相似性,但这种相似性并不是作家理智思考乃至着意安排的,可能是自然而然形成的,甚至可能是极具偶然性的。所以相似关系并不十分重要,重要的是二者之间必定存在一定因果关系,自然物象往往是主观情感形成的原因,主观情感是自然物象感发的结果,如徐复观对《诗经·关雎》"关关雎鸠,在河之洲。窈窕淑女,君子好逑"作的阐释:"先有了内蕴的想找一个好小姐做太太的心情,于是为雌雄相应、在河洲相恋的雎鸠所触发,因为被雌雄相恋的雎鸠所触发,于是求偶的内蕴感情得以明朗化、形象化,这便构成了'关关雎鸠,在河之洲。窈窕淑女,君子好逑'的诗,这便是所谓兴。"①表明自然物象是主观情感得以最终明朗化、形象化的根本原因,也从一个方面印证了在兴的抒情方法中,自然物象与主观情感是因果关系,而并不仅仅是时间上的先后关系。因果关系才是二者关系的基础和实质。

三是文学抒情的终端显现形式是主观情感而不是客观事物,主观情感重于客观事物。即心与物、情与景、主体与客体主次有别,虽然涉及物、景和客体,但物、景和客体仅仅是引发情感生命冲动的诱因,心、情和主体才是真正主体,乃至铺陈其情而感人至深,即王国维所谓"专做情语而绝妙者"。②在兴的抒情传统中,作者虽然往往是将自然物象与主观情感都加以呈现,既存在作为情感诱因的自然物象,又存在作为自然物象感发结果的主观情感,但主观情感是最核心的因素,是文学抒情得以进行的根本原因。所以能够最大限度渲染情感,不受自然物象尤其相似性限制,成为兴的抒情传统之主要特点。这一特点常常使兴在渲染强烈而且浓郁的情感的方面有着巨大优势。如《关雎》不仅用"关关雎鸠",而且还多次使用"参差荇菜"起兴,使追求窈窕淑女的执著情感获得多视角、多层次的宣泄。《蒹葭》也用"蒹葭苍苍,白露为霜"、"蒹葭凄凄,白露未晞"、"蒹葭采采,白露未已"等起兴极力渲染极其缠绵、浓郁的情感。这些大体相似而略有变化的自然物象只是作

① 徐复观:《中国文学精神》,上海书店出版社2004年版,第24页。

② 王国维:《人间词话删稿》,载唐圭璋:《词话丛编》第5册,中华书局1986年版,第4257页。

为渲染情感的丰富、浓郁和强烈而具有价值和意义，而不具有相对独立的价值和意义。所以兴是一种最适宜于抒发丰富、浓郁和强烈情感的抒情方法。如《一对对毛眼眼照哥哥》"听见干妹唱一声，浑身打颤羊领牲。你吃烟来我点火，多会把你的心亏着。上河里鸭子下河里鹅，一对对毛眼眼照哥哥。煮了豆钱钱下上米，路上搂柴照一照你。清水水玻璃隔着窗子照，满口口白牙对着哥哥笑。双扇扇门单扇扇开，叫一声哥快回来。满天星星没月亮，叫一声哥哥穿衣裳。满天星星没月亮，小心跳在狗身上。街当心有狗坡底里狼，哥哥小心狗闯上。白脖子狗娃捣眼窝，不咬旁人单咬我。半夜里来了半夜里走，哥哥你好比偷吃的狗。一对对毛眼眼照哥哥。山羊绵羊花点点，我看你是我的干姐姐。清水水沙海子涝白菜，我自小就爱个短帽盖。一对对鸭子一对对鹅，一对对毛眼眼照哥哥。上一道坡坡下一道道梁，见不上干姐姐我好心慌。三盒盒洋火一包包针，多少算你的一点心。大红被子咱俩个盖，哪怕死了盖条烂口袋。"陕北民歌不仅将自然物象的描写与起兴融为一体，最大限度地彰显了抒情的内在张力，不仅使文学抒情充满了鲜活的抒情气息，而且使强烈执著的情感以富于变化的姿态呈现出来，给人以情不自禁的真挚感受。值得注意的是，兴的这种引发主观情感而并不限制主观情感恣意宣泄的风格，在后来的文人文学抒情传统中呈现出萎缩趋势，倒是在民歌中显示出旺盛生命力，在受到各种约束较多的文人抒情传统中似乎并不多见。

四是非理性重于理性。即兴主要依靠直觉、情感、无意识，常常见直觉而不见理智，见情感而不见意志，见无意识而不见意识。兴的一个主要特征是常常将非理性的直觉发挥到无以复加的地步，而理智只是发挥极其微弱的作用。这是兴的抒情方法区别于赋和比的一个主要特点。徐复观指出："兴是感情未经过反省，或者可以说，只经过最低限度的反省，只含有最低限度的理智，即连此最低限度的理智也投入于感情之中，而以感情的性格、面貌出现，所以兴的事物与主题的关系，不是理路联络，而是由感情的气氛、情调，来作不知其然而然的融合。"①使非理性的直觉发挥极其重要的作用，

① 徐复观：《中国文学精神》，上海书店出版社2004年版，第25页。

使兴的抒情方法比其他方法具有了更加突出的抒情功能尤其直接抒情的功能。所以大胆、直率、热烈就成为这种抒情方法最为常见的情感特征。

需要说明的是,赋、比、兴作为很早被概括出来的抒情方法,实际上并不是被彼此孤立地加以运用的,而是相互融合,共同运用于具体文学抒情之中的。赋常常是将自然物象与主观情感不加分别、融会贯通地交融在一起达到情物并茂的程度的,比则是将主观情感经过理性判断并借助具有相似性的自然物象获得感性显现,兴则是借助自然物象的感发将主观感情借以近似无节制的宣泄。最完满的文学抒情常常是情理并重的,但相对来说最具情理并重特点的往往是赋,而比则常常以理重,兴则往往以情重。正是这种各有差异的抒情方法的相得益彰,才使中国文学抒情有了极其丰富的抒情方法,同时成就了中国文学抒情传统的丰富内容。

第二节　中国抒情境界的美学智慧

中国抒情的艺术境界是中国文学抒情传统的主要内容,是中国文学抒情传统不同于西方文学抒情传统的根本特征,同时也是中国文学抒情传统最高美学智慧的集中体现。虽然人们对抒情境界可能有不尽相同的看法,但无论哪一种看法没有否认艺术境界的重要性。如高友工认为文学抒情的价值有三个层次,即感性的快感、结构的完美和最终视界的自我意义的体现,所有艺术是以个人生命的意义作为最高层次的,是给予人们智慧和感悟的艺术,甚至抒情在本质上也只是个人生命的本质,他说:“抒情美典显然是以经验存在的本身为一自足之活动,不必外求目的或理由。它的价值论亦必奠基于经验论上,经验本身有何种价值,我们至少可以从三个层次上来观察:即是感性的、结构的、境界的。”①当然单就境界而言,还可以分出不同层次。中国文学抒情境界至少可以在理论上如王昌龄所说分为物境、情境、

① 高友工:《美典:中国文学研究论集》,生活·读书·新知三联书店 2008 年版,第 96 页。

意境三个境界，如其所云："诗有三境：一曰物境。欲为山水诗，则张泉石云峰之境，极丽绝秀者，神之于心，处身于境，视境于心，莹然掌中，然后用思，了然境象，故得形似。二曰情境。娱乐愁怨，皆张于意而处于身，然后驰思，深得其情。三曰意境。亦张之于意而思之于心，则得其真矣。"①宗白华则将意境也划分为三个层次："艺术意境不是一个单层的平面的摹写，而是一个境界层深的创构。从直观感相的摹写，活跃生命的传达，到最高灵境的启示，可以是三层次。"②仔细分析，王昌龄与宗白华的阐述有很大相似性：宗白华的第一境层相当于王昌龄物境，有着较为鲜明的印象主义、写实主义色彩；宗白华之第二境层相当于王昌龄情境，有着极为突出的浪漫主义色彩；宗白华之第三境层相当于王昌龄意境，有着明显的象征主义、表现主义、后期印象派色彩。可见虽然王昌龄、宗白华所谓意境有广义与狭义之别，王昌龄属于狭义，宗白华属于广义，但二人对艺术境界三层次划分的内涵基本一致。

一、物境

物境是文学抒情的最基本境界，是以对自然物象的摹写达到惟妙惟肖、形神兼备的境界。对自然物象的惟妙惟肖摹写，应该是文学抒情的最基本层次。如果连这一点都无法达到，那么更高层次的抒情境界就无从谈起。许多卓有成就的山水诗都达到了这一境界，如岑参《白雪歌送武判官归》"忽如一夜冬风来，千树万树梨花开"，就是对深秋乃至冬天自然景象的一种最富特征的摹写。这一境界的最基本要求是对自然物象的如实摹写，当然，这种如实摹写同样是相对的，充其量只是对人们印象的一种如实摹写。所以这一境界归根结蒂只是一种表象境界，但这种境界之中也不是没有主观情感的参与，只是主观情感让位于自然物象的如实摹写，使这种情感深藏

---

①　王昌龄：《诗格》，载郭绍虞：《中国历代文论选》第 2 册，上海古籍出版社 1979 年版，第 88—89 页。

②　宗白华：《中国艺术意境的诞生（增订稿）》，载《宗白华全集》第 2 卷，安徽教育出版社 1994 年版，第 363 页。

于富于比喻性质的自然物象之中了。这一抒情境界实际上是以感兴论作为理论基础,以比作为主要抒情方法,并不十分在意相似性乃至寓意性,仅仅关注自然物象的惟妙惟肖,将情景关系的正确处理作为基本原则,以形神兼备、气韵生动作为标志的一种抒情境界。

其一,物境以感兴论为基础。感兴论的特点是最大限度强调了作家灵感的价值和意义,也就是说作家情感发动主要依赖自身条件而不是外在自然物象。情感一旦生成,却不以最原始乃至最直接的方式宣泄,还得依赖一定承载物借以抒发的时候,自然物象的摹写就显得十分必要,对赖以寄寓乃至暗示情感的自然物象的摹写,是物境形成的根本原因。这就是感兴论作为物境之理论基础的根本原因:虽然在其最根本方面情感的生成的确来源于自我灵感的启迪或情感的自我生成,或这种情感已经在作家实际生活中潜伏下来,甚至是长期日积月累的结果,但无论多么富有内蕴地潜藏着,以至于积累到足以使作家准备展示的程度,最终主要还是依赖于作家自我的理性反省。这种理性反省使作家并不将情感一览无余地加以宣泄,不加装饰地裸露,而是采用一定程度的文饰,或借助一定自然物象加以间接乃至含蓄的暗示。这就使物境具有了以对自然物象的摹写取胜的特点。

其二,物境以比为抒情方法。当作家的情感经过日积月累的积淀而达到情不自禁的时候,抒情就自然而然被提到议事日程。当作家将这种情感借助某种具有一定程度相似性的自然物象加以暗示或流露的时候,实际上就运用了比的抒情方法。也只有在这种情况下,文学抒情才以自然物象作为最终显现形式。虽然真正意义的比可能建立在相似性的基础上,具有理性参与的性质及阐理的功能,但对自然物象的惟妙惟肖摹写实际上是最基本的要求。正是因为在比的抒情方法运用中自然物象为终端显现形式,所以对自然物象的惟妙惟肖摹写常常显得比借助相似性寄寓一定主观情感和寓意更为重要。人们可以随便在文学抒情中找到那些惟妙惟肖摹写自然物象,但实际寓意并不十分明显的例证。叶梦得有所谓:“诗语固忌用巧太过,然缘情体物,自有天然工妙,虽巧而不见刻削之痕。老杜‘细雨鱼儿出,微风燕子斜’,此十字殆无一字虚设。雨细著水为沤,鱼常上浮而淰,若大雨则伏而不出矣。燕体轻弱，风猛则不能胜，唯微风乃受以为势，故又有'轻燕受风斜'之语。"①可见对自然物象的惟妙惟肖摹写在很大程度上超越了比的限制，并不执著于深刻寓意与阐理的情况下，可能更能够体现比以自然物象为显现形式的特点。有些现代诗使用比另有一番情趣，如雷明伟《泪》全然摆脱了传统文学抒情之比的方法，而将其与诸如暴雨、晴空等天气联系起来，有所谓"爱的闷热/托不住别离的凝重/落成暴雨/我递过一方彩云/将你的眼睛/擦成晴空"。这种比的抒情方法不仅保留了相似性，而且显示出更凝重、含蓄的情感氛围。

其三，物境与情景交融原则。比的抒情方法虽然侧重于理性反省乃至相似性比喻，但这种比喻归根结蒂得借助自然物象获得显现。惟其如此，物境的特点不是先较为客观地摹写自然物象，其后再较为单纯地抒写情感，不是这种意义的自然物象与主观情感的结合式显现形式，而是寓情于景、寄情于物。在物境中自然物象必然蕴涵着主观情感，主观情感必然借助自然物象获得显现，自然物象与主观情感融为一体，自然物象就是主观情感，主观情感就是自然物象，这是物境创造必须正确处理的情景关系。如谢榛所云："诗乃摹写情景之具，情融乎内而深且长，景耀乎外而远且大。"②文学抒情最终以自然物象的摹写而不是主观情感的直接宣泄而表现出来。摹写自然物象之关键在于将主观情感深藏于自然物象之内，将蕴涵着主观情感的自然物象彰显于外，获得意味深长而景象远大的效果。所以，情景关系的正确处理常常是物境营造的基本原则。沈雄所谓"情以景幽，卓情则露；景以情妍，独景则滞"，③柳宗元《江雪》、马致远《秋思》都能体现这一原则。

其四，物境与气韵生动的美学风格。单就外在的自然物象而言，形神兼备是物境应该达到的基本要求。杜甫"细雨鱼儿出，微风燕子斜"就是摹写

① 叶梦得：《石林诗话》，载何文焕：《历代诗话》(上)，中华书局1981年版，第431页。

② 谢榛：《四溟诗话》，载丁福保：《历代诗话续编》(下)，中华书局1983年版，第1221页。

③ 沈雄：《古今词话·词品》，载唐圭璋：《词话丛编》第1册，中华书局1986年版，第849页。

自然物象形神兼备的范例。摹写自然物象不仅要做到形似，更重要的是达到传神，体现其气韵，达到气韵生动。如扬维祯所说："传神者气韵生动是也。如画猫者张壁而绝鼠，大士者度海而灭风，翊圣真武者扣之而响应，写人真者即能得其精神。若此者，岂非气韵生动，机夺造化者乎？"①摹写自然物象不能形神兼备就会使自然物象丧失特点。

气韵生动是物境所能够达到的基本美学风格。如果将事物写活，就必须如赵希鹄所谓："人物顾盼语言，花果迎风带露，飞禽走兽精神逼真，山水林泉清润幽旷，屋庐深邃，桥彴往来，山脚入水，沉明水源，来历分晓。"②否则即死。高濂说："图画张挂，以远望之：山川徒具峻峭而无烟峦之润，林树徒作层垒而无摇动之风，人物徒肖尸居壁立而无语言、顾盼、步履、转折之容，花鸟徒具羽毛、文采、颜色锦簇而无若飞、若鸣、若香、若湿之想，皆谓之无神。四者无可指摘，玩之俨然形具，此谓得物趣也。能以人趣中求其神气生意运动，则天趣始得具足。"③要真正达到传神乃至气韵生动的生命境界，艺术家不仅要深得事物自己的性情，而且要将艺术家自己的性情与其融合在一起。如唐志契所说："凡画山水，最要得山水性情：山便得怀抱起伏之势，如跳如坐，如俯仰，如挂脚，自然山性即我性，山情即我情，而落笔不生软矣，水便得涛浪潆回之势，如绮、如云、如奔、如怒、如鬼面，自然水性即我性，水情即我情，而落笔不呆板矣。……岂独山水，虽一草一木莫不有性情，若含蕊舒叶，若披枝行干，虽一花而含笑，或大放，或背面，或将谢，俱有生化之意。画写意者，正在在此著精神，亦在未举画之先，预有天巧耳。不然则画家六则首云气韵生动，何得气韵耶？"④于民更指出"穷理尽性"、"事绝言

---

① 扬维祯：《图绘宝鉴序》，载俞剑华：《中国古代画论类编》（上），人民美术出版社 2000 年版，第 93 页。

② 赵希鹄：《洞天清禄古画辨》，载俞剑华：《中国古代画论类编》（上），人民美术出版社 2000 年版，第 86 页。

③ 高濂：《燕闲清赏笺论画》，载俞剑华：《中国古代画论类编》（上），人民美术出版社 2000 年版，第 121 页。

④ 唐志契：《绘事微言》，载俞剑华：《中国古代画论类编》（下），人民美术出版社 2000 年版，第 742 页。

象”是气韵生动的基本特征,“气韵所体现的并非今日所理解的那种具体生动性,乃是略形而重神的特殊表现,是艺术生命气化的最高境界”,①可见气韵生动及赖以形成的物境之借助比以及自然物象的相似性特点,就显得更分明了。甚至在某种意义上说,气韵生动还得体现自然物象的本性,这可能是气韵生动的最深刻内涵,如李日华认为:“凡状物者,得其形,不若得其势;得其势,不若得其韵;得其韵不若得其性。……性者物自然之天,技术之熟,照极而自呈,不容措意者也。”②可见物境所能达到的最高理想其实就是气韵生动,气韵生动的核心就是传神而有生气,得韵而更得其性。表面的气韵生动所蕴涵的“穷理尽性”可能是其精神实质。

气韵生动不仅是物境赖以形成的基础,而且也是物境所追求的最高艺术理想,是其美学风格的最高体现形式。所体现的不仅仅是中国文学抒情传统的主要内容,而且是中国艺术的一个最高目标。宗白华认为:“气韵生动”是“绘画创作追求的最高目标,最高境界,也是绘画批评的主要标准”,而且“其实不单绘画如此,中国的建筑、园林、雕塑中潜伏着音乐感——即所谓‘韵’”。③ 气韵生动同时也是中国艺术精神的集中体现形式之一,如徐复观认为:“由气韵生动一语,可以穷尽中国艺术精神的极谊。”④方东美也指出:“凡是中国的艺术品,不论它们是任何形式,都是充分的表现这种盎然生意。”⑤

综上,物境在理论上讲,实际上是作家受到感兴的感染,借助自然物象而显现其主观情感,但并不在意自然物象与主观情感的相似性乃至寓意性,而更关注自然物象的惟妙惟肖摹写这一基本条件所达到的一种抒情境界。达到这种抒情境界的基本原则是正确处理情景关系,使其高度交融,让主观

---

① 于民:《中国美学思想史》,复旦大学出版社 2010 年版,第 276 页。

② 李日华:《六砚斋笔记》,载胡经之:《中国古典文艺学丛编》第 2 册,北京大学出版社 2001 年版,第 189 页。

③ 宗白华:《中国美学史中重要问题的初步探索》,载《宗白华全集》第 3 卷,安徽教育出版社 1994 年版,第 465 页。

④ 徐复观:《中国艺术精神》,华东师范大学出版社 2001 年版,第 128 页。

⑤ 方东美:《生生之美》,北京大学出版社 2009 年版,第 295 页。

情感寓于自然物象,使自然物象充分彰显自身的气韵乃至性格。

二、情境

情境是文学抒情的核心境界,也是文学抒情之第二境界。这一境界主要表现为:受到某种外在自然物象的感染或某种内存心灵世界深处的情感被自然物象所激活,使作家在情不自禁中将这种情感一泻千里。真挚、强烈的情感抒发是这一境界突出的特点。如苏轼《江城子》"夜来幽梦忽还乡,小轩窗,正梳妆。相顾无言,唯有泪千行"。这种表情境界实际上是以感物论为基础,以起兴为主要抒情方法,依赖情志关系的正确处理为基本原则,以中和之美为最高标志的一种抒情境界。

其一,情境以感物论为基础。感物论的特点是作家主观情感和创作冲动的生成往往源于自然物象的感发或激活,情境的最基本特征就是情感的抒发和一泻千里的宣泄,最终形成事实上依赖于感物论基础。感物论以自然物象作为情感生成乃至激活的诱因而具有意义,就其抒情更多依赖情感的直接宣泄,这与情境最终以情感取胜而不是以自然物象取胜的特点极其相似。由于作家受到自然物象的感染使其主观情感得以生成或激活,这种情感常常达到极其强烈乃至自我无法抑制的程度,作家受这种情感动因的驱使十分坦率甚至赤裸地宣泄情感。这是情境之所以成为情境,乃至以强烈、直率情感取胜的根本原因,同时也是以感物论作为情境的基础理论的主要特点。如司马迁《报任安书》、诸葛亮《出师表》、李密《陈情表》等都是例证。

其二,情境以兴为抒情方法。情感体现于文学抒情之中,表现为某种自然物象的感发。正是这种自然物象感发使作家本来并不存在的情感得以生成,或使其深藏内心世界的情感得以被激活。自然物象作为激发或激活作家主观情感的原因而具有价值和意义,对自然物象的惟妙惟肖摹写在许多情况下就显得并不十分必要或重要,更重要的是作家真挚、强烈情感的尽情宣泄。对这种情感的恣意宣泄常常显得比摹写自然物象更重要。兴的抒情方法最终以主观情感作为终端显现形式的特点正好是营造情境的根本原因。

其三,情境与情志互动原则。营造情境至为重要的原则在于正确处理情志关系。虽然在抒情理论方面存在诗言志与诗缘情的区别,但在本质上二者相辅相成,都以情感为基底。这往往是情极而志生,如徐复观所云:“发而为诗的志,乃是有喜怒哀乐爱恶欲的七情,蓄积于衷,自然要求以一发为快的情的动向。”①也可以是志足而情生。如钱谦益所云:“志足而情生焉,情萌而气动焉。”②可见情志互动乃至难分难舍,是情境的根本特点。情感既是人类生命意志的有机组成部分,也可能是意志的显现形式,意志也可能是情感的显现形式。如果作家处理情志关系时仅仅关注意志作为理智或礼教的内涵,这必然会制约情感的宣泄;但如果作家仅仅注重情感的自我暴露或毫无理智约束,就可能使情感抒发沦为情欲泛滥。有些现代诗在处理情志关系时似乎能更好地体现理智的成分,而且又不失情感的表达,如吕文秀《思念》“由两个人抬起/从不知道累/甚至/连梦里也不休息”,不仅将思念的情感作了理智的处理,使其不再以那种缠绵悱恻的情感而感动人,但另一种形式的自然物象重构却仍使其无法掩饰思念的沉重与持久,更显得形象而富于情味。

其四,情境与中和之美的美学风格。正确处理情志关系,既注意主观情感的必要宣泄,同时也考虑理智的必要反省乃至节制,才是情感抒发能够达到中和之美这一境界的根本原因。中和之美作为一种美学风格,是中国文学抒情追求的艺术理想和精神。王鏊《太和堂集》卷首有云:“情之适者,其声和以平。情之激者,其声愤以怨;情之郁者,其声惨以幽。……盖其挟溺摧挫,郁伊愤激于中,而不觉其泄于外。若夫和平之音则鲜闻焉,岂非难哉?”③中和之美不仅是中国文学抒情传统的核心内容,更是中国文化传统

① 徐复观:《中国文学精神》,上海书店出版社 2004 年版,第 21 页。

② 钱谦益:《牧斋有学集·题燕市酒人篇》,载胡经之:《中国古典文艺学丛编》第 2 册,北京大学出版社 2001 年版,第 57 页。

③ 王鏊:《携李屠东湖太和堂集序》,载胡经之:《中国古典文艺学丛编》第 2 册,北京大学出版社 2001 年版,第 55 页。

之核心内容。如《中庸》有云:“喜怒哀乐之未发,谓之中;发而皆中节,谓之和。中也者,天下之大本也;和也者,天下之达道也。致中和,天地位焉,万物育焉。”喜怒哀乐未发之时,常常恬淡虚静,喜怒哀乐发而有所节制,常常平和。这虽然可能制约了情感的恣意宣泄,影响情感的丰富多彩,使中国文学抒情传统缺失爽心悦目的美学风格,但却拥有了温柔敦厚的美学风格。白居易《清夜琴兴》写道:“月出鸟栖尽,寂然坐空林。是时心境闲,可以弹素琴。清泠由木性,恬澹随人心。心积和平气,木应正始音。响馀群动息,曲罢秋夜深。正声感元化,天地清沉沉。”这首诗不仅充分体现了琴声所具有的平和情调,而且也体现了中国抒情诗人中和的生命情调。

中和之美不仅是中国艺术精神,更是中国文化精神的集中体现形式之一。宗白华对此有深刻体悟,他说:“空寂中生气流行,鸢飞鱼跃,是中国人艺术心灵与宇宙意象‘两境相入’互摄互映的华严境界。倪云林有一绝句,最能写出此境:‘兰生幽谷里,倒影还自照。无人作妍媛,春风发微笑。’希腊神话里水仙之神临水自鉴,眷恋着自己的仙姿,无限相思,憔悴以死。中国的兰生幽谷,倒影自照,孤芳自赏,虽感空寂,却有春风微笑相伴,一呼一吸,宇宙息息相关,悦怿风神,悠然自足。”①宗白华的这一论述实际上涉及中国文学抒情传统与西方文学抒情传统根本精神的区别:中国文学抒情传统强调中和之美和温柔敦厚的情感,西方文学抒情传统则强调极端的、热情奔放、激情四射的情感。所以中国文学抒情传统之情感基调不外乎乐而不淫、哀而不伤、怨而不怒之类的平和情感。方东美可谓深得中和之旨:“中和之理实为吾国哲学甚高、甚深、极广大之妙谛。故《易》尚中和、诗书礼乐尚中和,修齐治平亦莫不尚中和。不偏为中,相应为和,语其要宜,可得五点:一、一往平等性;二、大公无私:三、忠恕体物性(同情感召性);四、空灵取象性;五、道通为一性。”②可见中和之美体现了一种生命的和谐境界,这种和谐境界,并不仅仅单指自我和谐,还包括社会和谐、自然宇宙和谐。一

① 宗白华:《中国艺术意境之诞生(增订稿)》,载《宗白华全集》第2卷,安徽教育出版社1994年版,第373页。

② 方东美:《生生之美》,北京大学出版社2009年版,第48页。

个人尤其一个作家具有了这种和谐之美的胸襟，就能平等地看待自然界一切事物，无取无舍、无所挂碍。不仅能够丰富文学抒情的内涵，而且能够提升生命的境界。只是这一智慧不是以类似禅语的更加简单明了方式的点化出来，而是借助淡泊平和的情感流露出来。

三、意境

意境是文学抒情的最高境界。文学抒情最终达到智慧境界，或以更为明了的方式点染智慧常常依赖妙悟乃至禅悟得以完成，所以妙悟论是意境最根本的理论基础。意境的最大优势不是以惟妙惟肖直达气韵生动的自然物象而取胜，也不是以真挚强烈乃至合乎中和之美的主观情感而取胜，而是以超越语言直达以无言之美为特征的生命彻悟而取胜。伟大的艺术常常能给予人们伟大生命智慧的启迪，意境这一境界常常能够给人们最透彻的生命体悟乃至智慧。概括来说，意境作为对人类乃至宇宙本体生命的透彻体悟，常常以妙悟论作为理论基础，以赋作为主要抒情方法，以情理关系的正确处理作为基本原则，以无言之美作为最高艺术理想乃至美学风格。

其一，意境以妙悟论为基础。妙悟论的精髓在于对善恶、是非、美丑不二的自我真如本心的顿然觉悟，而意境之根本特点在于对自我、人类和宇宙生命本体的哲理性思考和彻底觉悟。二者的共同点就是觉悟，二者的最基本结合点就是善恶、是非乃至美丑不二的无所分别、取舍和执著的原始本心。这是妙悟论成为意境创造的理论基础的根本原因。要创造真正意义的意境之最根本点，就是对本性不二的生命智慧的顿然觉悟。正是在这种意义上讲，一般所谓意境似乎由于缺乏这种体悟丧失了成其为意境的基本条件。陈子昂《登幽州台歌》“前不见古人，后不见来者。念天地之悠悠，独怆然而涕下”之诗句对生命本体跨越时空的思考，不过是通过天地人的空间比较凸显了人类自身的渺小，通过过去、现在、未来的时间把握突出了人类自身的短暂。就此而言，并不比《古诗十九首》中的许多诗歌更加意境高远。宗白华最能透彻把握意境的禅悟本质，但他所谓“禅是动中的极静，也是静中的极动,寂而常照,照而常寂,动静不二,直探生命的本原的阐释,"①似乎只是抓住了禅悟的心境,没有真正揭示出生命的原始本心的内涵。其实这个原始本心,就是不二之性。王维《终南别业》"行到水穷处,坐看云起时",并不仅仅是自然物象的摹写,更是其恬淡、寂静心境的显现,是拈花微笑之中领悟实相无相的正法眼藏和诸佛妙理的禅境的体现,俞陛云认为:"即言胜事自知,行至水穷,若已到尽头,而又看云起,见妙境之无穷,可悟处世事变之无穷。此二句有一片化机之妙。"②这种化机或禅悟更在于对不二本心的顿然觉悟。作家对行走与打坐、水流与云起的无所分别与取舍,才是其妙悟乃至禅悟之达到的意境精神之所在。只有真正彻悟这种不二本心,能够彰显无所执著、无所取舍乃至心体无滞、明白四达的原始本心的意境,才可能真正给予人们以智慧的启迪。

其二,意境以赋为抒情方法。意境往往寄寓着作家对自身乃至宇宙生命本体的哲理性思考,更富于理性色彩而言,似乎更可能运用到比的抒情方法,但比常常以对自然物象的惟妙惟肖摹写取胜,意境却并不仅仅以惟妙惟肖的自然物象摹写取胜,同时还以真挚浓郁的情感取胜。就这一点而言,更具有情物乃至情景并茂的性质,更可能运用到赋的抒情方法。赋的抒情方法之自然物象与主观情感并茂的特点正是其形成意境的基础,如布颜图有云:"情景者境界也。"③既然自然物象与主观情感的相辅相成、相得益彰是形成意境的基础,那么正是赋的主观情感与自然物象并茂,才使意境真正具有了更为丰富的表现形态。后世的理论家们常常将情景交融或主观情感与自然物象的相辅相成、相得益彰视为意境的主要特征,但这是意境一种外在形态,并不能体现意境之所以成其为意境的根本原因,根本原因是情理并至或情理交至。

---

① 宗白华:《中国艺术意境之诞生(增订稿)》,载《宗白华全集》第2卷,安徽教育出版社1994年版,第364页。

② 俞陛云:《诗境浅说》,北京出版社2003年版,第11页。

③ 布颜图:《画学心法问答》,载俞剑华:《中国古代画论类编》(上),人民美术出版社2000年版,第206页。

其三，意境与情理交至原则。虽然意境的创造离不开主观情感与自然物象的相辅相成、相得益彰，但意境最根本的特点是以对生命的哲理性思考乃至禅理取胜。同时又没有由此削弱情的存在。单纯强调阐述事理，会使文学抒情陷入单纯说教的地步，许多禅言诗和宋诗之所以失败，就在于落入单纯议论与说理。而意境意味着言情至极寓理于其中，显现于外者为情，蕴涵于内者为理。如李重华有云："夫诗言情不言理者，情惬则理在其中。乃正藏体于用耳。故诗至入妙，有言下未尝毕露，其情则已跃然者。"①抒发情感必须依乎理性，这样的情感才可能是深沉的，有内涵的，如叶燮有云："情必依乎理，情得然后理真，情理交至。"②可见情理交至才是意境创造必须依赖的基本原则。方东美也有这样的阐述："情由理生，理自情出，因为情理本是不可分割的全体。"③王维《酬张少府》之"晚年惟好静，万事不关心。自顾无长策，空知返旧林。松风吹解带，山月照弹琴。君问穷通理，渔歌入浦深"似乎最能体现这种情理交至的特点。情理交至的根本出发点是，情为意境提供了丰富多彩的外在形态，而理为意境充实了透彻圆融的生命体悟。二者交互存在、相得益彰才真正成就了意境从形式到内容的整体特征。程颢《秋日偶成》似乎也体现了情理交至的特点："闲来无事不从容，睡觉东窗日已红；万物静观皆自得，四时佳兴与人同。道通天地有形外，思入风云变态中；富贵不淫贫贱乐，男儿到此是豪雄。"只是虽然也显得淡远，却没有王维诗歌空灵。

其四，意境与无言之美的美学风格。妙悟乃至禅悟的根本精神并不仅仅在于提供最透彻的生命体悟，而是中国士阶层的最彻底的生命解放。春秋战国时代道家逍遥游的思想体现了中国士阶层第一次思想和生命的大解放，那么魏晋时代玄学的出现则体现了中国士阶层第二次思想和生命大解放，但比较而言最彻底的解放也许还得益于禅宗的第三次思想与生命大解

---

① 李重华：《贞一斋诗说》，载王夫之等：《清诗话》，上海古籍出版社 1999 年版，第 933 页。

② 叶燮：《原诗》，载王夫之等：《清诗话》，上海古籍出版社 1999 年版，第 587 页。

③ 方东美：《生生之美》，北京大学出版社 2009 年版，第 23 页。

放。禅宗无须清谈玄辩，无须静思默想，相信刹那自悟不二本心，就能即刻获得无所分别、无所执著，乃至心体无滞、通达无碍的生命智慧，并成就真正解脱的自由生命境界。这一生命的自由与解放最终成就了最透彻的生命体悟，以及以此作为基本内核的意境。也许意境之最得益于禅宗乃至禅悟的启示是所谓“诸佛妙理，非关文字”（《坛经·机缘品第七》），以及佛教所谓“至理无言，玄致幽寂”、“心行处断”、“言语路绝”（释慧皎《高僧传》卷八）等。正是禅宗乃至佛教诸如此类的观点很大程度上成就了中国文学抒情传统的这种美学智慧。中国哲学家虽然十分崇尚天地大美乃至自然宇宙之美，但并不经常用十分清晰的语言加以阐释或界定。这并不是他们对自然宇宙之美的认识模糊肤浅，而是由于他们对自然宇宙之美的认识透彻，认识到任何语言阐释或描述都显得苍白无力，于是孔子有“天何言哉！四时行焉，百物生焉，天何言哉”（《论语·阳货》）的感慨，庄子亦有“天地有大美而不言，四时有明法而不议，万物有成理而不说”（《庄子·知北游》）的主张。

在钱钟书看来，禅悟与诗思之间有着相同处，也有不同处：“禅与诗，所也，悟，能也。用心所在虽二，而心之作用则一。了悟以后，禅可不著言说，诗必托诸文字；然其为悟境，初无不同。”①中国文学抒情虽然不得不运用语言文字，但可以用超以象外的方法达到“得意忘言”或“非关文字”的境界。无论妙悟，还是文学抒情之意境都不直接用语言加以言说，而是通过语言来穷尽物象，更借助物象穷尽象外之象，依赖象外之象来言说不可言说的体验和感悟。受其影响，意境常常最能体现“非关文字”的特点。许多诗人对此有深刻体验，如陶渊明《饮酒·结庐在人境》之“此中有真意，欲辩已忘言”明确体现这一点。刘禹锡《赠别君素上人诗》更细致地阐述了他的感受：“穷巷唯秋草，高僧独扣门。相欢如旧识，问法到无言。水为风生浪，珠非尘可昏。悟来皆是道，此别不销魂。”不仅如此，人们也在理论高度认识到了意境与无言之美的关系，如朱承爵有云：“作诗之妙，全在意境融彻，出音

① 钱钟书：《谈艺录》，中华书局1984年版，第101页。

声之外,乃得真味。”①意境最突出的艺术理想就是言不可言之境界即妙悟之境界,即并不依赖和局限于文字的“不立文字”和“非关文字”境界。这种境界可以是道家“得意忘象”的境界,如老子所谓“无状之状,无物之象”(《道德经》第十四章),《庄子·知北游》所谓“不形之形,形之不形”的境界,更可以是禅宗如慧能所谓“于相离相,于空离空”(《坛经·机缘品第七》)的禅悟境界。正是道家之“得意忘言”与禅宗之“非关文字”成就了意境的无言之美的艺术理想和美学风格,构成了中国文学抒情传统之核心内容。方东美说:“宇宙间真正美的东西,往往不能以言语形容。……中国的诗人最了解这一点,所以说‘无言相对最销魂’,此时无声胜有声,中国哲学家之所以不常谈美,正是因为他们对美的这种性质理解最为透彻,所以反而默然不说。”②

对不可言传的生命体验和感悟的得意忘言和非关文字的表达,不仅是意境的最高境界,而且中国文学抒情之最高境界。这是对不可言传的生命体验和感悟的成功表达,可以使文学文本获得没有止境的解释和无穷无尽的意义,正如托多罗夫所说:“因为艺术表达的内容不可言传,所以对它的解释是无止境的。”③更是标志着作家乃至中国士阶层所获得的最大生命自由与解放。中国文学抒情境界的意境因其对生命的终极思考往往能给人以透彻的生命智慧,理所当然就是抒情境界的最高境界。

① 朱承爵:《存余堂诗话》,载何文焕:《历代诗话》(下),中华书局1981年版,第792页。

② 方东美:《生生之美》,北京大学出版社2009年版,第288页。

③ 托多罗夫:《象征理论》,商务印书馆2004年版,第248页。

第三编　中国抒情的文本传统与美学阐释

第一章　中国抒情元素与抒情结构

中国文学抒情传统的最终形成并不仅仅依赖于作家及相关理论阐述，更得益于中国抒情文本。中国抒情文本及其抒情元素、抒情结构、抒情类型十分重要，是中国文学抒情传统最终得以形成的基础。中国抒情文本的构成依赖于特定抒情元素，这些元素是构成抒情文本结构的基础。

第一节　中国抒情元素及其美学表征

中国文学抒情传统是中国作家对一系列源自外界刺激和评价的躯体反应及把刺激和评价的躯体反应诉诸文学形式之产物，常常涉及抒情元素和抒情结构两个方面的逻辑规律。与叙事比较起来，由于抒情所涉及的情感变化多端，难以用普遍适用的固定逻辑来概括，而且由于中国文化传统对情感的克制乃至抑制，致使对中国文学抒情传统之抒情元素的阐述显得更加困难。

一、抒情元素的基本构成

尽管情感的抒发常常依赖诸如事件、表象及其所构成的情景或情境，或通过叙事和表象达到抒情的目的，比较而言，绝对意义的纯粹抒情极其少见，但任何文学抒情必然涉及情感，情感毋庸置疑是文学抒情的核心。虽然见诸抒情文本的情感，可能丰富复杂，其性质和功能也有所不同，但这些不同性质和功能的情感毕竟存在一定规律。

文学抒情并不只有一种情感，常常是多种情感所构成的有机整体。如黑格尔所说："情感生活的全部浓淡色调，瞬息万变的动态或是由极不同的对象所引起的零星的飘忽的感想，都可以被抒情诗凝定下来，通过表现而变成耐久的艺术作品。"①但在众多情感元素所构成的情感系统之中，必然有一种情感元素相对来说较为稳定乃至固定不变，这种情感常常奠定情感系统的基调，但同时还有一种情感必然瞬息万变乃至飘忽不定，这种情感虽然不能直接决定抒情的情感基调，但常常因为瞬息万变飘忽不定而具有极其鲜明的丰富情感形态的功能。如果说作为情感基调的情感具有骨骼结构的性质，这种瞬息万变乃至飘忽不定的情感便具有血肉丰满的性质。如果说作为基调的情感常常是文学抒情的情感基础，瞬息万变乃至飘忽不定的情感便常常是这种情感基调的变体，是相对稳定的情感基调在不同情景和情境中的灵活变化。可以将这种奠定情感基调的情感称为常情或核心情感，将瞬息万变、飘忽不定的情感称为不定情乃至辅助情感。黑格尔所谓"情感生活的全部浓淡色调"，似乎就有常情乃至核心情感的性质，所谓"瞬息万变的动态或是由极不同的对象所引起的零星的飘忽的感想"，具有不定情乃至辅助情感的性质。

但无论常情或核心情感，还是不定情或辅助情感，都必定通过一定形态显现出来，这种显现于外在形态的情感，就是一般所谓情态，导致这种情态的根源或缘由，即是一般所谓情由。相对来说直接显现于读者面前的更多是情态，这种情态无论是相对稳定不变的核心情感的情态，还是本来就飘忽不定的辅助情感的情态，在很大程度上是富于变化的，甚至是随着赖以呈现于读者审美视野的语言行为发生变化的。常情和不定情及其情由和情态常常是抒情意味赖以产生的根源。在古印度《舞论》看来，抒情意味常常依赖情由、情态和不定情而表现出来："味产生于情由、情态和不定情的结合。"

① 黑格尔：《美学》第3卷（下），商务印书馆1981年版，第192页。

"意义通过情由、情态以及语言、形体和真情表演而获得"。这是说情由、情态和不定情是构成情感系统的基本元素。婆罗多牟尼还认为"情由、情态和不定情依附常情"。① 这也就是说，虽然抒情意味常常由常情和不定情构成，但无论常情还是不定情总是有一定情由与情态的。情由是导致常情乃至不定情的缘由，情态是常情和不定情的外在形态，在具体抒情中常情常常是导致不定情及其情态的缘由。

虽然印度抒情理论并不多么周延和统一，但仍然可以借鉴其理论将情感根据性质和功能分析为核心情感即所谓常情、辅助情感即所谓不定情。在情感系统中，并不是各种情感元素都具有相同的性质和功能。只有相对稳定的、奠定了抒情情感基调的情感才可能真正起统领情感的核心作用。这种情感元素，不仅具有贯穿始终、连缀所有情感的功能，而且也是抒情元素的一种潜在的、固定不变的、起着统摄和主导作用的核心元素。另外一些飘忽不定的情感只能是一种依附于核心情感即常情的辅助元素，并不具有贯穿始终、统摄和连缀所有情感元素的功能，因为不同随情形成不同别情，因为不同情由导致不同情态，其功能仅仅是补充、丰富核心情感，使之在变化之中构成情感的逻辑序列，获得普遍化和具体化的辅助元素。当然，即使核心情感也总是通过所谓情由、情态和不定情获得具体化和普遍化，这种情感的逻辑序列往往可能瞬息万变，并不总是像事件序列那样具有严密的因果关系。但这并不意味着核心情感以及辅助情感是无缘无故的。任何情感都有一定情由，只是这种情由可能模糊含混，甚至是无意识状态的。愈切入情感深层无意识层面的文学抒情其情感分析愈困难。

由于情由既可能是无意识乃至不自觉的，也可能是有意识乃至自觉的，所以情由的破译与分析十分复杂。有意识乃至自觉的情由固然可以明白地分析出来，但能够明白分析出来的也许并不是真正的情由，因为文学抒情不可避免地存在文饰的情形，越觉得不便于袒露或者具有隐私性质的情感越可

① 婆罗多牟尼：《舞论》，载黄宝生：《梵语诗学论著汇编》（上），昆仑出版社 2008 年版，第 53 页。

能在具体文学抒情中被文饰和伪装。至于无意识或不自觉的情由则连文学抒情者自己也未能清楚意识到,但不论有意识或无意识的情由,最终都要外化出来显现为一定情态。由于情态与情由之间本身就存在诸多距离,情态与情由的间接性决定了二者并不完全统一的情形可能十分普遍。这就决定了要全面且明白地通过情态展示情感及其情由是极为困难的。如李煜《相见欢·无言独上西楼》有云:"相见欢,无言独上西楼,月如钩,寂寞梧桐深院锁清秋。剪不断,理还乱,是离愁,别是一般滋味在心头。"对于这首词,寂寞和离愁之情态较为明显,但导致这种情态的情由却并不十分明白。从词中按照时间逻辑和因果关系来推断,可能是相见无言的缘故,但因何相见,又因何无语,而且是与谁相见,均不得而知。人们或许可以从作者的经历来推断,然而这首词的写作时间并不十分确定,李煜身处帝王之位还是身陷囚牢之中,并不十分明确。因此其情由就可能更加难以推测。也许作者本人对情由也没有十分明晰的意识,否则就不可能有"剪不断,理还乱"的情感体验。如果仅仅是单纯的离愁,是不可能有"剪不断,理还乱"的情感体验的,正是由于有别人所无法清楚体验的情由存在,所以才"剪不断,理还乱","是离愁,别是一般滋味在心头"。一个人也许只有处于情由不明的情境中的时候才可能有这种体验。这就是说,虽然这首词的核心情感可能是"离愁",但其辅助情感即不定情却难以确定,而导致核心情感乃至辅助情感的情由更不确定。

中国文学抒情传统之中的情感系统及其情感元素必然极其复杂。但并不意味着中国文学抒情传统之核心情感是不可阐述的。中国文学抒情传统的辅助情感同样可能多种多样,但作为核心情感却往往相对一致。整体而言,虽然中国作家对自我也存在诸多不满乃至愤慨,但这种不满和愤慨总是能够被自我安慰所冲淡,而且总是能够以一种更淡泊、更洒脱的自我解释达到精神生命的自我超越与升华。在夏志清看来,"中国文学传统里并没有一个正视人生的宗教观。中国人的宗教不是迷信,就是逃避,或者是王维式怡然自得的个人享受。"①按照夏志清的阐述,中国文学抒情传统核心情感

① 夏志清:《中国现代小说史》,复旦大学出版社 2005 年版,第 13 页。

是对人生的逃避情感或自得情感。但这种理解和阐述并不一定具有普遍性，至少对屈原、杜甫、白居易等诗人来说就不十分准确，其关注、讽刺和批判社会政治的特点仍然十分鲜明。因此，与其说中国文学抒情传统以逃避和自得作为核心情感，不如说是以平和情感作为核心。如陈廷焯所谓："温厚和平，诗词一本也。然为诗者，既得其本，而措语则以平远雍穆为正，沉郁顿挫为变。特变不失其正，即于平远雍穆中，亦不可无沉郁顿挫也。词则以温厚和平为本，而措语以沉郁顿挫为正，并不必以平远雍穆为贵。诗与词同体异用者在此。"①这种平和情感较为普遍地体现于人与自我、人与社会、人与自然关系的各个方面。

中国文学抒情传统确实不乏对社会强烈不满乃至批判的精神态度，但这种不满乃至批判并不一定都非达到你死我活的程度不可，除了现代中国文学抒情可能存在相当程度的彻底批判态度外，一般情况下的社会批判总是让位于乌托邦的幻想和憧憬，或通过幻想之中善的胜利与恶的失败达到灵魂深处的自我安慰，或以类似洁身自好的道德，或精神生命的自我超越和提升寻找自我慰藉，也只有在这种情况下才似乎有逃避的色彩。中国文学抒情传统从来没有如西方文学抒情传统那样赋予人类唯我独尊的优势地位，更没有自命不凡地认定是宇宙的精华和万物的精灵，而是将人类作为自然的一个有机组成部分进行讴歌。以平等不二的广大和谐生命精神看待自然。正是由于这种平等不二、所以也很难看到单纯讴歌和崇拜自然的情形，至少没有因为崇拜自然而达到宗教信仰的程度。朱光潜的阐述也许有一定道理。在他看来，佛教传入中国更多的是给予中国文学抒情传统以禅趣而非佛理。佛理常常涉及佛教哲学，而禅趣仅仅是参悟佛理的趣味。诸如陶渊明、谢灵运、王维、苏轼等人似乎更热衷于禅趣而非佛理。朱光潜认为："'禅趣'中最大的成分便是静中所得于自然的妙悟，中国诗人所最得力于佛教者就在此一点，但是他们虽然有意'参禅'，却无心'证佛'，要在佛理中

① 陈廷焯：《白雨斋词话》，载唐圭璋：《词话丛编》第4册，中华书局1986年版，第3967页。

求消遣,并不要信奉佛教求彻底了悟,彻底解脱;入山参禅,出山仍然做他们的官,吃他们的酒肉,眷恋他们的妻子。本来佛教的妙义在'不立文字,见性成佛',诗歌到底仍不免是一种尘障。"①追求所谓"禅趣",也并不见得是中国文学抒情传统之根本精神,真正的精神是寻求自我心灵境界、人类社会境界和自然宇宙境界的和谐,所谓"禅趣"事实上正是以这种和谐作为基础的。如果没有以上三个层次的和谐,任何"禅趣"都不可能形成。

中国文学抒情传统虽然强调情感元素的浑圆,但也强调不同情感元素的相辅相成乃至浑然一体,尤其强调各种看似对立的情感元素的相反相成,如沈德潜所谓:"'弹丸脱手',故是诗家妙喻。然过熟则滑,唯生熟相济,于生中求熟,熟处带生,方不落寻常蹊径。"②沈德潜虽然是阐述文学抒情的熟练程度,但他所作比喻同时也揭示了情感元素应该浑然一体,浑圆一如。黑格尔指出:"每一件真正的艺术作品都是一个本身无限的(独立自由的)有机体:丰富的内容意义展现于适合的具体现象。它是统一的,但是统一体中的个别特殊因素并不是抽象地服从形式和符合目的性,而是各个部分都现出有生命的独立,而整体则把它们联系成为融贯的圆满结构,表面却不露出意匠经营的痕迹。"③情感元素是构成整体情感的基本元素,按照相反相成原则加以有序组合乃至整合,才能浑然一体。如同应该生熟相济一样,同样也应该做到大小、刚柔、深浅、强弱诸类情感元素的相反相成。如叶燮所云:"大约对待之两端,各有美有恶,非美恶有所偏于一者也。"④吴雷发《说诗菅蒯》有云:"真中有幻,动中有静,寂处有声,冷处有神,句中有句,味外有味,诗之绝类离群者也。"⑤中国文学抒情传统反对有所偏废,是因为中国文化传统向来强调相反相成、和谐一致,如《道德经》第四十二章有"万物负阴而抱阳,冲气以为和",董仲舒有所谓"举天地之道,而美于和,是故物生,皆

① 朱光潜:《诗论》,北京出版社 2005 年版,第 99—100 页。

② 沈德潜:《说诗晬语》,载王夫之等:《清诗话》,上海古籍出版社 1999 年版,第 551 页。

③ 黑格尔:《美学》第 3 卷(下),商务印书馆 1981 年版,第 51 页。

④ 叶燮:《原诗》,载王夫之等:《清诗话》,上海古籍出版社 1999 年版,第 591 页。

⑤ 吴雷发:《说诗菅蒯》,载王夫之等:《清诗话》,上海古籍出版社 1999 年版,第 905 页。

贵气而迎养之”(《春秋繁露·循天之道第七十七》)中国文化传统并不将矛盾视作推动万物发展变化的终极因素,更不将其视作万物发展的终极目的,如张载《正蒙·太和篇》所谓“有象斯有对,对必反其为;有反斯有仇,仇必和而解”之类的观点,事实上肯定了和谐才是终极目的。这也就意味着,作为中国文学抒情传统之辅助情感虽然可能多种多样,但核心情感并不十分复杂,而是通过和谐这一关乎中国文化传统核心命题的平和情感来显露的。

二、抒情元素的情感序列

虽然情感并不具有事件序列的鲜明逻辑关系,但这并不意味着情感没有时间序列。任何情感都有从过去到现在,并直接指向未来的时间流程,即使稍纵即逝、飘忽不定的瞬间情感也必定有一个相对短暂的时间流程,而真正具有固定不变的常情性质的情感基调所具有的时间流程甚至更悠长而且明显。这种情感序列体现为常情在连续不断的时间中所显现出来的情由、情态以及穿插于其中的不定情所共同构成的时间秩序和情感节奏。这种情感序列在纯粹抒情之中往往显示为常情及其因果情和不定情穿插和变化所构成的时间流程。这种时间流程在叙事抒情之中往往与叙事时间序列交织在一起,甚至以事件序列的形式获得显现。在表象抒情之中,虽然就其表象本身而言具有时间停滞的性质,但对表象的表述行为所具有的线性特征本身而言同样依赖于时间的运动和变化,这个有选择的线性梳理和表述本身就体现了时间流程,并借助这种时间流程构成了情感节奏和情感序列。这是情感序列的一般表现。黑格尔指出:“抒情诗比起史诗还更要依靠时间作为传达的外在媒介,因为史诗的叙述把实在的现象摆在过去,更多地依靠空间的伸延的方式把许多实在现象并列起来或交织在一起,而抒情诗却要把瞬息涌现的情感和思想按生展次序表现为时间上的先后承续,所以须把时间运动本身加以艺术处理。”①情感序列虽然可以超越因果关系的制约,表现为超因果的特征,但这并不意味着所有情感序列都超越了因果关系,叙

---

① 黑格尔:《美学》第3卷(下),商务印书馆1981年版,第215页。

事抒情就无法彻底超越因果关系的制约，只是较之纯粹叙事其因果关系的制约显得略微微弱些。

情感是时间性地存在于抒情主体的自我感受，是时间性地相对根植于相互作用的情境，并依据一定时间序列移动的时间流程。就像时间必然在一切人类行为和人生经历之中持续和流动一样，情感必然同样在人生的一切行为活动（包括文学创作活动之中）持续和流动。甚至可以说，整个文学文本甚至人生从开始至结束在某种意义上就是一部情感的时间序列所构成的流程史或情感史。苏珊·朗格指出："借助思维和想象，我们不仅具备了情感，而且也获得了充满情感的人生。这个充满情感的人生就是一条紧张而解决的溪流。所有情感、所有情感的色彩和基调，甚至个人的'生命感'或'个性感'，可能都是一种特殊、复杂，但却明确的相互作用——在人的机体中产生的各种实在的、神经和肌肉的紧张。"①虽然人们并不能清楚地梳理出情感流程的具体时间序列，勾勒出情感流程的过去、现在和未来的线性流程，但这并不意味着不存在这种线性流程。只要人们真正体验到情感序列，事实上还是能够梳理出这种线性流程的，只是这种线性流程并不经常作为一种单纯的情感经验而存在，而是常常依附于人们对事物的态度和对自我情绪的体验之中。正如丹森所说："情感意识的时间性能变成反馈的、内在地自我反思的，并被包围于它自己的经验界限之内。未来、现在和过去都变成同一情感经验的组成部分。现在所感受的东西是由将被感受的东西规定的，而将被感受的东西则是由过去感受的东西规定的。"②正是这种贯穿过去、现在和未来的显现，体现了时间秩序和情感节奏所形成的情感序列和抒情结构的表层特征。刘勰指出："故情者，文之经；辞者，文之纬；经正而后纬成，理定而后辞畅，此立文之本源也。"（《文心雕龙·情采》）能够作为文章之经线者，必定是以情感流程和节奏形式而存在的情感序列。除了这种时间序列，似乎没有其他序列能够成为抒情文本之经线。

---

① 苏珊·朗格：《情感与形式》，中国社会科学出版社 1986 年版，第 430—431 页。

② 丹森：《情感论》，辽宁人民出版社 1989 年版，第 123 页。

情感元素其实就是一个浑圆如弹丸的情感整体，这个浑圆如弹丸的情感元素的整体在时间上的滚动形成了情感序列和情感节奏，最终形成了情感的时间序列。黑格尔指出："在这主观感动里面，具体的内容消逝了，就像跻在最抽象的圆里一样。"鲍桑葵英译本注："我的私人情感比作一个小圈，道德、正义等等可以在这小圈里存在。"①情感元素并不静止地存在，而是作为一个圆而旋转的，或是作为一个圆球而滚动的。这个旋转或滚动所构成的大圆圈，才是情感序列的基本特征。如陆时雍有谓："凡法妙在转，转入转深，转出转显，转搏转峻，转敷转平。知之者谓之'至正'，不知者谓之'至奇'。"②虽然复杂的文学抒情常常可能存在多种多样的情感序列，但总体而言，至少对最具特征的中国诗歌抒情而言，基本上是单线条的情感序列。如对欧阳修《蝶恋花·庭院深深深几许》之"泪眼问花花不语，乱红飞过秋千去"，毛先舒《古今词论》认为："此可谓层深而浑成。何也？因花而有泪，此一层意也；因泪而问花，此一层意也；花竟不语，此一层意也；不但不语，且又乱落、飞过秋千，此一层意也。"③毛先舒的阐述显然针对该词句的多层意义而言，但恰好在时间上梳理出了情感时序，揭示出了一个简单的词句可能蕴藉微妙而富于变化的情感序列的现象。当然，绝大多数文学抒情可能并不具有如此密集的情感序列，最常见的情感序列往往是情感的自然时间流程。这种情感序列如果依附于相应叙事可能显得更明确，如王维《送别》："下马饮君酒，问君何所之？君言不得意，归卧南山陲。但去莫复问，白云无尽时。"其中下马、问君、君言、归卧是有着严格时间序列的，诗歌本身也极其忠实地展示了这种自然序列。但不是所有文学抒情都遵循这种自然序列，故意倒置或错置时间流程来形成情感序列同样存在。如孟郊《游子吟》所谓："慈母手中线，游子身上衣。临行密密缝，意恐迟迟归。谁言寸草心，报得三春晖。"前两句是写游子当时境况，中间两句则是写过去

① 黑格尔：《美学》第1卷，商务印书馆1979年版，第41页。

② 陆时雍：《诗镜总论》，载丁福保：《历代诗话续编》（下），中华书局1983年版，第1417页。

③ 唐圭璋：《宋词三百首笺注》，人民文学出版社2005年版，第32页。

母亲的心情,最后两句则是面对现在和将来的感慨。中间所插过去母亲的情感不仅是为了联系当前与未来,更是为了凸显母亲的爱子之心情与游子的思母之情。看似极其寻常的时序错置有了别具一格的抒情意味。杜甫《月夜忆舍弟》也属于时序倒置。如其所云:“戍鼓断人行,边秋一雁声。露从今夜白,月是故乡明。有弟皆分散,无家问死生。寄书长不达,况乃未休兵。”前两句是当时的情境,接着的两句是写即时的情感体验,下面四句显然是从过去,到现在乃至未来都可能存在的一种境况。如果前两句是一种自然境况,后四句则明显属于人为境况。这首诗在抒情时不独句法倒置,更关键是采用了时序倒置。正是由于这种先是现在,后是过去,进而延伸到现在和未来的人为境况,才蕴涵着对战乱的控诉,有字字血泪的抒情意味。中国文学抒情传统向来十分重视情感序列,如范德机所谓“顺流直下”事实上就是阐述情感序列的自然时间序列即顺时序的,如其所举《张炼师》所谓:“东岳真人张炼师,高情雅澹世间稀。堪为列女书青简,久事元君住翠微。金缕机中抛锦字,玉清坛上着霓衣。云衢不用吹箫伴,只拟乘鸾独自归。”①

中国文学抒情传统的情感序列较为复杂,不能够用简单的公式或模式来梳理。但这并不意味着中国文学抒情传统的情感序列就没有规律可以概括。高友工对情感序列有着这样的阐述:“有人说抒情的基性是‘重复’,也有人说是‘延伸’。其实这是一而二、二而一的。事实上表面上的重复与延伸都不多。比较有意识地创作抒情作品往往转向本质上的深度的重复,即是说材料的‘抒情本质’才是创作者的真正媒介。由此重复是在‘比喻的等值性’的原则出现,而延伸则扩充为‘代喻的延续性’的原则。”②高友工的阐述的确抓住了中国文学抒情传统情感序列的基本规律。所谓重复可能涉及核心情感,延伸则可能更多涉及辅助情感。也许还有另外的情形,如辅助情感的重复与核心情感的延伸。所谓辅助情感的重复,就是核心情感的延伸;核心情感的重复,事实上也就是辅助情感的延伸。刘勰所谓“枢中所

① 范德机:《木天禁语》,载何文焕:《历代诗话》(下),中华书局 1981 年版,第 743 页。

② 高友工:《美典:中国文学研究论集》,生活·读书·新知三联书店 2008 年版,第 98—99 页。

动，环流无倦"，阐述了文章"时运交移，质文代变"，[①]也可以用其来说明情感序列的构成：核心情感往往是情感序列的枢纽或中心，辅助情感往往随时序而变化，构成圆环流动状态。司空图所谓"若纳水輨，如转丸珠"[②]，虽然描述流动的风格，但也可以用来说明抒情的情感序列。因为情感序列最终形成的美学效果就是流动之美。正是情感序列及其所形成的流动之美最终构成了中国文学抒情传统之浑圆结构，而且也形成了中国文学抒情传统之独特风格。范德机更是用"钩锁连环"概括这种浑圆结构，如其所举《草》"百花苑路易萋阴，五谷塍畴苦见侵。农父芟时嫌若刺，宫人斗处惜如金。别离空惹王孙恨，穮耨深劳稷畯心。绿野荒芜好归去，朱门闲僻少相寻"[③]，集中体现了这种浑圆结构的特征。

辅助情感之所以万变不离其宗，实际上就是由于核心情感的统摄，所以孟郊《游子吟》不离"思"，杜甫《月夜忆舍弟》不离一个"忆"，正如叶适《送薛景石兄弟问诗于徐道晖》所云"弹丸旧是吟边物，珠走线流义自通"。[④]所谓弹丸乃至珠子其实就是辅助情感的延伸与变化，而线所体现的就是核心情感的重复乃至延续性。范德机甚至用"一字血脉"、"二字贯穿"、"三字栋梁"等具体概括了七言律诗的篇法，较为精辟地阐述了核心情感通过关键字获得体现，所起统摄辅助情感的作用。其所举例分别是《鸳鸯》"翠鬣红衣舞夕晖，水禽情似此禽稀。才分烟岛犹回首，只度寒塘亦共飞。映雾乍迷珠殿瓦，逐梭齐上玉人机。采莲无限兰桡女，笑指中流羡尔归。"《江村》"清江一曲抱村流，长夏江村事事幽。自去自来堂上燕，相亲相近水中鸥。老妻画纸为棋局，稚子敲针作钓钩。多病所须惟药物，微躯此外更何求。"《南迁》"瘴江南下接云烟，望尽黄茅是海边。山腹雨晴添象迹，潭心日暖长

---

① 刘勰：《时序》，范文澜：《文心雕龙注》（下），人民文学出版社1958年版，第671—675页。

② 司空图：《二十四诗品》，载何文焕：《历代诗话》（上），中华书局1981年版，第44页。

③ 范德机：《木水禁语》，载何文焕：《历代诗话》（下），中华书局1981年版，第742—743页。

④ 《叶适集》第1册，中华书局1961年版，第135页。

蛟涎。射工巧伺游人影，飓母偏惊贾客船。从此忧来非一事，可容华发度流年。”①比较而言，核心情感的重复或延伸常常含蓄和含混，而辅助情感的延伸或重复则往往明白乃至袒露。这是中国文学抒情传统的情感序列的一个主要特征。

由于中国文化传统决定了中国文学抒情许多情况下常常以平和情感作为核心情感，所以中国文学抒情的情感序列，往往也以平和情感作为核心情感，在时间上随情境而变化，呈现出核心情感之各种各样的变体即辅助情感。但无论这种辅助情感多么瞬息万变，丰富复杂，最终都不能完全脱离核心情感，充其量只能是核心情感的内在重复，或是辅助情感的外在延伸与变化。如朱自清《荷塘月色》，虽然相继出现过诸如“颇不宁静”、“自由”、“热闹是它们的，我什么也没有”、“无福消受”等辅助情感，呈现出矛盾、和谐、孤独、失落等情感乃至情绪的变化轨迹，但所有这些辅助情感最终仍只是以“淡淡的哀愁”这一“哀而不伤”的平和情感为核心情感的不同变体。所以对中国文学抒情传统而言，核心情感一般来说唯一的，作为变体的辅助情感则可能多种多样，至少对一个单纯的抒情文本来说往往如此。

第二节　中国抒情结构及其美学智慧

中国文学抒情传统之情感序列作为线性序列，仅仅是文学抒情的表层形态。真正能够体现文学抒情传统之深层结构特征的应该是浑圆结构，是圆。这个圆并不仅仅类似西方几何学的平面几何图形。虽然在此几何图形的基础上也可能形成关于自然的某些理性的科学阐释，甚至形成关于某些普遍规律的哲学阐释，但仅仅是一种关于客观规律的阐述，中国抒情乃至文化传统之所谓圆却往往能够如宗白华所说“由感觉的图形，以显露意义价

① 范德机：《木天禁语》，载何文焕：《历代诗话》（下），中华书局1981年版，第741—742页。

值与生命轨道”，①具有人类乃至宇宙生命周遍、圆融、圆成等意义。我们可以根据中国文学抒情传统所谓“以声律为窍，以物象为骨，以意格为髓”，②将文学抒情传统之浑圆具体化为声律、篇章乃至文字浑圆，情感乃至物象、气象浑圆，情理、事理乃至理趣浑圆三个层面。其中文字浑圆类似情感生命体的七窍，属于抒情结构的表象层，气象浑圆类似情感生命体的骨骼，属于抒情结构的主体层，理趣浑圆类似情感生命体的骨髓，属于抒情结构的灵魂层或核心层。

一、文字浑圆：浑圆结构的表象层

由于任何文学抒情最终通过文字乃至语言得以表达其情感，所以文字浑圆作为中国文学抒情结构的表象层，是构成文学抒情浑圆结构的基础。文字语言洗练、声律和谐、篇章结构谨严，是文学抒情必须首先考虑的普遍要求。只是其他文学传统可能并不经常采用浑圆这一概念来概括，中国文学抒情传统则更倾向于用浑圆的概念来概述语言文字洗练、声律和谐、篇章结构谨严，用诸如圆美流转的弹丸、珠子之类等来形容文字、声律、语言、篇章结构的浑圆，这也许因为中国文化传统属于农耕文明，总是与自然界保持着密切关系，所以常常比属于工商业文明的西方人更能准确感受到自然界一切事物的存在形态，更能够敏锐发现并关注自然界许多事物及其构成元素以自然圆成的最小颗粒状存在，也更愿意采用圆美流转或浑圆等形象的词汇作为文学抒情传统基本概念。尽管在中国文学抒情传统中并不是所有人都喜欢采用诸如此类的形象比喻，如叶燮对“弹丸”的比喻虽然并不十分满意，但最终还是有所肯定，他说：“‘好诗圆转如弹丸’，斯言虽未尽然，然亦有所得处。”③

中国文学抒情传统重视文字浑圆，首先体现为对文字的精练、准确、贴

① 宗白华：《形上学》，载《宗白华全集》第1卷，安徽教育出版社1994年版，第619页。

② 白居易：《金针诗格》，载胡经之：《中国古典文艺学丛编》（二），北京大学出版社2001年版，第80页。

③ 叶燮：《原诗》，载王夫之等：《清诗话》，上海古籍出版社1999年版，第603页。

切、有力的强调，如有白居易《江楼夜吟元九律诗成三十韵》所谓“冰扣声声冷，珠排字字圆”。许昂霄评宋齐愈所谓“可谓珠琲字字圆矣”①。文字的准确、洗练、得力，往往体现在具体语言环境中，由于并不是所有汉字都能成为最小的有音有义的语言单位即语素，也不是所有语素都是能独立成词的成词语素，有些只能是不成词语素，文字浑圆的基本要求是必须作为词语存在，才可能真正有所谓准确、洗练、得力的特点，所以词语的浑圆就显得更为重要，如严羽有“下字贵响，造语贵圆”，②冯金伯也有“篇无累句，句无累字，圆润明密，言如贯珠”的说法。③ 由于真正能够达到浑圆标准的主要还是词语，所以造语浑圆常常成为文学批评的基本标准，如陈绎会《诗谱》评价郭璞有“构思险怪而造语精圆”，④许昂霄评李邴《汉宫春》有“圆美流转，何减美成”。⑤ 造语浑圆许多情况下甚至可能同时包括句子，包括词句乃至辞章，如刘勰“骨掣靡密，辞贯圆通”（《文心雕龙·封禅》）。由于无论文字、词语，还是词句甚或辞章之类其实都是为了表达相应的情感及其意义，所以意义的圆成自足可能更重要，杨载《诗法家数》便提出“说意要圆活”的要求。⑥ 魏庆之《诗人玉屑》卷四也提出了“意欲得圆”的主张，并以“霄汉愁高鸟，泥沙困老龙。草枯鹰眼疾，雪尽马蹄轻”为例。⑦ 要真正达到意义浑圆，就得理事乃至周遍含容，甚至理事圆融、事事圆融。这不仅是华严宗哲学体悟生命和宇宙的基本要求，而且也应该是由文字浑圆带来的情感意义浑圆的根本精神。所谓情感意义的浑圆，可能表现出大有大的浑圆，小有小的浑圆，即大事件、大道理有大事件、大道理的浑圆，小事件不仅是文学抒

① 许昂霄：《词综偶评》，载唐圭璋：《词话丛编》第2册，中华书局1986年版，第1555页。

② 严羽：《沧浪诗话》，载何文焕：《历代诗话》（下），中华书局1981年版，第694页。

③ 冯金伯：《词苑萃编》，载唐圭璋：《词话丛编》第2册，中华书局1986年版，第1786页。

④ 陈绎会：《诗谱》，载丁福保：《历代诗话续编》（中），中华书局1983年版，第629页。

⑤ 许昂霄：《词综偶评》，载唐圭璋：《词话丛编》第2册，中华书局1986年版，第1555页。

⑥ 杨载：《诗法家数》，载何文焕：《历代诗话》（下），中华书局1981年版，第736页。

⑦ 魏庆之：《诗人玉屑》（上），中华书局2007年版，第135页。

情的基本要求，同时也是自然界一切事物最小元素的原始状态，如周草窗《浩然斋雅谈》卷上、元遗山《中州集》卷七皆记蓝泉先生张建语亦云："作诗不论长篇短韵，须要词理俱足，不欠不余。如荷上洒水，散为露珠，大者如豆，小者如粟，细者如尘，一一看之，无不圆成。"①所以中国文学抒情传统强调文字浑圆其实是自然界事物原始情态的真实体现。无论苏轼的"大江东去，浪淘尽千古风流人物"，还是柳永"杨柳岸晓风残月"，其实都是圆成自足的文字浑圆的例证。

情感意义的浑圆也有不同层次，小可以是文字乃至词语浑圆，大可以是词句浑圆，更大可能是篇章浑圆。篇章浑圆是文字浑圆在抒情文本中的最圆满、最全面、最充分的体现。几乎所有文学抒情最终必须通过篇章浑圆而体现，所以篇章浑圆显得许多格外重要，甚至是决定文字和词句浑圆是否最终实现其表达更丰富、更充分、更圆满的情感意义的关键环节。刘勰有所谓："首尾圆合，条贯统序。"（《文心雕龙·熔裁》）况周颐有云："但须一落笔圆，通首皆圆。"②篇章结构的浑圆，并不仅仅是形式层面的结构谨严，更是其所蕴涵的情感意义的浑圆，这才是中国文学抒情之浑圆结构传统的根本。如《艺苑卮言》有云："若'打起黄莺儿，莫教枝上啼。啼时惊妾梦，不得到辽西'，与'山中何所有？岭上多白云。只可自怡悦，不堪持赠君'一法，不惟语意之高妙而已，其篇法圆紧，中间增一字不得，起结极斩绝，然中自舒缓，无余法而有余味。"③王世贞显然将文字乃至词句的浑圆作为篇章结构浑圆的基础，而且明确阐述篇章浑圆的根本在于"有余味"，"余味"实际上涉及情感意义这一更深层的因素。所以言有尽而意无穷其实就是情感意义浑圆的基本特征。情感浑圆理所当然以情感自身的自然圆成为主，但情感浑圆是不能独立存在的，最终还得依赖文字和篇章浑圆而显现。文字和篇

---

① 钱钟书：《谈艺录》，中华书局 1984 年版，第 113 页。

② 况周颐：《蕙风词话》，载唐圭璋：《词话丛编》第 5 册，中华书局 1986 年版，第 4407 页。

③ 王世贞：《艺苑卮言》，载丁福保：《历代诗话续编》（中），中华书局 1983 年版，第 1016—1017 页。

章浑圆，而且情感浑圆也显得自然圆成，甚至不露任何雕琢、断裂的痕迹，这是至为理想的。王世贞所评金昌绪《春怨》“打起黄莺儿”诸句确实从文字、诗句、篇章乃至情感都达到了自然圆成的浑圆境界。不仅文字、词句不得增减且明白如话，自然天成，篇章结构乃至情感也形如流水，一气呵成，天衣无缝。每一句作为结果都潜伏着被人们追问的可能，而紧接着的每一句又都成功回答了前一句的潜在疑问，这就意味着每一句都既是前一句的原因，又是后一句的结果，全诗最后一句又是第一句的原因，第一句又是最后一句的结果。这就形成了句句相承、层层相因、环环相扣的环形结构，自然天成地表达了主人公层层加深的情感意义。具体来说，“打起黄莺儿”的原因是“莫教枝上啼”，“莫教枝上啼”又是“打起黄莺儿”的结果；“莫教枝上啼”的原因是“啼时惊妾梦”，“啼时惊妾梦”又是“莫教枝上啼”的结果；“啼时惊妾梦”的原因是“不得到辽西”，“不得到辽西”又是“啼时惊妾梦”的结果；而且最后一句“不得到辽西”又是“打起黄莺儿”的原因，而“打起黄莺儿”又是“不得到辽西”的结果。

如果说金昌绪《春怨》的四句诗所形成的仅仅是一种蕴涵的环形情感流程与篇章结构，在一定程度上还需读者具体重构的话，那么回文诗则从形式到内容都最能体现文字乃至篇章浑圆的特征，及闭环的情感流程与篇章结构。这种回文诗无论外在形态，还是结构谨严、情感圆成等方面都能较极端地显示这种浑圆结构的特点。回文诗通过句句首尾相扣，且最后一句仍然与起始句相扣构成的回环特征，完全可以图形化为闭环的环形结构。一首闭环的环形诗，其环状结构与情感流程应该相辅相成。如苏东坡有诗云：“赏花归去马如飞，去马如飞酒力微；酒力微醒时已暮，醒时已暮赏花归。”如果说环形诗的圆环结构至少是形式方面的浑圆结构，还需要人们对起首诗句与结语诗句的重叠顶针所形成的回文加以具象化，那么如叶维廉《中国诗学》所举周策纵回文诗更是一个极端例子，是一种直接用圆形图示出来的回文诗。这首回文诗由于是环状图形，任何一种武断的断句都可能因为仅限一种而削弱其他断句所形成的更丰富的意义。这首用“月淡星荒渡斜舟绕乱沙白岸晴芳树椰幽岛艳华”二十个字排列为圆环结构的回文诗，无论从哪一个字顺时针还是反时针方向读，都是一首优美的诗歌，不仅集中体现了汉语独特的结构和韵律圆美流转，而且极其典型地体现了中国文学抒情传统之浑圆结构。因为这首诗至少可以分解出这样一些诗歌，如顺时针方向正读，可以有：

月淡星荒渡，斜舟绕乱沙，白岸晴芳树，椰幽岛艳华。
淡星荒渡斜，舟绕乱沙白，岸晴芳树椰，幽岛艳华月。
星荒渡斜舟，绕乱沙白岸，晴芳树椰幽，岛艳华月淡。
荒渡斜舟绕，乱沙白岸晴，芳树椰幽岛，艳华月淡星。
渡斜舟绕乱，沙白岸晴芳，树椰幽岛艳，华月淡星荒。
斜舟绕乱沙，白岸晴芳树，椰幽岛艳华，月淡星荒渡。
舟绕乱沙白，岸晴芳树椰，幽岛艳华月，淡星荒渡斜。
绕乱沙白岸，晴芳树椰幽，岛艳华月淡，星荒渡斜舟。
乱沙白岸晴，芳树椰幽岛，艳华月淡星，荒渡斜舟绕。
沙白岸晴芳，树椰幽岛艳，华月淡星荒，渡斜舟绕乱。
白岸晴芳树，椰幽岛艳华，月淡星荒渡，斜舟绕乱沙。
岸晴芳树椰，幽岛艳华月，淡星荒渡斜，舟绕乱沙白。
晴芳树椰幽，岛艳华月淡，星荒渡斜舟，绕乱沙白岸。
芳树椰幽岛，艳华月淡星，荒渡斜舟绕，乱沙白岸晴。
树椰幽岛艳，华月淡星荒，渡斜舟绕乱，沙白岸晴芳。
椰幽岛艳华，月淡星荒渡，斜舟绕乱沙，白岸晴芳树。
幽岛艳华月，淡星荒渡斜，舟绕乱沙白，岸晴芳树椰。
岛艳华月淡，星荒渡斜舟，绕乱沙白岸，晴芳树椰幽。
艳华月淡星，荒渡斜舟绕，乱沙白岸晴，芳树椰幽岛。
华月淡星荒，渡斜舟绕乱，沙白岸晴芳，树椰幽岛艳。

反时针方向反读可以有这些诗歌：

华艳岛幽椰，树芳晴岸白，沙乱绕周斜，渡荒星淡月。
艳岛幽椰树，芳晴岸白沙，乱绕周斜渡，荒星淡月华。
岛幽椰树芳，晴岸白沙乱，绕周斜渡荒，星淡月华艳。

幽椰树芳晴，岸白沙乱绕，周斜渡荒星，淡月华艳岛。
椰树芳晴岸，白沙乱绕周，斜渡荒星淡，月华艳岛幽。
树芳晴岸白，沙乱绕周斜，渡荒星淡月，华艳岛幽椰。
芳晴岸白沙，乱绕周斜渡，荒星淡月华，艳岛幽椰树。
晴岸白沙乱，绕周斜渡荒，星淡月华艳，岛幽椰树芳。
岸白沙乱绕，周斜渡荒星，淡月华艳岛，幽椰树芳晴。
白沙乱绕周，斜渡荒星淡，月华艳岛幽，椰树芳晴岸。
沙乱绕周斜，渡荒星淡月，华艳岛幽椰，树芳晴岸白。
乱绕周斜渡，荒星淡月华，艳岛幽椰树，芳晴岸白沙。
绕周斜渡荒，星淡月华艳，岛幽椰树芳，晴岸白沙乱。
周斜渡荒星，淡月华艳岛，幽椰树芳晴，岸白沙乱绕。
斜渡荒星淡，月华艳岛幽，椰树芳晴岸，白沙乱绕周。
渡荒星淡月，华艳岛幽椰，树芳晴岸白，沙乱绕周斜。
荒星淡月华，艳岛幽椰树，芳晴岸白沙，乱绕周斜渡。
星淡月华艳，岛幽椰树芳，晴岸白沙乱，绕周斜渡荒。
淡月华艳岛，幽椰树芳晴，岸白沙乱绕，周斜渡荒星。
月华艳岛幽，椰树芳晴岸，白沙乱绕周，斜渡荒星淡。

虽然这些诗歌如叶维廉所说“并不能代表一般中国古代诗所见的语法”，但如这首诗一样“要一首诗不管从哪一个字开始哪一个方向读去都能够成句成诗，属于印欧语系的英文办不到，白话往往也不易办到”。[①] 叶维廉只是看到了古汉语语法的“完全灵活性”，并没有真正认识到中国文学抒情在诸如潜在环形诗，或明显环形诗如回文诗等特殊形式中所体现的浑圆结构的独特性，但他至少认识到这是在其他诗歌中很难见到的。这意味着这种颇为极端甚至不大具有代表性的诗歌形式也是中国文学抒情传统的浑圆结构典型体现形式之一。

真正决定中国文学抒情传统文字和篇章浑圆结构的并不仅仅是一种类

① 叶维廉：《中国诗学》，人民文学出版社2006年版，第14—15页。

似环形的外在形式，更是文字、篇章及其情感的自然圆成。所以况周颐有所谓："词中转折宜圆。笔圆，下乘也。意圆，中乘也。神圆，上乘也。"①意思是说转折仅仅依赖形式方面的回环并不证明一定达到了无所雕琢的自然转折，真正无所执著乃至雕琢的自然转折才是篇章浑圆的最高境界。所以无论文学抒情结构的外在形态如何，但凡词句洗练、结构严谨以及意味浑然者都可视为文字乃至篇章结构浑圆，诸如杜光庭宝塔诗《怀古今》虽然貌似梯形，但词句简练、结构谨严、韵味无穷，其文字乃至篇章结构仍然是浑圆的。

古，今。

感事，伤心。

惊得丧，叹浮沈。

风驱寒暑，川注光阴。

始炫朱颜丽，俄悲白发侵。

嗟四豪之不返，痛七贵以难寻。

夸父兴怀于落照，田文起怨于鸣琴。

雁足凄凉兮传恨绪，凤台寂寞兮有遗音。

朔漠幽囚兮天长地久，潇湘隔别兮水阔烟深。

谁能绝圣韬贤餐芝饵术，谁能含光遁世炼石烧金。

君不见屈大夫纫兰而发谏，君不见贾太傅忌鹏而愁吟。

君不见四皓避秦峨峨恋商岭，君不见二疏辞汉飘飘归故林。

胡为乎冒进贪名践危途与倾辙，胡为乎怙权恃宠顾华饰与雕簪。

吾所以思抗迹忘机用虚无为师范，吾所以思去奢灭欲保道德为规箴。

中国文学抒情传统强调文字乃至篇章浑圆，更在于情感的自然圆成，而不是文字和篇章的煞费苦心的苦吟与雕琢，反而最忌讳文字乃至诗句的雕琢，及堆积或袭用前人文字和诗句，割裂本来自然天成、浑然一体的情感流程和一气呵成、全篇贯通的韵味。如沈雄所谓"情语未圆，割强先露，是第

① 况周颐：《蕙风词话》，载唐圭璋：《词话丛编》第5册，中华书局1986年版，第4407页。

一病。"①中国文化传统向来强调自然天成,所以只要用词简练乃至无有增删,起结严谨乃至浑然一体,无论其具体结构形式如何,都可以视为浑圆结构。事实上字字浑圆、句句浑圆,乃至篇章结构浑圆,充其量只是形式层面构成中国文学抒情浑圆结构的基本因素,而涉及内容层面的气象浑圆才是中国文学抒情浑圆结构的主体。只是这种浑圆结构的主体仍得依赖于文字、词句乃至篇章浑圆。

二、气象浑圆:浑圆结构的主体层

情感是中国文学抒情传统之核心内容,情感浑圆是中国文学抒情传统最富于民族特色的特征。作家总是受到来自自我本能、外界刺激和文化影响的制约,所有情感都起因于自我对三种力量的认识和评价,中国文学抒情传统对此有深刻认识。正是由于对本能的认识和评价生成了诸如舒适感与不适感等相应生理情感,这是人们的躯体反应,是由情感主体躯体变化所引发的对躯体仅属于自我反应的自我感受,如李贽重视情感的自我本能,指出:"盖声色之来,发乎情性,由乎自然,是可以牵合矫强而致乎?故自然发于情性,则自然止乎礼义,非情性之外复有礼义可止也。"②另一种是社会情感,这是人们对来自外界的影响和刺激的认识和评价所引发的自我感受,这种自我感受很大程度上受外界影响和制约,并随外界影响和刺激产生相应变化。如陆机十分强调情感的外界力量,及在此基础上形成的诸如成就感与失败感等社会情感,有所谓:"遵四时以叹逝,瞻万物而思纷;悲落叶于劲秋,喜柔条于芳春。"③这表面看来似乎仅仅是一种对自然的观感,其实源自自我对自然和社会的评价。还有一种建立在一定人类文化所形成的诸如政治的、道德的、宗教的集体无意识基础之上的,对自我和外界的认识、评价所

---

① 沈雄:《古今词话》,载唐圭璋:《词话丛编》第1册,中华书局1986年版,第874页。

② 李贽:《读律肤说》,载叶朗:《中国历代美学文库》明代卷(中),高等教育出版社2003年版,第10页。

③ 陆机:《文赋》,载郭绍虞:《中国历代文论选》第1册,上海古籍出版社1979年版,第170页。

引发的文化情感，诸如荣誉感与罪恶感。如《毛诗序》所谓"发乎情，止乎礼义"，①就主要突出了情感的文化因素。

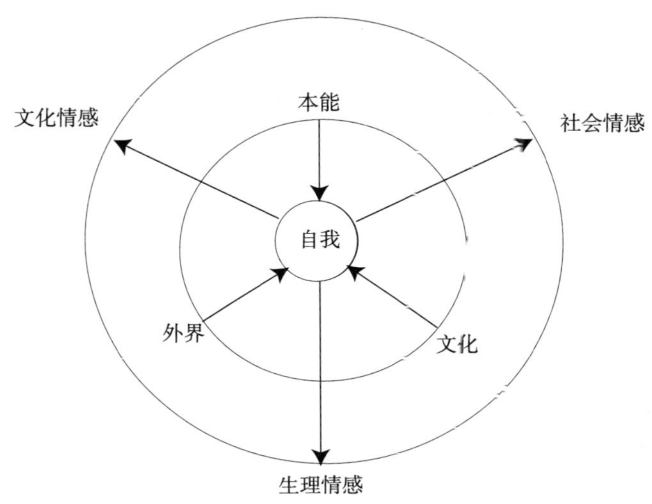

由于自我总是置身于本能、外界和文化三种力量包围圈之中，相应所产生的生理情感、社会情感和文化情感又将自我包围于另一个包围圈之中。这样一来自我事实上总是置身于自我本能、外界和文化三种力量包围圈的中心，以及生理情感、社会情感和文化情感三种情感包围圈的中心。正是由于自我及其情感总是存在于二重包围圈之中，在任何状态下都有着一个自然天成乃至浑然一体的浑圆结构。所以中国文学抒情传统的浑圆结构，才有了最合乎自然的理论基础。但这种浑然一体的情感结构并不能直接得到显现，尤其在文学抒情中需要借助其他事物获得显现。

状物绘象，达到物象浑圆应该是构成中国文学抒情传统浑圆结构的主要途径和方法。如徐祯卿有云："诗以言其情，故名因象昭。合是而观，则情之体备矣。夫情既异其形，故辞当因其势。譬如写物绘色，倩盼各以其

① 《毛诗序》，载郭绍虞：《中国历代文论选》第1册，上海古籍出版社1979年版，第63页。

状;随规逐矩,圆方巧获其则。此乃因情立格,持守圜环之大略也。"[①]由于自然物象本来存在诸如有与无、方与圆、长与短、高与低、动与静、前与后、大与小之类的区别,所以状物绘象势必得正视和尊重这些差别,如《声律启蒙》所列举的诸如"无对有,实对虚,作赋对观书。绿窗对朱户,宝马对香车;伯乐马,浩然驴,弋雁对求鱼。分金齐鲍叔,奉璧蔺相如"等规律,[②]很大程度上体现了中国文学抒情传统对这一自然现象的尊重。但如果过于执著这些物象的表象差别,势必陷入执著色相的困惑之中,甚至可能影响人们对自然物象内在实质的认识和把握。所以中国文学抒情传统并不过分执著物象的表面差别,往往采取一种更加通达无碍的抒情策略。既不抹杀物象的众多差别,也不斤斤计较于差别,总是将看似对立的物象,通过无所分别与取舍的态度实现对看似对立自然物象的有机统一,乃至相反相成、浑然一体。如王维"大漠孤烟直,长河落日圆"之直与圆,"明月松间照,清泉石上流"之静与动等,事实上就体现了这种通达无碍的态度。王维的这种通达无碍是通过对偶句来体现的,而柳宗元"千山鸟飞绝,万径人踪灭。孤舟蓑笠翁,独钓寒江雪"用整个抒情文本画面的宏大视域与微小视点的相反相成,形成了文学抒情传统的物象浑圆。沈谦有云:"词不在大小深浅,贵于移情。'晓风残月'、'大江东去',体制虽殊,读之皆若身历其境,惝恍迷离,不能自主,文之至也。"[③]

不仅物象如此,情感同样如此。由于情感常常如人们所说存在一定的对立两极性,甚至如达尔文认为"在一定的精神状态中,如果某些行为已被有规则地进行,那么,在一种相反的精神状态内的一种激动状态,无论是否有用,都将会存在着一种强烈的和不自觉的倾向去进行直接相反的动作"。[④] 所以无论生理情感、社会情感,还是文化情感都会因为是否获得充

① 徐祯卿:《谈艺录》,载何文焕:《历代诗话》(下),中华书局 1981 年版,第 767 页。

② 车万育:《声律启蒙》,岳麓书社 2007 年版,第 18 页。

③ 沈谦:《填词杂说》,载唐圭璋:《词话丛编》第 1 册,中华书局 1986 年版,第 625 页。

④ 达尔文:《人类和动物的情感表现》,载蒋孔阳:《十九世纪西方美学名著选》(英法美卷),复旦大学出版社 1990 年版,第 117—118 页。

分满足而形成诸如舒适感与不适感、成就感与失败感、荣誉感与罪恶感等类似对立的情感反应,并因此形成情感的肯定与否定两极性特征:

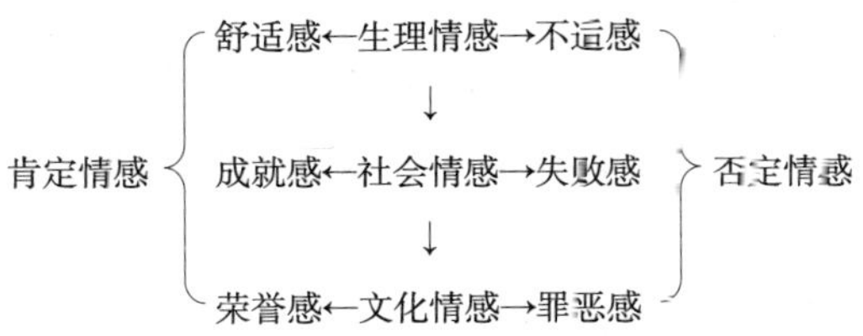

尽管情感存在肯定与否定的两极性特征,但中国文学抒情传统并不执著于作为肯定情感的喜情与作为否定情感的悲情的分别,更不有所偏废,如谢榛有云:"喜忧无两色,偏正惟一心;偏则得其半,正则得其全。镜犹心,光犹神也。思入杳冥,则无我无物,诗之造玄矣哉!"①也正是由于并不偏废,才形成了"乐而不淫,哀而不伤"的中和之美。也许人们只是强调这种中和之美,只是强调悲情与喜情的适度与中庸,并没有注意正是由于喜情与悲情的相辅相成、相得益彰,才真正形成了中和之美。傅庚生对此也有深刻体悟,他说:"虽然,尽情倾注,如火如荼,言悲则泪竭声嘶,心肠酷裂,言喜则淋漓尽致,有如癫痫;虽可以感人,而人之每每不深;虽可以得盛誉于一时,终不能系于永久。故写悲剧不可以如惨局,写喜剧不可以成狂态,必委曲而有深致,借理智而以控制其冲动,然后能感人深也。"②

这是因为中国文化传统虽然看到了自然物象的表面分别与对立,但并不执著于这种分别与对立,甚至在很大程度上强调无所分别乃至平等不二的思想,如《道德经》第二章有云:"天下皆知美之为美,斯恶已;皆知善之为善,斯不善已。故有无相生,难易相成,长短相形,高下相倾,音声相和,前后相随。"许多人认为这段文字阐述的是对立双方相互依存,一方的存在以另一方的存在为条件,但这是对这段文字的误解,是用西方二元论思维模式和

① 谢榛:《四溟诗话》,载丁福保:《历代诗话续编》(下),中华书局 1983 年版,第 1182 页。

② 傅庚生:《中国文学欣赏举隅》,北京出版社 2003 年版,第 32—33 页。

辩证法思想来阐述这段文字的内涵。这段文字其实是在阐述美丑、善恶、有无等看似矛盾对立的因素，其实无所分别、平等不二。王弼的阐释得其要领，他这样阐释道："喜怒同根，是非同门，故不可得偏举也。"①正是由于庄子对《道德经》相反相成、平等不二思想的继承与发挥，才有了诸如"凡物无成与毁，复通为一"(《庄子·齐物论》)之类的齐物论思想。正是这种看似矛盾对立实则平等不二，喜怒同根、成毁为一的思想，才奠定了中国文化传统浑圆思想以及文学抒情传统浑圆结构的理论基础。

中国文化传统将相反相成乃至混沌一如、周行不殆作为自然和宇宙生成发展的基本法则，这个基本法则的一个主要内容是将这种生成、运行看成浑然一体的环流系统，这不仅是道的最原始形态，同时也是自然宇宙的最原始结构。《道德经》第二十五章有云："有物混成，先天地生。寂兮寥兮，独立而不改，周行而不殆，可以为天地母。吾不知其名，字之曰道，强为之名曰大。大曰逝，逝曰远，远曰反。故道大，天大，地大，王亦大。国中有四大焉，王居一焉。人法地，地法天，天法道，道法自然。"这显然是说，道是先天地而诞生的且混沌寂寥、浑然一体的，并且以这种浑然一体而环行不止。这种环行不止的轨迹可能就是圆周形，老子由此认为，人类一切生命活动充其量只能是对自然宇宙规律的一种遵循和效法。既然整个自然和宇宙其最原始形态是混沌一如，周行不殆的，所以人类的生命活动理所当然应该效法和模仿自然宇宙混沌一如、周行不殆的运行规律，如《庄子·齐物论》有所谓："彼是莫得其偶，谓之道枢。枢始得其环中，以应无穷。"郭象有这样的注释："夫是非反覆，相寻无穷，故谓之环。环中空矣，今以是非为环而得其中者，无是无非也。无是无非，故能应夫是非；是非无穷，故应亦无穷。"②他认为，如果一个人超越了诸如有与无、难与易、长与短、高与下，乃至是与非、善与恶之类的对立与分别，既不执著于有，也不执著于无，既不执著于难，也不执著于易，既不执著于长，也不执著于短，既不执著于高，也不执著于下，既

---

① 楼宇烈：《老子道德经注校释》，中华书局2008年版，第6页。

② 《南华真经注疏》(上)，中华书局1998年版，第35页。

不执著于是，也不执著于非，既不执著于善，也不执著于恶，乃至非有非无、非难非易、非长非短、非高非下、非是非非、非善非恶，才算把握了道的中心枢纽。只要把握了这种位于循环往复、以至无穷的自然宇宙循环轨迹的中心枢纽，才可以以不变应万变。邵雍也附和这种说法，有谓“先天图中，环中也”，①认为圆环状的太极图所体现的仍然是道枢位处环中，循环往复，无穷无尽的自然宇宙法则和生命活动法则。

中国文学抒情传统如司空图《诗品·雄浑》所谓“超以象外，得其环中”，②虽然是对雄浑风格的阐述，但也可能体现了这一文化精神及其实质，甚至可以看成对浑圆结构的一种理论阐述。即无论作为物象的有无、长短、高低、美丑、善恶，乃至情感的真假、浓淡、强弱、成败、荣辱、悲喜等，看似矛盾对立，实则无所分别，同门同体，平等不二。所以中国文学抒情传统往往明确反对有所执著，如谢榛引逊轩子言：“凡作诗贵识锋犯，而最忌偏执。偏执不惟有焦劳之患，且失诗人优柔之旨。”③同时也如吴雷发所说诗“须在有意无意之间”④，明确提倡无所执著，通达无碍、心体无滞的抒情境界，将多元甚至对立情感的多元共存，相反相成，看成构成浑圆结构的基础，如徐祯卿所谓“七情杂遣，并自悠圆”。⑤ 朱自清《荷塘月色》作为一篇抒情散文，也是通过“颇不宁静”、“欲便觉自由”等否定情感与肯定情感的并行不悖、相辅相成构成了其浑然一体的浑圆结构。具体来说，《荷塘月色》的浑圆结构实际上是由“颇不宁静”的现实情感与“自由”自在的审美情感共同构成的。这种现实情感由于常常与现实境遇中的烦恼、不幸纠结在一起而具有否定情感的特点，审美情感则由于能够使人最大限度感受人的生命自由和幸福而具有肯定情感的性质。其中现实情感消退是审美情感滋长的标志，审美情感消退又是现实情感滋长的标志。当朱自清处于现实境地的时

---

① 邵雍：《观物外篇》，《邵雍集》，中华书局2010年版，第137页。

② 司空图：《二十四诗品》，载何文焕：《历代诗话》（上），中华书局1981年版，第38页。

③ 谢榛：《四溟诗话》，载丁福保：《历代诗话续编》（下），中华书局1983年版，第1222页。

④ 吴雷发：《说诗菅蒯》，载王夫之等：《清诗话》，上海古籍出版社1999年版，第903页。

⑤ 徐祯卿：《谈艺录》，载何文焕：《历代诗话》（下），中华书局1981年版，第764页。

候,他是作为现实人而存在的,只能是一个饱受现实折磨甚至摧残的人,所能感受的只能是不宁静,处于这种情境的人是没有审美情趣的。但当他进入审美境界的时候,他所感觉到的就不再是不宁静,而是自由自在,也只有在这种境界中,他才能真正发现荷塘月色之美,也只有在这种审美境界中,他才能感觉到欢乐的存在。但当他意识到“热闹是它们的,我什么也没有”的时候,事实上又回到了现实境地,其自由自在理所当然荡然无存,所剩下的只能是更不宁静了。所以物象的浑圆,也常常体现为似像非像、似情非情甚至似是而非的模糊情感态度。这种似是而非并不是模棱两可,也不是混淆是非,而是既不执著于是,也不执著于非,是非不二,如苏轼《水龙吟·次韵章质夫杨花词》之“似花还似非花,也无人惜从教坠”,刘禹锡《竹枝词》之“东边日出西边雨,道是无晴却有晴”等,都在不同程度上体现了这一情感态度。冯金伯亦云:“词贵开宕,不欲沾滞。忽悲忽喜,乍远乍近,所为妙耳。”①

中国文学抒情传统强调浑圆结构,事实上同样是“道法自然”的一种形式。中国文学抒情传统的浑圆结构,表面看来是诸如有无、难易、长短、高下、美丑、善恶、是非之类的物象或者肯定与否定情感的具体分别与变化,但这并不是核心情感本身,只体现了核心情感的外在化形态,真正以不变应万变的则是无美无丑、无善无恶、无是无非的平等周遍的观念和宇宙法则。如苏辙对《道德经》“有物混成”的思想有这样的阐释:“夫道,非清非浊,非高非下,非去非来,非善非恶,浑然而成体。”②因为自然宇宙在其最原始的状态本来就是非清非浊,非高非下,非去非来,非善非恶的,所谓清浊、高下、善恶之类的分别,只是有人类以来通过后天教育不断强化的是非标准和价值观念,实际上并不真正体现自然宇宙的原始本真形态。这就是中国文学抒情传统强调的浑圆结构理论形成的思想基础。中国文学抒情传统强调物象相反相成及其所构成的诸如对偶之类,就是对相反相成构成混沌一如、周行

① 冯金伯:《词苑萃编》,载唐圭璋:《词话丛编》第2册,中华书局1986年版,第1788页。

② 苏辙:《道德真经注》,华东师范大学出版社2010年版,第33页。

不殆的宇宙和道的原始浑圆的具体运用。也正是这个文化传统决定了中国文学抒情传统从来不斤斤计较于诸如美丑、善恶、有无等看似矛盾对立方面的分别与取舍，而是将美丑、善恶、有无平等不二作为最高境界。

所以最能体现中国文化传统的文学抒情往往在美丑、善恶、有无诸方面常常表现出超然、洒脱的生命精神。在众多的文学抒情中之所以陶渊明、王维更受人欢迎，就是因为他们最能体现这种文化传统和生命精神，因为陶渊明之"采菊东篱下，悠然见南山"，王维之"行到水穷处，坐看云起时"等诗句最为典型地体现了无所执著，乃至心体无滞的生命智慧和精神。一个有这种生命智慧和精神的人必定是将美丑、善恶、是非等一般看似矛盾对立的事物看得平等不二的人，否则绝对不会有如此淡泊明净、洒脱平淡的心境。比较而言，如杜甫诗句"窗含西岭千秋雪，门泊东吴万里船"等虽然也有着广大无垠的襟怀，但这种襟怀并不能彰显无所分别与取舍的生命智慧和精神，因为这种包容之中仍存在着我与物的分别，总是将物作为包容的对象。但中国文化传统历来强调无所分别和割裂的自然宇宙法则，如《道德经》第二十八章有所谓"大制不割"的说法，不仅要求对自然物象无所取舍，更要求对情感等许多方面的无所取舍。杜甫的诗歌虽然题材广泛，但他对生理情感、社会情感乃至文化情感毕竟有所取舍，至少不能说是周遍无遗。他的大部分诗歌充其量只是一种社会情感，这种社会情感虽然饱含着极其强烈的社会责任感与历史使命感，却缺乏平等无二、心体无滞的生命智慧和精神。中国文学抒情传统之物象浑圆则往往不以强烈的对立和明确的分别与取舍见长，相反是以无所分别、平等不二，乃至无有无无、无难无易、无长无短、无高无下、无美无丑、无善无恶、无是无非的平等周遍观念作为根本精神。宋词之所以成功，就在于虽有分别，但无取舍。如刘熙载所说："北宋词用密亦疏，用隐亦亮，用沉亦快，用细亦阔，用精亦浑，南宋只是掉转过来。"①所以在中国文学抒情传统中，所谓"天若有情天亦老"与"月如无恨月长圆"是并行不悖的。

① 刘熙载：《词概》，载唐圭璋：《词话丛编》第4册，中华书局1986年版，第3696页。

但物象的浑圆可能仅仅是一种表象,气的浑圆才是真正的根本。虽然文学抒情涉及情、事、理等各个方面,所有情、事、理虽然得通过物象显现,但真正能够将其贯通为一体,使文学抒情拥有生命力的主要还是气。如叶燮有云:理、事、情"三者藉气而行也。得是三者,而气鼓行于其间,絪缊磅礴,随其自然,所至即为法,此天地万象之至文也"。① 况周颐有云:"有真气灌注其间,其至者,可使疏宕,次亦不失凝重。"②《履园谭诗》亦云:"诗文家俱有三足,言理足、意足、气足也。盖理足则精神,意足则蕴藉,气足则生动。理与意皆辅气而行,故尤必以气为主,有气即生,无气则死。"③不仅如此,中国文学抒情传统有时还将气韵浑圆看成浑圆结构的最深层次。如夏敬观诠评况周颐《蕙风词话》时有这样的阐述:"转折笔圆,恃虚字为转折耳。意圆,则前后呼应一贯。神圆,作为不假转折之笔,不假呼应之意,而潜气内转。"④可见形成中国文学抒情传统浑圆结构的根本在于气韵。

中国文学抒情传统向来十分重视"气",如曹丕有"文以气为主"的说法。⑤ 这种气在其最原始的意义上可能是天地万物的始基物质,包括人类赖以存在的见诸生理基础的原始生命力。在徐复观看来,曹丕的这种说法,实际上"是说文章的体貌,乃由作者的生理的生命力所决定"。⑥ 在这种意义上讲,所有文章和文学抒情实际上是作家生命力的终端显现形式。也正是由于作家的禀赋有阳刚与阴柔的区别,所以所谓"气"也必然有阴阳清浊之别。在徐复观看来,"创造文学艺术时的气,与平时的气,如果说有不同之点,乃在于平时之气不曾凝注在每一种对象之上,而只是生命自然地呼

---

① 叶燮:《原诗》,载王夫之等:《清诗话》,上海古籍出版社 1999 年版,第 576 页。

② 况周颐:《蕙风词话》,载唐圭璋:《词话丛编》第 5 册,中华书局 1986 年版,第 4527 页。

③ 勾吴钱、泳梅溪:《履园谭诗》,载王夫之等:《清诗话》,上海古籍出版社 1999 年版,第 871 页。

④ 夏敬观:《蕙风词话诠评》,载唐圭璋:《词话丛编》第 5 册,中华书局 1986 年版,第 4587 页。

⑤ 曹丕:《典论・论文》,载郭绍虞:《中国历代文论选》第 1 册,上海古籍出版社 1979 年版,第 158 页。

⑥ 徐复观:《中国文学精神》,上海书店出版社 2004 年版,第 86 页。

吸，创作时，正如后所述，气是乘载著作者的感情与理智，以凝注于某一对象之上而成为作品的风与骨的形相。”①也就是说，作家禀赋的阳刚与阴柔直接形成了文学抒情及其文本阳刚与阴柔的风格差异。

《文心雕龙·体性》也有“气有刚柔”的说法。因为作家的禀赋有所不同，有些偏于阳刚，有些偏于阴柔，甚至如郭绍虞所说，“刚近于清，柔近于浊”，②也就使文学抒情往往呈现出所谓清即俊爽超迈的阳刚之气与浊即凝重沉郁的阴柔之气的差别。偏于阳刚即为骨，偏于阴柔即是风。豪放派即多阳刚清爽之气，而诸如婉约派则多阴柔沉郁之气。理想的文学文本常常可能以阳刚为主，兼及阴柔，或以阴柔为主，兼及阳刚。最理想的文学抒情应该刚柔兼济。姚鼐有云：“苟有得乎阴阳刚柔之精，皆可以为文章之美，阴阳刚柔并行而不容偏废，有其一端而绝亡其一，刚者至于偾强而拂戾，柔者至于颓废而暗幽，则必无与于文者矣。”③刚柔兼济乃至柔中有刚，刚中有柔，才是中国文学抒情传统之气韵浑圆结构的基本内涵。在徐复观看来，“尽管就人来说，因气禀的不同，有的偏于风，有的偏于骨。……但断乎没有有骨而无风的文章，更断乎没有有风而无骨的文章。……风骨交互出现于一篇文章之中，这便形成一篇文章中的节奏。所以有风有骨的作品，才是有生命力的作品。”④这实际上是徐复观对刚柔兼济的浑圆结构形态的另一概括。

刘勰很早就注意到了这一特点，他说：“若骨采未圆，风辞未练，……则危败亦多。……若能确乎正式，使文明以健，则风清骨峻，篇体光华。”⑤这告诉人们，骨与风有内在精神与外在形态的差别，如果不能做到内在精神的筋骨刚健与外在形态的风采飞扬，或内容与形式的浑然一体，其实就无法达到所谓“风清骨峻，篇体光华”。他同时还指出，如果文体与才性相得益彰，

① 徐复观：《中国文学精神》，上海书店出版社2004年版，第92页。

② 郭绍虞：《中国历代文论选》第1册，上海古籍出版社1979年版，第162页。

③ 姚鼐：《海愚诗抄序》，载胡经之：《中国古典文艺学丛编》（二），北京大学出版社2001年版，第344页。

④ 徐复观：《中国文学精神》，上海书店出版社2004年版，第92页。

⑤ 刘勰：《风骨》，范文澜：《文心雕龙注》（下），人民文学出版社1958年版，第514页。

才能真正达到自然圆成："思转自圆，八体虽殊，会通合数，得其环中，则辐辏相成。"①可见，阳刚清爽之气与阴柔沉郁之气，乃至骨与风相辅相成，风清骨峻，阴柔与阳刚的相辅相成，是中国文学抒情传统的理想形态。徐复观更深入地论述了这一点，他说："有骨无风便易流于板实，有风无骨便易流于散漫。诗中的风骨相待为用，与文无异。最容易了解的，无如长篇换韵的诗。此种诗，大抵用仄韵者多骨，用平韵者多风。白居易《长恨歌》'黄埃散漫风萧索，云栈萦纡登剑阁。峨眉山下少人行，旌旗无光日色薄'，四句叙事用仄韵，正予人以骨的感觉。接着便是'蜀江水碧蜀山青，圣主朝朝暮暮情。行宫见月伤心色，夜雨闻铃肠断声'，四句抒情用平韵，正予人以风的感觉。又'西宫南内多秋草，落叶满阶红不扫。梨园弟子白发新，椒房阿监青娥老'，这是骨的感觉。接着便是'夕殿萤飞思悄然，孤灯挑尽未成眠。迟迟钟鼓初长夜，耿耿星河欲曙天'，正是如闻叹息之声的风的感觉。一骨一风，相待而成为歌中的抑扬顿挫，这是很浅显的例子。大抵律诗各联虚实相错，虚多风而实多骨；绝句则起承两句多为骨，而结句则为风，否则没有余韵余味。"②

中国文学抒情传统对气韵浑圆的追求，主要还取决于中国文化传统对浑圆结构的特殊追求。西方人如基督教可能更看重十字架，以及与此相关的叙事传统的方阵结构，中国人则似乎更看好诸如太极图等浑圆结构的抒情传统。中国文化传统向来强调阴阳清浊之气相冲相和并由此解释宇宙生成论就是一个标志。如《道德经》第一章有"道生一，一生二，二生三，三生万物。万物负阴而抱阳，冲气以为和"的说法，实际是说道生一，一生阴与阳，阴阳生和、清、浊三气，分天、地、人，天、地、人共生万物。而阴阳是通过相冲达到相和的，相和就是浑圆结构的基本构成形态。另如《周易·系辞传上》"一阴一阳之谓道，天地万物由此安立"、《庄子·田子方》"至阴"与"至阳""两者交通成和而物生焉"，以及《荀子·天论》"万物各得其和以

① 刘勰：《体性》，范文澜：《文心雕龙注》（下），人民文学出版社1958年版，第506页。

② 徐复观：《中国文学精神》，上海书店出版社2004年版，第102—103页。

生”等也表达了基本相同的观点。相冲是构成阴阳或清浊之气消长变化乃至形成情感时间序列的根本原因，但阴阳或清浊之气的相和却恰恰形成了浑圆结构。中国文化传统还将这种精神图像化为太极图，如周敦颐还有这样的阐释：“无极而太极。太极动而生阳，动极而静，静而生阴，静极复动。一动一静，互为其根。”①在中国文化传统看来，正是由于动静而生出天道之阴阳，地道之柔刚，人道之仁义。

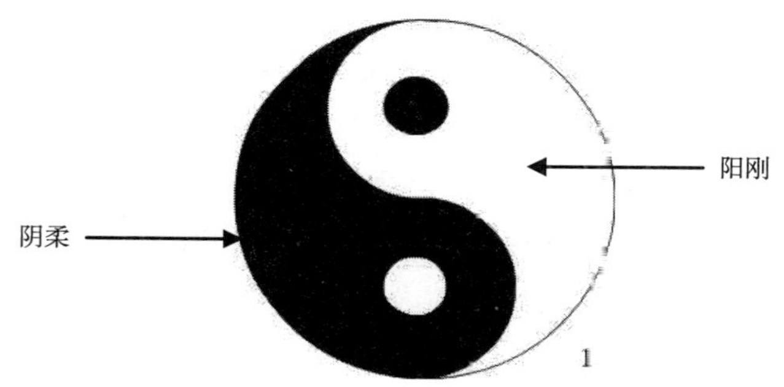

所以中国文学抒情传统的浑圆结构并不仅仅是一种单纯的抒情结构，同时也是中国文化传统的一种集中体现形式。邵雍有如是阐释：“一气分而阴阳判，得阳之多者为天，得阴之多者为地。是故阴阳半而形质具焉，阴阳偏而性情分焉。形质又分，则多阳者为刚也，多阴者为柔也，性情又分，则多阳者阳之极也，多阴者阴之极也。”②中国文学抒情传统的浑圆结构，其实就是由阳刚之气与阴柔之气之阴阳清浊消长构成的类似于太极图的浑圆结构。两条或黑或白的貌似飞翔的龙或遨游的鱼分别代表了阴和阳，在文学抒情传统中则分别代表阴柔之气和阳刚之气；黑由大到小、化入白与白由小到大、化入黑，分别代表了阴与阳相互依存，相互转化，无限循环，在抒情传统中则代表了阴柔之气与阳刚之气的相互依存和转化；黑中之白点和白中之黑点分别代表阴中有阳、阳中有阴，在抒情传统中则分别代表阴柔之气中存在阳刚之气，阳刚之气中存在阴柔之气。太极图的外围代表宇宙的圆，这

① 周敦颐：《太极图说》，《周子通书》，上海古籍出版社2000年版，第48页。

② 邵雍：《观物外篇》，《邵雍集》，中华书局2010年版，第109页。

个圆在抒情结构中就是情感结构的整体。这就是说,中国文学抒情整个结构就是由阴柔之气与阳刚之气之相互消长与交互变化形成的圆美流转的浑圆结构。黄子云亦云:"诗犹一太极也,阴阳万物于此而生生,变化无穷焉。"①

甚至可以将清新刚健的阳刚之气与凝重沉郁的阴柔之气分别理解为肯定情感与否定情感。在这个如太极图的浑圆结构中可能存在否定情感系统和肯定情感系统,但这两个系统并不彼此孤立,互不影响,而是彼此作用,相互影响,一方的消长直接影响另一方的消长。无论哪一方呈现出消退态势,另一方必然表现出增长趋势;相反,无论哪一方呈现出增长趋势,另一方必然随之表现出消退态势,使情感系统总是保持整体结构的相应浑圆状态。否定情感与肯定情感之中还存在着你中有我、我中有你的互通现象,这种彼此兼容、消长的否定情感与肯定情感交互作用,不仅共同构成了情感结构的整体,而且形成了情感的时间序列,最终形成了浑圆结构。徐复观所举白居易《长恨歌》诗句的风骨变化实际上也对等于否定情感与肯定情感的交替变化。如果说这种肯定情感与否定情感的基本形态分别是喜情与悲情,那么这种喜情与悲情的相反相成、相得益彰,就成为中国文学抒情传统达到极致的一个突出表现。无论这种悲情与喜情随具体情境如何变化,形成多么强烈的对比乃至对立,都不会获得极端发展,起决定作用的仍是平和或中和的情感。不是这种平和情感约束了对立情感的极端发展,就是这些貌似对立的情感本身显示出了极端的克制,使其并不获得肆无忌惮的宣泄。这也是中国文学抒情之悲情与喜情无论如何变幻莫测,并不脱离平和乃至中和情感这一中心的特点所在。

可见,中国文学抒情之浑圆结构主要是物象的有无、长短、高下、美丑,以及气的阳柔清浊,乃至情感的肯定情感与否定情感相辅相成所构成的浑然一体的情感结构。比较而言,情感之肯定与否定,刚柔兼济、交通变化更是形成这种浑圆结构的根本,如刘勰有云:"刚柔以立本,变通以趋时。"

---

① 黄子云:《野鸿诗的》,载王夫之等:《清诗话》,上海古籍出版社 1999 年版,第 857 页。

(《文心雕龙·熔裁》)对此,王文生阐述道:“关于抒情文学结构的特点,我颇有心得地采用谢朓的名言‘好诗圆美流转如弹丸’来概括”。[①] 他认识到形成文学抒情浑圆结构的根本是由情感的本质和特点所决定的,具体体现为特定情感之阳刚与阴柔的本质和特点顺时而变,相反相成,浑然一体。他说:“抒情文学如弹丸之圆美流转和如弹丸之小,都是由它所表现的情感的本质和特点所决定的。情感或汪洋恣肆,充沛宇宙;或低吟呻吟,微情深感;都是无形的、流动的、无序的,又是具体的、特定的。它正如陆机所说‘形不可逐,响难为系’;‘丰约之裁,附仰之形’,都不能穷其致。它不能依靠刻画摹写而只能用富有张力的象征来表现。”[②]这说明他在某种程度上已经意识到了抒情文本的结构与情感的结构有某种相通性。福斯特曾经将不能用一句话来概括其性格的人物称之为凸圆型人物,人们当然也有理由将刚柔兼济、清浊互通、悲喜交融而形成的气韵生动,乃至余味无穷的文学抒情称之为凸圆型乃至浑圆抒情。如果说形式方面诸如阴阳清浊之气的消长变化构成了中国文学抒情结构之情感时序及其表层形态,那么对事物之有无、长短、高下,以及气的阳柔清浊,生命的平等不二的体悟才是构成中国文学抒情浑圆结构深层形态的主要内容和根本精神。只有这种形式与内容的珠联璧合,才是构成中国文学抒情结构整体形态的基本因素。

三、理趣浑圆:浑圆结构的核心层

中国文学抒情传统特别重视理趣浑圆,如王夫之有云:“谢灵运一意回旋往复,以尽思理,吟之使人卞躁之意消。《小宛》抑不仅此,情相若,理尤居胜也。王敬美谓:‘诗有妙悟,非关理也。’非理抑将何悟?”[③]由于中国文化传统不仅不强调矛盾对立,而且将浑圆统一,圆满、浑圆的人生观、宇宙观作为确立自我生命目标,解释社会、自然的思维基础,所以理趣浑圆不仅是中国文化传统的生命精神,而且是中国文学抒情浑圆结构的核心和灵魂。

---

① 王文生:《论情境》,上海文艺出版社 2001 年版,第 14 页。

② 王文生:《论情境》,上海文艺出版社 2001 年版,第 236 页。

③ 王夫之:《姜斋诗话》,载王夫之等:《清诗话》,上海古籍出版社 1999 年版,第 6 页。

高友工指出，一般的抒情结构至少可能包括这样三个层次，即“感性的快感、结构的完美感和最终视界的自我意义”，①在我们看来，感性的快感，结构的完美感，都可能属于形式范畴，而最终视界的自我意义才可能真正属于内容范畴，与我们所谓理趣浑圆有着极其密切联系。但理趣浑圆并不仅仅涉及生命的普遍意义，而且涉及生命的本质，乃至将美感、道德感与生命的终极体验融为一体而形成圆融的生命智慧。这种圆融的生命智慧就是生命慧觉，生命慧觉才是理趣浑圆的核心内容。虽然并不是所有的哲理性抒情都能达到这一境界，但能给予人们一定的智慧圆融的生命慧觉，无疑是一切伟大文学抒情和艺术的根本特征，是一切艺术追求的终极目的。中国文学抒情传统之不同于西方文学抒情传统的一个根本特征就是将所谓“言语道断，思维路绝”作为这种理趣浑圆的一个标志。这是因为在中国文学抒情传统看来，所谓至理常常亦虚亦实，亦渺亦近，不虚不实，不渺不近。如叶燮所说：“其中之理，至虚而实，至渺而近。”②

这个至虚至实、至渺至近的理必定浑圆如一。这种浑圆如一的理趣无所执著，乃至对理趣亦无所执著，亦不执著于有理与无理之别，总是似有理而无理，似无理而有理，如李益《江南曲·嫁得瞿塘贾》之所谓“嫁得瞿塘贾，朝朝误妾期。早知潮有信，嫁与弄潮儿”，属无理而有理，嫁与弄潮儿，看似至为无理，因为潮有信，但弄潮之人未必有信，作为情急之语，恰是这种错误乃至荒唐的判断却显示了情真意切，又是至为合理的。另外如韦庄《思帝乡》之所谓“谁家年少足风流。妾拟将身嫁与，一生休。纵被无情弃，不能羞”，属于有理而无理，为情所动，乃至以身相许，终生不悔，看似合理，但真正因此而被抛弃，则是得不偿失的，其决绝之情亦跃然纸上。比较而言，两首均有妙处：前者是无理而妙，后者属有理而妙。二者虽然有所区别，但总体来说都是因为情感以至冲昏了理智。只要情感真挚感人，往往并不十分拘泥于有理与无理乃至理趣等，至少以情感见长者如此。

---

① 高友工：《美典：中国文学研究论集》，生活·读书·新知三联书店 2008 年版，第 100 页。

② 叶燮：《原诗》，载王夫之等：《清诗话》，上海古籍出版社 1999 年版，第 586 页。

中国文学抒情传统之所以对生命有透彻圆融的彻悟，这不是得益于某种外在于人们而存在的客观事物，也不是得益于古往今来哲人们对生命的透彻圆融的体悟，而得益于每一个人与生俱来的平等不二、无所取舍的原始本心。如有诗"佛在灵山莫远求，灵山只在汝心头。人人有个灵山塔，好向灵山塔下修"，即表达了这一认识。所以任何人本身都有证悟广大圆满究竟生命智慧的先天条件。如白居易《僧院花》就有这样的体会："欲悟色空为佛事，故栽芳树在僧家；细看便是华严偈，方便风开智慧花。"白居易还有许多诗歌也表现了无所执著乃至心体无滞的生命智慧。如其《吾土》"身心安处为吾土，岂限长安与洛阳"，《出城留别》"我生本无乡，心安是归处"，《重题诗》"身泰心宁是归处，故乡可独在长安"，《种桃杏》"无论海角与天涯，大抵心安即是家"等明确表达了对安身处地的无取无舍，通达无碍的生命智慧，但这并不意味着他在任何方面都能达到平等不二、不加取舍、心体无滞的生命境界。他自己明确指出："自从苦学空门法，销尽平生种种心。唯有诗魔降未得，每逢风月一闲吟"。中国佛教华严宗向来有所谓事法界、理法界、理事无碍法界、事事无碍法界的四法界说，主张人们应该事无碍，法法无碍，理事无碍，事事无碍，而事事无碍显然是最高境界，是心无挂碍，乃至一切无碍，一切圆融。中国文学抒情传统之圆融智慧在最高境界应该是事事无碍、事事圆融的境界。比较而言，陶渊明似乎更具智慧圆融的特点。陶渊明"采菊东篱下，悠然见南山"之类的诗句，就体现了对菊与南山的不加分别与取舍的圆融智慧。他虽然选择了菊，但并不否定和拒绝南山的存在。陶渊明诗歌所达到的事理圆融、智慧圆融还不限于此，更重要的是由此形成的不加分别和取舍的抒情风格。朱光潜对此有这样的阐述："陶诗的特点正在不平不奇、不枯不腴、不质不绮，因为它恰到好处，适得其中；也正因为这个缘故，它一眼看去，却是亦平亦奇、亦枯亦腴、亦质亦绮。这是艺术的最高境界。"①朱光潜对陶渊明诗歌的这种阐述深刻揭示了陶渊明不取不舍、平等无二的无二本性。这即是其诗歌之所以既率真，又淡泊的根源。

---

①　朱光潜：《诗论》，北京出版社 2005 年版，第 332 页。

中国文学抒情传统之所以对理趣浑圆情有独钟，其根本原因就是对这种不取不舍、平等无二，心体无滞、通达无碍的圆融智慧的高度重视。在中国文化传统看来，所谓圆并不仅仅是一种普通意义的几何概念，更是蕴涵着人们对生命的最丰富、最深刻、最透彻、最圆融的体悟，所以有圆满、圆浑、圆通、圆融、圆熟、圆成之意，有周全、完满、成熟、通达的特征。钱钟书引述中国文化典籍如《关尹子·九药》之所谓"圆道方德"、《淮南子·主疏训》之所谓"智圆行方"等常常将圆与道乃至智慧相联系，用来描述对事物乃至生命的至透彻圆融的认识的现象。比较而言，佛教似乎更强调圆融智慧，如《圆觉经·威德自在菩萨》有云："若得圆证，即成圆觉。"在《圆觉经》看来，一切众生生来都有着圆觉妙心，只是被妄念、情欲等障蔽而未得显露，只要顿悟清净不二之圆觉妙心，就能自见圆融智慧，这是因为如《圆觉经·金刚藏菩萨》所云，"一切如来妙圆觉心，本无菩提及与涅槃，亦无成佛及不成佛，无妄轮回及非轮回。"《楞严经》卷四亦云："妙觉明圆，本圆明妙。"佛教圆融智慧的根本特征就是融通无碍、无二无别，甚至烦恼即菩提，生死即涅槃，众生即本觉，娑婆即寂光。这种无善无恶、无是无非、无美无丑，乃至无成无败、无智无愚、无菩提无众生的圆融智慧，体现了人们对事物和生命本体的最透彻圆融的体悟，也构成了中国文学抒情传统之根本精神。

儒家总是用诸如中和之美来描述中国文学抒情风格，但真正智慧圆融的文学抒情是不能用中和之美来描述的。虽然中和之美在很大程度上也彰显了浑圆结构的真正魅力，但无所分别、无所执著、无所取舍，乃至心体无滞、通达无碍的生命智慧，似乎更能集中体现理趣浑圆的精神实质。理趣浑圆是中国文学抒情传统之浑圆结构的根本。这是因为所谓理趣，不是用一个简单形式方面的浑圆结构所能够概括的，其深刻意蕴在于对生命的至为智慧圆融的体悟。如果人们执著于物象，必然产生诸如大小、多少、美丑之类形象方面的分别之心，执著于这种分别之心，势必由此产生取舍之心，陷入诸如技术、知识之类的有知而有所不知的漏失之中。只有在外破除形象，在内破除分别之心，才可能真正达到对事物尤其事理的周遍、圆融的认识与领悟。这是因为，虽然事物在形象方面表现出形形色色的差别，存在一定特殊性，但就其根本而言，都蕴涵着根本精神，即普遍性，这个根本精神乃至普遍性是平等不二的。永嘉禅师所谓"一性圆通一切性，一法遍含一切法。一月普现一切水，一切水月一月摄"，①集中地体现了这种理趣浑圆的特点。可见所谓浑圆结构并不仅仅是一种文字或篇章浑圆，也不仅仅是一种物象、情感和气韵的浑圆，更是一种理趣浑圆，是一种对人类乃至宇宙生命本体的智慧圆融的体悟。如甘露园禅师《渔家傲》有云："本是潇湘一钓客，自东自西自南北。只把孤舟为屋宅。无宽窄，幕天席地人难测。顷闻四海停戈革，金门懒去投书册。时向滩头歌月白，真高格，浮名浮利谁拘得。"不仅表现为对自我生命的无所执著，甚至也体现为对宇宙的无所执著。这才是对生命彻悟的体现。

虽然无所执著、心体无滞是中国文学抒情传统理趣浑圆的核心内容，但事实上许多文学抒情还是达不到这一境界。如陈严肖曾对王安石与陶渊明作过这样的比较："王荆公介甫辞相位，退居金陵，日游钟山，脱去世故，平生不以势利为务，当时少有及之者。然其诗曰：'穰侯老擅关中事，长恐诸侯客子来。我亦暮年专一壑，每逢车马便惊猜。'既以丘壑存心，则外物去来，任之可也，何惊猜之有，是知此老胸中尚蒂芥也。如陶渊明则不然，曰：'结庐在人境，而无车马喧。问君何能尔，心远地自偏。'然则寄心于远，则虽在人境，而车马亦不能喧之。心有蒂芥，则虽擅一壑，而逢车马，亦不免惊猜也。"②当然，将无所执著，不取不舍，乃至超然物外、心体无滞作为理趣浑圆的核心内容，并不意味着就贬低甚至反对心系世俗世界。心系世俗世界者，不乏忧国忧民的仁人志士，仅就圆融智慧而言似乎有所不及，不能体现中国文化传统圆融智慧的根本精神。

中国文学抒情传统对事物和宇宙生命的智慧圆融的体悟并不是对外在自然事物及其客观规律的认识和发现，也不是对作家主观情志的宣泄和吐露，而在于对人类和宇宙生命原始本性的充分张扬。这个原始本性，在西方

---

① 《永嘉觉禅师语录》，载《禅宗经典精华》（上），宗教文化出版社 1999 年版，第 52 页。

② 陈严肖：《庚溪诗话》，载丁福保：《历代诗话续编》（上），中华书局 1983 年版，第 183 页。

文化传统看来，可能是生命意志、自由意志，乃至性本能，但在中国文化传统尤其禅宗看来，则是不二之性。虽然人们尽可以将诸如性本能之类的原始冲动乃至生命意志看成原始本性，但这只是一种生理层面的阐述。如果有幸上升到文化乃至精神层面来认识，则是这种不二之性。因为人们对事物的分别与取舍，不是先天就有的，而是后来家庭熏陶、学校教育和社会影响之结果。在人们刚出生或未出生前是绝对没有诸如美丑、善恶、是非之类的分别与取舍的，是后天教育通过各种形式不断强化这种认识，赋予人们某种相当顽固的价值观念与是非标准的。释德清有这样的阐释："天下事物之理，若以大道而观，本无美与不美，善与不善之迹。良由人不知道，而起分别取舍好尚之心，故有美恶之名耳。"①

虽然并不是对人类乃至宇宙生命有着最为透彻乃至圆融的文学抒情，就一定能产生最广泛的影响，也不是最有影响的文学抒情就一定是对人类和宇宙生命有最透彻圆融的体悟，但真正构成中国文学抒情传统生命精神的必定是这些对人类和宇宙生命有着至为透彻圆融的体悟，以及蕴涵着圆融智慧的文学抒情。这种文学抒情不仅仅是对人类和宇宙生命本体的智慧圆融的体悟，是对人类和宇宙生命本体不二之原始本性的发现和张扬，更是对人类和宇宙生命本体原始本性的解放与自由。中国文学抒情传统常常能使作家和读者因为抒情而获得精神的解放与自由，最大限度彰显文学抒情的价值与意义，其根本原因就是张扬这种根植于原始本性的圆融智慧而获得的逍遥、洒脱与自由的生命境界。获得这一境界不仅是文学抒情的终极目的，而且是人类一切生命活动的终极目的。所以，作家要达到对事物和生命的智慧圆融的体悟，必须对外破除形象之分别，对内破除对分别之心的执著。也只有在这种情况下才可能发现并张扬这种不二本性。任何执著，无论对二元论的执著，还是对不二论的执著，都会束缚甚至遮蔽人类和宇宙生命本体本来存在的无二本性。经典马克思主义理论家将人类获得整体解放的希望寄托于废除私有财产，西方马克思主义理论家寄希望于注重感性乃

① 释德清：《道德经解》，华东师范大学出版社 2009 年版，第 35 页。

至总体性的审美活动，中国以及东方文化传统如道家和佛教则寄希望于无所分别与执著的心体无滞，乃至心灵的彻底解放与自由。

这种浑圆如一的理趣表现为对情感元素的无所分别、无所执著所形成的平等不二的情感态度。文学抒情传统所关涉的情感元素虽然可能有大有小，但无论大小一律涉及对人类乃至宇宙生命本体的最透彻圆融的彻悟，都是圆满自足、至为圆融的，由这些元素所构成的情感系统理所当然也是至为圆融的。任何一个圆满自足的情感元素都蕴涵着一切情感元素的共同特征，所以透过任何一个圆满自足的情感元素都可以体悟一切情感元素的普遍性特征，所有情感元素又共同构成更大系统的圆满自足的情感系统。可见，所有情感元素及系统无论大小都是圆满自足，平等不二的。小情感可能蕴涵小的圆融智慧，大情感可能蕴涵大的圆融智慧。但这种大小并不决定其内涵的差异，小的圆融智慧，可能构成大的圆融智慧，大的圆融智慧可能分散成小的圆融智慧。无论是由大的圆融智慧分散而成的小的圆融智慧，还是由小的圆融智慧所构成的大的圆融智慧，就其本体而言，都是圆融如一的。如杜顺有云："一一纤尘，皆摄无边真理，无不圆足。"①

无论人们是否能够真正透彻地把握这些圆融智慧，这种圆融智慧显然是中国道家、儒家尤其禅宗所极力标榜的最高智慧。这些圆融智慧不仅息息相通，而且平等不二，是中国文学抒情传统历来所崇尚的最透彻圆融智慧的集中体现，也是人们对中国文学抒情结构最全面的认识和概括。中国佛教向来十分重视一即一切、一切即一的圆融智慧。如《黄檗（希运）断际禅师宛陵录》有这样的阐述："诸佛圆通，更无增减。流入六道，处处皆圆。万类之中，个个是佛。譬如一团水银，分散诸处，颗颗皆圆；若不分时，只是一块。此一即一切，一切即一。"②儒家文化也有同样认识，如陈淳《四书性理字义》释"理"云："总而言之，只是浑沦一个理，亦只是一个太极；分而言之，则天地万物各具此理，又各有太极，又都浑沦无缺无处。""譬如一大块水

---

① 杜顺：《华严法界观门》，载任继愈主编：《佛教典籍选编》，中国社会科学出版社 1985 年版，第 198 页。

② 赜藏主：《古尊宿语录》（上），中华书局 1994 年版，第 42 页。

银，恁地圆，散而为万万小块，依旧又恁地圆。陈几叟‘月落万川，处处皆圆’之譬，亦正如此。”朱良志注对此有这样的论述：“天下一太极，而物物一太极，物物均有内在的理又是共通的；自一物可观万物，自一圆可达万圆，物物生绳绳相联，绵绵无尽。它强调了万物都是一个自在圆足的生命这一重要特性。”①道家如庄子更是通过“天地一指也，万物一指也”（《庄子·齐物论》）等阐述了这一道理，而且还极力反对因执著于分别和取舍所导致的圆融智慧缺失，有云：“判天地之美，析万物之理，察古人之全，寡能备于天地之美，称神明之容。”（《庄子·天下》）

真正意义的圆融智慧还在于既不执著于两边，也不执著于中间。众所周知，中国如孔子、西方如亚里士多德都主张中庸或适度，他们的伟大正在于破除了对过度与不足的执著，但又陷入对适中的执著之中，因为有所分别与取舍而失之片面。儒家和亚里士多德的理论虽然在很大程度上影响了中国乃至西方的文学抒情传统，但并不代表抒情传统之最高境界。至少在中国文学抒情传统中，真正创造了深远意境的却不是儒家的中庸思想，而是道家的齐物论，以及禅宗之“两边不立，中道不存”。因为两边因中而立，中因两边而生。如果没有两边，中自然无从而起。中道与两边是相因而立的。中道者的缺憾在于执著于中道，两边者的缺憾在于执著于二边，真正对事物和生命的至为智慧圆融的体悟往往既不执著于二边，也不执著于中道。也就是：“在诸如生与灭、我与我所、受与不受、垢与净、动与念、菩萨心与声闻心、善与不善、罪与福、有漏与无漏、有为与无为、生死与涅槃、尽与不尽、明与无明、色与色空、布施与回向、佛与众、正道与邪道等两边之间不取不舍、心体无滞、通达无碍，甚至如《华严经》卷五十四所云‘知一切法无相是相，相是无相；无分别是分别，分别是无分别’，这才是真正彻悟自性不二生命大智慧的体现。”②虽然并不是所有中国文学抒情都能达到这一境界，但最高境界的抒情必然不同程度地体现为这种无所执著、通达无碍的圆融

① 朱良志：《中国美学十五讲》，北京大学出版社2006年版，第241页。

② 郭昭第：《中国生命智慧：〈易经〉〈道德经〉〈坛经〉心证》，人民出版社2011年版，第341页。

智慧。如无名道人有绝句:“偶到皇都玩月华,笙歌留我醉流霞。劝君不用悲尘土,天上人间只一家”,揭示了生死不二的洒脱与无碍的心理境界,以及无所分别、无所取舍,平等不二的圆融智慧。这不仅是理趣浑圆,而且是文字浑圆、气象浑圆的共同精神,也是中国文化传统之圆融智慧的集中体现,是文学抒情以及人类一切生命活动的终极目的,是一切人获得自由解放的生命本性与通达无碍的圆融智慧的根本。事实上真正能体现中国文学抒情传统无所执著的圆融智慧,甚至还包括对浑圆结构的无所执著,如希运禅有这样的阐述:“如来顶即圆,亦无无圆。无圆见,故不落圆边。”①换言之,中国文学抒情传统虽然以浑圆结构尤其理趣圆融而著称,但并不与西方叙事学执著于语义方阵结构那样执著于浑圆结构尤其理趣圆融的张扬。

中国文化传统决定了中国文学抒情浑圆结构的基本形态,必然是词句洗练、结构浑然一体,物象以及气象相反相成、情感浑然一体,心体无滞、理趣浑然一体的有机统一。何子贞《东洲草堂文抄》卷五与汪菊士论诗有云:“落笔要面面圆、字字圆。所谓圆者,非专讲格调也。一在理,一在气。理何以圆:文以载道,或大悖于理,或微碍于理,便于理不圆。气何以圆:直起直落可也,旁起旁落可也,千回万折可也,一戛即止亦可也,气贯其中则圆。”②在何子贞看来,所谓浑圆结构的构成,至少包括了格调、气韵乃至事理三个方面的要素。所谓格调浑圆类似于我们所谓文字乃至篇章浑圆,气韵浑圆接近于我们所谓气象浑圆,事理浑圆也就是我们所谓理趣浑圆。如果把文字乃至篇章浑圆主要理解为形式要素,那么气象浑圆已涉及一定的内容要素,理趣浑圆则全然属于内容要素。所以浑圆结构作为中国文学抒情传统的结构特征,实际上包含了形式与内容两个方面。正是文字浑圆、气象浑圆和理趣浑圆最终形成了中国文学抒情传统之浑圆结构。其中文字浑圆属表象层,气象浑圆涉及主体层,而理趣浑圆更是核心层。如果将中国文

① 赜藏主:《古尊宿语录》(上),中华书局 1994 年版,第 40 页。

② 钱钟书:《谈艺录》,中华书局 1984 年版,第 113 页。

学抒情浑圆结构比喻为生命存在物，文字浑圆是五官七窍，气象浑圆是骨骼结构，理趣浑圆是心脏灵魂。正是这三种层面的相辅相成，共同构成了中国文学抒情传统之浑圆结构与完整生命。

第二章　中国抒情类型与抒情话语

中国文学抒情传统体现于具体抒情文本主要有纯粹抒情、叙事抒情、表象抒情三种方式，总是与相应抒情体、叙事体和表象体三种抒情体裁密切相关，并表现出各自类型特质、美学表征和智慧。是中国文学抒情传统的文本传统的集中体现。

第一节　中国抒情方式的类型特质与美学表征

一般认为，抒情往往包括直接抒情和间接抒情两种方式，其中直接抒情是并不十分依赖于其他现实世界自然物象的强烈情感的自然流露，往往具有纯粹抒情的性质，间接抒情则并不直接将自我情感进行宣泄，依赖于现实世界自然物象，甚至以现实世界自然物象作为终端显现形式，或通过现实世界自然物象在时间上的变化和更替，以及形成这种时间上变化和更替的逻辑事实含蓄地表达作家所要抒发的情感，或通过模仿现实世界自然物象展示其自然物象本身的空间构成和形体表征隐秘地表达作家所要抒发的情感，前者是通过叙事来抒情，即所谓用事抒情，后者是借景抒情，或状物抒情。无论借景抒情，还是状物抒情，都是表象抒情。中国文学抒情传统对此有相对清晰的概括，如杨载所谓："写景要雅淡，推人心之至情，写感慨之微意，悲欢含蓄而不伤，美刺婉曲而不露，要有三百篇之遗意方是。”①分别涉及三种类型的划分：其中写景往往涉及景物的表象，必须达到惟妙惟肖的地步，就是表象抒情；写感慨必须涉及作家内心情感，对作家内心情感进行直接而有节制的抒发，就是纯粹抒情；由于美刺常常依赖现实或历史事件的叙述以达到暗示和讥刺当朝统治者的目的，就是叙事抒情。另外如王国维所谓“写情则沁人心脾，写景则在人耳目，述事则如其口出是也”②，虽然是说意境创造的方式，但也分别揭示了纯粹抒情、表象抒情和叙事抒情三种方式的类型特质和美学表征。

一、纯粹抒情

纯粹抒情是作家受强烈情感和生命冲动的驱使，无须将自我的情感和生命投射和移置于现实世界自然物象，通过对自然物象的模仿和表象来间接抒发情感，而是直接将其生命情感投射出来。虽然这种抒情也可能使自我生命情感投射或者移置于现实世界自然物象，使现实世界自然物象成为作家情感尤其意念和生命感悟的体现，作家仅仅将其视为情感符号或生命符号，这种自然物象也只有成为作家生命情感的一种符号才真正具有意义。尼采指出：“抒情诗人的形象只是抒情诗人自己，它们似乎是他本人的形形色色的客观化，所以，可以说他是那个‘自我’世界移动着的中心点。”③因而自然物象的模仿常常显得极其有限，作家根本不将细致和逼真地再现现实世界自然物象作为目的，也不在意自然物象的时空秩序和因果逻辑联系，仅仅将其作为情感和生命的符号。

一是直泄抒情法。直泄抒情法的特点是作家可能受到某种外界事物的强烈刺激或内心世界的激烈冲动，致使其掩饰不住内心的激动，甚至也来不及进行理智的思考和处理，而不顾一切地将情感一泻千里。这种抒情给予人的最深刻印象可能是作家抒情表达远远快于理智思考与判断。情感受到

---

① 杨载：《诗法家数》，载何文焕：《历代诗话》（下），中华书局1981年版，第731页。

② 王国维：《宋元戏曲史》，上海古籍出版社1998年版，第99页。

③ 尼采：《悲剧的诞生——尼采美学文选》，北岳文艺出版社2004年版，第18页。

理智的节制或约束似乎并不特别突出，这种一吐为快、一泻千里的宣泄抒情一般在下层民歌和文化修养并不很高的兵士抒情中较为多见，虽然缺乏蕴藉、含蓄，但大胆直率、激情四射的特色十分明显。直泄抒情法还有一个特点是只有一种情感贯穿始终，且基本上是一种基调，不再有丰富的变化。

直率而毫无遮掩的直泄抒情法虽然可能并未达到十分高超的艺术境界，但这种较少受礼教束缚而幸存民间的抒情同样为中国文学抒情传统增添了光彩，丰富了抒情方式。几乎所有文人作家常常由于署名或文化策略的考虑，一般并不向读者彻底敞开其情感世界，都如弗洛伊德所说，“他知道任何润饰他的昼梦，使失去个人的色彩，而为他人共同欣赏；他又知道如何加以充分的修改，使不道德的根源不易被人探悉。”①受其影响，中国文人爱情诗长期以来不是对诸如“人面桃花”等过去情感的深深眷念和痛苦回忆，就是对“红叶题诗”一类缠绵爱情故事的美丽幻想，即使有对“所谓伊人”的执著追求，也仅仅是诸如《诗经》等民歌抒情意像残留在文人作者心目中的美妙记忆，而且这种对“所谓伊人”执著追求的残留记忆，也常常被赋予了一定的追求政治抱负和生活理想之类的象征意义。民歌常常具有并不署名或在山野无人知晓或出于抒情效果的考虑，总是毫无顾忌地将文人创作所难以启齿或不敢公之于世的情感世界不加任何润饰地裸露出来，既不考虑抹去个人色彩，也不顾虑道德规范的制约，显示出一般文人创作所难以企及的直露和率真的精神特征。它们往往讴歌大胆、热情，甚至不惜牺牲生命的执著爱情，如甘肃西和民歌所谓“龟娃子设下圈套了，暗地里把花儿的命要了。手拿剪子铰纸钱，死在阴间心不变。打死撂到房檐上，魂烟儿把郎还缠上”，有着文人抒情诗所难以比拟的果决与率直。

这种抒情在古代也比较多见，内容可能更多是自我爱情、理想或其他遭遇的直接抒发，如《上邪》：“上邪！我欲与君相识，长命无绝衰。山无陵，江水为竭，冬雷震震，夏雨雪，天地合，乃敢与君绝！”这首抒情诗显然是对爱情的一种誓词，表达了誓不决绝的誓言，也提到一切自然界不可能发生的事

① 弗洛伊德：《精神分析引论》，商务印书馆 1984 年版，第 301 页。

件和景象,却显然掩饰不住奔放的激情。至于“老女不嫁,踏地呼天”更直截了当,毫无遮掩。当然也可能是对社会问题的一种控诉,如《窦娥冤》第三折之《滚绣球》所云:“有日月朝暮悬,有鬼神掌著(着)生死权。天地也,只合把清浊分辨,可怎生糊突(涂)了盗跖颜渊:为善的受贫穷更命短,造恶的享富贵又寿延。天地也,做得个怕硬欺软,却元来也这般顺水推船。地也,你不分好歹何为地?天也,你错勘贤愚枉做天!哎,只落得两泪涟涟。”这种直泄抒情法在元散曲中往往表现为对沉溺现实利益的人的一种当头棒喝,如邓玉宾《叨叨令》云:“一个空皮囊,包裹着千重气;一个干骷髅,顶戴着十分罪。为儿女施尽了拖刀计,为家私费尽了担山力,您省的也么哥,您省的也么哥?这一个长生道理何人会?”直泄式抒情在现代诗中如《大堰河——我的保姆》等几乎是明白如话、毫无遮掩的情感直泄,但在后来却常常被隐喻式抒情所代替,如梁晓斌《中国,我的钥匙丢了》,钥匙在此显然具有了隐喻的意义,不再是现实中一把寻常的钥匙,而是用来开启生命智慧乃至幸福生活的钥匙,尽管这把钥匙可以解决自身乃至社会所存在的最突出的问题,但遗憾的是已经被丢失,这同时也是对丢失的中国文化传统的一种呼唤。这种直泄抒情法对隐喻的使用,增加了含蓄的韵味,同时也缺失了一泻千里的激情。

二是回旋抒情法。回旋抒情法所抒发的情感同样单纯、坦率、直露,但较之直泄抒情法多了几分回环余地,而且不再是一种情感,不再是一种情感基调一泻千里,更多了几分微妙变化,使人能明显感觉到某些起伏与曲折。这种抒情法的另一特点是多了一些写景和状物的成分,使之略显含蓄,但事实上所抒发的情感仍然十分直露,而且万变不离其宗,某些核心情感往往还通过一些关键词点染出来,几乎整个文章抒情基调仍然显得明白直率。即使有写景、状物和叙事成分也会显得比较模糊,且总是被强烈、直率的情感所遮蔽或冲淡。如李益《江南曲》有:“嫁得瞿塘贾,朝朝误妾期;早知潮有信,嫁于弄潮儿。”这首诗虽然兼有叙事性质,但相对模糊,几乎没有诸如时间、地点等痕迹,有的只是一种事由,或说得更准确些,只是一种情由,但明显多了情感基调的变化,先是较客观的叙事之中掩藏着几分埋怨,到后两句几乎变成了悔恨。

回旋抒情法在某些诗句中均有明晰体现，如王维“行到水穷处，坐看云起时”，表达了一种迂回曲折的情感，所以叶维廉认为：“‘行到水穷处，坐看云起时’的天趣正是因为它们在诗里的进程的转折恰与自然的转折符合（随物赋形），所以，虽然意象本身不含有外指的作用（譬如槐树暗示死），但由于文字的转折（或应说语法的转折）和自然的转折重叠，读者就越过文字而进入未沾知性的自然本身。”①如果说诗句文字与自然景象的珠联璧合与随物转折恰到好处地渲染了迂回曲折的情感，显然陆游“山重水复疑无路，柳暗花明又一村”的诗句似乎更为恰切，而王维这个诗句是有超越情感的更深层韵味的。与此相似，顾城《一代人》所云“黑夜给了我黑色的眼睛/我却用它寻找光明”，也表达这种迂回曲折的情感，且使这种情感通过黑夜与光明的逆转变化多了几分耐人寻味的韵味。这种韵味甚至可以超越特定时代而具有更普遍的暗示意义。如果真是这样，那情感显然超越特定时空的限制具有了更广泛的普遍意义尤其哲理意义。情感回旋而充满哲理，可能是回旋抒情法的一个极致。

在《诗经》、《古诗十九首》中都有这种回旋抒情法，但以文人抒情最成功，而且词曲中有更多优秀作品。在各种情感抒发中，大概愁情最引人关注，同时也产生了大量名家作品。如陆游《钗头凤》：“红酥手，黄縢酒，满城春色宫墙柳。东风恶，欢情薄，一杯愁绪，几年离索。错错错！春如旧，人空瘦，泪痕红浥鲛绡透。桃花落，闲池阁，山盟虽在，锦书难托。莫莫莫！”这首诗虽然有较多的状物、写景成分，但显然服从于抒情需要，而且上阕由欢情转向愁绪，下阕又由愁绪转向无奈，总体而言不外乎愁恨。李清照《声声慢》点染愁情更为细腻，如：“寻寻觅觅，冷冷清清，凄凄惨惨戚戚。乍暖还寒时候，最难将息。三杯两盏淡酒，怎敌他晚来风急！雁过也，正伤心，却是旧时相识。满地黄花堆积，憔悴损，如今有谁堪摘？守着窗儿，独自怎生得黑！梧桐更兼细雨，到黄昏，点点滴滴。这次第，怎一个愁字了得！”梁启超

① 叶维廉：《中国诗学》，人民文学出版社 2006 年版，第 381—382 页。

将以上两首词称之为“吞咽式”。[①] 中国文学抒情传统往往以愁情赢得感人的力量，这一方面得力于古代文人多有愁苦之情，另一方面也因为中国读者最能体味其中韵味。这种带有几分哀怨、几分苦闷的愁情之所以在中国文学抒情传统之中占据重要地位，是因为整个民族在历史发展的相当时期都笼罩在这种氛围里，而且多数人没有能够最大限度地超脱出来。其中一个原因是中国文化传统对士阶层赋予了比西方文化更多的历史使命。西方文化虽然如苏格拉底有着强烈的社会责任感，但是这种责任感随着他的去世而中断，此后其学生如柏拉图、亚里士多德更热衷于学术问题的探讨而不是社会的改造，这种趋势到马克思时代才有所改变；西方文化也并不热衷于圣人人格理想，更不强调人与自然的协同创造进化。中国文化传统却赋予士阶层更多的使命，使得士阶层总是对自己有着更多期待，这里不仅有自我生命超越的使命，而且有改造社会、构建和谐人际关系的使命，更有与天地合德，构建人与自然和谐关系的使命。能够达到自我生命超越的是士，能够构建和谐人际关系的是君子，能够达到人与自然和谐的才是圣人。无论其中任何一种使命都可能使士阶层奋斗终生而不得其果，更何况有着多层级期待和要求，所以中国士阶层常常比西方知识分子更多、更强烈、更深刻地感受到理想无法实现的惆怅和失落。

与文人抒情传统之愁情相比，民间抒情传统似乎多了几分内容。虽然可能仍以情爱为主，但也可能涉及更多关乎民俗的内容。如中国民间流行乞巧习俗，甘肃西和乞巧歌中的《惜巧歌》就不乏这种回旋抒情法的运用，如有云：“有心把巧娘娘留一天，害怕天河没渡船。有心把巧娘娘留两天，害怕走迟了天门关。有心把巧娘娘留三天，害怕老天爷寻麻烦。白肚子手巾写黑字，巧娘娘走了我没治。巧娘娘走了我心酸，眼泪流着擦不干。”这种乞巧歌虽然总体来说是抒发担心爱怜之情，但同样一波三折、层层推演，至后终于按捺不住而心酸落泪。这种较为直露但多迂回曲折，多有情感波

① 梁启超：《中国韵文里头所表现的情感》，载《中国现代学术经典梁启超卷》，河北教育出版社 1996 年版，第 641—642 页。

澜的文学抒情在一些较为复杂的民歌中比较多见，如陕北民歌《五更鸟》有云："一更一点正好一思眠，忽听得蚊虫闹罢那一声喧。蚊虫我的哥，蚊虫我的兄，你在那门外叫，我在那绣房里听，听得我好伤心，听得我好动心，伤伤心那么动动心，红绸被子鸳鸯枕，鸳鸯枕上泪淋淋．思想我的有情人，越思越想越伤心情，思想起情难忍……"

回旋抒情法所抒发的情感多了几分委婉、由折与变化，也少了几分直率、强烈，显得更加缠绵悱恻。比较而言，中国民歌比文人抒情显得直率、强烈。即使如韦庄《思帝乡》："春日游，杏花吹满头。陌上谁家年少足风流？妾拟将身嫁与一生休。纵被无情弃，不能羞！"虽然颇有民歌风味，但论大胆热烈，仍有所不及于如陕北民歌《想你想得活不了》之所谓："白天想你不想吃，黑夜想你偷的哭。肝花想断心想烂，骨石码码想的反长转。肝花想断心想疯，眼里流出了麻漓漓冰。想你想的眼发花，土圪塄当成了枣骝马。想你想的眼睛红，猫蹄蹄认成了你的踪。想你想的睡不着，枕头上的眼泪流成河。"可见中国文化传统对文人的约束比民间更严厉，如果讨论中国文学抒情传统缺失了民间抒情，就可能抹杀了某些最真挚的抒情。民歌使用这种回旋抒情法，不惜使用反复叠唱，也不乏生动的夸张与想象，但所有这些并没有冲淡或遮掩同样率真、热烈的情感。

二、叙事抒情

叙事抒情虽然也不十分重视现实世界自然物象，但与纯粹抒情相比，其再现现实世界自然物象的成分有所增多。相形之下，作家较看重的是显示现实世界自然物象的时间和空间秩序，最看重的是展示现实世界自然物象的时间序列和因果联系，而且不同自然物象只有作为在时间上持续和因果上关联的叙事单元才有意义。这些作家虽然仍以抒情作为根本目的，但这种抒情常常是将现实世界自然物象分割成若干叙事单元，并通过赋予这些叙事单元以一定因果律为依据的时间观念等人为秩序的方式，构筑现实世界自然物象的因果逻辑和时间秩序，并借助这种因果逻辑和时间秩序以表达作家对现实世界秩序的认同和感悟。这种抒情主要有两种方式。

一是梗概叙事抒情。中国文学抒情传统中不乏以叙事方式抒情的，但叙事不是其根本目的，根本目的仍是抒情，所以叙事仅仅为抒情提供理由，并不见得有多少细节，只是粗略提及故事梗概，让人无法知晓事件的详细情况，显得极其模糊。有些甚至仅仅是一个简单事件的提示，如辛弃疾《丑奴儿》："少年不识愁滋味，爱上层楼。爱上层楼，为赋新词强说愁。而今识尽愁滋味，欲说还休。欲说还休，却道新凉好个秋。"这首词虽然提到爱上高楼的事情，但对爱上高楼并没有任何细节交代，只是通过这一事件提供了一种时间线索，也就是过去上高楼是为了强求愁情，现在不上高楼，也许真正体味到愁滋味。这里上高楼的事件仅仅是一种情由，或连情由也不是，只是点明了时间顺序。但人们也从来不计较这些，只要求能见得真挚、感人的情感即可。这正是梗概叙事抒情法的特征。

这种抒情法所叙述的事件也可能涉及全过程，较之前一种多了几分细节描写，但这些细节描写仍然较为粗糙、简略。如杜甫《忽闻官兵收河南河北》："剑外忽传收蓟北，初闻涕泪满衣裳。却看妻子愁何在，漫卷诗书喜欲狂。白日放歌须纵酒，青春作伴好还乡。即从巴峡穿巫峡，便下襄阳向洛阳。"杜甫这首诗的叙事虽然有所细化，涉及听到收复河南河北之后的一系列事件及情感变化，如动作涉及闻、看、卷、歌，情感依次涉及涕泪、喜欲狂等，但并没有涉及动作乃至情感的更细腻变化。在叶维廉看来，这首诗体现了中国古典诗人"偏爱""戏剧意味"，乃至"八句诗，其疾如风，层层快速转折，如音乐中的快板，几乎无暇抽思，虽然在文字的层面上有说明的因素"。① 这也从一个侧面显示了梗概叙事的特点，那就是即使涉及事件全程的叙事仍带有极强的梗概性，致使人们总是与说明联系起来。杜甫这首诗的叙事还有更突出的特点，就是能够立足当时在关涉"漫卷诗书喜欲狂"进行同步叙述的同时，还进行了"初闻涕泪满衣裳"的回顾叙述与"白日放歌须纵酒，青春作伴好还乡。即从巴峡穿巫峡，便下襄阳向洛阳"的预示叙述。回顾叙述关涉"愁"，同步叙述关涉"喜"，预示叙述关涉"急"。如果说

① 叶维廉：《中国诗学》，人民文学出版社2006年版，第32页。

这就是戏剧性也不是没有道理。

上面的举例，其情感还是比较直露。梗概叙事抒情法还可以更含蓄些，乃至真正具有蕴藉的特点。如《诗经·采薇》"昔我往矣，杨柳依依。今我来思，雨雪霏霏。行道迟迟，载渴载饥。我心伤悲，莫知我哀。"这几句诗叙事涉及往来这一事件的时间与情境变化，但情感明显比较含蓄，十分克制。尤其"昔我往矣"与"今我来思"两句，几乎看不出情感的任何迹象。梁启超将这种情感较为内敛、节制的抒情法称为"含蓄蕴藉的表情法"，"向来批评家认为文学正宗；或者是中华民族特性的最真表现"。[①] 梁启超只是关注含蓄蕴藉，并不在意梗概叙事。这几句诗虽然较为克制、含蓄，但最后两句毕竟点出了"悲"、"哀"的情感。还有并不点出情感，让人们自己琢磨和品味的，如金昌绪《春怨》"打起黄莺儿，莫教枝上啼；啼时惊妾梦，不得到辽西"，涉及打起黄莺儿这一事件梗概，但除了题目点出"怨"的情感之外，正文中几乎看不出怨的痕迹。这种梗概叙事抒情法在有些现代诗中显得更含蓄，如冯恩昌《雏鸡》"春梦/吐出一团嫩黄/在阳光里/震颤/摇荡/伴着幸运的突破/滚动/鸣唱/雨红色的脚/第一次跳跃/把生活的序曲弹响/呼唤/追求/衔来了生命的曙光/在农妇/心的稿笺上/印下春天的小诗几行"。这首诗极其形象而细致地描画了雏鸡出生、成长的全过程，其中所蕴涵的情感只能从诸如"嫩黄"、"雨红色"等表示色彩之类的词语中捕捉到几分影子，但只要品味还是能够抓住其中一些情感成分的。

二是细节叙事抒情。其实梗概叙事与细节叙事之间没有明显区别，只是相对来说更为细腻些而已，而且这些细节似乎丧失了梗概叙事的事件对抒情的全覆盖作用，或所叙述的每一个事件的细节只是对部分抒情具有一定覆盖作用。如冯延巳《蝶恋花》云："谁道闲情抛弃久？每到春来，惆怅还依旧。日日花前常病酒，不辞镜里朱颜瘦。河畔青芜堤上柳，为问新愁，何事年年有？独立小桥风满袖，平林新月人归后。"傅庚生认为该词"写出一

① 梁启超：《中国韵文里头所表现的情感》，《中国现代学术经典梁启超卷》，河北教育出版社1996年版，第641—642页。

片痴情，而转折多妙”。[1] 这首词所涉及的诸如花前病酒、独立小桥两个事件细节共同关涉惆怅和愁的情感。所以细节叙事的一个主要特点就是，梗概叙事常常是一个事件关涉一种情感或多种情感，而细节叙事常常是多个事件细节关涉一种或多种情感，而且这些细节之间缺乏明显的时间或逻辑联系，只是由于情感而被串联起来。但杜甫《忽闻官兵收河南河北》所涉及的多个动作则有着明确的时间联系，且情感的统摄作用也极其明显。

细节叙事抒情所涉及的细节是颇为粗略的，如王建《新嫁娘》“三日入橱下，洗手做羹汤。未谙姑食性，先遣小姑尝”，涉及入、洗、做、遣等细节，但对这些细节的描述仍然十分概括。有些民歌在这一点上似乎更细腻些，如甘肃西和民歌之“温温水，新麦面，两把柔了个活闪闪。擀杖一滚月儿圆，提起一口吹上天。提银刀，切细面，一攒一攒像丝线。下到锅里莲花转，夹到嘴里咬不断。阿公阿家两头子扽，儿子帮着去鼓劲。嘣的一声扽断了，再不嫌姐姐的长面了”，更为细腻生动些，但相对真正叙事还显得有些粗略。如《浮生六记·闺房记乐》：“归来完姻时，原订随侍到馆，闻信之余，心甚怅然，恐芸之对人堕泪。而芸反强颜劝勉，代整行装。是晚，但觉神色稍异而已。临行，向余小语曰：‘无人调护，自去经心！’及登舟解缆，正当桃李争妍之候，而余则恍同林鸟失群，天地异色！到馆后，吾父即渡江东去。居三月，如十年之隔。芸虽时有书来，必两问一答，半多勉励词，馀皆浮套语，心殊怏怏。每当风生竹院，月上蕉窗，对景怀人，梦魂颠倒。”细节叙事常常能够较深沉地寄寓情感，致使其含而不露，但仔细玩味，无论其中任何一个细节其实都蕴涵着浓郁的情感因素，而且往往是那些纯粹抒情所无法达到的。

含蓄蕴藉的情感传达，是中国文学抒情最富于艺术性的传统，同时也是最符合中国文化传统的抒情传统。无论在并不经意的叙事还是在表象中蕴涵浓郁情感，都极有可能形成中和之美，而这几乎是以儒家为代表的中国文学抒情传统的基本精神，如孔子所谓“乐而不淫，哀而不伤”（《论语·八

---

① 傅庚生：《中国文学欣赏举隅》，北京出版社 2003 年版，第 47 页。

佾》),《礼记》所谓“温柔敦厚,诗教也”等强调了这一点。中国儒家文化富于抒情的这一传统,虽然不可能有着道家文化的洒脱飘逸,也不可能有着佛教文化的超脱空灵,但是却有着独特的教化人心的功能,而这是道家和佛教传统有所不及的。这种温柔敦厚的情感既不是热极冷极的偏激性格肆无忌惮的展示,又不是一任情感无节制宣泄的非理性冲动,也不是完全听命于理智约束的理性说教,而是一种情感与理智最佳结合的产物,是中国文学抒情传统的主流。叙事抒情与表象抒情常常是这种文学抒情传统得以广泛存在的根本原因。徐复观有这样的评价:“感情在牵连与隐痛中挣扎,在挣扎中融合凝集,便使它热不得,冷不掉,而自然归于温柔。由此可以了解温柔的感情,是千层万叠起来的感染力。这种敦厚的感情,有如一个广大的磁场,它含有永恒的感染力。因此,温柔敦厚的诗,是抒情诗的极致,而《国风》中正有不少这类的诗。”①遗憾的是这种温柔敦厚的文学抒情传统后来衰落了,尤其在隐喻与含蓄之类技巧被广泛推崇,在使抒情诗成为某种说教手段的时代,这种以温柔敦厚情感缺失为代价的文学抒情事实上是较为普遍的。

三、表象抒情

表象抒情是中国文学抒情传统中最具中国文化传统内涵的一种抒情方式。表象抒情更重视现实世界自然物象的空间秩序,作家虽然并不坚持人为秩序高于现实世界自然秩序的观念,也并不将人为秩序强加于自然物象,不用自我情感和生命感染和同化自然物象,不将现实世界自然物象分割为具有一定因果联系的、呈现出时间序列的叙事单元,也不运用具有因果联系的时间序列来扰乱现实世界自然秩序,但如果一定的因果联系和时间序列是自然秩序的显现,那么作家也并不十分厌恶这种秩序,不过相形之下似乎更重视现实世界自然物象的细腻逼真的模仿,使这种模仿显示出某种程度的绝对优势。虽然作家只是重视对现实世界自然物象的细致模仿,并不介入对现实世界自然物象的解释和评价,但这种解释和评价十分隐秘地存在

① 徐复观:《中国文学精神》,上海书店出版社2004年版,第37页。

于对现实世界自然物象的空间秩序的忠实模仿之中,而且这正是作家表达其情感经验和生命体验的主要方法。表象抒情主要包括单一表象与复合表象抒情两种。

一是单一表象抒情。单一表象抒情是表象抒情的最基本方式,常常涉及一个事物的局部或整体表象,并不能构成一定的表象群体和场面景象。单一表象抒情只以表象单位为特征,如《诗经·硕人》之"手如柔荑,肤如凝脂,领如蝤蛴,齿如瓠犀。螓首蛾眉,巧笑倩兮,美目盼兮",虽然涉及身体的多种部位,但同属于一个身体单位,所以属于单一表象抒情范畴。这一单一表象抒情虽然似乎有些单调,但提供了最早的中国审美标准,至少体现了春秋以前对中国女性的审美标准。此后如钱钟书《围城》中有这样一段描写唐晓芙肖像的文字:"苏小姐领了个二十左右的娇小女孩子出来,介绍道:'这是我表妹唐晓芙。'唐小姐妩媚端正的圆脸,有两个浅酒窝。天生着一般女人要花钱费时、调脂和粉来仿造的好脸色,新鲜得使人见了忘掉口渴而又觉嘴馋,仿佛是好水果。她眼睛并不顶大,可是灵活温柔,反衬得许多女人的大眼睛只像政治家讲的大话,大而无当。古典学者看她说笑时露出的好牙齿,会诧异古今中外诗人,都甘心变成女人头插的钗,腰束的带,身体睡的席,甚至脚下践踏的鞋袜,可是从没想到化作她的牙刷。她头发没烫,眉毛没镊,口红也没有擦,似乎安心遵守天生的限制,不要弥补造化的缺陷。总而言之,唐小姐是摩登文明社会里那桩罕物——一个真正的女孩子。"这虽然较之《诗经》似乎有更丰富的内容,篇幅也更长,但同样属于单一表象抒情,因为所有描写实际上只限于唐晓芙一人。这段表象虽然借助方鸿渐的眼睛看,而且更多体现了方鸿渐的情感态度,也暗含着作家对美的欣赏与认同。正由于冯恩昌《雏鸡》充满着时间序列,所以我们更愿意将其作为叙事抒情来对待,事实上它那富于形象化的描述同时又是表象抒情,只是由于空间序列在这首诗中似乎让位于时间序列,表象抒情的含蓄蕴藉还是十分明显的。

单一表象抒情显然有着比叙事抒情更含蓄蕴藉的特征,这使中国抒情传统增添了更丰富复杂的思想内容与艺术韵味。但也不是所有表象抒情都具有含蓄蕴藉的特点,有些就有着较清晰的情感倾向,如郑燮《题竹石》“咬定青山不放松,立根原在破岩中。千磨万击还坚韧,任尔东西南北风”。当然,最典型的单一表象抒情一般体现在状物散文、咏物诗,乃至戏曲中,如《牡丹亭》杜丽娘之“你道翠生生出落的裙衫儿茜,艳晶晶花簪八宝填,可知我常一生儿爱好是天然。恰三春好处无人见。不提防沉鱼落雁鸟惊喧,则怕的羞花闭月花愁颤”,同样体现了单一表象抒情的特征。可见单一表象抒情虽然可能较之纯粹抒情更含蓄,但并不是所有单一表象抒情都极为含蓄。

二是复合表象抒情。复合表象抒情并不在乎表象篇幅的长短,而在于是否涉及多个事物,这些事物能否构成场面景象。如果表象抒情涉及多个事物并共同构成场面景象,就是复合表象抒情。如《敕勒歌》之“敕勒川,阴山下。天似穹庐,笼盖四野。天苍苍,野茫茫,风吹草低见牛羊”,虽然仅短短几句,但勾勒出了草原的景象,仍属于复合表象抒情。善于选择多个事物,并将表象并置,蕴涵情感于其中,形成含蓄蕴藉的情感传达,是中国文学抒情传统主要特征,如杜甫《倦夜》之“竹凉侵卧内,野月满庭隅。重露成涓滴,稀星乍有无。暗飞萤自照,水宿鸟相呼。万事干戈里,空悲清夜徂”,表象并置之中显示出时间变化的痕迹,从满庭月光、依稀星光到昏暗萤光,渐次显露了从初夜、午夜到后夜之时间变化。另外如马致远《天净沙·秋思》“枯藤老树昏鸦,小桥流水人家,古道西风瘦马,夕阳西下,断肠人在天涯”之表象并置又更多显示出空间并置的特点。

可见表象并置通常有两种方式:一种是时间并置,一种是空间并置。时间并置具有一定程度的叙事性质,但表象成分明显超过叙事成分,时间的逻辑顺序超过了因果的逻辑联系,这就是时间并置表象抒情的特征。如杜甫《倦夜》除最后点明悲情之外,其他诸句并未直接抒情,只是所有表象并置只有在人们彻夜失眠的情况下才能获得。这正是其含蓄蕴藉的根源。至于空间并置更是表象抒情的典型体现形式,其叙事成分显得更模糊,更重视觉表象的类似蒙太奇式的剪切与组合,并不注重人类自身情感的直率宣泄。这种文学抒情传统体现了中国文化传统的深刻影响,如叶维廉有云:“中国诗的传意活动,着重视觉意象和事件的演出,让它们从自然并置并发的涌现做说明,让它们之间的空间对位与张力反对反映种种情景与状态,尽量去避免通过'我',通过说明性的策略去分析、串联、剖析原是物物关系未定、浑然不分的自然现象,也就是道家的'任物自然'。"①甘肃礼县民歌《下四川》"一溜溜山,两溜溜山,三溜溜山,脚户哥下了个四川,诶,脚户哥下了个四川。一朵朵云,两朵朵云,三朵朵云,雨过天晴出了彩虹,雨过天晴出了彩虹。一阵阵风,两阵阵风,三阵阵风,古道上传来了笑声,古道上传来了笑声。一串串铃,两串串铃,三串串铃,骑走骡摇了个舒坦,骑走骡摇了个舒坦"的表象抒情,看似简单,却在表象并置之中穿插着叙事和抒情,不仅彰显了人与人、物与物、人与物关系模糊未分、浑然一体的自然现象,体现了表象的时间并置与空间并置模糊未分、浑然一体的审美理想,因为山、云朵、彩虹、风看似有分而所寄寓的情感成分并不十分清楚,至于古道上的笑声、铃声,分不清是笑声传递了舒坦,还是铃声传递了舒坦,分不清是骡舒坦,还是人是舒坦,更分不清是"我"舒坦,还是别人舒坦。中国文学抒情传统之表象抒情所蕴涵的文化传统也许并不仅仅是道家文化传统,尊重自然、歌咏自然,赋予自然与人类平等和谐的关系,乃是中国儒释道文化的共同传统。

我们之所以将文学抒情方式划分为这三种类型,并不意味着这三种抒情类型常常能孤立运用,事实恰恰是三种抒情类型经常相互融合、交互使用,最终产生相得益彰的抒情效果。中国文学抒情传统正是依赖这样三种不同抒情方式和类型的交互使用显示出丰富的文本美学表征,并形成了丰富而深刻的艺术意境。

第二节　中国抒情体裁的类型特质与美学表征

由于一切文体在某种程度上都可能存在一定抒情因素,如别林斯基指

---

① 叶维廉:《中国诗学》,人民文学出版社2006年版,第116页。

出："无论是在长篇史诗或者戏剧中，也常常会有过量的抒情因素。"①由于中国文学抒情传统的影响使中国文学抒情显得比其他文学抒情的特点更突出，而且不同抒情类型在不同文体中常常有不同特点，表现出抒情体抒情、叙事体抒情和表象体抒情三种体裁类型。其中抒情体抒情主要包括抒情诗、抒情散文等抒情文本的抒情，叙事体抒情则主要指史诗、小说、记叙散文等叙事文本的抒情，表象体抒情则指咏物诗、状物散文、戏剧、影视剧等表象文本的抒情。最典型的抒情体抒情、叙事体抒情和表象体抒情分别是抒情诗、史诗和剧体诗。

一、抒情体抒情

抒情体抒情作为一种主观抒情，是中国文学抒情传统最典型的抒情类型。与此相比，叙事体抒情由于是一种主观与客观的混合抒情，表象体抒情是一种客观抒情，所以显得不如抒情体抒情更充分、圆满。在抒情体抒情中，作家不仅可以直接抒发自我的瞬间感受和思想情感，甚至可以是其意识和无意识的独白。作家抒情时没有任何可以隐瞒的必要，即使有所隐瞒也仅仅出于更含蓄地表达其思想情感的需要，而且这种含蓄表达的思想情感同样是作家的主观情感，而不是作家之外其他人的思想情感。

抒情体抒情的最典型类型是抒情诗、抒情散文的抒情，如华兹华斯所说"诗人是以一个人的身份向人们讲话"，②所以常常能最大限度地彰显以诗人自己身份抒情的主观性。其中最典型的要数抒情诗的抒情。如《诗经·彼黍》所谓："彼黍离离，彼稷之苗。行迈靡靡，中心摇摇。知我者谓我心忧，不知我者谓我何求。悠悠苍天，此何人哉！彼黍离离，彼稷之穗。行迈靡靡，中心如醉。知我者谓我心忧，不知我者谓我何求。悠悠苍天，此何人哉！彼黍离离，彼稷之实。行迈靡靡，中心如噎。知我者谓我心忧，不知我

① 别林斯基：《诗歌的分类和分科》，载《别林斯基选集》第3卷，上海译文出版社1980年版，第35页。

② 华兹华斯：《〈抒情歌谣集〉1800年版序言》，载伍蠡甫：《西方文论选》（下），上海译文出版社1979年版，第11页。

者谓我何求。悠悠苍天,此何人哉!”诗人完全不假托他人抒发情感,对自己无法言说的苦衷与忧伤,除了借助起兴以点明引起情感之缘由外,往往通过无可奈何的行动乃至心理加以描述,在描述无能为力时,则用诸如“知我者谓我心忧,不知我者谓我何求。悠悠苍天,此何人哉”之类一波三折、反复嗟叹聊以自慰。梁启超这样评述道:“胸中有这种甜酸苦辣写不出来的情绪,索性都不写了,只是咬着牙龈长言咏叹一番,便觉得一往情深,活现于字句上。”①与《诗经》相比,屈原的诗歌更缠绵悱恻,且尽铺陈渲染之能事,如《离骚》之“长太息以掩涕兮,哀民生之多艰。余虽好修姱以鞿羁兮,謇朝谇而夕替。既替余以蕙纕兮,又申之以揽茝。亦余心之所善兮,虽九死其犹未悔。怨灵修之浩荡兮,终不察夫民心。众女嫉余之蛾眉兮,谣诼谓余以善淫。固时俗之工巧兮,偭规矩而改错。背绳墨以追曲兮,竞周容以为度。忳郁邑余侘傺兮,吾独穷困乎此时也”。直抒情感而不至于让人觉其伪装,有至真至直至深之情感莫过于屈原之《离骚》。抒情散文之《报任安书》、《出师表》、《陈情表》亦是感人肺腑,至义、至忠、至孝莫过于此。抒情体抒情作为中国文学抒情传统之一个突出特点就是虽然蕴涵着极其强烈的情感,即使是关乎生死乃至跨越生命极限的情感,也不愤极怨极,常常蕴涵着怨而不怒,慨而不愤的中和之美。

那些并不怎么率真、热烈,或极其含蓄、内蕴,而不乏深切情感的抒情体抒情,甚至对关乎人类生命延续之重大命题乃至人类共同悲剧命运的最透彻思考,也不失十分平和的情感基调。如沈从文《湘行散记·水云》之所谓:“看到日夜不断千古长流的河水里的石头和砂子,以及水面腐烂的草木,破碎的船板,使我触着了一个使人感觉惆怅的名词。我想起‘历史’。一套用文字写成的历史,除了告给我们一些另一时代另一群人在这地面上相斫相杀的故事以外,我们决不会再多知道一些要知道的事情。但这条河流,却告给了我若干年来若干人类的哀乐!小小灰色的渔船,船舷船顶站满

① 梁启超:《中国韵文里头所表现的情感》,载《中国现代学术经典·梁启超卷》,河北教育出版社1996年版,第625页。

了黑色沉默的鱼鹰，向下游缓缓划去了。石滩上走着脊梁略弯的拉船人。这些东西于历史似乎毫无关系，百年前或百年后皆仿佛同目前一样。他们那么忠实庄严的生活，担负了自己那份命运，为自己，为儿女，继续在这世界中活下去。不问所过的是如何贫贱艰难的日子，却从不逃避为了求生而应有的一切努力。在他们生活爱憎得失里，也依然摊派了哭，笑，吃，喝。对于寒暑的来临，他们便比其他世界上人感到四时交替的严肃。历史对于他们俨然毫无意义，然而提到他们这点千年不变无可记载的历史，却使人引起无言的哀戚。”沈从文将这种抒情视为抽象抒情。这种抒情的价值和意义在于他能在司空见惯的虹霓、云影、星光、黄花、草木、石头、砂子和渔船之中产生关于生命的创造性直觉和认识，能够在任何一个平凡的生活景象之中触摸到生命的价值和意义，并能够通过对习以为常的自然物象描摹将其关于生命的深刻体验和感悟寄寓于似乎十分客观的抒情话语之中，使其关于生命的诗性直觉和认识与诗性话语极其和谐地融合成为一个有机整体。正如沈从文自己所说：“对于一切自然景物，到我单独默会它们本身的存在和宇宙微妙关系时，也无不感觉到生命的庄严。一种由生物的美与爱有所启示，在沉静中生长的宗教情绪，无可归纳，我因之一部分生命，竟完全消失在对于一切自然的皈依中。这种简单的情感，很可能是一切生物在生命和谐时所同具的，且必然是比较高级生物所不能少的。然而人若保有这种情感时，就产生了伟大的宗教，或一切形式精美而情感深致的艺术品。”①

沈从文抽象抒情的基本特征就是抒情的抽象化，在无论一抹黑云、虹影和淡白星光，海上的白帆和草地上黄花，还是墙壁上慢慢移动的斜阳，瓦沟中的绿苔和细雨微风中轻轻摇头的狗尾草，河水里的石头和砂子、水面腐烂的草木和破碎的船板等自然物象之中都能导引读者体验到生命的最离奇遇合和最高意义。将自然物象与作家的生命体验和感悟相结合，并借助自然物象来显现作家的生命体验和感悟的抽象抒情是中国古典诗歌的生命抒情方式和风格的继承，沈从文的抽象抒情显然兼具陶渊明归隐之后的闲淡与

① 沈从文：《水云》，载《沈从文散文选》，人民文学出版社 1982 年版，第 318 页。

王维禅悟之后的宁静,同时又具有陶渊明和王维所缺乏的乡下人文化身份和本土意识。陶渊明《归园田居》所谓“狗吠深巷中,鸡鸣桑树颠。户庭无尘杂,虚室有余闲”的闲适、自得和“时复墟曲中,披草共来往。相见无杂言,但道桑麻长”的单纯、恬淡,显然缺乏对乡下人的本土体验,充其量只是对超脱生命的展示和确证。王维《渭川田家》“斜光照墟落,穷巷牛羊归。野老念牧童,倚杖候荆扉”和《山居秋暝》“明月松间照,清泉石上流。竹喧归浣女,莲动下渔舟”的淡泊、宁静,更是将乡下人作为一种他者和另类形象来塑造,只是对寂灭生命的投射和确证。只有沈从文才真正在主观上将自我文化身份确认为乡下人,而且将乡下人作为本土形象来关注。虽然鲁迅是首先将乡下人真正作为本土形象来塑造的,但鲁迅的塑造更多停留于社会政治层面的思考,很少上升到生命最高意义上的感悟,即使有所感悟,也常常由于对麻木的极大关注和哀其不幸、怒其不争的强烈情感态度而冲淡了平常而宁静的生命体验和感悟,基本上是孤寂生命的绝望之为虚妄之后的希望的倾注和确证。只有沈从文在真正洞察了湘西乡下人生命的艰辛和平淡之后,表现出了对平常生命的认同和哀挽。在他的这种抽象抒情之中,没有太多的情欲,也没有自我情感的简单、消极宣泄,他只是关注生命的本身及其形式,更多的是对湘西苗族,湘西农民甚至中国农民生命的惆怅凝注和轻微叹息。在这里一切尖锐的对立和激烈的冲突,都被化解为和风细雨般的宽容、豁达、默契和认同。也许是道家齐物和禅宗无滞的思想使他格外具有了宽容的思想,即使他在抒写跨越生死之门的悲剧性情节和氛围时都显得那么平静和淡然。这不是对生命的麻木和冷漠,而是洞察了艰辛和苦难之为常态后的无奈、默然和达观。所以沈从文的文学抒情几乎都是关于平凡生命的无望赞歌和平静挽歌。格奥尔格·西美尔指出:“生命在其本质范围内给自己造就一种形式,借助该形式,生命能够获得一个实际上可以加工的世界。”①沈从文正是通过这种上升到生命体验和感悟层面的抽象抒情所创造的生命形式和可加工的文学世界,使他与所有被称为“乡下人”

① 格奥尔格·西美尔:《生命直观》,生活·读书·新知三联书店2003年版,第47页。

的生命借助文字的形式获得永恒。生命是短暂的,最终将不复存在,但语言文字却是永恒的,借助语言文字所记载的生命及其意识将获得拯救和永恒。

这种抽象抒情是中国文学抒情传统中并不缺失深郁、直率情感,同时还蕴涵着深刻思想和生命体悟的抒情类型。这种抒情类型的突出特征是建立在对生命本体的透彻领悟和妙悟的基础之上。在中国文学抒情传统之中,是不乏能够抒发赤热、率真情感的抒情的,但能够将赤热、率真的情感与深刻、透彻的生命感悟有机统一起来,并以对生命的终极关怀为特征的抒情体抒情却并不十分普遍。在中国古代诗人中也许陶渊明、王维要比屈原、李白、杜甫更为突出,在中国现代作家中,也许沈从文要比郭沫若、茅盾更为突出。前者总是比后者似乎更能超越自我局限而达到对人类生命的普遍关怀,甚至还能超越人类自身的局限而达到对宇宙生命的普遍关怀。

二、叙事体抒情

叙事体抒情是有限抒情,叙事文本的终极目的是叙事而不是抒情,抒情仅仅是文本叙事的伴随行为结果,而不是其目的。虽然作家也可能直接出面以叙述人身份对人物及其事件的进展和结局加以叙述、解释甚至评价,使抒情具有主观性质,但是这种主观叙事并不代表叙事的全部内容,必然存在一部分甚至很大部分由人物和场景自身变化所形成的叙事,这部分叙事一般由人物和场景的直接登台露面和现场表演来完成,存在于这种叙事之中的抒情只能是一种客观抒情,至少其中的人物语言以及对话场景本身不能被认为是一种主观抒情,而只能是一种客观抒情。但由于中国文学抒情传统的独特影响力,叙事体抒情仍然不失抒情因素,甚至在一些优秀作家那里同样能够寄寓透彻的生命感悟。中国叙事体抒情的典型形式是小说、叙事散文、叙事诗的抒情,其中小说叙事抒情最充分完满。

如《红楼梦》第九十八回《苦绛珠魂归离恨天》道:“这里黛玉睁开眼一看,只有紫鹃和奶妈并几个小丫头在那里,便一手攥了紫鹃的手,使着劲说道:‘我是不中用的人了！你服侍我几年,我原指望咱们两个总在一处,不想我——’说着,又喘了一会儿,闭了眼歇着。紫鹃见她攥着不肯松手,自己也不敢挪动。看她的光景,比早半天好些,只当还可以回转,听了这话,又寒了半截。半天,黛玉又说道:'妹妹!我这里并没亲人,我的身子是干净的,你好歹叫他们送我回去。'说到这里,又闭了眼不言语了。那手却渐渐紧了,喘成一处,只是出气大,入气小,已经促疾的很了。紫鹃忙了,连忙叫人请李纨。可巧探春来了。紫鹃见了,忙悄悄地说道:'三姑娘,瞧瞧林姑娘罢。'说着,泪如雨下。探春过来,摸了摸黛玉的手,已经凉了,连目光也都散了。探春紫鹃正哭着叫人端水来给黛玉擦洗。李纨赶忙进来了。三个人才见了,不及说话。刚擦着,猛听黛玉直声叫道:'宝玉!宝玉!你好——'说到'好'字,便浑身冷汗,不作声了。紫鹃等急忙扶住,那汗愈出,身子便渐渐的冷了。探春李纨叫人乱着拢头穿衣,只见黛玉两眼一翻,呜呼!香魂一缕随风散,愁绪三更入梦遥!"

在叙事体抒情中,虽然作家对事件的叙述不可能是纯粹客观的,但毕竟要保持一定客观性,至少不应该用作家的主观情感干扰和扭曲人物的情感。即使存在一定情感,这种情感只能含蓄地通过人物情感间接流露出来,而不能将自我情感直接地宣泄出来,也不能生硬地强加于人物,使人物和场景彻底丧失其独立性,成为作家主观情感的纯粹代言人。《红楼梦》这段文字绝大多数篇幅并不直接抒发情感,而是在极为客观地叙述事件,即使有深情也只依靠事件叙述和人物而间接流露。人之将死,其言也善。林黛玉临死前对最体贴的丫环紫鹃的叮嘱至为感人,这里不仅有孤独生命行将消失前的无奈与遗憾,更有对生命归宿尤其肉体安顿甚至干净人格的留恋与期待。至于临终前对宝玉的呼唤更有极其丰富的情感内涵,使现代以来人们习惯使用的标点符号的无能暴露无遗。使用破折号只能表现林黛玉临死前语音的延宕、拖缓,但并不能够体现她也许因为断气而未及说出来的文字,如此似乎更应该使用省略号,但省略号还是无法指称所省略的文字。也许省略的未及说完整的那个文字才真正能体现其临终呼唤的真实情感:如果是"狠",也许隐含着对宝玉的始和终弃的怨愤;如果是"傻",也许隐藏着对宝玉受人欺骗的同情与无奈;如果是"痴",也许包含着对宝玉忠于爱情的赞同与感谢……《红楼梦》中林黛玉的临终呼唤由于未及完整说出而有不同情感内涵。假使林黛玉已经完整说出临终遗言，同样可能因为标点符号而有不同内涵：如果是感叹号，就可能蕴涵着临终对宝玉的期盼与祝福；如果是问号，就可能寄寓着临终对宝玉未来命运的疑惑和担忧……可见不加标点符号，不为标点符号限制而蕴涵丰富情感内涵，是中国古代文学抒情传统之一个主要特点，随着标点符号的出现，使这一传统受到不同程度的削弱。受削弱最突出的叙事体抒情类型中如“香魂一缕随风散，愁绪三更入梦遥”之类夹杂于叙事文体中的直接抒情诗句，更是中国文学抒情传统之叙事体抒情的主要传统，往往有着画龙点睛，点染情感的功能。

中国现代叙事抒情虽然缺失了利用抒情诗直接进行主观抒情的传统，但在一些作家的创作中仍保持并发挥了叙事体抒情的功能。在中国现代作家中最能成功进行叙事体抒情且将其打造成为一种独特诗叙事的是沈从文。沈从文小说叙事的一个重要特点就是将叙事诗性化，形成了诗性叙事的特点。如《长河》有这样一段文字：“当几个族中人乘上小船，在深夜里沉默无声向河中深处划去时，女的低头无语，看着河中荡荡流水，以及被木桨搅碎水中的星光，想到的大约是二辈子投生问题，或是另一时被族中长辈调戏不允许的故事，或是一些生前‘欠人’‘人欠’的小小恩怨。这一族之长的大老与好事者，坐在船头，必正眼也不看那女子一眼，心中却漩起一种复杂感情，总以为‘这是应当的，全族面子所关，不能不如此的’。但自然也并不真正讨厌那个年轻健康光鲜鲜的肉体，讨厌的或许倒是这肉体被外人享受。小船摇到潭中时荡桨的把桨抽出，船停了，大家一句话不说，就把那女的掀下水去。这其间自然不免有一番小小挣扎，把小船弄得摇摇晃晃，人一下水，随即也就平定了。送下水的因为颈项上悬系了一面石磨，在水中打漩向下沉，一阵水泡子向上翻，接着是天水平静。船上几个人，于是俨然完成了一件庄严重大工作，把船掉头，因为死的虽死了，活的还得赶回祠堂里去叩头，放鞭炮挂红，驱逐邪气，且表示这种勇敢决断的行为，业已把族中损失的荣誉收复。事实上就是把那点私心残忍行为卸责任到“多数”方面去，至于那个多数呢？因为不读子曰，自然是不知道此事，也从不过问此事的。”所谓诗性叙事其实就是将小说的叙事与诗歌的抒情有机结合起来。他明确指出:关于短篇小说的写作,"个人以为应当把诗放在第一位,小说放在末一位。一切艺术都容许作者注入一种诗的抒情,短篇小说也不例外。"①这种诗性叙事就是将诗性直觉、认识、体验和经验,通过某种无法预测和遏制的情感和理智的形式融合于小说叙事之中,不仅使小说叙事将既具有一定时间序列又具有一定因果关系的一系列事件有机联系起来,而且又由于将超越了时间序列和因果关系的诗性直觉、诗性认识、诗性体验和诗性经验一并融入这种叙事之中,使其具有不可或缺的诗性特质。这种艺术风格不仅仅表现为穿插于叙事中的写景状物的段落所蕴涵的诗情画意,而且使表面的客观叙事之中也不乏浓郁的诗情画意。

借景抒情和状物言志通常是创造诗性意境,达到诗性化的基本方式,但一个有创造力的作家往往能够在不露声色的客观叙事之中成功达到诗性化境界,使读者感到强烈而且浓郁的诗性化特质。沈从文诗性叙事的特征就是能够将其关于生命的创造性直觉消融于客观叙事之中,使其中任何一个极其平常的闪光、微笑、眼神、念头,甚至一阵水泡和摇晃都蕴涵着深刻的诗性意境,都凝聚着跨越生死之门的一个短期生命挣扎和生命态度。沈从文的这种诗性叙事常常以小说叙事作为其建筑文学世界的框架结构,将关于生命的诗性直觉、情感、认识、体验和经验当做不可或缺的建筑和装潢材料一并纳入客观叙事的框架结构之中,使其成为一个完全自足的整体世界。他认为:"小说既以人事为经纬,举凡机智的说教,梦幻的抒情,一切有关人类向上的抽象原则的说明,都无不可以把它综合组织到一个故事发展中。"②在沈从文的文学创作之中,叙事不仅是一种区别于抒情、议论、描写和说明等其他表达方式的方式,而且是抒情、议论、描写和说明等各种表达方式的综合运用和集中体现,他将抒情、议论、描写和说明一并消融于叙事之中,借助叙事达到抒情、议论、描写和说明的同样目的。在这种叙事之中,叙事所建筑的仅仅是文学世界的基本框架结构,而抒情、议论、描写和说明

① 沈从文:《长河》,载《沈从文全集》第16卷,北岳文艺出版社2002年版,第505页。

② 沈从文:《短篇小说》,载《沈从文全集》第16卷,北岳文艺出版社2002年版,第494页。

才是构成整个文学世界必不可少的建筑和装潢材料。正是这种消融于叙事之中的抒情、议论、描写和说明，使其建筑的整个文学世界具有鲜活的人物性格和曲折的故事情节，形成了别具一格的诗性意境。由此可见，诗性叙事不是一种单纯的事件陈述，更是一种对关于事件及其参与者和场景的诗性直觉、认识、体验和经验的表达，是一种真正具有中国文学抒情传统的叙事体抒情类型，是一种能够在很大程度上寄寓作家浓郁情感的叙事体抒情类型。这种叙事体抒情传统的影响极为广泛，川端康成的小说叙事也因为具有这种诗性叙事特点，而具有浓郁的东方特色。

与抒情体抒情比较起来，叙事体抒情显得并不充分和圆满，受制于叙事的基本功能，许多情况下只能间接达到抒情目的，因此也没有从根本上改变中国文学抒情传统在历史上所形成的优势地位。如高友工指出："除早期的文学，叙述传统永远是占抒情传统的下风。若干《诗经》的材料固然有叙述的成分，但仔细分析可以很清楚地看到抒情美典的优势。后日若干汉乐府及诗（如《孔雀东南飞》、《木兰辞》）或许是经过文人修饰的民间叙事诗，但其数量屈指可数。而文人仿拟的乐府诗，即使是最能意识到这个问题的白居易、元稹还是受抒情美典的控制，从《长恨歌》、《琵琶行》迄《圆圆曲》，原则上都仍是抒情诗而以叙事为次。"①叙事体抒情类型的存在从一个侧面印证了中国文学抒情传统之强势地位和数千年来不可撼动的优势。那些穿插于叙事中的诗词曲赋，并不仅仅在具体叙事之中具有抒情乃至点睛作用，甚至对整部叙事文学来说仍具有画龙点睛的作用，甚或具有主题曲的性质。无论《红楼梦》之《好了歌》及甄士隐注解、曲子词，还是《三国演义》开篇所引《临江仙》之"滚滚长江东逝水，浪花淘尽英雄。是非成败转头空。青山依旧在，几度夕阳红。白发渔樵江渚上，惯看秋月春风。一壶浊酒喜相逢。古今多少事，都付笑谈中"，都有这种特点和功能，其抒情之深度，尤其对生命感悟的透彻，更是一般文人抒情诗所难以比拟的，甚至连李白、杜甫等所

① 高友工：《美典：中国文学研究论集》，生活·读书·新知三联书店2008年版，第315页。

谓最具盛唐气象的抒情诗也不一定着如此透彻的生命感悟。

三、表象体抒情

在表象体抒情之中,表象是表象文本的终极目的,抒情仅仅是表象的伴生行为结果。虽然表象体抒情仍然存在一定主观抒情,如作家在事件发展的安排和人物言语的选择中势必会有意无意流露出一定主观情感,但这种主观情感在一般情况下只能通过人物言语和表演来流露,如果这种流露合乎人物性格和事件情境,体现的是人物情感。所以表象体抒情常常具有某种客观性,是一种典型的客观抒情,主观抒情的成分显得微乎其微,隐秘和模糊。中国表象体抒情的典型形式是咏物诗、状物散文和戏曲。

在咏物的诗词中,苏轼《水龙吟·次韵章质夫杨花词》颇有代表性,如其所谓:"似花还似非花,也无人惜从教坠。抛家傍路,思量却是,无情有思。萦损柔肠,困酣娇眼,欲开还闭。梦随风万里,寻郎去处,又还被,莺呼起。不恨此花飞尽,恨西园,落红难缀。晓来雨过,遗踪何在?一池萍碎。春色三分,二分尘土,一分流水。细看来,不是杨花,点点是离人泪。"这首词在抒发幽怨缠绵情感方面明显胜于一般咏物词。与其说是一首咏物词,不如说是一首抒情诗。至于状物散文,虽然可能不及咏物诗便于抒发情感,但其抒情色彩同样异常鲜明,如鲁迅《雪》、郭沫若《石榴》、叶圣陶《牵牛花》、郑振铎《海燕》等。

表象体抒情,不是借助作家的情感独白来抒情,也不是借助叙事来抒情,而是借助对现实世界自然物象如人物和场景的模仿来抒情,更具体来说,是借助人物的情感独白和场景的情感氛围来抒情,在许多情况下,场景的情感氛围往往通过人物情感独白方式显现出来。所以表象体抒情虽然不是绝对的客观抒情,但与其他体裁的抒情比较起来,仍然是最客观的抒情,表象体抒情有着独特的抒情功能。这种功能在戏剧体抒情中表现得尤为突出。如莱辛指出:"戏剧形式是唯一能引起怜悯与恐惧的形式;至少这种激情在任何别的形式里都不可能激发到这样一种高度,虽然有人宁愿以这种形式激起一切其他的感情,也不愿意激起这种感情;虽然有人宁愿拿它另作别用，也不愿意让它发挥它所擅长的作用。”①在中国文学抒情传统中戏曲抒情大概更具特点，不仅可以通过人物的舞台表演即人物角色直接抒发情感，而且在许多情况下人物唱词就无异于抒情诗。这可能是中国文学抒情传统不同于西方抒情传统尤其话剧抒情的一个主要特点。如《桃花扇·余韵·哀江南》套曲有：“【北新水令】山松野草带花桃，猛抬头秣陵重到。残军留废垒，瘦马卧空壕。村郭萧条，城对着夕阳道。【驻马听】野火频烧，护墓长楸多半焦。山羊群跑，守陵阿监几时逃？鸽翎蝠粪满堂抛，枯枝败叶当阶罩。谁祭扫，牧儿打碎龙碑帽。【沉醉东风】横白玉八根柱倒，堕红泥半堵墙高，碎琉璃瓦片多，烂翡翠窗棂少，舞丹墀燕雀常朝，直入宫门一路蒿，住几个乞儿饿殍。【折桂令】问秦淮旧日窗寮，破纸迎风，坏槛当潮，目断魂销。当年粉黛，何处笙箫？罢灯船端阳不闹，收酒旗重九无聊。白鸟飘飘，绿水滔滔，嫩黄花有些蝶飞，新红叶无个人瞧。【沽美酒】你记得跨青溪半里桥，旧红板没一条。秋水长天人过少，冷清清的落照，剩一树柳弯腰。【太平令】行到那旧院门，何用轻敲，也不怕小犬哰哰。无非是枯井颓巢，不过些砖苔砌草。手种的花条柳梢，尽意儿采樵，这黑灰是谁家厨灶？【离亭宴带歇指煞】俺曾见金陵王殿莺啼晓，秦淮水榭花开早，谁知道容易冰消。眼看他起朱楼，眼看他宴宾客，眼看他楼塌了。这青苔碧瓦堆，俺曾睡风流觉，将五十年兴亡看饱。那乌衣巷不姓王，莫愁湖鬼夜哭，凤凰台栖枭鸟。残山梦最真，旧境丢难掉，不信这舆图换稿。诌一套《哀江南》，放悲声唱到老。”诸如此类的套曲使用充分显示中国文学抒情传统特色：不仅其中任何一首词曲都具有单独成篇的抒情功能，其抒情不亚于一般抒情诗，而且每一首词曲又能连缀成为一个系列，这样一来，抒情功能就不是任何一首单独的抒情诗所能比拟的了。它不仅能完满地展示情感的时间变化，而且能最大限度丰富情感的内涵。虽然这种以人物直接表演作为表现形式的抒情很大程度上仍具有客观抒情性质，但这种抒情所能达到的曲折与变化，却是一般抒情体抒情所难以达到的。

① 莱辛：《汉堡剧评》，上海译文出版社1998年版，第407页。

在中国表象体抒情尤其戏曲抒情中出现的许多曲词在表达情感方面甚至是抒情诗也难以比拟的，如《牡丹亭·惊梦》之“原来姹紫嫣红开遍，似这般都付与断井颓垣。良辰美景奈何天，赏心乐事谁家院”等，毫不逊色于那些脍炙人口的抒情诗。至于散曲则无须考虑人物角色的身份与性格特点，不受人物角色的限制，具有完全独立的堪与抒情体抒情媲美的主观抒情色彩。这是因为散曲完全可以如同抒情诗一样以诗人自身的身份抒发情感，无须假托剧中人物角色言说并受其限制。散曲中小令往往能达到抒情诗的主观抒情高度，套曲则因为诸曲连套而具有一般抒情诗所没有的抒情长度乃至广度。如马致远《秋思》套曲：“【夜行船】百岁光阴如梦蝶，重回首往事堪嗟！昨日春来，今朝花谢，急罚盏、夜阑灯灭。【乔木查】想秦宫、汉阙，都做了衰草牛羊野。不恁渔樵无话说。纵荒坟横断碑，不辨龙蛇。【庆宣和】投至狐踪与兔穴，多少豪杰。鼎足三分半腰折，魏耶？晋耶？【落梅风】天教富，莫太奢。无多时、好天良夜。看钱奴硬将心似铁，空辜负锦堂风月。【风入松】眼前红日又西斜，疾似下坡车。晓来清镜添白雪，上床与鞋履相别。莫笑鸠巢计拙，葫芦提、一任装呆。【拨不断】利名竭，是非绝。红尘不向门前惹，绿树偏宜屋角遮，青山正补墙头缺，竹篱茅舍。【离亭宴煞】蛩吟罢、一觉才宁贴。鸡鸣后、万事无休歇。争名利，何年是彻。密匝匝蚁排兵，乱纷纷蜂酿蜜，闹攘攘蝇争血。裴公绿野堂，陶令白莲社。爱秋来那些：和露摘黄花，带霜烹紫蟹，煮酒烧红叶。人生有限杯，几个登高节。属付俺顽童记者：便北海探吾来，道东篱醉了也？”其抒情无异于长篇抒情诗，甚至比唐诗、宋词也似更为鲜活生动，很大程度上改变了一般戏曲之借人物表演间接抒情的客观性，具有了更直率、快捷的主观抒情特点。这是中国表象体抒情能够显示出一般抒情体抒情所无法比拟的抒情优势的根本原因。

虽然表象体抒情可能受制于事物摹写或人物表演而具有客观抒情性质，似乎不及主观抒情更能显示作家自身的抒情角色，但表象体抒情之中的散曲很大程度上弥补了这一缺憾，在抒情方面往往能达到一般抒情体抒情所难以达到的抒情境界。这是因为散曲可以如同一般抒情诗一样进行主观抒情，而且可以继承戏曲的特点更随意、快捷、便当。表象体抒情作为中国文学抒情传统的一个主要表现形式，更关键的还在于戏曲本身的间离效果，主要是演员与角色、观众与剧情之间的距离所造成的独特艺术效果。这种效果的特点常常被认为是通过没有背景，主要借道具乃至人物面谱、动作等程式化表演，表现出与现实生活的巨大差异。如高友工指出："中国戏曲为观众创造了一个与现实隔离的世界，而这个假想世界在不同的层次和方向满足其观众的快感，甚至于美感。"①中国戏曲创造这个假想世界的根本目的并不仅仅是为观众提供满足不同层次和方向的观看需要，可能更重要的是保持和维护其情感世界的完全自足性。与其是说意在创造一个迥异于现实世界的想象世界或虚拟世界，不如说是尽可能排除外在现实因素对情感世界的任何不必要干扰，以尽可能保持情感世界的纯粹性、自足性。这就使中国戏曲抒情显示出西方戏剧尤其话剧所没有的情感饱满性特点。这可能是中国表象体抒情作为中国文学抒情传统之最主要特征。

第三节　中国抒情话语的美学表征与美学智慧

抒情话语是文学抒情的终端显现形式，是所有文学抒情得以实现的决定因素。抒情话语有着不同于其他话语或文学话语的不同表征，尤其在抒情权力、抒情视界和抒情声音方面有着独特的文本表征，也彰显出不同优势。

一、抒情权力

作家的权力常常突出地显现在文学文本之中，而且在纯粹抒情、纯粹叙事和纯粹表象等方式中尤为突出。这是因为，在这些文本方式中作家往往是唯一的陈述主体，拥有话语的垄断权，决不允许其他人物或事物具有自我话语权。作家就是一切话说的垄断者，不仅自我言说，同时也代替其他事物

① 高友工：《美典：中国文学研究论集》，生活·读书·新知三联书店 2008 年版，第 314 页。

进行言说。如热奈特指出："关于纯叙事方式的最初定义规定，诗人是该方式的唯一的陈述主体，拥有话语的垄断权，绝不让任何人物开口。抒情诗里原则上也是这种情况，唯一的区别是抒情诗的话语本质上不属于叙述情况。"①尽管作家在叙事和表象之中同样拥有权力，但在那些方式中所显示的权力常常是有限的，作家必须服从所叙述或表象的对象自身的权力。在抒情之中，作家则可以不必考虑抒情对象自身的权力，而是在垄断抒情话语的基础上，最大程度地垄断抒情的核心情感以及文学文本的情感基调，最终垄断文学文本的情感系统。抒发纯洁无辜的情感是抒情的一种最基本权力。西美尔指出："纯洁无辜的感情可以看成是艺术一贯的职权。"②这种情感可能同时具备本能情感、社会情感和文化情感的属性，具有为情感系统之中的任何一种情感所能接受和容纳的特性，而且这同时也是所有文学文本最基本的权力和要求。所以从某种意义上说抒情是所有文学方式中最具权力特性的。

抒情权力具有叙事和表象权力所不可能具有的特征。这个特征首先在于对时间的最大程度超越。虽然抒情常常依靠情感的时间承续所构成的时间序列，但是这种时间序列仅仅体现为文本情感的发展和变化脉络，并不表示文本情感就一定具有确定的时间性，如同叙事一样是特定时间的产物，具有此时此地性，而是具有超越时间和地点的超此时此地性，显示出作家的抒情权力。阿多诺指出："抒情诗的最高形式是那些没有留下任何过去和现在的时间痕迹并杜绝了粗俗的尘世气息的作品，而它们恰恰是靠作品能使自我远离自然同时又唤醒自然的力量来获得这一荣誉的。"③超越时间和空间具有超此时此地性的特点使抒情具有极广泛的适应性，而且其抒情权力的存在也常常与普遍时间和空间的适应性成正比例。也就是说，越具有超越此时此地性的抒情越具有权力的广泛存在性。只要某种情感是某种特定

① 热奈特：《热奈特论文集》，百花文艺出版社 2001 年版，第 25 页。

② 西美尔：《生命直观》，三联书店 2003 年版，第 57 页。

③ 阿多诺：《谈谈抒情诗与社会的关系》，载朱立元：《二十世纪西方文论选》（上），高等教育出版社 2002 年版，第 684 页。

抒情所能涵盖的，这种特定抒情行为就拥有控制和奴役具有相同情感并易于取得情感共鸣的读者的权力和力量。

抒情权力最普遍的形式是作家将现实世界纳入自我感觉世界的范畴，并赋予作家自我情感的意识，使其成为作家情感的存在物，或将自我感觉世界中朦胧和混沌的情感提升到相对明晰的观念情感的地步。作家正是通过这种对现实世界和感觉世界的情感化获得并显示其抒情权力。无论纯粹抒情，还是叙事抒情和表象抒情都是这种抒情权力不同程度的显现形式。但抒情权力最突出的显现形式主要是作家因此获得的自我解放权力和力量，这也是抒情最强有力的权力形式。将作家自我的心灵从本身不能自觉又不能自我表现的混沌状态中解放出来，变成认识自我和表现自我的自觉状态，是抒情的范围和任务方面所具有的不同于叙事和表象的主要特征。抒情所依据的主体性原则使其具有不同于叙事的客观性原则和表象的形象性原则的特征。正是这个特征使抒情具有了叙事和表象所不可能具有的自我解放属性。黑格尔指出："诗的表现还有一个更高的任务：那就是诗不仅使心灵从情感中解放出来，而就在情感本身里获得解放。"①抒情权力最终就是依靠这种解放获得最大限度的表现的。

具体来说，作家的抒情权力在纯粹抒情、叙事抒情和表象抒情中有所不同。一般来说，在纯粹抒情中显得最充分、圆满，在表象抒情中显得较隐蔽和不充分，在叙事抒情中最微弱、含混。这当然仅仅是就一般情况而言的。纯粹抒情中最能充分体现抒情权力的还是带有一定议论性质的抒情。如《布袋和尚呵呵笑》可以说是对数千年中国文化传统的嘲弄与戏耍："你道我终日里笑呵呵，笑着的是谁？我也不笑那过去的骷髅，我也不笑那眼前的骷髅。第一笑那牛头的伏羲，你画什么卦？惹是生非，把一个囫囵囵的太极儿，弄得粉花碎。我笑那吃草的神农，你尝什么药？无事寻事，把那千万般病根儿都提起。我笑那尧与舜，你让什么天子。我笑那汤与武，你夺天子。你道没有个旁人儿，觑破了这玩意儿，也不过十字街头小经纪。还有什么龙

---

① 黑格尔：《美学》第3卷(下)，商务印书馆1981年版，第188页。

逢比干伊和吕,也有什么巢父许由夷与齐。只这般唧唧哝哝的,我也哪有工夫笑着你。我笑那李老聃,五千言的道德。我笑那释迦佛,五千卷的文字,干惹得那些道士们去打云锣,和尚们去敲木鱼,生出无穷活计。又笑那孔子老头儿,你絮絮叨叨,说什么道学文章,也平白地把好些活人都弄死,住住住!还有一笑,我笑那天上的玉皇,地下的阎王,与那古往今来的帝王。你戴着平天冠,穿着衮龙袍,连俗套儿生出什么好意思?你自去想一想,苦也么苦?痴也么痴?着什么来由,干碌碌大家喧喧嚷嚷的无休息。去去去!这一笑,笑得那天也愁,地也愁,神也愁,鬼也愁,哪管他灯笼儿撖了半边的嘴。呵呵呵!这一笑,你道是毕竟的笑着谁?罢罢罢!说明了,我也不笑那张三李四,我也不笑那七东八西,呀!笑杀了他的咱,却原来就是我的你。"这种明显带有嬉戏、嘲弄性质的抒情话语中所流露的是对中国文化传统的颠覆与解构,是对作家抒情权力的最大张扬。毛泽东《沁园春·雪》所彰显的抒情权力同样无以复加地是对工于立功却疏于立言的历代帝王的否定与批评:"北国风光,千里冰封,万里雪飘。望长城内外,惟馀莽莽;大河上下,顿失滔滔。山舞银蛇,原驰蜡象,欲与天公试比高。须晴日,看红妆素裹,分外妖娆。江山如此多娇,引无数英雄竞折腰。惜秦皇汉武,略输文采;唐宗宋祖,稍逊风骚。一代天骄,成吉思汗,只识弯弓射大雕。俱往矣,数风流人物,还看今朝。"如果说这是一种典型的抒情体抒情,那么上阕显然更具有表象抒情性质,下阕则更像叙事抒情,但联系上下阕,也能在一定程度上显示出纯粹抒情的性质,尤其下阕叙事而略带明显议论色彩的抒情更是如此。无论这种综合使用的抒情多么复杂,但其所彰显的抒情权力则异常明确。这当然还得在很大程度上取决于作家自身的思想认识高度及开阔达观的襟怀。此外,这种抒情权力的充分彰显还得依赖于特定社会历史氛围,特别是宽松民主的氛围,否则抒情权力彰显的程度必受到限制。

叙事抒情尤其叙事体抒情中的叙事抒情显得最隐蔽而晦涩。如《林黛玉焚稿断痴情》有云:"黛玉瞧瞧,又闭了眼坐着,喘了一会子,又道:'笼上火盆。'紫鹃打量她冷。因说道:'姑娘躺下,多盖一件罢。那炭气只怕耽不住。'黛玉又摇头儿。雪雁只得笼上,搁在地下火盆架上。黛玉点头,意思叫挪到炕上来。雪雁只得端上来，出去拿那张火盆炕桌。那黛玉却又把身子欠起，紫鹃只得两只手来扶着他。黛玉这才将方才的绢子拿在手中，瞅着那火点点头儿，往上一撂。紫鹃唬了一跳，欲要抢时，两只手却不敢动。雪雁又出去拿火盆桌子，此时那绢子已经烧着了。紫鹃劝道：‘姑娘这是怎么说呢。’黛玉只作不闻，回手又把那诗稿拿起来，瞧了瞧又撂下了。紫鹃怕他也要烧，连忙将身倚住黛玉，腾出手来拿时，黛玉又早拾起，撂在火上。此时紫鹃却够不着，干急。雪雁正拿进桌子来，看见黛玉一撂，不知何物，赶忙抢时，那纸沾火就着，如何能够少待，早已烘烘的着了。雪雁也顾不得烧手，从火里抓起来撂在地下乱踩，却已烧得所余无几了。那黛玉把眼一闭，往后一仰，几乎不曾把紫鹃压倒。紫鹃连忙叫雪雁上来将黛玉扶着放倒，心里突突的乱跳。欲要叫人时，天又晚了；欲不叫人时，自已同着雪雁和鹦哥等几个小丫头，又怕一时有什么原故。好容易熬了一夜。”在这段文字中，作者的情感几乎埋藏在含而不露的事件叙述之中，但一向含情脉脉、缠绵悱恻的黛玉这时显示出了非同寻常的决绝与果断。这里所展示的不仅是世态炎凉和生命孤寂，更是对藕断丝连情感生活甚至整个生命存在的干净利落处置。所有这些情感都极其隐蔽，难见蛛丝马迹。

显得较中庸的是表象抒情尤其表象体抒情中的表象抒情。如《西厢记·送别》之“碧云天，黄花地，西风紧，北雁南飞。晓来谁染霜林醉？总是离人泪”，无异于借景抒情的抒情诗。另如汤基《烛影摇红·帘》虽然是一首咏帘的词，但同样可以看出较为明显的情感基调：“花影重重，乱纹匝地无人卷。有谁惆怅立黄昏，疏映宫妆浅。只有杨花得见，解匆匆、寻芳觅便。多情长在，暮雨回廊，夜香庭院。曾记扬州，红楼十里东风软。腰肢半露玉娉婷，犹恨蓬山远。闲闷如今怎遣，看草色、青青似翦。且教高揭，放数点残春，一双新燕。”情感似乎有些模糊，但通过文字仍然依稀可见情感的痕迹。可见同样是表象体抒情，也并不一定呈现出相同的情感基调，有些缠绵而明朗，有些则隐晦而含蓄。所以一切举例与阐述只是相对于具体抒情而言的。

二、抒情视界

抒情视界是作家进行抒情应该考虑的一个重要问题。由于抒情所要表现的具体情感具有自由的孤立性，且各自以特殊性相继占据作家的心灵世界，并在不断更替和变化中显示出某种平静的延续不断的特征，如黑格尔所说："有一种抒情的飞跃，从一个观念不经过中介就跳到相隔很远的另一个观念上去。"①由于抒情更看重情感意象，常常依赖一系列情感意象的相互扶持和相互反对，或直接以某个单一情感意象，作为中心意象，使其他情感意象围绕这一中心意象构成抒情的整体结构，其整体结构的最终形成依赖情感及其情感意象本身的自由联系和意识流程，而不是彼此之间的时间和空间联系，所以抒情比叙事更容易超越时间顺序的制约，比表象更容易超越空间顺序的束缚，使抒情话语显现出叙事和表象话语所具有的超越时间、空间和情境的优势，显示出叙事和表象话语所不具有的抒情视界。王夫之指出："有一切真情在内，可兴、可观、可群、可怨，是以有取于诗，则又往往缘景、缘事、缘已往、缘未来，终年苦吟而不能自道，以追光蹑景之笔，写通天尽人之怀，是诗家正法眼藏。"②最成功的抒情视界应该是在抒情时间上立足现在，并延伸到过去和未来；在抒情空间上立足人类现场的事件和景物表象，延伸到天与地；在抒情境界上，立足文本世界，延伸到现实世界与理想世界。陈子昂《登幽州台歌》可谓达到了抒情视界的极致。其诗"前不见古人，后不见来者。念天地之悠悠，独怆然而涕下"，虽然立足现时现地，但既有对古代的追溯，又有对未来的展望；既有对上天的仰视，又有对地面的俯瞰；同时还有对现实世界和理想世界的指涉。正是基于开阔的抒情视界，才使其抒情在鲜明地表达作家现时现地的独特生命体验和感悟的基础上，超越文本时间、文本空间和文本世界的特殊性，最大限度拓宽了抒情视界，实现了情感意义的多重指涉，达到了对具有普遍意义的情感经验和生命体验的表达。

---

① 黑格尔：《美学》第3卷（下），商务印书馆1981年版，第214页。

② 王夫之：《古诗选评》，载《中国历代美学文库（清代卷）》（上），高等教育出版社2003年版，第349页。

其一,抒情时间。由于抒情,无论叙事抒情和表象抒情,还是纯粹抒情,常常是对正在孕育和生成的情感的即时抒发,很少涉及具体的固定的时间形态,即使如叙事抒情和表象抒情,某种意义虽然涉及具体的固定的时间形态,但这种时间形态并不具有真正确切的价值和意义,一般情况下仅仅是孕育、生成和迸发某种情感的诱因,其确切的、具体的时间意义常常并不十分重要,经常让位于孕育、生成和迸发情感的时间本身,所以抒情的现在时通常具有异乎寻常的价值和意义。因为对现在时态的情感的孕育、生成和迸发的准确传达具有同步性和即时性,更加准确地说,作家抒情的过程同时就是情感孕育、生成、迸发的过程,所以抒情时间一般是现在时态。但这种现在时态由于涉及情感经验和思想意识,常常具有无时间性的特点,具有超越时间、达到永恒的价值和意义。苏珊·朗格指出:"抒情诗的创作是一种特殊技巧,它在一种永恒的现在中建立某种经历过的事情的印象或观念。恰恰是运用这种方法而不是提供与时间或因果关系完全无关的抽象命题,抒情诗人创造了一个具体现实的意识,其中时间因素已被取消,只留下柏拉图式的'永恒'的意义。"①正是由于抒情常常立足现在时态,且延伸到过去与未来,所以往往具有永恒的时间意义。

由于抒情的现在时常常是抒情的时间基点,所以抒情最圆满的时间形态只能是立足现在,回顾过去,展望未来。中国文学抒情传统最常见的时间形态是立足现在回顾过去情感的回顾抒情。如《诗经·氓》就立足情感破裂而自誓离婚的现在,对恋爱、结婚、初婚乃至婚变的回顾抒情,其中蕴涵着强烈的不满与无奈。另如晏几道《临江仙·梦后楼台高锁》:"梦后楼台高锁,酒醒帘幕低垂。去年春恨却来时,落花人独立,微雨燕双飞。得小蘋初见,两重心字罗衣。琵琶弦上说相思,当时明月在,曾照彩云归。"这首词的特点是回顾抒情并采取倒叙手法,先是时间较近的"梦后",再追溯至"去年"。回顾抒情的特点是便于抒发感伤深沉的情感,因为这种情感往往建立在过去情感经验的基础之上,而且对现在情感具有明显震慑作用,往往是

① 苏珊·朗格:《情感与形式》,中国社会科学出版社1986年版,第310—311页。

现在情感的成因。中国文学抒情的许多感伤诗、怀古诗对人生短暂、及时行乐或追求洒脱自由生命的情感主题的吟唱，基本上都是建立在这种回顾抒情的时间视界的基础之上。王安石《桂枝香·金陵怀古》云："登临送目。正故国晚秋，天气初肃。千里澄江似练，翠峰如簇。归帆去棹残阳里，背西风、酒旗斜矗。彩舟云淡，星河鹭起，画图难足。念往昔、繁华竞逐。叹门外楼头，悲恨相续。千古凭高，对此漫嗟荣辱。六朝旧事随流水，但寒烟、芳草凝绿。至今商女，时时犹唱，后庭遗曲。"苏轼《念奴娇·赤壁怀古》有："大江东去，浪淘尽，千古风流人物。故垒西边，人道是：三国周郎赤壁。乱石穿空，惊涛拍岸，卷起千堆雪。江山如画，一时多少豪杰。遥想公瑾当年，小乔初嫁了，雄姿英发。羽扇纶巾，谈笑间，樯橹灰飞烟灭。故国神游，多情应笑我，早生华发。人生如梦，一尊还酹江月。"也有立足现在直抒当下情感的同步抒情，如李白《赠汪伦》所云："李白乘舟将欲行，忽闻岸上踏歌声。桃花潭水三千尺，不及汪伦送我情。"其中所记述事件、场景和情感，几乎都是抒情当时所见所闻所感所想。也不乏立足现在展望未来的预示抒情，如杜甫《茅屋为秋风所破歌》之"安得广厦千万间，大批天下寒士俱欢颜，吾庐独破受冻死亦足"等。

比较而言显得有些别致的是纵览过去、现在和未来，有足够时间长度的抒情，如白朴《水龙吟·醉乡千古人行》："醉乡千古人行，看来直到亡何地。如何物外，华胥境界，升平梦寐。鸾驭翩翩，蝶魂栩栩，俯观群蚁。恨周公不见，庄生一去，谁真解、黑甜味。闻道希夷高卧，占三峰华山重翠。寻常羡杀，清风岭上，白云堆里。不负平生，算来唯有，日高春睡。有林间剥啄，忘机幽鸟，唤先生起。"既有对过去历史人物生活方式的回顾，同时又立足现在而颇有感慨，更不忘对过去、现在和未来一贯生活方式的欣赏与自满。虽然对过去、现在和未来的纵览可能不及陈子昂《登幽州台歌》，但也不乏透穿时间长河的能耐。还有一种是抒情时间相对模糊，乃至难以清楚辨析具体的时间视点，如李白《早发白帝城》："朝辞白帝彩云间，千里江陵一日还。两岸猿声啼不住，轻舟已过万重山。"似乎有着清晰的时间界限，如"朝发"、"一日还"，但这些关系时间的概念仅仅表明了离开白帝城的时间，并不表示抒情时间。在这种情况下的文学抒情不是记述一个特殊时间，而是传达一种惯常经验，往往具有跨越时间的永恒情感性质。这首诗与杜甫《闻官兵收河南河北》之“即从巴峡穿巫峡，便下襄阳向洛阳”表面相似，其实迥然有别，杜甫这句明显是预示抒情，联系全诗，显然有立足现在，回顾过去、展望未来的特征，如“忽传”、“初闻”为过去，“却看”、“漫卷”为现在，“纵酒”、“还乡”等为未来，显然是一首在抒情时间上跨越时间限制的抒情诗。

比较而言，如同英语词汇往往有着鲜明时态，不是过去时，就是现在时或未来时一样，西方文学抒情所抒情的时间往往是具体的，确定的，所抒发的情感也往往只是具体的即时经验，而不是普遍经验；中国文学抒情则如同词汇没有明确时态一样，所抒发的情感也往往时间不具体、不确定，是一种有普遍经验性质的情感。这是因为中国文学抒情并不十分在乎具体时间，体现在佛教方面便如《金刚经·一体同观分第十八》所谓“过去心不可得，现在心不可得，未来心不可得”，这是要人们破除对过去、现在和未来的一切执著。也正是因为这个原因，使中国文学抒情有了时间上无所滞碍的特点。

其二，抒情空间。无论抒情是缘于叙事，还是缘于表象，都不可避免地涉及空间结构，因为无论事件，还是表象，必然是一定空间结构之中的事件和表象，但在抒情的空间结构中，作家常常能最大限度拓宽抒情空间，甚至上达天际、宇宙，下至地表、地下，中间遍及人类的最广阔抒情空间。弗莱认为：“在所有时代的诗歌中，具体与抽象的融合，思想的空间的方面和概念的方面熔合，一直是每一种文类中之诗歌意象的中心特征，而视界之运用已有久远的历史。”①

中国文学抒情传统之最常见的抒情空间是全景聚焦锁定式。往往先是全景概览，然后缩小聚焦至一个关乎情感基调的点，如马致远《天净沙·秋思》之“枯藤老树昏鸦。小桥流水人家。古道西风瘦马。夕阳西下，断肠人在天涯”。柳宗元《江雪》之“千山鸟飞绝，万径人踪灭。孤舟蓑笠翁，独钓

① 弗莱：《批评的解剖》，百花文艺出版社1998年版，第366页。

寒江雪”。这两首诗的共同点是在全景总揽之余往往由远及近、聚焦于全景中的人,通过宏大全景与渺小个人的鲜明对比,以凸显人之孤独。还有一种是相互对视而形成的双向聚焦式。这种透视聚焦由于与中国文化传统之广大和谐生命精神相联系而具有较大的普遍性,李白《独坐敬亭山》所谓“相看两不厌,惟有敬亭山”,辛弃疾《贺新郎·独坐停云作》所谓“我见青山多妩媚,料青山见我应如是”等都体现了这一抒情空间。卞之琳《断章》之所谓“你站在桥上看风景,看风景的人在楼上看你”,亦是如此。可见对视所形成的双向聚焦式,其实最便于抒发广大和谐的生命情感及精神。

相对来说最具特色的也许是散点聚焦所显示的全方位视界。叶维廉对王维《终南山》情有独钟,并对其进行了细致分析:“太乙近天都(远看——仰视),连山到海隅(远看——俯视)。白云回望合(从山走出来时回头看),青霭入看无(走向山时看)。分野中峰变(在最高峰时看,俯瞰),阴晴众壑殊(同时在山前山后看)。欲投人处宿(下山后,同时亦含山与附近环境的关系),隔水问樵夫。”在叶维廉看来,这是采用了不同于西洋画单面透视的中国画多重透视的方法,“从四面八方,从不同的时刻和角度同时呈现自然现象的每一面。”①可见,散点透视聚焦才是最能体现中国文化传统之文学抒情传统。散点透视的最大优势在于能给予作家抒情的广大自由空间,与此相反单一透视则可能使作家很受限制。如俞剑华所说:“西洋透视系按照画者立足之点,将自然界映于眼中之现象描出,其足之位置不能活动,眼之位置亦不能任意高低,故其每一画中仅有一中心视点,上下左右均受此中心视点之限制,丝毫不能自由。”②单一透视往往受制于单一视点的局限,只能呈现单一视点感觉和知觉所感知的事物表象,而多重透视或散点透视则完全可以不计较单一视点的知觉感受,可以最大限度超越这种知觉感受,从四面八方进行全方位观照,将不同视点的知觉感受一并纳入抒情范畴。这种多重透视或散点透视的画法不仅在国画中运用,在现代西洋画法如毕加

---

① 叶维廉:《中国诗学》,人民文学出版社 2006 年版,第 377 页。

② 俞剑华:《国画研究》,广西师范大学出版社 2005 年版,第 74 页。

索绘画中也比较多见。

多重透视或散点聚焦抒情空间的最大优势是其概括性乃至抽象性。俞剑华指出："中国画之山水并非面对实物，亦非以大观小，乃画者足迹所至，眼光所及，各方面之综合印象，并非枝枝节节之局部现象，以其为综合之印象。""中国画所画之景物为发生而非现象，西洋画所画之景物为现象而非发生。中国画所画之景物为永久而非一时，西洋画所画之景物为一时而非永久。中国画为实物之抽象而非实物之具体，西洋画为实物之具体而非抽象。中国画乃多数印象之综合，西洋画乃单独印象之再现。"①可见概括性和抽象性的介入和强化，其最大优势是能够最大限度消解单一视角的局限性和情感经验的片面性，能最大限度超越时间尤其空间限制，表现跨越时空的自然物象，借以抒发永久而开阔的情感。苏轼有云："欲令诗语妙，无厌空且静。静故了群动，空故纳万象。"②散点透视或聚焦，实则就是没有固定的空间视界。没有固定空间视界的特点所造成的并不仅仅是全方位乃至全知视界的优势，还能消解主观视界给予自然物象的干扰与侵害，使自然界一切事物包揽无余，最终造成所谓"空故纳万象"的抒情空间。

其三，抒情情境。抒情情境一般情况下并不仅限于文本世界的视域，由抒情所构成的文本世界常常具有双重指涉的价值和意义，同时指涉现实世界和理想世界。所以在作家的抒情中，虽然呈现于读者面前的常常是情感的文本世界，但如果这种情感真正发自肺腑，涉及能够诱发这种情感的现实世界和理想世界，使任何情感的文本世界同时既非现实世界，也非理想世界，而是将现实世界与理想世界有机联系起来的文本世界。这种情形在一些怀古题材的文学抒情中最常见。萨都剌《满江红·金陵怀古》有云："六代豪华，春去也，更无消息。空怅望，山川形胜，已非畴昔。王谢堂前双燕子，乌衣巷口曾相识。听夜深寂寞打孤城，春潮急。思往事，愁如织；怀故国，空陈迹。但荒烟衰草，乱鸦斜日。三树歌残秋落冷，胭脂井坏寒泣。到

① 俞剑华：《国画研究》，广西师范大学出版社2005年版，第75页。

② 苏轼：《送参寥师》，载胡经之：《中国古典文艺学丛编》第2册，北京大学出版社2001年版，第107页。

如今，只有蒋山青，秦淮碧。”虽然就文本世界而言，主要是怀古，但也自然关涉现实。许多怀古抒情正是通过过去与理想相联系并代表理想与现实形成对比。

黑格尔对东方抒情诗有这样的描述：“它和西方抒情诗的最本质的差别在于东方按照它的一般原则既没有达到主体个人的独立自由，没有达到对内容的加以精神化，正是这种内容的精神化形成了浪漫型艺术的心情深刻性。与此相反，东方诗中的主体意识完全沉浸在内容的外在个别对象里，所表现的就是这种不可分割的内外统一的情况和情境。”①黑格尔对中国文学抒情传统显然相当隔膜，如屈原、李白等诗人明显达到了主体的独立自由，至少在情感抒发方面很少受到限制和约束，至于对内容的精神化虽然未能达到如陶渊明、王维的高度，但西方抒情诗同样也只是达到了这样的高度，并不见得比陶渊明、王维有着更普遍化的以物观物的理性色彩。陶渊明、王维所达到的将内容精神化是西方抒情诗所难以企及的。邵雍有云：“任我则情，情则蔽，蔽则昏矣；因物则性，性则神，神则明矣。”②过分强调诗人主体性的介入只能破坏自然物象的本性，使其被人们的情感所感染而歪曲、变形，但西方抒情诗和抒情传统所崇尚的就是这种主体情感的干扰和侵害。在中国抒情诗和抒情传统之中，除了屈原、李白等，如陶渊明、王维则并不崇尚这种因个人主体性侵害和歪曲自然物象的情境。而且中国人常常比西方人更能发现自然界的生命精神。如高友工所云：“中国人对于自然界中的生命过程有强烈的自觉意识，这种自觉意识在儒家和道家的经典中有相似的表述。《易经》曰‘生生不息’，《老子》曰：‘道生一，一生二，二生三，三生万物。’这种如此深刻地根植于中国人思维方式之中的观念肯定会在中国诗歌中有所表现。也许正因为表现了自然界的这种生命意识，才使得谢灵运的两句诗千古不朽：‘池塘生春草，园柳变鸣禽’。”③能够在自然界司空见惯的事物中发现生命的价值，给予生命以最深刻启示，这使中国文学

① 黑格尔：《美学》第3卷（下），商务印书馆1981年版，第229页。

② 邵雍：《观物外篇》，《邵雍集》，中华书局2010年版，第152页。

③ 高友工：《唐诗的魅力》，上海古籍出版社1989年版，第80页。

抒情传统比西方文学更能感受自然界生命精神的存在，更能赋予自然界一切事物以生命存在物的地位，使文学抒情作为一种生命智慧的传达而具有特别的价值与意义。

一般来说，热衷于以我观物易于形成情境，热衷于以物观物便于形成物境，热衷于以道观物更方便形成意境。物境是艺术境界的最基本层次，情境是艺术境界的较高层次，意境才是艺术境界的最高层次。这是因为以物观物所形成的是客观冷静的体悟，近似于科学知识，具有知识美学的性质；以我观物所形成的是主观情感化的体悟，近似于艺术，而艺术同样是一种技术，具有技术美学的性质；比较而言，只有以道观物才可能更多形成平等不二的智慧体悟，才可能具有智慧美学的性质。如果说邵雍主要提倡以物观物，以及由此而形成的相对淡然无极的物境或所谓无我之境，反对以我观物以及由此而形成的情感较为强烈的情境或有我之境，那么庄子似乎更喜欢以道观物以及由此而形成的通达无碍、明白四达的意境或物我不二的智慧之境。《庄子·秋水》有云："以道观之，物无贵贱；以物观之，自贵而相贱；以俗观之，贵贱不在己。"所以中国文学抒情虽然也强调情境，但更强调物境乃至意境，也就是更崇尚淡然无极的无我之境以至物我不二的智慧之境。这是中国文学抒情之情境的重要特点。

西方美学如黑格尔似乎更看重情境作为一般世界情况的具体化，甚至将导致冲突作为理想情境的基本条件。西方文学抒情传统显然比较看重对立与冲突，甚至有文学抒情是对立物令人激动的结合的观点，如莫里斯·布朗肖认为："作品并不是某种静止的削弱的统一体。它是对立物的内在深处和暴力，这种对立物的运动永不会调和也不会平息，至少，当作品仍是作品时是如此。"①但中国文学抒情传统则并不强调冲突，而是将消除冲突形成和谐视作基本特征。在这一点上，似乎如黑格尔所谓"所表现的就是这种不可分割的内外统一的情况和情境"。② 不仅如此，中国抒情传统更崇尚

① 莫里斯·布朗肖：《文学空间》，商务印书馆 2003 年版，第 230 页。

② 黑格尔：《美学》第 3 卷（下），商务印书馆 1981 年版，第 229 页。

对自我、社会和自然的广大和谐的生命精神,往往将这种内外统一普遍化地推演至整个宇宙,达到了类似宗教情怀的高度,如朱良志有这样阐述:“中国艺术家对万物,对世界,几乎富有一种宗教性的情怀。享受世界的亲和是中国美学的重要思想。画家倪云林也是一位出色的诗人,对这一境界他深有体会。他作诗道:‘荷叶田田柳弄荫,孤蒲短短径苔深。鸢飞鱼跃皆天趣,静里游观一赏心。’其间荡漾着一种怡然的生命情调。表现人与世界的亲和感,沈周可说一个代表,他笔下的山川风物,宁静而喧嚣,洁净而非芜杂,飘远而非世俗,淡逸而非繁富,幽冷而非热烈。他的画总是那么平和。他在自作之《云山图》中说:‘看云疑是青山动,谁道云忙山自闲。我看云山亦忘我,闲来洗砚鞋云山。’将平和的心灵融入云山之中。”①元好问《迈坡塘·雁邱》更深刻地展示了对情感的一种顿悟,这可能是平和情感的一种最深沉表达,甚至可能是平和情感的一种极致,有云:“问世间,情是何物?直教生死相许。天南地北双飞客,老翅几回寒暑。欢乐趣,离别苦,就中更有痴儿女。君应有语,渺万里层云,千山暮雪,只影相谁去?横汾路,寂寞当年箫鼓,荒烟依旧平楚。招魂楚些何嗟及,山鬼暗啼风雨。天也妒,未信与,莺儿燕子俱黄土。千秋万古,为留待骚人,狂歌痛饮,来访雁邱处。”虽然并不是所有的文学抒情都能达到这种极致,但不看好尖锐激烈特别是没有节制的情感则是较为普遍的。

中国文学抒情传统在理想层面是不追求矛盾与冲突的,更不将冲突作为构成理想情境的基本条件,而是将消除冲突,达到肉体与精神,自我与社会、自我与自然的和谐作为宗旨。辛弃疾《贺新郎·独坐停云作》也许能体现这种和谐:“甚矣吾衰矣,怅平生交游零落,只今余几。白发空垂三千丈,一笑人间万事。问何物能令公喜?我见青山多妩媚,料青山见我亦如是。情与貌,略相似。一樽搔首东窗里,想渊明停云诗就,此时风味。江左沉酣求名者,岂识浊醪妙理?回首叫云飞风起,不恨古人吾不见,恨古人不见吾狂耳。知我者,二三子。”辛弃疾这首词不乏对自身生命的反省,并不因为

① 朱良志:《中国美学十五讲》,北京大学出版社2006年版,第328页。

光阴虚度而怨天尤人，而是在与自然的和谐中找到了最大的精神慰藉，赢得了心情的快乐。可见乐而不淫、哀而不伤、怨而不怒，似乎是中国文学抒情传统之情感基调的根本特征，至少是数千年中国文学抒情传统所崇尚的艺术理想。这种平和的情感及其所蕴涵的大化流行的和谐体验，在现代诗中也有一定表现，如陈志媛《节日消遣》"在没有航标的河流上/垂钓/笑声脱落/溅起斑驳的记忆/浪花涌到岸上/和我碰杯/醉了/才知自己原本就是一条鱼"，表面看来似乎是一种写实，但在这种写实中浪花与"我"的和谐显而易见，"我"原本是"鱼"的顿悟，更是一种来自生命本原的对自然和谐的深切感悟。如果这首诗是一种隐喻，那么这种隐喻只能强化人与自然和谐的主题，而不是消解它的真实存在。

中国文学抒情传统之所以崇尚平和、温柔敦厚的情感基调，主要因为中国文化传统无论儒家、道家还是佛教都崇尚广大和谐的生命精神。正是因为这个原因，使得中国文学抒情传统较之世界上其他民族似乎更能体悟和谐精神。对此方东美的阐述很有见地，他说："中国人是有史以来所有民族中，最能生活在盎然趣机之中的，所以最能放旷慧眼，流眄万物，而与大化流行融镕合一。又因深悟广大和谐之道，所以绝不以恶性二分法来看自然；我们与自然一向是水乳交融，毫无仇隙的，所以精神才能自由饱满，既无沾滞，更无牵拘，如此盎然生机点化一切，自感内心充实欢畅无比，所谓'超以象外'，'得其环中'，自能冥同万物，以爱悦之情玄览一切。"①这并不是说中国文学抒情传统在任何情况下都能够体现广大和谐的生命精神，其中也有诸如《窦娥冤》等对天地的控诉。这种控诉虽然在一定程度上超出了怨而不怒的限度，但这里所谓天地充其量只是统治者的一种隐喻，并不是自然界存在的客观实体。就自然界存在的客观实体来说，天地在中国文化传统中恰恰是被赋予了无私、平等、博大的品质的。即使天地是对统治者的一种隐喻，这种愤慨和不满也还是有一定限度的。也正因为这个限度，中国文学抒情传统中常常没有西方意义上的矛盾冲突异常尖锐激烈，以致最终只能以

① 方东美：《生生之美》，北京大学出版社2009年版，第307页。

你死我活甚或同归于尽而结局的悲剧。在中国文学抒情传统中,悲剧人物的冤案昭雪,可能是剧情中某个类似包公的清官秉公执法的结果,即使未能有幸得到平反昭雪,也必定有忠臣暗中保护,或终有子孙后代东山再起的福报,即使诸如此类的现实果报都宣告失败,也不排除成仙成神而受后人供养的礼遇。《周易·坤文言》所谓"积善之家,必有余庆;积不善之家,必有余殃",这并不是中国人对社会和自然规律的一种理性把握,但也不能说这里面全然没有对生命沉浮进行理性把握的成分,至少积善之家会因为不违背社会乃至自然规律,不会受到社会和自然规律的惩罚,更何况积善之家往往会形成良性循环的家风,不至于因为积不善而导致恶性循环。这种观念最起码是中国人尊奉的一种生命逻辑和精神安慰,不是一个简单的因果报应所能概括的,因为这种生命成败的循环中往往蕴涵着深刻而普遍的生命规律。这里既有家庭的潜移默化教育可能形成的良性循环或恶性循环,也有社会和自然伦理对生命的基本要求。正是这种类似因果报应的思想奠定了中国文学抒情传统以乐而不淫、哀而不伤、怨而不怒的平和、温柔敦厚的情感作为基调,着力展示人与自然、人与社会、人与自然和谐关系的精神实质。

尽管文学抒情的出发点常常是作家现时现地的情感经验和情感意识,是孕育、生成和迸发某种特定情感的特定情境,以及构成这一特定情境的特定时间、特定地点,甚至展示这一特定情境的特定文本世界,但如果作家真正追求情感的个性化,尤其依附于作家个体的生命和情感的聚焦,就必然最大限度地追求越界,通过对文本世界的越界,使现在与过去和未来联系起来,使人类与天和地联系起来,使文本与现实和理想联系起来,最终使个性与普遍性联系起来,从而最大限度地展示人类情感经验和生命体验的普遍性。正如阿多诺所说:"抒情诗深陷于个性之中,但正是由此而获得普遍性。"①可见,抒情视界并不仅仅是一个拓宽和延伸抒情时间、抒情空间乃至抒情的文本世界的问题,而且是决定抒情是否具有普遍价值和意义的关键。

① 阿多诺:《谈谈抒情诗与社会的关系》,载朱立元:《二十世纪西方文论选》(上),高等教育出版社2002年版,第682页。

三、抒情声音

文学抒情传统向来以抒情声音获得显现。艾略特在《诗的三种声音》中将声音分为"诗人对自己说话"或"不对任何人说话"时的声音，诗人"对听众讲话"时的声音和"企图创造一个用韵文说话的戏剧人物时诗人自己的声音"三种。第一种声音就是抒情诗和冥想的散文的声音，说话前不知该说什么，说话过程也不考虑别人是否理解，只考虑寻找恰当的词语；第二种声音是史诗的主导声音，旨在娱乐、训导读者，主要是讲故事，传达寓意和说教；第三种是诗剧的声音，其诗必须符合人物身份、从属剧情，以证实其存在合理性，绝不能是作者的代言人。[①] 虽然艾略特所谓声音是指诗歌的声音，但抒情声音同样具有这些特征。尽管人们常常认为作者作为抒情主体并不总是与抒情主人公一致，但作者与抒情主人公之间存在的深刻联系比与其他类型人物的关系更密切。为此可以将抒情声音概括为以下三种：

其一，作者直接抒情声音。

作者直接抒情声音是作者作为抒情主体直接以抒情主人公的身份进行的抒情。这种抒情声音大体可以分为两种形式。

一种是独白式。独白式是作者作为抒情主体直接以抒情主人公的身份进行抒情时，并不考虑读者和听众的接受，只考虑情感的抒发，这种抒情声音一般见于独语体、自勉体和日记体文学文本，如屈原《涉江》、刘禹锡《陋室铭》、周敦颐《爱莲说》、北岛《回答》等。这种独白式抒情声音有极其微弱、内敛，致使人们只有认真品味才能捉摸作者的真实身份，如刘禹锡《陋室铭》："山不在高，有仙则名；水不在深，有龙则灵。斯是陋室，惟吾德馨。苔痕上阶绿，草色入帘青。谈笑有鸿儒，往来无白丁。可以调素琴，阅金经。无丝竹之乱耳，无案牍之劳形。南阳诸葛庐，西蜀子云亭。孔子云：'何陋之有？'"这表面看来是写作者自家居室，但可能有表彰自我的成分，而且这种表彰自我不乏自信、自爱、自足。这是相对含蓄的独白，还有更为显露的

---

① 艾略特：《诗的三种声音》，载《艾略特诗学文集》，国际文化出版公司 1989 年版，第 249—262 页。

独白,如辛弃疾《西江月·遣兴》:“醉里且贪欢笑,要愁那得工夫。近来始觉古人书,信著全无是处。昨夜松边醉倒,问松我醉何如?只疑松动要来扶,以手推松曰去!”这里所表达的就是生命的自得至乐境界。在这里,不仅功名利禄,甚至著书文章都似乎显得多余,卸去强加于人的各种执著与束缚,回归本性才能真正获得自由洒脱的生命境界,这是中国古代士阶层永恒的人生追求。相形之下,北岛之《回答》震耳欲聋的抒情声音更多显示了对回归文化传统的呼唤:“我不相信天是蓝的,我不相信雷的回声,我不相信梦是假的,我不相信死无报应。如果海洋注定要决堤,就让所有的苦水都注入我心中,如果陆地注定要上升,就让人类重新选择生存的峰顶。新的转机和闪闪星斗,正在缀满没有遮拦的天空。那是五千年的象形文字,那是未来人们凝视的眼睛。”如果抛开过于贴近时代的成分,可以从这些可能指向特定人群的诗句中捕捉到对既存现实秩序的怀疑与否定,还能看到对中国文化传统的期待。其情感的强烈与执著虽然可能并不婉转曲折,也可能并不符合中国文学抒情传统的温柔敦厚,但其一泄千里的激情无疑彰显了诗人自己的抒情声音,使其成为特定时代最响亮的抒情声音。

一种是对白式。作者作为抒情主体直接以抒情主人公身份进行抒情,但并不是独白,而是专门将自我情感吐露出来供读者倾听和应答,这种抒情声音常常表现于应和体、唱和体、赠言体、书信体、奏章体、共勉体、演讲体甚至祭吊体文学文本。司马迁《报任安书》、诸葛亮《出师表》、韩愈《祭十二郎文》等属此类抒情声音。所有这些举例虽然都是实用文体,都有着明确的倾听对象和受众,或叙事,或说理,但由于有着切身感受,甚至是来自生命本身的感受,所以常常能够感人肺腑,流传千古。还有一些也许并没有明确的受众,其抒情声音并不比有明确受众的抒情声音模糊,甚至由于这种受众仅仅是一种假想预设或干脆就是普遍受众,似乎更能充分展示其情感的丰满与张扬,如李白《将进酒》之所谓:“君不见,黄河之水天上来,奔流到海不复回。君不见,高堂明镜悲白发,朝如青丝暮成雪。人生得意须尽欢,莫使金樽空对月。天生我材必有用,千金散尽还复来。烹羊宰牛且为乐,会须一饮三百杯。岑夫子,丹丘生,将进酒,君莫停。与君歌一曲,请君为我侧耳听。

钟鼓馔玉不足贵,但愿长醉不复醒。古来圣贤皆寂寞,惟有饮者留其名。陈王昔时宴平乐,斗酒十千恣欢谑。主人何为言少钱,径须沽取对君酌。五花马,千金裘,呼儿将出换美酒,与尔同销万古愁。”其对情感的渲染乃至张扬,无异于慷慨喷吐。

在中国文学抒情传统中要找到真正的意义的作者直接抒情声音并不难。难的是阐释中国文学抒情传统中所显现出的作者直接抒情声音是如何不同于西方抒情声音的。这种抒情声音的特征差异只能从文化传统来加以阐释。换言之,中国文学抒情传统中作者直接抒情声音常常受到儒家文化传统及署名的影响而符合中庸之道,具有中和之美,在特定历史时代还不得不尽可能避免主观情感的毫无遮掩宣泄,而以更理性的情感作为向人们宣示的主要内容。所以真正乐极生淫、哀极生伤、怨极生怒的情感在有作者直接署名的文学抒情中很难存在。即使有类似情感,这种情感必定以忠孝节义之类的理性加以文饰和规范,有时作者也往往没有勇气直署真名,如《金瓶梅》等。作者直接抒情声音在抒情诗中有更突出的特征。这就是尽可能取消特定人物尤其自我的身份介入,使其具有超越自我和超越时空的普遍意义。高友工有这样的阐述:“由于数、时态、定冠词和不定冠词、支配关系和一致关系,以及形形色色罗列细节的结构,英语自然倾向于具体对象。因而大致说来,当我们谈到英语诗中的意象,两种‘具体’意义的混淆是不易澄清的,但这也并无什么妨碍。相反,汉语是一种指称抽象的语言。当这一特点运用于近体诗时,我们注意到它的意象部分有一种明确的非现实感,它没有真实的时空指向。如果一个名词没有指称这个或那个具体对象,那么它的指称就不是个体而是类型。”①高友工是以杜甫《至日遣兴·奉寄北省旧阁老两院故人二首》之二“忆昨逍遥供奉班,去年今日侍龙颜。麒麟不动炉烟上,孔雀徐开扇影还。玉几由来天北极,朱衣只在殿中间。孤城此日堪肠断,愁对寒云雪满山”,李商隐《锦瑟》“锦瑟无端五十弦,一弦一柱思华年。庄生晓梦迷蝴蝶,望帝春心托杜鹃。沧海月明珠有泪,蓝田日暖玉生

① 高友工:《唐诗的魅力》,上海古籍出版社1989年版,第78页。

烟。此情可待成追忆,只是当时已惘然"为例的。但高友工只是从汉语自身语法特征的角度进行了分析。可以看到,这两首诗无一例外都是作者直接抒情声音,但指称作者身份的"我"并不出现,而常常以无主句的形式表达情感。这并不仅仅是一个语法规范的问题,更是一个文化规范与传统的问题。中国文化是一种相对内敛或内向的文化,除了诸如李白等诗人常常注意张扬自我个性之外,一般诗人并不过分强调自我情感的价值与意义,即使抒发个体情感经验,也常常通过模糊甚或省略主体"我"的方式,以避免造成一种因为"我"的存在与张扬而显得有些唯我独尊或过分扎眼的缺憾,有意识地形成更具包容性的襟怀,使得读者作为受众似乎也具有与作者一起抒情的权力,形成作者与读者平等不二的关系模式,因为对读者的尽可能包容可增强亲和力,有效促成读者平等交流,乐于接受的风格。正是这种有些谦逊乃至含蓄的文化传统成就了中国文学抒情传统中作者直接抒情声音具有便于表现连同读者在内的人类共同情感的优势。

虽然情感抒发存在有无针对性和指向性的特征,但无一例外地仍然是作者的声音,并不包含其他人物的任何声音,属于作者直接甚至完全垄断抒情话语的一种抒情声音。这种抒情声音虽然都是作者直接抒发抒情主体的自我感受和情绪经验,比较而言,独白式抒情声音可能显得更自由和随便,只求自我领会和理解,并不在乎他人的理解和认可。对白式抒情声音则必须考虑尊重读者的理解和认可。尽管如此,这种抒情声音本质上仍然是作者进行自我言说的声音,其突出特征是作家垄断了抒情话语,并以此方式来显现其抒情权力,作者自我作为抒情主体的角色往往比较外露和明显,属于作者作为公开抒情主体的抒情声音。但中国文学抒情传统却往往通过模糊甚至省略主体"我"的方式成功消解了独白式和对白式抒情可能存在的作者与读者的对立,至少在表面上形成了平等不二的关系模式,从而使这种在抒情体抒情中最普遍,具有纯粹抒情的性质,同时最具抒情权力的抒情声音具有了为西方文学抒情传统并不多见的独特风格。

其二,人物代言抒情声音。

与作者直接抒情声音比较起来,大概最具中国文学抒情传统特色的是人物代言抒情声音。人物代言抒情声音是创造某些特定的人物形象，借助这些人物形象来间接地抒发自我情感的抒情声音。这些人物常常是作者抒情声音的间接表现者，作为一个相对独立的形象，在某种程度上具有人物自身的属性和特征，如具有一定的性别或年龄、身世、境遇等方面的特征。作者必须考虑作为代言者的抒情主人公与作为真正的抒情主体的作者之间的某种程度的相似性，这种相似性的最基本表现形式是处境和心境的某种程度相似。作者以其所塑造的抒情主人公身份间接抒发自我情感，让读者丝毫察觉不出作者作为真正抒情主人公的真实存在，这是一种作者作为隐蔽抒情主体的抒情声音。这种抒情声音在西方文学抒情传统中更多地表现在叙事体和表象体抒情之中，最典型的是史诗、小说乃至戏剧抒情。中国文学抒情传统却并不仅仅表现在以上方面，虽然在以上方面同样比西方文学抒情更具抒情意味，但最能体现其传统的还是抒情体抒情尤其抒情诗的抒情。

这种抒情声音在抒情诗中也可能同样存在独白式与对白式两种，但这仅仅是一种理论概括，实际情况可能更复杂，有时没有明确界限，如崔颢《长干行》，其一是“君家何处住，妾住在横塘。停船暂借问，或恐是同乡”。其二是“家临九江水，来去九江侧。同是长干人，自小不相识”。其三是“下渚多风浪，莲舟渐觉稀。那能不相待，独自逆潮归”。其四是“三江潮水急，五湖风浪涌。由来花性轻，莫畏莲舟重”。如果将这些诗看成独立成篇的抒情诗，显然就是各自独立的独白式抒情声音，但如果将四首诗联系起来，就变成一问一答的对白式抒情声音。在中国文学抒情传统中，男性作者常常喜欢借助女性，以女性为代言人来抒发情感。这种抒情声音，如果仅仅用西方的某些文化观念来阐释，会被认为是显示男性作者对美貌女子的倾心与热爱，这种倾心与热爱虽然不能简单定性为男性对女性的奴役和霸权，但毕竟是以男性为审美主体以女性为审美客体的，主客体之间的对立是显而易见的；更有甚者，甚至可能认为这种抒情声音显示了男性作者对女性审美对象的视觉暴力乃至霸权，是数千年男性文化所形成的对女性粗暴强奸和奴役。在西方文化传统看来，言说者与被言说者在任何时候都是不平等的，至少在话语权力方面也是如此，言说者往往通过言说占有并维持其话语权，而被言说者却总是在被言说中被剥夺了话语权。但在中国抒情传统中，往往通过与女性“同是天涯沦落人”的角色定位而构建平等不二的关系模式，并以此关系模式为基础创作诸如此类的闺怨体、宫怨体、思妇体抒情诗来达到抒情的目的。这是因为中国古代社会女子的确受压迫最深，最能够体现下层社会受压抑者的心态乃至寻求解放的愿望，这显然表现了中国古代文人对女子尤其美貌女子受压抑地位的深切同情，以及同病呻吟的相同境遇，白居易《琵琶行》之“同是天涯沦落人，相逢何必曾相识”的感慨其实就建立在这一基础之上；另外中国古代文人与西方文人相比受文化传统压抑最深，他们对同样受压抑的女子的处境最为理解，所以在诸如《关雎》等民歌中男子完全以自身的男性身份直接抒情，表达自我的爱慕之情，但在文人抒情传统中却更多演变为对美貌女子的换位推测与深切同情。这种换位推测与深切同情之根本还在于借助美貌女子更能表达其怀才不遇的处境与心情。也许在这一点上，花间词体最具代表性。如温庭筠《梦江南》所谓：“千万恨，恨极在天涯。山月不知心里事，水风空落眼前花，摇曳碧云斜。梳洗罢，独依望江楼，过尽千帆皆不是，斜晖脉脉水悠悠。肠断白蘋洲。”这首词正是借助女子整齐盛装、独望江水，表达了女子对男子的认真、急切的等待心情，但每每见到的是脉脉的余晖与悠悠的江水，只是不见心上人的踪影。此情此恨是无以言表的，更是山月等自然所无法理解的。如果说《梦江南》更多表现了女子急切期待，那么薛昭蕴《小重山·春到长门春草青》表现得更为突出，有云：“春到长门春草青。玉阶华露滴，月胧明。东风吹断紫箫声。宫漏促，帘外晓啼莺。愁极梦难成，不胜情。手挼裙带绕花行，思君切，罗幌暗尘生。”如果说“斜晖脉脉水悠悠”，足以使人们联想女子含情脉脉的深情，而“手挼裙带绕花行”似乎更能够看出女子急不可耐的情形。所有这些，显然只能是男性作者对女性的一种换位推测，但换位推测所形成的女子形象恰恰成为男性作者借以抒发情感的代言人。

闺怨体、宫怨体和思妇体，其实就是古代文人借助青春易逝，而没有白马王子或丈夫戍守边关或君王不宠爱的女子或少妇来表达其怀才不遇、光阴虚度苦痛的一种抒情声音。美人迟暮、伤春悲秋、哀花怨独是人物代言抒情声音最典型和普遍的形式。古代文人常常通过借美人来抒发自我情感的人物代言抒情声音,表现了对美人的渴望和痴迷,同时也从另外一个方面显示了受中国文化传统压抑,不能像西方人那样简单直露地表达自我爱慕之情,只能将这种被长期压抑的情感转变为对美貌女子的情有独钟的重构与想象,这实际上仍然是一种被压抑被奴役者间接寻求解放的抒情声音。这些抒情声音较为普遍地体现为离愁别恨情绪。因为离愁别恨常常牵涉人情世态的沧桑变迁,更可能牵涉生命的生离死别。在一般意义的思妇诗中不可能有更丰富的内容与主题,长期离别乃至难以沟通信息、交流情感,寻求赏识理解的孤独与寂寞,还是主要内容。这种情感除了少数可能表现得理智冷静之外,更多充满了激情与渴望。对文人抒情诗而言,对幻想世界的渴望超过了对现实世界的关注,对情感生活的渴望超过了对仕途生活的祈求。这也是这种抒情声音的基本内容和特点。

其三,作者与人物共言抒情声音。

共言抒情声音是作者抒情声音与人物抒情声音并存的抒情声音。这种抒情声音既具有作者抒情声音的直接性、主观性特征,又具有人物抒情声音的间接性、客观性特征。作者与人物共言的抒情声音甚至在篇幅极其短小的文学抒情中也有体现,如李清照《如梦令·昨夜雨疏风骤》之:“昨夜雨疏风骤,浓睡不消残酒。试问卷帘人,却道‘海棠依旧’。‘知否?知否?应是绿肥红瘦’。”卷帘人与作者关于海棠的不同抒情声音,体现了各自不同的情感认同,这种情感认同虽然不尽相同甚或有些矛盾,但这种矛盾并没有构成尖锐冲突,而是相得益彰地勾画出了雨夜的不同景象及景象认同。具体来说,作者与人物共言的抒情声音可能有三种不同形式:一种是作者抒情声音与人物抒情声音一致的抒情声音,一种是作者抒情声音与人物抒情声音相反的抒情声音,一种是作者抒情声音与人物抒情声音并不一致也不反对的抒情声音。

无论这三种抒情声音有何不同,但都形成了不尽相同的多种抒情声音共同存在的境况,至少在表面上创造了作者与人物民主对话的氛围。在这种抒情声音之中,人物抒情声音常常具有虚设的性质,或者是作者抒情声音的随声附和,或者是作者抒情声音的应答和衬托,即使是对作者抒情声音的反对也常常由于作者抒情声音的优越地位而使之最终与作者抒情声音趋于一致。因为在一般的共言抒情声音中,作者拥有比其他抒情声音更全面而且强大的抒情权力。几种不同形式的共言抒情差别在于,一致的抒情声音常常以抒情声音的合力构成抒情的情感系统,而相反的抒情声音则以抒情声音的矛盾性从反面衬托作者的抒情声音,至于并不一致也不反对的抒情声音则常常以情感意向的多面性来充实和丰富文本的情感系统,但无一例外地形成了复调艺术效果。巴赫金指出:"有着众多的各自独立而不相融合的声音和意识,由具有充分价值的不同声音组成的真正的复调——这确实是陀思妥耶夫斯基长篇小说的基本特点。"①

中国文学抒情传统的共言抒情声音,往往不仅显示为作者对抒情话语的垄断,而且显示为作者与人物话语权力的共同拥有。这种作者与人物共言的抒情声音在叙事抒情和叙事体抒情之中最普遍,具有非常突出的特征。《红楼梦》大观园和诗行酒、对题吟诗、即景联诗集中体现了人物共言抒情声音,这也可能是颇具中国文化传统的一种抒情声音,如《世说新语·言语》载:"谢太傅(谢安)寒雪日内集,与儿女讲论文义,俄而雪骤,公欣然曰:'白雪纷纷何所似?'兄子胡儿(朗)曰:'撒盐空中差可拟。'兄女(道韫)曰:'未若柳絮因风起。'公大笑乐。"这虽然仅仅是一种咏雪联句,也能够体现不同人物抒情声音的特点。比较来说,《山地回忆》中"我"与女孩子的对话,似乎更能体现作者与人物共言抒情声音的特点,且细致展示了两种不同抒情声音从不和谐到和谐的变化过程。虽然中国现代文学抒情由于主体观念的强化以致有了许多变化,但仍然有现代诗保留了这种传统,如张烨《外白渡桥》有"'我永远爱你/除非你哪天不再爱我。'这就是你爱的深度了/我的神情蓦然黯淡,为自己的魅力/不能将你的心儿永久占/有你下半句话不说出该有多好/你下半句话不说出我会感到幸福/幸福有时候是瞬间的满

① 巴赫金:《陀思妥耶夫斯基诗学问题》,生活·读书·新知三联书店1988年版,第29页。

足"的诗句,这个诗句正是以看似平常的情节保留了不同抒情声音共同存在,尤其作者与人物共言的抒情声音的特点。

但这还不是这种抒情声音之最深刻的艺术精神。中国文化传统向来强调和,而和字就其字源意义而言,是相应和的意思,据说是三人吹笙一人吹和,如《仪礼·乡射礼》有所谓"三笙一和而成声"的说法。这也就是说多种声音按照各自节奏、韵律共同演奏,形成和声,才是和的真正内涵。《左传·昭公二十年》有云:"先王之济五味,和五声也,以平其心,成其政也。声亦如味,一气,二体,三类,四物,五声,六律,七音,八风,九歌,以相成也。清浊,小大,短长,疾徐,哀乐,刚柔,迟速,高下,出入,周疏,以相济也。君子听之,以平其心。心平德和。"可见中国美学并不将不同抒情声音的共同存在仅仅看成一种复调艺术,更看成平和人心或情感,最终形成和谐道德的一个重要标志。如《诗经·列祖》所谓"亦有和羹,既戒既平",就是对和谐的一种讴歌。这才是作者与人物共言抒情声音作为中国文学抒情传统的真正精神。作者与人物共言抒情声音最为广泛的体现形式,可能表现于具体抒情文本中,甚至可能是不同文本共同构成的大协调、大和谐。对作者与人物共言抒情声音的认同,事实上古代已有所论述,如侯玄弘如是云:"诗之为用者声也,声之所以用者情也。《豳风》、二《南》、二《雅》、三《颂》,或出于妇人小夫冲口率意之作,或出于元臣硕老讽喻赋述之言,咏洪休明,抒写道德,情盛而声自叶焉,遂登乐章,歌荐朝庙,此天下之真声也。若夫情曼者其声啴,情抗者其声厉,情危者其声烈,情豫者其声荡,是数者,虽诡于和,而情之所激,皆足以铿锵律吕,感动鬼神。"①《吕氏春秋·仲夏纪·大乐》甚至有"形体有处,莫不有声。声出于和,和出于适"的观点。所有这些表明对这种抒情声音的认同作为中国文学抒情传统的历史较为悠久。虽然作者与人物共言抒情声音可能有各种情态,但正是这各具其态的抒情声音才构成了丰富多彩的抒情世界。人们可能对中国文学抒情传统尤其悲剧没有西方

① 侯玄弘:《与友人论诗书》,载胡经之:《中国古典文艺学丛编》第 2 册,北京大学出版社 2001 年版,第 330 页。

悲剧的尖锐对立直至彻底毁灭,而往往以大团圆结局的叙事或抒情模式表示不满,但正是这种大团圆结局在某种意义上集中体现了中国文学抒情传统共言抒情声音趋于和谐的审美理想。从某种意义上讲,中国文学抒情艺术境界就是由各种不同抒情声音所构成的和谐世界。

这种作者与人物共言抒情声音极其平和情感基调的最深层内涵还在于无所分别、无所取舍,一任自然的生命精神,就是方东美所谓"'体万物而与天下共亲',以兼其爱;'裁万类而与天下共睹',以彰其善;感万有而与天下共赏,以审其美"。[①] 正是由于这种无所执著、无所分别,心无挂碍,才可能看到作者与人物共言抒情声音的价值,真正体悟大自然平等不二、广大和谐的生命精神,真正发现大自然一切事物无所不亲、无所不善,无所不美。如果真正达到这种境界,就可能超越作者与人物共言抒情声音的限制而具有更和谐的生命境界,如无门慧开禅师所谓:"春有百花秋有月,夏有凉风冬有雪;若无闲事挂心头,便是人间好时节。"这也就是说一年四季之所以都是好时节,关键不在于四季本身,而在于心境,在于无所执著、心无挂碍。禅宗对这一境界有至为透彻的感悟,所以禅宗不仅有所谓"即心即佛"的说法,也有所谓"非心非佛"的说法,这并不是一般所谓相反相成,而是"即心即佛"与"非心非佛"平等不二。按照禅宗的这种认识,对不同抒情声音一视同仁,尽可能平等展示各自不同情态,才是作者与人物共言抒情声音之最深境界,同时也是中国文化传统的至深境界。张潮《幽梦影》所谓:"春听鸟声,夏听蝉声,秋听虫声,冬听雪声,白昼听棋声,月下听箫声,山中听松风声,水际听欸乃声,方不虚此生。"魏源《理安寺偶题赠道宜上人》其一所云:"六合塔畔舍舟行,峰回路转流泉迎,不闻江声闻涧声。入谷九溪十涧更,渐渐穿林略彴横,不闻人声闻鸟声。参天云树无阴晴,日暮空谷林丁丁,不闻鸟声闻樵声。再转风幡出塔层,寺门铃语钟磬鸣,不闻樵声闻梵声。"虽然是写对自然界各种声音的无所分别与取舍,一视同仁,但同样体现了这一生命境界。真正达到这一境界,不仅体现为多种抒情声音共同存在,已经完

① 方东美:《生生之美》,北京大学出版社2009年版,第27页。

全协调成为一种至为和谐的抒情声音，而且体现为对一切事物无所分别、无所执著、心无挂碍的广大和谐心境。这才是多种抒情声音共存的抒情声音之根本精神。

第四编　中国抒情的阅读传统与美学阐释

第一章　中国抒情的美学层级与阅读启示

中国文学抒情传统有着丰富多彩的内容，势必给读者以丰富的启示。作为技术能够给予人们技术的启示，作为知识能够给予人们知识的启示，作为智慧能够给予人们智慧的启示。这些启示固然趋近于文学抒情本身，但读者的作用也至为重要。如果读者从技术进入，所得主要是技术；如果从知识进入，所得则主要是知识；如果从智慧进入，所得则主要是智慧。如果从中国文学抒情传统真正生命力而入，无论技术、知识乃至智慧，其最高境界都是智慧，而且是典型的中国智慧。

第一节　中国抒情作为技术的启示

任何艺术本质上必然是技术。诸如建筑、雕塑等艺术的技术含量或特征十分明确，人们也许并不怀疑其作为技术的特点，但这只是一种手工技术，现代还有电影等机械技术。所以本雅明将其分称为手工复制技术与机械复制技术。人们也许仅仅关注手工复制与机械复制艺术之间的区别，但忽略了二者本质上都是技术的事实。任何艺术是借助具有一定技术含量或特征的创作技巧而成其为艺术的。所以艺术从最基本的方面入手可能属于技术的范畴。

一、文学抒情作为技术

文学抒情从其最基本的意义上来说，首先是一门技术，至少是一门有着接近于建筑、雕塑的制作技术。虽然人们总是认为艺术与技术有雅俗分别，甚至认为艺术是超功利性和高雅的，一般技术仅仅是实用性的，甚至低俗的，事实上无论艺术还是技术的极致都是饱含灵魂的精神创造，是难以完全分出雅俗的。由于中国文化传统长期以来存在重视道而忽视术的倾向，所以即使是见诸艺术的所谓技术也并不经常受到人们的重视，甚至被看成雕虫小技。如曹植就有这样的观点："夫街谈巷说，必有开采；击辕之歌，有应风雅。匹夫之思，未易轻弃也。辞赋小道，固未足以揄扬大义，彰示来世也。"①虽然曹植所流露出来的轻视可能仅限于辞赋，但自然也涉及文学抒情传统。这种被轻视的倾向到明清也没有得到根本改变，如俞彦有所谓："诗词，末技也"，"词于不朽之业，最为小乘"，②叶燮亦有"诗末技耳"③得说法。这些轻视说法在某种程度反而表明了文学抒情作为技术的事实。

文学抒情及其所构成的文学抒情传统存在较明显的制作特点，而且涉及一定程度的技巧和技术含量，这种技术常常在诸如媒介选择等极其普通的创作过程中有着极其重要的作用。如卡西尔指出："一个伟大的艺术家在选用其媒介的时候，并不把它看成外在的、无足轻重的质料。文字、色彩、线条、空间形式和图案、音响等等对他来说都不仅是再造的技术手段，而且是必要条件，是进行创造艺术过程本身本质要素。"④这也从一个方面证明了文学抒情作为技术的一个客观事实。对此中国有较清楚的认识。首先包括中国文学抒情传统在内的一切艺术作品本质上都是一种有着较明显的制作过程和性质的人工制品，自然涉及一定制作工艺，中国抒情传统并不歧视这种制作，如《考工记》有云："知者创物，巧者述之守之，世谓之工。"既然是

① 曹植：《与杨德祖书》，载郭绍虞：《中国历代文论选》第1册，上海古籍出版社1979年版，第166页。

② 俞彦：《爰园词话》，载唐圭璋：《词话丛编》第1册，中华书局1986年版，第399页。

③ 叶燮：《原诗》，载王夫之等：《清诗话》，上海古籍出版社1999年版，第578页。

④ 卡西尔：《语言与神话》，生活·读书·新知三联书店1988年版，第141页。

一种制作工艺，就必须进行较为艰苦的技术训练与经验积累，这是任何苦思冥想和卓越灵感都无法替代的，如刘勰《文心雕龙·神思》有云："秉心养术，无务苦虑；含章思契，不必劳情也。"必须进行长期训练与积累，如刘勰所说："宜摹体以定习，因性以练才，文之司南，用此道也。"（《文心雕龙·体性》）虽然文学抒情是一种无可否认的制作技术，但其最高境界也可能达到巧夺天工的地步，如欧阳修所云："诗之为巧，犹画之小笔尔，以此知文章与造化争巧可也。"①这也正是文学抒情之所以成为传统并受到大多数人欢迎的一个主要原因。但文学抒情中关乎艺术形式创造和艺术作品制作的技巧应该属于技术范畴，这应该成为人们的一种共识。徐复观有这样的阐述："古代西方之所谓艺术，本亦兼技术而言。即在今日，艺术创作，还离不开技术、技巧。"②宗白华也指出："人类文化的各个部门，如科学、艺术、法律、政治、经济以至于人格修养，社会的组织，宗教的修行，都有它的'技术方面'，技术使它们成功，实现。技术使真理的追寻逼迫'自然'交出答案，技术使艺术家的幻想成为具体。技术使高度复杂的政治运用和经济生产获得效果。"③可见文学抒情是具有一定技术含量的，这是不能忽视的事实。宗白华甚至更明确地指出："艺术是一种技术，古代艺术家本就是技术家（手工艺的大匠）。现代及将来的艺术也应该特重技术。然而他们的技术不只是服役于人生（像工艺），而是表现着人生，流露着情感个性和人格。"④

文学抒情传统作为一种技术的事实决定了人们必须重视技术研究。以什克洛夫斯基为代表的俄国形式主义者常常将奇异化作为最基本的技术。在他们看来，如果艺术是以形象的方式获得最终显现，这种形象也只能是一种通过奇异化而制造出来供人们可观可见而不是可认可知的特殊感受。对

① 欧阳修：《温庭筠严维诗》，载胡经之：《中国古典文艺学丛编》第3册，北京大学出版社2001年版，第19页。

② 徐复观：《中国艺术精神》，华东师范大学出版社2001年版，第31页。

③ 宗白华：《近代技术的精神价值》，载《宗白华全集》第2卷，安徽教育出版社1994年版，第167页。

④ 宗白华：《论文艺的空灵与充实》，载《宗白华全集》第2卷，安徽教育出版社1994年版，第344页。

此什克洛夫斯基《情节编构手法与一般风格手法的联系》有这样的认识："我们处处都能见到艺术具有同一的标志：即它是为使感受摆脱自动化而特意创作的，而且，创造者的目的是为了提供视感，它的制作是'人为的'，以便对它的感受能够留住，达到最大的强度和尽可能持久。同时，事物不是在空间上，而是在不间断的延续中被感受。诗歌语言正符合这些特点。"①在俄国形式主义者看来，诗歌语言是一种通过重复相同声音以造成语音和感知困难的语言，是一种故意制造出来的、以其本身作为目的的、障碍重重的艰深化语言。这从一个侧面显示出，至少在什克洛夫斯基等俄国形式主义者看来，诗歌语言乃至艺术作为一种技术，表现为奇异化甚至重复的技术。这种技术显然是构成传统的重要组成部分。至少作家的诸如重复等奇异化方法和技术常常保持了与传统的密切联系，如什克洛夫斯基所补充："艺术作品是在与其他作品联想的背景上，并通过这种联想而被感受的。艺术作品的形式决定于它与该作品之前已存在过的形式之间的关系。艺术作品的材料必定特别被强调，被突出。"②这也从一个侧面证明了文学创作同样可能更多与形式和材料相联系，而且在形式和材料方面可能形成传统，并在与传统的联系中显示自身的价值与意义。

什克洛夫斯基虽然提出了奇异化，但他似乎更看好"重复"的技术，甚至有所谓："词不孤零零地存在，它的生命有赖于种种重复。"③他把重复看成制造奇异化的重要手段和技术，似乎并未揭示出中国文学抒情传统的基本特征，至少这一技术或手段在中国文学抒情传统中并不占重要地位。不过他所谓"中国诗有特有的诗学和格律"之类的观点却颇有启发性，他说："中国诗学是物象的，建筑在种种事物的相互关系和引用无数历史典故唤起遥远联想的基础上。这些联想使短短的诗句产生第二层和第三层的意境。"④中国文学抒情传统之抒情技术除了古往今来颇受人们重视的赋、比、

① 什克洛夫斯基：《散文理论》（上），百花洲文艺出版社2010年版，第21页。

② 什克洛夫斯基：《散文理论》（上），百花洲文艺出版社2010年版，第31页。

③ 什克洛夫斯基：《散文理论》（上），百花洲文艺出版社2010年版，第3页。

④ 什克洛夫斯基：《散文理论》（上），百花洲文艺出版社2010年版，第184页。

兴之外,与“建筑在种种事物的相互关系和引用无数历史典故唤起遥远联想的基础上”的物象相关的技术同样十分重要,这可能是中国文学抒情传统作为技术的主要表现。

高友工对此有深入研究。他更喜欢将物象称之为意象。在他看来,有别于概念的感觉,就是意象。名词意象常常具有“感觉的具体性与指称的抽象性共存”的特点,这使其不同于西方意象派关于意象的构成理论。另外“由于中国人世界观基本精神是‘生’,这就需要我们更加强调那些明指或暗示生命与感觉的动词或副词”,这些动词或副词也就是他所谓动态意象。他还强调:“诗歌语言的精彩主要取决于动词的卓越运用上。”①如果说王维“人闲桂花落,夜静春山空。月出惊山鸟,时鸣春涧中”,是由人、夜、月三个未加修饰的名词与山、鸟两个带有修饰的名词构成的想象世界,充分体现了名词意象“感觉的具体性与指称的抽象性共存”的特点,指明虚构世界的特定时空,而并不限定现实世界的具体范围,那么杜甫“迟日江山丽,春风花鸟香。泥融飞燕子,沙暖睡鸳鸯”,则是由形容词用作静态动词的丽、香,以及飞与睡两个被倒装的动词所构成的生命飞动的世界,而动词显然是构成动态意象的基本成分。高友工更为突出的贡献还在于引入雅各布森和列维-斯特劳斯对等原则研究中国文学抒情结构,并从刘勰《文心雕龙·丽辞》所谓“反对者,理殊趣合者也;正对者,事异义同者也”的阐述中找到了理论依据,使之符合中国文学抒情传统乃至文化传统。认为:“对句是抒情诗的缩影,它的形式简洁,是以‘趣同’或‘义合’的方式表达意义。此外,对句的结构要求运用对等原则,当这种原则由对句扩展到整首诗时,就成为类似于《玉阶怨》的作品——利用对等原则联系诗中的所有名词,并把焦点放在他们的共同特征上。”对李白《玉阶怨》“玉阶生白露,夜久侵罗袜。却下水晶帘,玲珑望秋月”,高友工有这样的阐释:“李白的这首诗从两个重要方面说明了雅各布森的对等原理:第一,所有的名词——玉阶、白露、罗袜、水晶帘、秋月——虽然在语链中不相邻近,但仍然可以连接起来。第二,这种

① 高友工:《唐诗的魅力》,上海古籍出版社1989年版,第79、105页。

连接是通过对等,即相似或相反而实现的,这种对等在普通语言中是语链内的词与词之间,它确实发挥了构成诗歌组织的作用,这正说明了雅各布森的理论:'诗的作用是把对等原则从选择过程带入组合过程。'"他还认为:"对等原则是隐喻和典故的共同基础",只是侧重点有所不同:"隐喻重视对象特征的描绘,典故则强调对象动作的表现。"①

虽然什克洛夫斯基乃至高友工的论述,并不一定揭示了所有抒情技术,但至少表明了中国文学抒情传统中除了赋、比、兴之外还有其他技术存在,还有待于人们进行更深入的发掘和整理。在我们看来,隐喻、换喻、提喻也许是更为复杂普遍的抒情技术。亚里士多德认为:"用一个表示事物的词借喻他物,这个词便成了隐喻词,其应用范围包括以属喻种、以种喻属、以种喻种和彼此类推。"②丰塔尼埃在此基础上通过区分观念之间的对应关系或符合关系、联结关系和相似关系分别将比喻划分为换喻、提喻和隐喻。虽然我们无法等同地看待亚里士多德的四种隐喻与丰塔尼埃三种比喻,但如利科所说:"亚里士多德的隐喻相当于丰塔尼埃的比喻。丰塔尼埃的隐喻或多或少相当于亚里士多德的第四种隐喻。"③虽然丰塔尼埃并不将符合关系理解为邻近性,但他的后继者却恰恰将其归结为邻近性。丰塔尼埃将符合关系理解为两种对象的接近关系,诸如原因与结果、手段与目的、包含者与内容、事物与地点、符号与涵义、自然与精神、模型与事物等关系,并认为在此"完全分离"的排斥关系的多样性的基础上,形成了换喻的多样性;他还将联结关系阐释为诸如部分与整体、质料与事物、单一性与多样性、种与属、抽象与具体、类别与个体等包含关系,并认为提喻的形成就建立在这种包含关系的基础上;与换喻与提喻所分别依赖的对应关系和联结关系主要是对象之间的关系不同,他将隐喻的相似关系主要归结为意见中的观念之间的关系,在此基础上形成了"将一个有生命的东西的专有名词用于另一个有生命的东西"、"将无生命的物理的东西的专有名词用于纯精神性的或抽象

---

① 高友工:《唐诗的魅力》,上海古籍出版社1989年版,第158、154、162页。

② 亚里士多德:《诗学》,商务印书馆1996年版,第149页。

③ 利科:《活的隐喻》,上海译文出版社2004年版,第75—76页。

的无生命的东西"、"将无生命的东西的专有名词用于有生命的东西"、"以有生命的东西喻无生命的东西的物理隐喻"、"以有生命的东西喻无生命的东西的精神隐喻"五种隐喻。最终归结为对两个有生命或无生命的物理对象进行比较的物理隐喻、将某种抽象的形而上学的精神层面的东西与物理的东西进步比较的精神隐喻一对隐喻。①

我们不能单纯从修辞学的角度,而应该从更为普遍的意义上来考察丰塔尼埃的形象化表达理论。不能将换喻、提喻和隐喻仅仅视为一种修辞方式,应该看成形象化和奇异化地表达对事物的特殊感受即情感态度的抒情技术,分别将建立在所谓邻近关系即排斥关系、联结关系即包含关系与相似关系基础上抒情称之为换喻、提喻和隐喻抒情。所谓换喻抒情,其实就是依赖空间并列或时间持续所显现的邻近性构成文本形象而达到抒情目的的抒情技术。大多数文学抒情都不能从根本上摆脱这种技术,因为这可能是一切抒情技术中最基本同时也最表面化的技术。这种技术可能依靠空间邻近,也可能依靠时间邻近,甚至可能空间和时间邻近兼而有之。如温庭筠《菩萨蛮·小山重叠金明灭》云:"小山重叠金明灭,鬓云欲度香腮雪。懒起画娥眉,弄妆梳洗迟。照花前后镜,花面交相映 新帖绣罗襦,双双金鹧鸪。""小山重叠金明灭,鬓云欲度香腮雪",显然是以空间邻近性为基础的换喻抒情,至于此后几句则主要以时间邻近性为基础,但是"前后镜"、"交相映",及"双双金鹧鸪",也不排除空间邻近性。在这种抒情技术中,无论依靠空间并列而具有邻近性,还是依赖时间持续而具有邻近性,构成临近关系的不同自然物象常常彼此绝对分离、不能相互替代。对这种具有临近关系和排斥关系自然物象的表象和抒情是换喻抒情的最基本功能。

提喻抒情可能在某种程度上仍然依赖空间并列和时间持续所构成的邻近性,但这种临近关系和排斥关系并不是其所必须依赖的主要关系。提喻抒情主要依赖各个表象对象之间的包含关系及其所构成的联结关系。提喻抒情不是将具有空间和时间邻近性和排斥性的自然物象所构成的表象作为

① 参见利科:《活的隐喻》,上海译文出版社 2004 年版,第 76—80 页。

形象奇异化表达的方式,而是将包含在一个自然物象的各个局部表象进行形象奇异化处理,以局部表象达到整体表象和抒情或以个性表象来达到共性表象和抒情的目的。如温庭筠《菩萨蛮·小山重叠金明灭》,如果从女主人公梳妆打扮的不同部位与首饰最终形成女主人公形象整体的方面来说,显然具有提喻抒情的性质。提喻抒情依赖的是这种包含关系和联结关系,当然并不仅仅指以局部表现整体,以个性表现共性,而且还包括以整体表现局部和以共性表现个性。只要是这种包含关系所构成的联结,都属于提喻抒情范畴。

换喻和提喻抒情仅仅是建立自然物象外部形态表象基础上的抒情,一般情况下并不能体现作家的最终目的。作家的最终目的是通过表面的形象奇异化而寄寓一定情感的,这就涉及隐喻抒情。隐喻抒情具有换喻和提喻抒情的特征,而且正是借助换喻抒情的临近关系和提喻抒情的联结关系所显现出来的外在形象系统与某种相对抽象的思想观念系统之间的相似性关系实现抒情目的。因此,隐喻抒情常常有整体性隐喻抒情与局部性隐喻抒情两种类型。如鲁迅《秋夜》所描写的夜、枣树、小粉红花、恶鸟、小青虫等分别隐喻了恶势力、抗争的勇士、充满美好愿望的人、恶势力的帮凶、容易上当受骗者,这就是局部性隐喻抒情,但也共同构成了秋夜的共同寓意,是整体性隐喻抒情。单就个别单一意象而言,可能更多是局部性隐喻抒情,但对由局部构成的整个文本形象系统而言,又可能是整体性隐喻抒情。但前提条件必须是依赖本体与喻体之间的相似性关系,否则就有可能只是提喻抒情了。单纯的提喻抒情是并不多见的。隐喻在文学抒情传统中有着十分重要的意义,甚至如弗莱所说“所有的诗歌意象似乎都建立在隐喻之上”。①高友工还将隐喻分为暗含的隐喻与明显的隐喻两种类型。在高友工看来,韩翃《寒食》“春城无处不飞花,寒食东风御柳斜。日暮汉宫传蜡烛,轻烟散入五侯家”,是通过“五侯家”明指汉朝,而暗指唐朝。卢纶《塞下曲》“林暗草惊风,将军夜引弓。平明寻白羽,没在石棱中”,是借用李广射虎穿石的

① 弗莱:《批评的解剖》,百花文艺出版社1998年版,第367页。

典故批评唐代宦官势力日长。①

隐喻和换喻还可以与詹·弗雷泽所谓巫术思维或交感巫术联系起来。分别对应根据相似律即同类相生或果必同因的原则，仅仅通过模仿实现其要做的事情的顺势巫术，与根据接触律或接染律即物体一经相互接触，即使中断这种接触仍然继续远距离互相作用的原则，通过对曾经被某个人接触过或是其身体的一部分的物体施加影响的方式来对这一个人施加影响的接触巫术。弗雷泽认为："基于相似律的法术叫做'顺势巫术'或'模拟巫术'。基于接触律或接染律的法术叫做'接触巫术'。"②这显示出隐喻与换喻有着极为广泛的表现形式，是与原始思维方式紧密联系起来的思维方式。隐喻思维是以相似律作为思维基础的，主要依赖本体与喻体在形式与内容、现象与本质诸方面的某些相似性，通过对喻体的描述间接达到描述本体的目的。更具体地说，就是借助现象世界某些事物的描述以曲折显示与这些现象世界事物具有相似性的另外事物及其本质和特征。这是一种间接描述现象世界事物、揭示其本质特征、表达思想情感的思维方法。作家想要描述、揭示和表达的是某一事物，然而并不直接进行描述、揭示和表达，偏偏选择与这一事物具有某种相似性的事物进行惟妙惟肖的描述、入木三分的揭示和淋漓尽致的表达。如果这种隐喻思维所选择的本体与喻体的相似性不过于模糊或陈旧，能够让读者破译这种相似性时既不十分困难，又不觉得肤浅和平庸，就能够很大程度上激发读者认识、发现和破译的乐趣，调动其阅读的主体创造性。换喻思维则是以接触律为基础的思维方法，常常借助现象世界事物时间和空间的邻近性，顺理成章地从作为本体的某些事物转换至与这一事物邻近的作为喻体的另外事物。这种时间和空间的邻近性，可能表现为部分与整体、特殊与普遍、现象与本质、偶然与必然诸方面的相关性。如马依明所说："对比喻的理解是基于现象的相似之上的。对换喻形象的理解却不是基于相似，而是基于对象的各种内部和外部的联系上。这种联

① 高友工：《唐诗的魅力》，上海古籍出版社1989年版，第141—142页。

② 詹·弗雷泽：《金枝精要》，上海文艺出版社2001年版，第16页。

系可能是因概念相近,也可能是由整体和部分的关系,或是行为和行为属性的关系等等。"①换喻思维不仅能够将通过部分显示整体、通过特殊显示普遍、通过现象显示本质、通过偶然显示必然,而且能够将一般概念转换为具体表象,使本来具有确定甚至唯一意义的概念在转换为具体表象时获得极其丰富的内涵。创造最生动、最具体、最富内涵的表象是换喻思维的主要功能。这两种思维方法具有非常广泛的用途:隐喻思维和换喻思维分别与浪漫主义文学和现实主义文学有着紧密联系。浪漫主义文学注重以现象世界作为喻体,将其所要表达的本体即一定的事物和思想情感隐藏起来,借喻体的描述间接表达本体的思想情感;现实主义文学则利用现实世界事物彼此邻近性将各种事物有机联系起来,使之成为一个完整的想象的文本世界。同样,隐喻思维与换喻思维也分别与诗歌和散文的体裁具有密切关系。

这种基于顺势巫术与接触巫术与弗洛伊德所谓基于相似性的"认同"和"象征表示"以及基于毗连性的"移置"和"凝缩"的梦幻思维具有很大程度的相似性。在这些理论的基础上,雅各布逊等理论家将其分别与文学创作的隐喻和换喻两种比喻手法相联系。在雅各布逊看来,隐喻以实在主体与其比喻式代用词之间的相似性和类比为基础,换喻则以人们在实在主体和临近代用词的接近联想为基础,二者是一种二元对立的比喻手法。"人们已经多次指出过隐喻手法在浪漫主义和象征主义流派当中所占据的优势地位,然而却尚未充分认识到:正是换喻手法支配了并且实际上决定着所谓'现实主义'的文学潮流。后者属于介乎浪漫主义的衰落和象征主义的兴起之间的过渡时期并与两者迥然不同。"②模拟巫术及其所具有的隐喻方法与接触巫术及其所具有的换喻方法并不仅仅是巫术思维和比喻手法的两极,更是艺术思维的两极,因为模拟巫术和隐喻所依赖的事物相似性与接触巫术和换喻所遵循的事物邻近性常常普遍地存在于作家的文学创作之中,

① 马依明:《艺术的比喻思维和换喻思维》,载《外国理论家作家论形象思维》,中国社会科学出版社 1979 年版,第 628—629 页。

② 雅各布逊:《隐喻和换喻的两极》,载伍蠡甫:《西方文艺理论名著选编》(下),北京大学出版社 1987 年版,第 431 页。

构成了一切艺术思维的基础。可以说,相似性是现代主义艺术思维的基础,常常通过作为艺术形象的事物与现实物象之间的,基于某种相似性的对应关系形成艺术世界意蕴与物象的有机统一;邻近性或相关性则是现实主义艺术思维的基础,常常依赖这种邻近性或相关性使各种事物统一起来成为完整的艺术世界。

中国文学抒情传统中,虽然没有人明确提出将奇异化作为主要技术指标,但对奇异化的必要性,以及奇异化的具体实践还是作出了一定贡献的。如韩愈《答刘正夫书》明确指出:"夫百物朝夕所见者,人皆不注视也;及睹其异者,则共观而言之。"①许多作家不仅将神奇、奇味,乃至奇绝险怪作为艺术精神,并且能够体悟到深层的道的内涵。如刘勰不是将重复作为造成奇异化的主要手段,而是将避免征实而追求翻空作为达到奇异的途径,有云:"意翻空而易奇,言征实而难巧。"(《文心雕龙・神思》)柳宗元不仅强调文以明道,而且主张"尽六艺之奇味以足其口"。② 而袁宏道更喜欢所谓:"文章新奇,无定格式,只要发人所不能发,句法字法调法,一一从自己胸中流出,此真新奇也。"③所有这些都表明中国文学抒情传统的奇异化有着比西方文学抒情的奇异化更丰富的内涵,是明显超越了诸如重复、延缓等技术的,是以赋、比、兴,以及隐喻、换喻、提喻所构成的更复杂逻辑关系作为基础而呈现出更为丰富多样的技巧乃至技术的。

其实无论意象组合的对等原则,以及隐喻、换喻、提喻等抒情技术,还是奇异化技术,都不能真正体现中国文学抒情传统作为技术的根本精神,也不能真正体现中国文化传统根本精神。因为中国文学抒情传统不是将某种诸如对等原则、重复乃至奇异化等技术作为文学抒情技术的根本所在,而是将其与对天地自然大道的体悟有机联系起来,将贯穿其中的天地自然大道作

---

① 马其昶:《韩昌黎文集校注》,上海古籍出版社 1986 年版,第 20 页。

② 柳宗元:《读韩愈所著毛颖传后题》,载北京大学哲学系美学教研室编:《中国美学史资料选编》(上),中华书局 1980 年版,第 295 页。

③ 袁宏道:《答李元善》,载北京大学哲学系美学教研室:《中国美学史资料选编》(下),中华书局 1980 年版,第 158 页。

为根本。在这一点上,也许《庄子》最有代表性。不仅最早在理论上,同时也在实践上印证了技术的核心意蕴。《庄子》不仅创造了许许多多具有奇貌、奇行、奇技、奇思的奇人,而且创造了形形色色具有奇形、奇事、奇情、奇意的奇物,为人们提供了光怪陆离的奇异世界。《庄子·天下》有云:“古之道术有在于是者。庄周闻其风而悦之。以谬悠之说,荒唐之言,无端崖之辞,时恣纵而不傥,不以觭见之也。以天下为沉浊,不可与庄语,以卮言为曼衍,以重言为真,以寓言为广。独与天地精神往来,而不敖倪于万物。不谴是非,以与世俗处。其书虽环玮,而连犿无伤也。其辞虽参差,而諔诡可观。彼其充实,不可以已。”在包括《庄子》在内的中国文学抒情传统中,虽然也追求诸如神奇等艺术效果,但似乎更愿意追求其中所蕴涵的道的精神。徐复观对此有深刻认识:“庄子所要求的艺术创造,必须如造物者之‘雕刻众形而不为巧’(《庄子·大宗师》),即巧而忘其为巧,创造而忘其为创造,则创造便能完全合乎物的本质本性。这才是最高的艺术创造。”①徐复观的阐释并不一定能够揭示庄子技术论的深层内容,庄子所阐发的中国文学抒情虽然注重技术,但并不视技术为最高艺术创造,往往将忘乎自我与外物,以及神奇与臭腐的分别作为艺术创造最高境界的观点,体现了中国文学抒情传统之基本精神。

人们向来看重《庄子》化臭腐为神奇的艺术创造思想,甚至每每与波德莱尔“以丑为美”相联系。但波德莱尔“以丑为美”的思想充其量只是体现了类似刘熙载所谓“丑石以丑为美,丑到极处,便是美到极处”的美学思想,②只是体现了波德莱尔对美女的一种报复性丑化,并不具有什么哲学深意。但《庄子》化臭腐为神奇则有所不同,更多地体现了超越技术的齐物论观点。有云:“是其所美者为神奇,其所恶者臭腐;臭腐化为神奇,神奇化为臭腐。故曰‘通天下一气耳’。”(《庄子·天下》)这里所阐述的并不是一般意义的如何化丑为美的问题,更不是波德莱尔以丑为美,也不是罗丹化自然

① 徐复观:《中国艺术精神》,华东师范大学出版社 2001 年版,第 74 页。

② 刘熙载:《艺概》,载北京大学哲学系美学教研室:《中国美学史资料选编》(下),中华书局 1980 年版,第 405 页。

丑而成其为艺术美的问题。在庄子看来,自然与艺术是没有根本区别的。不仅自然的最高境界是艺术,而且艺术的最高境界同样是艺术,自然本身就是艺术,艺术本身就是自然。不仅如此,在庄子看来,诸如美与丑、善与恶、是与非,乃至臭腐与神奇本身都没有什么分别,平等不二、等物齐观。这才是其"通天下一气"的真正内涵。《庄子》这里所阐发的正是习惯于二元论思维模式的西方人所难以理解的齐物论或不二论。所谓神奇与臭腐的对立并不是绝对的,不可调和的,而是常常相互转化的,甚至是道通为一的,也就是所谓神奇即是臭腐,臭腐即是神奇,神奇与臭腐相互通融、平等不二。不是由类似臭腐所构成的光怪陆离的奇异世界本身散发着神奇的力量,而是类似臭腐本身就是神奇。这也就是在《庄子》中那些看似最为畸形怪状的人却恰恰有着超乎寻常的技术乃至通达无碍的生命智慧的根本原因。

二、文学抒情作为技术的主要启示

任何技术都有十分明显的缺憾。它只是相对于特定工作才有用,一旦离开这一特定范围就可能显得毫无价值。但如果超越单一的专门技术,蕴涵一定天地自然之大道,就可能超越专门化所导致的狭隘与无用,具有无穷无尽的作用。文学抒情作为一种技术同样如此。作家尤其杰出的作家从来不以专门技术作为终极目的,尤其中国作家常常是将具有更广泛的、普遍性的道作为最高艺术理想,而且正是这种艺术理想构成了中国文学抒情传统之最独特而高超的精神。王阳明指出:"专于弈,而不专于道,其专溺也;精于文词而不精于道,其精辟也。夫道广矣大矣,文词技能于是乎出,而以文词技能为者,去道远矣。"①中国文学抒情虽然十分重视技术,但更看重作为一切技术之本原的道。技术在其最高境界都是道,技术与道的合而为一是中国文学抒情传统基本内涵。执著于西方诸如重复、对等和奇异化等抒情传统,并不能够洞察中国文学抒情传统真正内涵。而最能体现中国文学抒

① 王阳明:《文录四·送宗伯乔白岩序》,载《王阳明全集》(上),上海古籍出版社 1992 年版,第 228 页。

情作为技术的根本精神还是道。

其一,文学抒情作为一种技术传统不能通过简单继承所能获得,必须付出艰苦劳动,通过日积月累的强化训练达到熟能生巧才能获得。文学抒情作为一种技术,其突出表现是相关制作技术本身是构成传统的一个主要组成部分,而且这些属于技术的传统常常不能简单用继承加以说明,任何技术的继承仅仅是一种表面化说法,真实的情形是艰苦训练与精益求精。所以艾略特这样阐述道:"传统并不能继承。假若需要它,你必须通过艰苦劳动来获得它。"①技术在工厂里,师徒之间手把手的指导与训练表现出极其明显的链条式传承关系。在文学抒情中,虽然不及工厂有着明显表现,但必须经过艰苦训练得以承传的精神却并没有受到削弱。正是因为文学抒情传统作为一种技术,不能经过继承而传承,只能通过"术业有专攻"的强化训练获得,这才形成了中国文学抒情传统作为技术的基本内涵。传统的力量是无穷的。人们总是喜欢夸大创造性的价值与意义,甚至每每将原创性作为衡量艺术创作成就的重要标准甚至唯一标准。创造性固然十分重要,简单重复尤其低层次重复总是意味着创作的滑坡乃至堕落,但艺术创造并不意味着对传统的彻底颠覆和决裂。绝对意义的彻底颠覆是不存在的,而最具有创造性的部分恰恰蕴含着与传统的密切联系,甚至完全建立在对传统炉火纯青地运用的基础之上。文学抒情同样如此。任何国家和民族都有属于自己国家和民族的抒情传统,任何一个作家都不可能完全超越这一国家和民族的抒情传统。越具有创造性的作家在抒情传统的整合与运用方面可能越突出,许多在人们看来纯粹是独创性的东西恰恰可能与传统有着密不可分的联系,甚至就是对这一传统全面整合与高度发挥的结果。如艾略特所说:"每当我们称赞一位诗人时,我们倾向于强调他的作品中那些最不像别人的地方。我们声称在他作品中的这些地方或部分找到了这个人独有的特点,找到了他的特殊本质。我们津津乐道这位诗人与他的前人,尤其是他最

① 艾略特:《传统与个人才能》,载《艾略特文学论文集》,百花洲文艺出版社 2010 年版,第 2 页。

临近的前人之间的区别。我们努力去寻找能够被孤立出来加以欣赏的东西。如果我们不抱这种先入的成见去研究其位诗人,我们反而往往会发现不仅他的作品中最好的部分,而且最具有个性的部分,很可能正是已故诗人们,也就是他的先辈们,最有力地表现了他们作品之所以不朽的部分。"①尽管技术可能因为仅仅专注于某一特定工作而显得有些视野狭窄,甚至有着只知其一不知其二的褊促与狭隘,但还是要竭尽毕生大部分精力才能获得。中国文学抒情传统对此有深刻认识,如《庄子·知北游》载:"大马之捶钩者,年八十矣,而不失毫芒。大马曰:'子巧欤!有道欤?'曰:'臣有守也。臣之年二十而好捶钩,于物无视也,非钩无察也。'是用之者假不用者也,以长得其用,而况乎不用者乎!物孰不资焉!"技术的获得是诸如"大马之捶钩者"倾注毕生精力专注一事的结果。文学抒情技术的获得同样得终生专注、长期训练。

其二,文学抒情技术要达到巧夺天工,必须有物我两忘、心体无滞的虚静心境。西方文学抒情如柏拉图强调迷狂,尼采强调沉醉,很少有人强调虚静,而虚静却恰恰体现了中国文学抒情传统作为技术的基本内涵。虽然不是所有文学抒情都必须有这种心境,但相应的心境必然形成相应的抒情境界,如果说迷狂和沉醉可能更多形成诸如物境、情境等抒情境界,而虚静则更有可能达到妙悟及意境的抒情境界。要达到妙悟这一文学抒情的最高境界,就不能没有这种心理准备。这同时也是包括抒情在内的技术要达到巧夺天工地步的必要准备。这种心境的特点是既没有外物的干扰,又没有诸如自我成见或知识的束缚,是一种完全无拘无束、自由无执的境界。如《庄子·达生》有载:"梓庆削木为鐻,鐻成,见者惊犹鬼神。鲁侯见而问焉,曰:'子何术以为焉?'对曰:'臣工人,何术之有!虽然,有一焉:臣将为鐻,未尝敢以耗气也,必齐以静心。齐三日,而不敢怀庆赏爵禄;齐五日,不敢怀非誉巧拙;齐七日,辄然忘吾有四肢形体也。当是时也,无公朝,其巧专而外滑

① 艾略特:《传统与个人才能》,载《艾略特文学论文集》,百花洲文艺出版社2010年版,第2页。

消,然后入山林,观天性形躯,至矣,然后成见鐻,然后加手焉,不然则已。则以天合天,器之所以疑神者(乐器所以被疑为神工),其由是与?'"这说明要使技术真正达至巧夺天工的地步,必须专心致志,忘却一切外界和内心的干扰,达到非难与称誉、工巧与笨拙、自我与外物两忘、平等不二的清净境界。这个清净境界其实就是臻达道家所谓道或佛教所谓般若境界。如果说道家主要强调一视同仁、等物齐观、道通为一的袭明,那么佛教似乎更喜欢提倡平等不二、广大无边、无挂无碍的般若。尽管表述略有不同,但精神实质却相同:都将平等不二,心体无滞,明白四达当做最高生命境界。对中国文学抒情传统而言,平等不二、心体无滞、明白四达的清净境界不仅仅是对作家进行文学抒情的一种要求,也是对读者进行文学欣赏的一种要求。如白居易《船夜援琴》所谓:"鸟栖鱼不动,月照夜不深。身外都无事,舟中只有琴。七弦为益友,两耳是知音。心静即声淡,其间无古今。"这首诗既能用来说明文学抒情,同时也能用来说明对文学抒情的欣赏。这也可能并不是中国文学抒情作为技术传统的深刻内涵,其深刻内涵可能与人生乃至宇宙生命密切相关。即所谓清净境界,并不仅仅是文学艺术创作与欣赏的最高境界,更是人生的一种最高境界。

其三,文学抒情技术最高境界与天地自然大道息息相通。技术看似雕虫小技,其实臻达最高境界往往与天地自然之大道息息相通。或者说所有技术臻达最高境界,都蕴涵着丰富的天地自然大道。因为技术的最高境界常常符合天地自然大道,甚至本身就是天地自然大道的一种显现形式。所以在中国文学抒情传统看来,与其说人们是在追求所谓精湛绝技,不如说是在追求天地自然之大道。天地自然大道才是精湛技术的真正内涵与根本精神。如《庄子·达生》有云:"仲尼适楚,出于林中,见佝偻者承蜩,犹掇之也。仲尼曰:'子巧乎!有道邪?'曰:'我有道也。五、六月,累丸二而不坠,则失者锱铢;累三而不坠,则失者十一;累五而不坠,犹掇之也。吾处身也,若厥株枸;吾执臂也,若槁木之枝。虽天地之大,万物之多,而唯蜩翼之知。吾不反不侧,不以万物易蜩之翼,何为而不得?'孔子倾嗬弟子曰:'用志不分,乃凝于神,其佝偻丈人之谓乎!'""用志不分,乃凝于神",不仅是承蜩的佝偻丈人日积月累训练绝技的一种基本态度，更是他体悟天地自然大道的一种基本态度。体悟天地自然大道显然是其终极目的，承蜩则仅仅是其体悟天地自然大道所获得的一种副产品。这就要求不仅作家，甚至读者，都不能仅仅将文学抒情技术作为终极目的，更应该将体悟天地自然大道作为终极目的。一个人掌握一定绝技并不难，难的是体悟天地自然大道。体悟天地自然大道才是人世间最高智慧。可见包括抒情在内的技术，尽管表面上看来仅仅是一种建立在术业专攻基础上的技术，存在挂一漏万，只见树木不见森林的缺憾，但如果不为这种技术使用范围所限，同样可能洞察天地自然大道，拥有道家所谓袭明与佛家所谓般若智慧。所以对中国文学抒情传统而言，无论创作还是欣赏，体悟平等不二、心体无滞、明白四达的生命智慧才是根本。

其四，文学抒情技术最高境界是生活与艺术平等不二的道的境界。既然平等不二、心体无滞、明白四达的清净不二境界是达到文学抒情最高境界的基本心理准备，文学抒情的最高境界与天地自然大道息息相通，那么文学抒情作为技术可能达到的最高境界将如《庄子·养生主》所描述臻于道境："庖丁为文惠君解牛，手之所触，肩之所倚，足之所履，膝之所踦，砉然向然，奏刀騞然，莫不中音。合于《桑林》之舞，乃中《经首》之会。文惠君曰：'嘻，善哉！技盖至此乎？'庖丁释刀对曰：'臣之所好者道也，进乎技矣。始臣之解牛之时，所见无非牛者。三年之后，未尝见全牛也。方今之时，臣以神遇而不以目视，官知止而神欲行。依乎天理，批大郤，导大窾，因其固然，技经肯綮之未尝，而况大軱乎！良庖岁更刀，割也；族庖月更刀，折也。今臣之刀十九年矣，所解数千牛矣，而刀刃若新发于硎。彼节者有间，而刀刃者无厚；以无厚入有间，恢恢乎其于游刃必有余地矣，是以十九年而刀刃若新发于硎。虽然，每至于族，吾见其难为，怵然为戒，视为止，行为迟。动刀甚微，謋然已解，如土委地。提刀而立，为之四顾，为之踌躇满志，善刀而藏之。'文惠君曰：'善哉，吾闻庖丁之言，得养生焉。'"在庄子看来，如庖丁所体悟，抒情技术的获得往往依赖于对道的追求，而不仅仅是对技术的追求，道明显高于技术，道才是其追求的终极目的。而且正是由于对道的追求，最终实现了解牛而“合于《桑林》之舞，乃中《经首》之会”的艺术效果。这表明艺术与生活的最高境界是息息相通的。宗白华有这样的感悟：“庄子是具有艺术天才的哲学家，对于艺术境界的阐发最为精妙。在他是‘道’，这形而上原理，和‘艺’，能够体合无间。‘道’的生命进乎技，‘技’的表现启示着‘道’。”①由此可见，看似寻常的技术往往蕴涵着至高无上的道，而道才是一切技术之最高境界。

徐复观的体悟更深刻，他指出：“庖丁说他所好的是道，而道较之于技是更进了一层，由此可知道与技是密切地关联着。庖丁并不是在技外见道，而是在技中见道。”由于“未尝见全牛”标志着“心与物的对立解消”，由于“以神遇而不以目视，官知止而神欲行”标志着“手与心的距离解消，技术对心的制约性解消”，“于是他的解牛，成为他的无所系缚的精神游戏。他的精神由此而得到了由技术解放而来的自由感与充实感；这正是庄子把道视为精神之上的逍遥游的一个实例。由此，庖丁的技而进乎道，不是比拟性的说法，而是具有真实内容的说法，但上述的情境，是道在人生中实现的情境，也正是艺术精神在人生中呈现时的情境”。② 可见技术并不仅仅单凭专心致志、持之以恒的艰苦劳动而获得。在这个看似寻常的技术中，其实蕴涵着同样深刻的天地自然大道。或者说真正最高境界的技术常常与天地自然大道相辅相成，平等不二。最高境界的技术其实就是道，道其实就是最高境界的技术。最高境界的技术与道的共同特点是超越了一般层次技术的狭隘性而具有了广大无边、明白四达的智慧。这个智慧的根本精神是心与物、自我与外物、感官与精神、形而下与形而上，解牛与乐舞甚至生活与艺术的平等不二、通达无碍。近年来人们总是强调生活的艺术化和审美化，或艺术和审美的生活化，这其实仅仅是西方知识美学二元论思维的翻版，其根本精神仍然认为生活与艺术有所分别，主张通过努力才能达到二者有机统一。真正的智慧美学尤其中国智慧美学恰恰不执著于这种二元论。在中国智慧美学

---

① 宗白华：《中国艺术意境之诞生（增订稿）》，载《宗白华全集》第 2 卷，安徽教育出版社 1994 年版，第 364 页。

② 徐复观：《中国艺术精神》，华东师范大学出版社 2001 年版，第 31—32 页。

看来，生活与艺术本来无所分别、平等不二。如果人们真的将自由与解放作为生命活动的终极目的，要实现生命的真正自由与解放只能依赖这种无所分别与取舍、无所执著，心体无滞、明白四达的生命智慧。

其五，体悟中国文学抒情技术最高生命境界的关键在于读者，读者在相当程度上决定着文学抒情最高境界的最终实现。西方文学抒情传统，尤其接受理论往往强调读者的中心地位，甚至将读者作为文学活动的最终决定因素。在中国文学抒情传统中，读者从来不是被动的接受者，往往有着重构文学情境的使命和能力，这种重构显然具有创造性。如黄子云指出："当于吟咏时，先揣知作者当日所处境遇，然后以我之心，求无象于窅冥恍惚之间，或得或丧，若存若亡，始也茫焉无所遇，终焉元珠垂曜，灼然毕现我目中矣。"①最高境界的读者可能并不仅仅停留于抒情境界的重构，同样能够体悟到清净无二的生命境界，如况周颐指出："读词之法，取前人名句意境绝佳者，将此意境缔构于吾想望中，然后澄思渺虑，以吾身入乎其中而涵咏之，性灵相与俱化，乃真实为吾有而外物不能夺。"②要体悟文学抒情所蕴涵的天地自然大道，读者必须有阿尔都塞所谓"症候式阅读"能力，能够透过字里行间读出文字之外所蕴涵的情感意蕴。最高境界的读者尤其应该具有"视于无形"、"听于无声"的能力，如《淮南子・说林训》所云："视于无形，则得其所见矣。听于无声，则得其所闻矣。……听有音之音者聋，听无音之音者聪，不聋不聪，与神明通。"这才是文学欣赏的最高境界。中国文学抒情传统建立在作家与读者平等对话乃至心心相印的基础之上，而且在某种意义上说，读者的体悟常常决定着文学抒情中天地自然大道的最终展示。《庄子・徐无鬼》石匠运斤成风的寓言在某种意义上也揭示了中国文学抒情传统中知音难遇的现象："庄子送葬，过惠子之墓，顾谓从者曰："郢人垩漫其鼻端，若蝇翼，使匠石斵之。匠石运斤成风，听而斵之，尽垩而鼻不伤，

---

①　黄子云：《野鸿诗的》，载王夫之等：《清诗话》，上海古籍出版社 1999 年版，第 847—848 页。

②　况周颐：《蕙风词话》，载唐圭璋：《词话丛编》第 5 册，中华书局 1986 年版，第 4411 页。

郢人立不失容。宋元君闻之,召匠石曰:'尝试为寡人为之。'匠石曰:'臣则尝能斲之。虽然,臣之质死久矣。'自夫子之死也,吾无以为质矣!吾无与言之矣。"这也就是说,文学抒情效果的最终实现,很大程度上依赖于文学欣赏的知音参与,只有与作家有着基本相同的情感经验与悟性能够心心相印的读者,才可能真正体悟文学抒情所蕴涵的天地自然之大道。对庄子来说,也许只有惠施才是其知音,对于曹雪芹来说,也只有脂砚斋才是知音。造成知音难遇的主要原因是文学欣赏常常受到读者经验与悟性的制约。缺乏相应经验和悟性的读者即使对最深邃的文学抒情也可能无动于衷,而且由于曲高和寡的缘故可能有被误读的危险。除此而外,主观性不可避免地介入,也常常是读者歪曲甚至消解文学抒情意蕴的主要原因。如《淮南子·齐俗训》有云:"夫载哀者闻歌声而泣,载乐者见哭者而笑。哀可笑者,笑可哀者,载使然也。"《文心雕龙·知音》也指出了这一现象:"夫篇章杂沓,质文交加,知多偏好,人莫圆该。慷慨者逆声而击节,酝藉者见密而高蹈;浮慧者观绮而跃心,爱奇者闻诡而惊听。会己则嗟讽,异我则沮弃,各执一偶之解,欲拟万端之变,所谓东向而望,不见西墙也。"金圣叹也借助对《西厢记》的欣赏阐发了他的类似观点:"文者见之谓之文,淫者见之谓之淫耳。"①虽然文学欣赏的仁者见仁、智者见智并不是一种理想的欣赏境界,但确实体现了一种普遍现象。海德格尔也有类似看法。他明确指出:"把某某东西加以解释,这在本质上是通过先行具有、先行视见与先行掌握来起作用的。解释从来不是对先行给定的东西所作的无前提的把握。准确的经典注疏可以拿来当作解释的一种特殊的具体化,它固然喜欢援引'有典可稽'的东西,然而最先的'有典可稽'的东西,原不过是解释者的不言而喻、无可争议的先入之见。任何解释工作之初都必然有这种先入之见,它作为随着解释就已经'设定了的'东西是先行给定的,这就是说,是在先行具有、先行视见和先行掌握中先行给定的。"②因为先入为主的识见常常导致读者不能

---

① 金圣叹:《读第六才子书西厢记法之二》,载北京大学哲学系美学教研室:《中国美学史资料选编》(下),中华书局1980年版,第199页。

② 海德格尔:《存在与时间》,三联书店1999年版,第176页。

正确解读文学抒情意蕴，所以要真正把握中国文学抒情传统的基本精神，最关键的是要求读者以平等不二、心体无滞、明白四达的生命智慧来体悟。

可见，包括中国文学抒情传统在内的所有技术，其共同特点是因为过于注重术业有专攻，有只知其一不知其二的缺憾。但只要人们能够举一反三，触类旁通，也可能一通百通，达到对中国文学抒情传统之根本精神的认识，超越技术的孤陋寡闻局限而具有无所不知的智慧。这是因为技术之最高境界与智慧的最高境界息息相通，甚至技术的最高境界就是智慧的最高境界，智慧的最高境界就是技术的最高境界。柳宗元可能是唐宋八大散文家中最具有哲学智慧的，其《种树郭橐驼传》通过身体畸形但身怀绝技的郭橐驼，不仅指出了技术之仅“知种树而已”的孤陋寡闻，同时也揭示了技术绝境与智慧至境的相通之处乃在于顺任自然，无所施为，无所搅扰，使万物得以顺其本性自由发展。可见抒情技术并不仅仅是一种技术，如果仅仅看成技术，便错失了技术最高境界所蕴涵的智慧；如果看重技术，更重视技术之最高境界所蕴涵的无所分别、无所执著、平等不二、通达无碍的生命智慧，才能真正把握中国文学抒情传统抒情技术的根本精神。这是中国文学抒情传统对所有读者的一种基本要求，是最高要求，是中国文学抒情传统超越技术局限拥有宝贵智慧的基本保障。正是由于读者常常能从郭橐驼的养树技术中体悟到官员“养人”的道理，甚至还能体悟到诸多养生智慧，这才使中国文学抒情传统超越技术局限而在智慧层面得以传承。

第二节　中国抒情作为知识的启示

中国文学抒情传统涉及文学作品这一人工制品的制作，自然存在一定技术含量和成分，如果这种技术与一定学科和专业相联系，又必然属于知识范畴，体现为一定学科和专业知识和知识谱系，这种知识谱系又往往建立在相应的专业术语和概念范畴的基础之上，这就使文学抒情作为知识的性质显得更为明确。如果说技术的特点在于专门性和熟练性，是对某种单一的专门工作经过日积月累训练而形成的熟练技艺，那么知识则主要体现为学科性与专业性，是由相对于特定学科和专业领域的概念范畴所构成的知识谱系。如果技术的缺憾在于专门化而导致的孤陋寡闻，那么作为知识的文学抒情同样存在这种缺憾，仍然不能彻底改变有所知而有所不知的缺憾。

一、文学抒情作为知识

中国文学抒情涉及具有较为明显的制作技术性质的一系列知识谱系，具有同样鲜明的知识学性质。这是因为人们一提到中国文学抒情，就会自觉或不自觉地联想到诸如情感等一系列概念范畴与知识谱系。虽然对一般人来说，这种概念范畴和知识谱系可能并不严密、并不完整，可能有些模糊不清。但如果完全离开相应概念和知识就无法对文学抒情进行较准确的描述。即使阅读一首诗，只会用诸如好与不好、有趣味与无趣味之类的粗糙标准来判断。如果人们要对中国文学抒情传统形成更全面系统的认识，更需要依赖清晰严密的概念范畴与科学完整的知识谱系。所有这些证明了文学抒情作为知识的客观存在。

文学属于知识范畴的性质，是毋庸置疑的。文学是有着较明显的技术性质的知识，这是亚里士多德的一个基本看法。亚里士多德把知识分为三类：一是实践的，如伦理学、政治学等；二是理论的，如形上学、数学和物理学；三是制作的，如诗学、建筑、音乐等被认为是属于技术层面的知识。① 文学或抒情理论属于知识的性质也十分明确。什克洛夫斯基在《散文理论》引言里将“我们在知识的海洋里航行”，作为对“我们驶向何方”这一被认为是“通向伟大诗人的问题”的回答。② 这意味着至少在什克洛夫斯基看来一个关涉诗人乃至抒情的问题就是知识的问题。这是西方文学抒情传统的一个基本观点。

中国文学抒情传统向来十分看重抒情作为知识的性质。绝大多数作家充分认识到了中国文学抒情传统的形成得益于知识积累的事实。虽然文学

① 亚里士多德：《形而上学》，商务印书馆 1959 年版，第 118 页。

② 什克洛夫斯基：《散文理论》，百花洲文艺出版社 2010 年版，第 6 页。

抒情可能更多得益于创作天赋,但丰厚的知识积累无疑极其必要。虽然某些具有特别天赋的人常常能够超越知识的束缚形成不拘一格的文学抒情,但更多的作家还是有赖于相关知识,以及对文学抒情传统兼容并蓄作用的认识,如杜甫可谓中国文学抒情之杰出代表,其文学抒情的灵感或成就显然得益于"读书破万卷",其有所云"不薄今人爱古人,清词丽句必为邻。窃攀屈宋宜方驾,恐与齐梁作后尘",体现了他善于借鉴以往抒情传统且推陈出新的基本精神。唐宋八大家中最善于抒情,且能在抒情中蕴涵极其丰富而深刻的哲学智慧的是柳宗元。柳宗元对知识有更深切体会,较为系统地阐述了转益多师、旁推交通的妙处:"本之《书》以求其质,本之《诗》以求其恒,本之《礼》以求其宜,本之《春秋》以求其断,本之《易》以求其动。此吾所以取道之原也。参之谷梁氏以厉其气,参之《孟》、《荀》以畅其支,参之《庄》、《老》以肆其端,参之《国语》以博其趣,参之《离骚》以致其幽,参之太史公以著其洁。此吾所以旁推交通而以为之文也。"①

文学抒情虽然也是一种知识,但这种兼容并蓄的特点异常鲜明。异常鲜明的兼容并蓄特点最大限度超越了技术的只知其一不知其二的缺憾,使其具有了较开阔的视野,这是知识之所以超越技术而具有较大程度的普泛性的原因。虽然人们总是习惯于在某种程度上强调文学抒情的技术,甚至将文学抒情的成败归结于技术方面的成败。但技术仅仅是文学抒情的基本条件。当技术积累达到一定程度,要实现文学抒情的更大突破则主要依赖于知识,仅依靠积累就可能无能为力。知识往往给予作家源源不断的创作艺术灵感与创造力。颜之推云:"夫文章者,原出五经。"②文学抒情要达到一定高度,创造神奇巧妙的艺术效果,仅仅依赖技术是难以完成的,更多的需要依靠知识所给予灵感与创造力。所以能够体味文学抒情传统之神奇巧妙并谙熟只可意会不可言传之神妙,可能是文学抒情达到最高境界的一个基本条件。如章学诚:"学术文章,有神妙之境焉。末学肤受,泥迹以求之;

① 柳宗元:《答韦中立论师道书》,载北京大学哲学系美学教研室编:《中国美学史资料选编》(上),中华书局1980年版,第295页。

② 颜之推:《文章》,王利器:《颜氏家训集解》,中华书局1993年版,第237页。

其真知者,以谓中有神妙,可以意会而不可以言传者也。"①没有知识积累,想让文学抒情达到最高境界是不可能的。不仅如此,一个作家要臻达文学抒情之至境,还必须得益于他对文学抒情传统的兼容并蓄乃至推陈出新。在我们看来,擅长文学抒情,且能将中国文学抒情传统之各种体裁技法,以及现实与魔幻相结合的宏大题材驾驭得炉火纯青、臻达至境的莫过于曹雪芹,曹雪芹显然得益于博采众长而融为一体,如其所云:"凡诸家之长,尽吾师也。要在善于取舍耳。自应无所不师,而无所必师。"②

正因为文学抒情很大程度上得益于知识,所以中国文学抒情的批评与研究也自然不能脱离对知识的关注。这同样是构成文学抒情理论传统的一个主要方面。也许理论家的认识更有深度,对文学抒情传统的形成有着不可替代的作用。在理论家看来,博览知识,融会贯通乃至推陈出新是文学抒情的基础,如王充有云:"著书表文,博通所能用之者也。"(《论衡·超奇篇》)人们对文学抒情理论的知识储备可能仅限于文学抒情范畴,真正的文学抒情应该兼容并蓄、无所不包、无所不容,应当超越狭隘文学视野延伸到更广阔视域,至少应该文史哲兼通。如果说文学更多给予技术的启示,那么史学则能更多给予素材的启迪,哲学则能更多给予思想的启发,事实可能更复杂,常常相互交融,共同发生作用。刘勰对此有深刻认识:"若夫熔铸经典之范,翔集子史之术,洞晓情变,曲昭文体,然后能孚甲新意,雕画奇辞。"(《文心雕龙·风骨》)李重华有云:"诗有性情,有学问。性情须静功涵养,学问须原本六经。不如此,恐浮薄才华,无关六意。"③中国文学抒情传统在现代以来的确呈现出某种程度的退化趋势,其中一个主要原因可能就是后来的作家忽略了对知识的最大限度兼容并蓄,作茧自缚地局限于文学的狭隘范围。这种情形在文学成为一种专业之后更显得突出。因为博览群书,

① 章学诚:《内篇三》,叶英:《文史通义校注》,中华书局1994年版,第339页。

② 曹雪芹:《废艺斋集稿·岫里湖中琐艺》,载北京大学哲学系美学教研室编:《中国美学史资料选编》(下),中华书局1980年版,第346页。

③ 李重华:《贞一斋诗说》,载王夫之等:《清诗话》,上海古籍出版社1999年版,第932页。

烂熟于心,而至于发言若己,不仅是顿悟文学抒情深层奥秘,获得卓然超群的艺术创造力的重要途径,而且是解悟生命真谛臻达生命至境的重要手段。主张“夫学诗者以识为主”的严羽对此有深刻体悟。在他看来,熟读楚辞、《古诗十九首》、乐府,汉魏及盛唐名家,“酝酿胸中,久之自然悟入”。而且认为熟读乃至掌握文学抒情传统作为“向上一路,谓之直截根源,谓之顿门,谓之单刀直入也”。[①] 可见,全面把握文学抒情知识,不仅是掌握顿悟文学抒情和生命智慧的最快捷、最透彻的手段,而且是为人们提供创作及批评标准,使人们认识和超越文学抒情现状,获得文学抒情精神内核的根本途径。宗炳有曰:“夫理绝于中古之上者,可意求于千载之下;旨微于言象之外者,可心取于书策之内。”[②]可见,知识不仅是作家博通众家之知识,臻达抒情之和谐境界的重要手段,而且是读者形成和谐人格的主要手段,如谢榛有云:“学者能集众长,合而为一,若易牙以五味调和,则为全味矣。”[③]跨越专业局限,掌握全面知识,不仅是形成对文学抒情整体认识的基础,同时也是形成和谐人格的先决条件。

文学抒情得益于知识,属于知识范畴,并不意味着完全等同于学者之所谓知识。其实学者与作家对知识的基本态度是有区别的。学者可能着眼于知识的概念范畴与知识谱系的推陈出新,但作家可能对此并不感兴趣,而是以启迪灵感与构思为基本目的。所以他们往往既不对知识完全照搬照抄,更不是对知识熟视无睹。徐复观写道:“诗人是安住在情感的世界。他们的理智活动,或因觉其与生命的疏外而随时加以抛弃,或因其对生命的深入而又划归为感情。诗人常以欣赏咏叹的心境来读书,所以读书不求甚解,但也由欣赏咏叹而能对书有所得。他们与对象的关系,是相融相即的关系,对于对象的表达,是在感发咨嗟中,把对象唱叹描绘出来,越唱叹描绘得入神,

---

① 严羽:《沧浪诗话》,载何文焕:《历代诗话》(下),中华书局 1981 年版,第 687 页。

② 宗炳:《画山水序》,载俞剑华:《中国古代画论类编》(上),人民美术出版社 2000 年版,第 583 页。

③ 谢榛:《四溟诗话》卷三,载丁福保:《历代诗话续编》(下),中华书局 1983 年版,第 1180 页。

越含有作者的情性和面影。学人是安住在理智的世界。他们的感情活动，或因觉其对生命是一种纠缠而加以抑制，或因其对生命的浸透而运用理智来加以处理。学人是以钻研揭露的心境来读书，读书必求甚解，也常因钻研揭露而对书才有所得。他们与对象的关系，是主客分明的关系，对于对象的表达，是在冷静分析中把对象解剖条理出来，越解剖条理得入微，越能显出对象所含的原理、法则。当然，在现实生活中，两种精神状态常常能作并且也常常会作自由的转换，但并不是诗人由感情世界转换为理智世界时即可成为学人。同样的，并不是学人由理智世界转换为感情世界时便能成为诗人。"①正是由于目的的差异，作家对知识，只是将其作为获得推陈出新的灵感的一种源泉，将对知识的点铁成金作为一种基本技术。如黄庭坚《答洪驹父书》有云："古之能陶冶万物，虽取古人之陈言入于翰墨，如灵丹一粒，点铁成金也。"②在西方，卡西尔也有类似认识，他说："诗人好像是把普通语言之石点化为诗歌之金。我们在但丁或埃瑞斯托的每一段诗中，在莎士比亚的每一出悲剧中，在歌德和华兹华斯的每一首抒情诗里，我们都可以发现这种点石成金的天赋。他们的一切都有其特殊的声音，有其带特征的韵律，有无与伦比的、令人难忘的旋律。"③黄庭坚与卡西尔似乎都更看重作家在语言方面的点铁成金能力，事实上，这仅仅是一种表面现象，深层的意蕴还是知识和思想。与其说一个杰出作家往往对语言有这种能力，不如说是遗忘语言给予的灵感启迪使他们常常能在相当高度上形成点铁成金的能力。

作家对知识的吸收之所以不是建立在概念阐释与逻辑分析的基础之上，而更多依赖灵感的启发与感性的描述，是因为文学创作尤其抒情有着独特性，是始终伴随着情感活动且以感性形象作为终端显现形式的。如卡西尔所说："在艺术中，我们不是将世界概念化，而是将它感受化。但是艺术将我们引向的那些感受又绝不是这样一些感受；这些感受被感觉主义的传

---

① 徐复观：《中国文学精神》，上海书店出版社 2004 年版，第 5 页。

② 黄庭坚：《答洪驹父书》，载北京大学哲学系美学教研室编：《中国美学史资料选编》（下），中华书局 1980 年版，第 46 页。

③ 卡西尔：《语言与神话》，生活·读书·新知三联书店 1988 年版，第 142 页。

统语言描绘成感觉的模仿或感受的模糊印象。"[1]虽然卡西尔更重视感觉，中国文学抒情传统却更强调情感的重要性，而不是仅仅在一般意义上谈论感受的重要性。如周立勋有云："诗者，性情之作而有学问之事焉。"[2]这是说文学抒情是一种兼有学问知识而最终以性情作为终端显现的创造活动。感性形象是其终端显现形式，知识是其基本精神内核。更准确地说，所谓文学抒情其实就是知识的感性显现形式。王国维有所谓："若夫知识道理之不能表以议论而但可表以情感者，与夫不能求诸实地而但可求诸想象者，此则文学之所有事。"[3]中国文学抒情虽然常常以感性形象作为显现形式，以知识思想作为基本精神内核，即使这种知识并不是如学者那样有着清晰的概念和严密的逻辑特征，而且也不必保留准确的信息和严密的逻辑思维，但毕竟起着核心作用，起着精神的决定作用。所以中国文学抒情传统事实上是以知识作为内核以情感作为显现形式的，知识的内在作用与情感的外在作用的相辅相成、相得益彰，是达到文学抒情境界的重要途径。由此而言，知识与情感的相得益彰是中国文学抒情传统的又一基本特征，如王国维有言："文学者，不外知识与感情交代之结果而已。苟无敏锐之知识与深邃之感情者，不足与于文学之事。"[4]

正因为知识是文学抒情的基本内核，以知识作为基本内核的文学抒情传统理所当然应该受到读者的高度重视。而且中国文学抒情传统很大程度上是具有认识作用的，这是形成读者认识的基础。也正由于这种原因，人们往往十分重视诗教或文学抒情传统的知识教育，如《论语·阳货》有云："诗，可以兴，可以观，可以群，可以怨。迩之事父，远之事君；多识于鸟兽草木之名。"重视诗教或文学抒情传统的知识教育，将其作为读者和国民相互交流和沟通

① 卡西尔：《语言与神话》，生活·读书·新知三联书店1988年版，第166页。

② 周立勋：《乐起堂稿序》，载胡经之：《中国古典文艺学丛编》第3册，北京大学出版社2001年版，第116页。

③ 王国维：《国学丛刊序》，载北京大学哲学系美学教研室编：《中国美学史资料选编》（下），中华书局1980年版，第446页。

④ 王国维：《文学小言》，载北京大学哲学系美学教研室编：《中国美学史资料选编》（下），中华书局1980年版，第447页。

的知识基础，作为读者和国民文化修养和道德修养的标志，这几乎成为中国延续数千年的文化传统和国家意识形态，如《汉书·艺文志》载："古者诸侯卿大夫交接邻国，以微言相感。当揖让之时，必称诗以喻其志，盖以别贤不肖而观盛衰焉。"人们总是惊叹于中国历史上虽然曾经历过多次异族统治或四分五裂的社会政治局面，经历过多次改朝换代，但中国文化传统却被一如既往地继承和保留了下来。这显示出中国文化传统有着生生不息的顽强生命力，但仔细思考，与其说中国文化传统有顽强生命力，不如说是重视诗教和礼乐文化的传统传承并成全了中国文化传统。如果说中国文学抒情传统作为文化传统的有机组成部分，也彰显出生生不息的生命力，这主要得益于读者的参与和文化的传承，得益于中国理论家用知识的眼光审视文学抒情传统，并且将其作为全面认识世界和提升生命境界的重要途径，如叶燮认为："诵读古人诗书，一一以理、事、情格之，则前后中边，左右向背，形形色色，殊类万态，无不可得，不使有毫发之罅，而物得以乘我焉。"①

博习与尚识因此成为中国文学抒情传统的主要内容，如袁枚《续诗品》分别作了这样的描述，有云："博习：万卷山积，一篇吟成。诗之与书，有情无情。钟鼓并乐，舍之何鸣？易牙善烹，先羞百牲。不从糟粕，安得精英？曰不关学，终非正声。""尚识：学如弓弩，才中箭镞。识以领之，方能中鹄。善学邯郸，莫失故步。善求仙方，不为药误。我有禅灯，独照独知。不取亦取，虽师勿师。"②事实上，没有博习和尚识的传统，人们连基本的文学抒情都难以认识。关于文学抒情的任何一种描述和阐释事实上都不可能完全摆脱特定的概念范畴和知识谱系。虽然并不是每个人都必须通晓这种概念范畴和知识谱系，但任何试图准确描述和阐释的行为都不可避免地运用到特定的概念范畴和知识谱系。虽然这些概念范畴和知识谱系可能是枯燥乏味的，但没有这些概念范畴和知识谱系，人们无法进行准确描述和阐述。虽然最地道、最透彻、最具创造性的描述和阐述并不一定非得使用这些概念范畴

① 叶燮：《原诗·内篇》，载王夫之等：《清诗话》，上海古籍出版社 1999 年版，第 584 页。

② 袁枚：《续诗品》，载王夫之等：《清诗话》，上海古籍出版社 1999 年版，第 1029—1031 页。

和知识谱系，而是源自发明人类无所执著、无所取舍、平等不二、明白四达的原始本心。但这些原始本心如果要被完整地传达出来，必须依赖于特定的文学抒情精神。如钱穆对中国文学有这样一段阐述："诗者，是中国文学之主干。诗以抒情为上。盖记事归史，说理归论，诗家原地在性情。而诗人之取材，则最爱自然。宇宙阴阳，飞潜动植，此固最通方，不落偏隅之题材也。然则风花雪月，陈陈相因，又何足贵？不知情景相融，与时俱新。有由景生情者，有由情发景者。故取材极通方，而立意不蹈袭。"①钱穆的这段阐述虽然并不是严格意义的专门阐述，但正是这段描述显然包含了诸如抒情、性情、题材、立意乃至情景相融、由景生情、由情发景等相关专业术语和知识谱系。这从一个侧面证明：没有一定的学科知识储备，就不可能对文学抒情传统有专业层次的认识和阐述。有些人总是夸大直觉感悟的重要性，应该看到，没有这种直觉感悟难以形成对中国文学抒情的基本体认，但仅仅有感悟而没有中国文学抒情传统的知识积累，同样无法形成对直觉感悟的准确阐述。有人指责新中国成立以来的实践美学丧失了对中国艺术精神的概括和阐释能力，指责新时期以来的文学理论丧失了对当下文学的言说能力，出现了失语症，这与其说是人们丧失了对中国当下文学的感受能力，不如说是人们丧失了用来准确阐释这些文学的基本概念范畴和知识谱系，丧失了能够系统阐释这些文学的理论框架和体系。更高层次的理论概括和阐述往往以专门的学科基本概念范畴和知识谱系作为基础，而且这个学科基本概念范畴和知识谱系许多情况下还应该具有跨越诸多学科甚至具有超学科的性质。这也是精通中国哲学和历史的人往往能更准确描述中国文学抒情传统的原因。缺乏宏大的知识视域和透彻的哲学智慧，人们就难以形成对中国文学抒情传统的全面而卓越的认识。

二、文学抒情作为知识的主要启示

人们认识并对中国文学抒情传统进行正确描述，都得依赖中国抒情理

---

① 钱穆：《中国文学论丛》，生活·读书·新知三联书店2002年版，第15页。

论和文学史的概念范畴与知识谱系。离开基本概念范畴与知识谱系，就不可能有正确认识与准确描述。人们应该看到，西方发达的叙事文学造就了发达的叙事学，中国发达的抒情文学传统也应该成就发达的抒情学，但是这种抒情传统淹没在诸如诗话、词话、曲话或小说点评之类的零散论著之中，至今没有形成真正具有现代视野和理论品质的中国抒情学。其中的原因可能是多方面的，一个重要原因是人们至今还没有真正找到能够正确认识和准确阐述的基本概念范畴与知识谱系。中国文学抒情作为一种知识，应该以中国抒情诗为主，兼及诗歌、散文、小说、戏剧等各种文体抒情，进而向诸如音乐、绘画、舞蹈、书法等多个方面扩展，应该立足诸如屈原、陶渊明、王维、李白、杜甫、苏轼、辛弃疾、李清照、曹雪芹、施耐庵、王实甫、汤显祖、沈从文等杰出诗人和作家及其所创作的文学抒情文本，阐述诸如诗言志和诗缘情以及感物论、感兴论、妙悟论等抒情理论，赋、比、兴等抒情方法，文学抒情的物境、情境、意境等抒情境界及各自气韵生动之美、中和之美、无言之美等审美范畴，以及知音理论等。尽管这些概念范畴及建立在这些概念范畴基础之上的知识谱系，还较为粗略，可能只涉及中国文学抒情传统之有限方面，但无疑印证了离开一定概念范畴与知识谱系就无法探讨中国文学抒情传统的基本事实。

但文学抒情毕竟有着知识与情感交互作用的特点，所以对知识的依赖是有限的，不应该作为唯一依赖因素而受重视。所以依赖知识但超越知识就成为文学抒情的基本特点。文学抒情要达到妙悟，很大程度上表现出超越知识甚至文字的特点。所以同样是袁枚《续诗品》，还有这样一段文字："神悟：鸟啼花落，皆与神通。人不能悟，付之飘风。惟我诗人，众妙扶智。但见性情，不著文字。宣尼偶过，童歌沧浪。闻之欣然，示我周行。"①超越知识而不为所限，是中国文学抒情传统的主要内容，用皎然的话说，就是："虽用经史而离书生。"②也许最高境界的文学抒情真正可能完全超越知识，

① 袁枚：《续诗品》，载王夫之等：《清诗话》，上海古籍出版社 1999 年版，第 1034 页。

② 皎然：《诗式》，载何文焕：《历代诗话》（上），中华书局 1983 年版，第 28 页。

达到知识与原始本心的珠联璧合，是作者忘却了知识的限制与束缚，最大限度张扬自我原始本心或灵感的结果，但这种自性张扬又暗合于知识或在最深层次上达到了与知识的无意识融合，如姜夔所云：'自然学到，其为天一也。"①原始本心的最大优势是不仅可以完全排除知识的束缚，甚至可能很大程度上弥补知识的缺憾。因为知识常常建立在过去经验和他人经验积累的基础之上，通过对他人经验的学习和积累而完成，但自性智慧却并不依赖记忆与积累，是超越了知识经验的束缚形成的豁然开朗，甚至是对后天教育所形成经验的否定乃至超越，是对知识经验束缚的解除。因此，文学抒情达到至境常常体现为对知识的超越乃至否定。如元好问《论诗三十首》认为："子美之妙，释氏所谓学至于无学者耳。"②对知识融会贯通达到炉火纯青的地步也常常表现为对知识的超越与否定。这是因为知识建立在有所分别与取舍的二元论基础上，正因为有所分别与取舍，总有所遗漏，充其量只能是一种有漏智慧，智慧则无所分别与取舍，无所遗漏，是一种真正的无漏智慧。所以无论认识还是确立中国文学抒情传统，其实都不必执著于知识，而更应该超越知识，用智慧加以全方位观照。方回有云："诗也者，不可以勇力取，不可以智巧致；学问浅深，言语工拙，皆非所以论诗。"③严羽亦云："学者须从最上乘，具正法眼，悟第一义。"④可见认识和建构中国文学抒情传统最终得依赖智慧而不是知识。

人们总是习惯于从知识层面欣赏文学抒情传统，以为运用诸如社会学、伦理学、政治学、历史学或美学知识，就可以准确理解和阐释文学，但知识是死的，人是活的。如果活着的人死守概念范畴与知识谱系，就十分危险。所有的抒情知识只是相对于过去阶段的文学抒情现象而言，但文学抒情的使

① 姜夔：《白石道人诗说》，载何文焕：《历代诗话》（下），中华书局1983年版，第682页。

② 元好问：《杜诗学引》，载北京大学哲学系美学教研室编：《中国美学史资料选编》（下），中华书局1980年版，第85页。

③ 方回：《赵宾旸诗集序》，载北京大学哲学系美学教研室：《中国美学史资料选编》（下），中华书局1980年版，第95页。

④ 严羽：《沧浪诗话·诗辨》，载何文焕：《历代诗话》（下），中华书局1981年版，第686页。

命从来不是恪守某些概念范畴与知识谱系，而是对概念范畴与知识谱系的颠覆甚至解构。虽然这种颠覆与解构只是相对而言的，事实上任何人也不可能完全颠覆乃至解构文学抒情传统，甚至越是有成就的作家对文学抒情传统的借鉴可能越显得突出。如什克洛夫斯基所说："艺术似乎同时既迅速破损陈旧，又恒久不变。"前者主要指对艺术形式以及与此相关的经验和知识谱系的革新，如其所云："任何一部艺术作品都是作为某一样品的类比和对立而创作的，新形式的出现并非为了表现新的内容，而是为了代替已失去艺术性的形式，""艺术创造于视觉和感情的更新"，"艺术的永恒性建立在感受更新和深化的基础上"；①后者则可能主要指对一些永恒不变的诸如重复和奇异化的延续。无论如何，文学抒情和艺术传统之中总是应该包括某些颠覆、否定和更新相关知识谱系的功能。正因为知识的作用并没有人们所夸张的那么至关重要，同时还在一定程度上存在束缚作用，尤其对真正的原始本心和智慧有明显束缚，所以不仅文学抒情，甚至所有领域都不能一味夸大知识尤其死记硬背知识经验的重要性。从读者乃至教育的角度来看，过于强调死读书的做法也只能在根本上消解读者和学生的创造力，如爱因斯坦有言："知识是死的；而学校却要为活人服务。它应当发展青年人中那些有益于公共福利的品质和才能。但这并不是意味着个性应当消灭，而个人只变得像一只蜜蜂或蚂蚁那样仅仅是社会的一种工具。因为一个由没有个人独创性和个人志愿的规格统一的个人所组成的社会，将是一个没有发展可能的不幸的社会。"②

正是由于知识本身存在有限性，所以对知识的任何盲目崇拜甚至惟命是从，都可能导致对文学抒情传统的主要内容的迷失乃至遗忘。如哈罗曼·布鲁姆在《影响的焦虑：一种诗歌理论》之"再版前言：玷污的苦恼"中指出："莎士比亚为我们创造了心智和精神，我们只是姗姗来迟的追随者。我们不能仅仅从知识层面上来认识文学——文学即莎士比亚，不能仅仅从

① 什克洛夫斯基：《散文理论》（上），百花洲文艺出版社 2010 年版，第 144、31、126 页。

② 爱因斯坦：《论教育》，载《爱因斯坦文集》第 3 卷，商务印书馆 2009 年版，第 170 页。

知识层面来把握莎士比亚使用的一切隐喻。莎士比亚作品中俯拾皆是的隐喻都是有关人的愿望的，因此均可归入‘谎言’的范畴。”①虽然这种认识同样可能限于知识范畴，对原始本心和自性智慧的认识仍然不很到位，因为隐喻同样可能属于知识范畴。但这最起码体现了单纯依赖知识理解文学抒情是存在诸多困难的。中国学者对文学抒情否定和超越知识的认识更早，更透彻。如钱穆对王维“雨中山果落，灯下草虫鸣”诗句有着这样的阐释：“此十字所谓诗情画意，深入禅理者。其实此十字之真神，正为有一作者之冥心妙悟，将其个人完全投入此环境中而融化合一，而运于一种无我之境界。然虽无我，而终有此一我以默为之主。于是遂见天地全是一片化机，于此化机中又全是一片生机，而此诗人则完全融入于此一片化机一片生机中，而若不见有其个别之存在。然若无此一主，则山果乎，草虫乎，雨乎，灯乎，果之落、虫之鸣乎，此一切若仅是赋而无比兴，则一切全成为一堆具体事物之各别存在，既不见人，亦不见有天，其互相间，除却时间空间之偶然凑合的关系外，试问尚有所余剩乎？读者试由此细参之，便知中国诗人于描写景物之外，实自有一番大本领，而此番本领，同时亦必能体悟到此种极深了解中国之文学，同时亦必能体悟到此种极深之修养。”②

钱穆对中国文学抒情超越知识层面限制的认识可能还处于一种较为零散的感性经验层面，近年来有些学者的认识可能更深入而有系统性。张世英对中国文学抒情传统超越知识的特点有较透彻认识，他指出：“一般人在对世界能够采取明白的主客二分的‘散文式的看法’阶段里，往往不再前进而停滞在这个阶段；而真正的诗人则通过教养、修养和陶冶，能超越主客二分的阶段，超越知识，达到高一级的主客浑一，对事物采取‘诗意的看法’，就像老子所说的超欲望、超知识的高一级的愚人状态，或‘复归于婴儿’的状态，亦即真正的诗人境界。”③在张世英看来，所谓知识只是建立在主客二

① 哈罗曼·布鲁姆：《影响的焦虑：一种诗歌理论》，江苏教育出版社 2006 年版，第 9 页。

② 钱穆：《中国文学论丛》，生活·读书·新知三联书店 2002 年版，第 45 页。

③ 张世英：《哲学导论》，北京大学出版社 2008 年版，第 131 页。

元的基础之上，只要超越了主客二元，似乎就具有了超越知识限制的优势。事实上知识并不仅仅在主客方面存在二元性，甚至在其他领域同样存在二元论的思维模式，如所谓内容与形式、现象与本质，乃至形而下与形而上等等，所以知识的二元论思维模式是无处不在，无时不有的。真正的超越知识应该是对二元论的整体超越，而不应该仅仅是对主客二元的一种超越。朱良志对中国文学抒情传统否定和超越知识的基本精神有更深入认识。他说："中国艺术强调意境的努力其实是和反语言、反知识联系在一起的，境界的追求为的是超越具体的言象世界，言象会导入概念，概念起则知识生，以知识去左右审美活动，必然导致审美的搁浅。以知识去概括世界，必然和真实的世界相违背。因为世界是灵动不已的，而概念是僵硬的，以僵硬的概念去将世界抽象化，其实是对于世界的错误反映。"①中国文学抒情对知识的否定与超越体现为对心与物、情与志，乃至所有二元论思维模式的整体超越。如果可以把这种建立在对二元论思维模式整体超越基础上的智慧看成知识，那么只有建立在这种思维模式基础上的知识，才可能最具智慧性质。

中国文学抒情对知识的否定乃至超越，并不限于概念范畴乃至知识谱系，也不限于对作为知识之二元论思维模式，更在于对知识不可避免的缺憾的认识。这主要得益于中国文化传统对知识缺憾的深刻认识甚至否定。中国人对中国文学抒情传统的认识，之所以能够比西方人更透彻，不仅因为中国文学抒情传统本身以超越知识为基本精神，更重要的是中国文化很早就形成了否定知识的传统。如《庄子·知北游》假托孔子，明确表达了对知识的否定态度："悲夫，世人直为物逆旅耳！夫知遇而不知所不遇，（知）能能而不能所不能。无知无能者，固人之所不免也。夫务免乎人之所不免者，岂不亦悲哉！至言去言，至为去为。齐知之，所知则浅矣！"所有知识都不是无所不知的，都只能有所知而有所不知，都只能对其所能知晓的知识的认识，对自己所不能知晓的则不能认识。因此，试图通过学习达到全知全能根本不可能，即使达到对所有知识的认识与掌握，也还是浅陋的，甚至仍然只

① 朱良志：《中国美学十五讲》，北京大学出版社 2006 年版，第 296—297 页。

知其一不知其二,仍然孤陋寡闻。所以老子有“绝学无忧”(《道德经》第二十章)的观点。在老子看来,所有知识本身并不是智慧,往往因为执著于善恶、美丑、是非、高下之类的分别与选择陷入重重困惑。所谓善恶、美丑、是非、高下等没有绝对区别与界限,甚至相互依存、平等不二。所以越是执著于建立在二元论分别与选择基础上的所谓学问和知识,越可能导致更多困惑。因为所有分别之根本目的是取舍,而所有取舍的最正常结果就是选择一部分舍弃另一部分,有所执著必有所舍弃,有所舍弃必有所漏失,有所漏失必有所失误。最高境界的知识必须人无弃人、物无弃物。所以在老子看来,只有真正放弃了对自然界一切事物的分别与执著,一视同仁,无亲无疏、无取无舍,才能获得囊括宇宙、明白四达的智慧。只要人们做到了明白四达,就不会没有知识。如其所云:“明白四达,能无知乎?”(《道德经》第十章)但所谓明白四达的知识,已不是一般意义的,建立在分别与取舍基础上的知识,而是建立在无所分别与取舍基础上的智慧。

最高境界的智慧是具有普遍意义的无所分别与取舍,也就是在分别与无分别之间也无所分别,平等不二。这也是智慧之成其为智慧的主要特征。智慧区别于知识的根本精神就是并不执著于二元论,也不执著于不二论,既不执著于不分别,也不执著于分别,是《华严经》卷五十四所谓“无分别是分别,分别是无分别”。所以真正的智慧常常无所分别与取舍,甚至对二元论与不二论也无所分别与取舍,是有所分别和取舍与无所分别与取舍平等不二、等物齐观。这才是真正意义的道家所谓“道通为一”,才是佛家所谓“不二法门”之精义。中国文学抒情从其最原始的艺术精神来说,主要得益于老庄道家智慧,而后来传入中国的佛家智慧与老庄道家智慧的珠联璧合,构成了中国文学抒情传统之最根本精神。老庄的智慧在于彻悟了平等不二、等物齐观。老子有所谓“天地不仁,以万物为刍狗;圣人不仁,以百姓为刍狗”(《道德经》第五章)的观点。这不是说天地与圣人无视万物与百姓作为生命存在物的事实,而是对一切人乃至事物一视同仁,平等对待。至庄子明确发展为齐物论,认为事物没有是与非、彼与我、彼与是、可与不可、美与丑、成与毁之类的区别:“物固有所然,物固有所可;无物不然,无物不可。故为是举莛与楹、厉与西施、恢恑憰怪,道通为一。其分也,成也;其成也,毁也。凡物无成与毁,复通为一。唯达者知通为一,为是不用而寓诸庸。”(《庄子·齐物论》)因为执著于二元分别,只是建立知识谱系的一种思维基础,并不能由此成就智慧。智慧的特点在于并不执著、并不分别取舍。也只有真正体悟了这一智慧的人才算是真正的达道者,用成玄英的阐释就是:“唯当达道之夫,凝神玄鉴,故能去彼二偏,通而为一。”①僧肇的阐述更具启发性。在他看来,知与无知都是平等不二的,乃至有所谓“圣心无知”,“无所不知”,乃至“知即无知,无知即知”(《肇论·般若无知论》)的观点。正是由于中国文化传统对知与无知的平等不二,才使中国文学抒情传统作为知识有了可以上升到更高层次智慧的可能。

比较而言,西方虽然也有人认识到知识不可穷尽,人们无法掌握绝对真理,于是提出“把无知作为最大的学问来讨论”的主张,这使其达到了难能可贵的智慧边缘,但最终未能超出知识范畴。因为他所谓无知充其量也只是有学识的无知,或深刻认识到无知的学识,如他所云:“由于我们追求知识的自然欲望不是没有目的的,它的直接对象就是我们自己的无知。如果我们能够充分实现这一欲望,我们就会获得有学识的无知。甚至对最热情地追求知识的人来说,也不可能有别的东西对他更有益处;那就是他确实在他本人的那个特定的无知中获得最深的认识;谁对他本人的无知认识得越深,他的学识就会越多。”②但无论他的学识增加到多么丰富的地步,对这个世界及学识来说仍然是有所知而有所不知的。这就是知识本身不可超越的缺憾。虽然他也确实认识到诸如“极大与极小可以同等地用来表述绝对的量,因为在绝对的量上,它们是相同的”,似乎体现了大与小的平等不二,但他所阐述的只是绝对的极大与极小,对于相对的“较多”与“较少”来说仍认为存在差异,即所谓“差异只能在可以允许用‘较多’和‘较少’来说明的事物中存在”。③ 这就使其认识最终未能超出知识范畴的羁绊而上升到智慧

① 《南华真经注疏》(上),中华书局1998年版,第37页。

② 库萨的尼古拉:《论有学识的无知》,商务印书馆1988年版,第4—5页。

③ 库萨的尼古拉:《论有学识的无知》,商务印书馆1988年版,第9页。

的境界。

知识是较低层次的，这是因为执著于二元论乃至分别而总有所缺失，但如果能够充分认识到这种缺憾，达到对一切事物不加分别与取舍，就能够上升到更高境界的智慧层次，而这一上升到更高智慧的知识及其平等不二、心体无滞、明白四达，正是中国文学抒情传统的核心意蕴。对中国文学抒情传统的认识和构建必须达到对这一核心内容与精神基础的认识与把握。向来深感知音难遇的刘勰有这样的表述："凡操千曲而后晓声，观千剑而后识器。故圆照之象，务先博观。阅乔岳以形培塿，酌沧波以喻畎浍。无私于轻重，不偏于憎爱，然后能平理若衡，照辞如镜矣。"（《文心雕龙·知音》）这是刘勰对理想读者或所谓知音的一种期待，但在这种期待中，显然流露出刘勰对"无私于轻重，不偏于憎爱，然后能平理若衡"的强调。这表明刘勰对诸如分别与偏执所造成的缺憾有深刻认识，也充分强调了对轻重或憎爱不二的深刻认识和把握。这不仅是中国文学抒情赋予读者的一种最高境界的知识要求，而且是达到对中国文学抒情传统全面认识的基础，如刘勰所云："夫缀文者情动而辞发，观文者披文以入情，沿波讨源，虽幽必显。世远莫见其面，觇文辄见其心。岂成篇之足深，患识照之自浅耳。夫志在山水，琴表其情，况形之笔端，理将焉匿？故心之照理，譬目之照形，目了则形无不分，心敏则理无不达。"（《文心雕龙·知音》）刘勰所谓"目了则形无不分，心敏则理无不达"，其实就是对文学抒情臻达平等不二智慧境界所获得的明白四达智慧识见的一种阐述，同时也是对理想读者主要特征的具体阐述。中国文学抒情传统对平等不二知识和智慧的要求，是中国文学拥有心体无滞乃至明白四达生命智慧的集中体现，是中国文学抒情传统最具生命力的体现形式。包括文学抒情知识在内的所有知识都只能是一种有所分别与选择的有漏智慧，只能是有所知有所不知的，真正上升到智慧层次的知识也就是智慧，常常因为无所分别与取舍，成为真正意义的无知而无所不知的无漏智慧。真正能够体悟到知识这一缺憾并发现智慧这一奥妙的读者并不多，所以不少作家和批评家都有知音难遇的感慨。如曹雪芹也不得不作出这样的感慨："满纸荒唐言，一把辛酸泪。都云作者痴，谁解其中味？"人们总是执著于是非成败之类的分别与取舍，对《红楼梦》作过形形色色的阐释，但真正的意蕴正是得与失、成与败的平等不二，及建立在这一不二论思维方式基础上的生命自由与解放。在曹雪芹笔下，空空道人与癞头和尚并不是一个简单的符号式人物，而是代表中国道家和佛家对《红楼梦》情感意蕴的一种阐释，尤其是对心体无滞、明白四达智慧的一种暗示。至于刘勰的感慨更深入地揭示了囿于轻重乃至憎爱的二元分别的缺憾："知音其难哉！音实难知，知实难逢。逢其知音，千载其一乎！"（《文心雕龙·知音》）

造成这一知音难遇窘迫局面的根源主要在于读者，其悟性所能达到的程度常常是中国文学抒情传统智慧所能达到的层次。也正是在这一点上，不是作家的文学抒情传统决定了读者的悟性，而是读者的悟性某种意义上决定了作家的文学抒情传统。也只有认识到知识的最高境界不是一般意义的有所分别与取舍的知识，而是超越了分别与取舍的智慧，才有可能真正具有彻悟智慧的能力。中国文学抒情传统作为知识，可能存在有所知而有所不知的缺憾，但如果读者能够最大限度超越知识执著于二元论的缺憾，对二元论与不二论无所分别与取舍，就完全有可能达到道家之"道通为一"和佛家之"不二法门"的智慧境界。

第三节　中国抒情作为智慧的启示

一、文学抒情作为智慧

虽然文学抒情是一种技术，也是一种知识，但上升到最高层次必定是智慧。智慧与技术和知识的最大区别在于，技术与知识有所分别与取舍，而技术更大程度上依赖术业的专攻，所选择的极少而舍弃的最多，所谓技术和技艺通常是依靠单一技术训练而形成的熟能生巧；知识可供选择的领域较为开阔，但因为现代社会也常常以专业和学科为界限，其开阔程度仍十分有限，仍然舍弃的多而选择的少。当这种技术和知识积累达到对平等不二、无取无舍的原始本心有所体悟的时候，便自觉或不自觉地具有了智慧的性质，也就从根本上改变了技术和知识有所知而有所不知的缺憾，具有了无所知而无所不知的优势。文学抒情同样如此。

文学抒情作为一种智慧，其主要特点是无所执著、无所取舍、平等不二。首先表现为主观情志与客观事物的无所分别与取舍　如《淮南子·齐俗训》有云："夫工匠之为连钒运开，阴闭眩错，入于冥冥之眇，神调之极，游乎心手众虚之间，而莫与物为际者，父不能以教子。"其次表现为奇异与巧妙等抒情技巧的无所分别与取舍，如王充有云："奇巧俱发于心，其实一也。文有深指巨略，君臣治术。身不得行，口不能继，表著情心，以明己之必能之也。"（《论衡·超奇篇》）再次表现为知识积累与自我创造的无所分别与取舍，如颜之推："但成学士，自足为人；必乏天才，勿强操笔。"①文学抒情作为一种智慧的最根本的精神在于心与物、自我与自然的无所分别与取舍，平等不二。如张璪所云："外师造化，中得心源。"②西方抒情传统或强调模仿或强调表现，前者过于重视外物和自然，后者过于重视心与自我，其理论或只是揭示了文学抒情作为知识的属性或作为一种知识理论的事实。真正的文学抒情常常心与物、自我与自然的平等不二、无所取舍。如邵雍《谈诗吟》所谓："诗者人之志，非诗志莫传。人和心尽见，天与意相连。论物生新句，评文起雅言。兴来如宿构，未始用雕镌。"③

正因如此，文学抒情作为一种传统常常具有不可模仿和学习的特点。如沈括所云："书画之妙，当以神会，难可以形器求也。"④这也正是文学抒情作为智慧的最明显优势。文学抒情之所以常常只能心领神会而不能刻意模仿，关键在于心与物、自我与自然平等不二，乃至高度融合。或更具体地说，对外物和自然的观察和体验常常与对心和自我的体悟高度融合，外物与自然常常是高度主观化了的心与自我，是充分体现了心与自我生命体悟的外物与自然；心与自我也常常是客观化了外物与自然，是充分体现了外物与自

① 颜之推：《文章》，王利器：《颜氏家训集解》，中华书局1993年版，第237页。

② 张璪：《历代名画记》，载北京大学哲学系美学教研室：《中国美学史资料选编》（上），中华书局1980年版，第281页。

③ 《伊川击壤集》卷十八，载《邵雍集》，中华书局2010年版，第489页。

④ 沈括：《梦溪笔谈》，载北京大学哲学系美学教研室：《中国美学史资料选编》（下），中华书局1980年版，第26页。

然生命本体的心与自我。总之,心与物、自我与自然的相辅相成、相得益彰是达到二者最默契的基础。许多在文学抒情中取得卓越成就的诗人都有过这样的体验,如苏轼《送参寥师》之所谓:"上人学苦空,百念已灰冷。剑头惟一吷,焦谷无新颖。胡为逐吾辈,文字争蔚炳?新诗如玉屑,出语便清警。退之论草书,万事未尝屏。忧愁不平气,一寓笔所骋。颇怪浮屠人,视身如邱井。颓然寄淡泊,谁与发豪猛?细思乃不然,真巧非幻影。欲令诗语妙,无厌空且静。阅世走人间,观身卧云岭。咸酸杂众好,中有至味永。诗法不相妨,此语当更请。"[①]元好问《论诗》也有所谓:"眼处心生句自神,暗中摸索总非真。画图临出秦川景,亲到长安有几人?"[②]元好问这里所谓"眼处心生"是最绝妙的概括。眼之所处者必是外物,必是自然,而心生者必是心,必是自我。二者的有机统一和高度融合才是文学抒情之绝妙境界。方回的阐述更明确,有所谓:"心即境也。治其境而不于其心,则迹与人境远,而心未尝不近;治其心而不于其境,则迹与人境近,而心未尝不远。"[③]可见心与物、自我与自然平等不二、不加分别与取舍,才是文学抒情臻达至境的根本原因。

中国文学抒情传统作为智慧强调心与物、自我与自然的平等不二,并不单纯强调模仿论,也不单纯强调表现论,也从来没有如西方文学理论那样产生模仿论与表现论的冲突与论争,主要还是因为中国文化有心与物、自我与自然融合为一平等不二之传统。陆象山所谓"宇宙便是吾心,吾心即是宇宙",[④]总是被人们误认为是主观唯心主义思想,其实这里所表达的正是心与物或宇宙、自我与自然之间平等不二、物我无间无别的思想。这种思想也是对孟子与禅宗思想的高度融合和发展,如孟子有所谓"尽其心者,知其性

① 苏轼:《送参寥师》,载北京大学哲学系美学教研室:《中国美学史资料选编》(下),中华书局1980年版,第35页。

② 元好问:《论诗》,载郭绍虞:《中国历代文论选》第3册,上海古籍出版社1979年版,第450页。

③ 方回:《心境记》,载北京大学哲学系美学教研室:《中国美学史资料选编》(下),中华书局1980年版,第92页。

④ 陆九渊:《杂说》,《陆九渊集》,中华书局1980年版,第273页。

也。知其性,则知天矣"(《孟子·尽心上》)的说法。达摩《血脉论》有所谓"心即是佛,佛即是心;心外无佛,佛外无心"的说法。这些都是陆象山哲学智慧的理论基础,也是中国文学抒情传统之所以成其为智慧的理论依据。除此而外王阳明"心外无物"的阐述同样有代表性,如其所云:"你未看此花时,此花同汝心同归于寂,你来看此花时,则此花颜色,一时明白起来。便知此花不在你的心外。"①西方哲学虽然在后来出现主体间性理论,但中国文化传统将其看成合而为一、平等不二的共同体。正是由于中国文化传统主张自我与宇宙不可分别,认为自我是小宇宙,宇宙是大自我,自我即是宇宙,宇宙即是自我,所以中国文学抒情传统向来有极其明显的智慧性质,以自我与宇宙的平等不二、不加分别与取舍作为中国文学抒情传统之根本精神。

因此,真正能够臻达中国文学抒情传统最高境界者,必定深切体悟到心与物、自我与自然和宇宙的无所分别与取舍,平等不二,所以中国文学抒情传统十分强调妙悟,甚至认为妙悟是文学抒情达到至境的根本原因,如谢榛有所谓:"体贵正大,志贵高远,气贵雄浑,韵贵隽永。四者之本,非养无以发其真,非悟无以入其妙。""诗有造物。……造物之妙,悟者得之。"②而妙悟之根本在于心与物、自我与宇宙的平等不二、相得益彰,如王夫之所谓:"合化无迹者谓之灵,通远得意者谓之灵。"③如果说灵动是中国文学抒情传统的一个主要特点,那么这个特点的形成主要得益于心与物、自我与宇宙的不加分别与取舍。汤显祖也表达了类似观点:"天下文章所以有生气者,全在奇士。士奇则心灵,心灵则能飞动,能飞动则下上天地,来去古今,可以屈伸长短杀灭如意,如意则可以无所不知。彼言天地古今之义而不能皆如者,不能自如其意者也。"④

---

① 王阳明:《语录》三,《王阳明全集》(上),上海古籍出版社 1992 年版,第 108 页。

② 谢榛:《四溟诗话》卷一,载丁福保:《历代诗话续编》(下),中华书局 1983 年版,第 1141、1139 页。

③ 王夫之:《唐诗选评》,载北京大学哲学系美学教研室:《中国美学史资料选编》(下),中华书局 1980 年版,第 284 页。

④ 汤显祖:《序丘毛伯稿》,载北京大学哲学系美学教研室:《中国美学史资料选编》(下),中华书局 1980 年版,第 137 页。

叶燮甚至将这种灵动描述为“溟漠恍惚之境”：“诗之至处，妙在含蓄无垠，思致微渺，其寄托在可言不可言之间，其指归在可解不可解之会，言在此而意在彼，泯端倪而离形象，绝议论而穷思维，引人于溟漠恍惚之境，所以为至也。”这是中国文学抒情传统最高境界，达到这一境界的根本途径在于心与物，乃至自我与宇宙的平等不二、无间无别。叶燮读“碧瓦初寒外”，“觉五字之情景，恍如天造地设，呈于象，感于目，会于心。意中之言，而口不能言；口能言之，而意又不可解。划然示我以默会相象之表，竟若有内有外，有寒有初寒，特借碧瓦一实相发之。有中间，有边际，虚实相成，有无互立，取之当前而自得，其理昭然，其事的然也”①。这是对中国文学抒情传统特征的更细致阐述。他将文学抒情明确概括为智慧，如其所云：“大凡物之踵事增华，以渐而进，以至于极。故人之智慧心思，在古人始用之，又渐出之，而未穷未尽者，得后人精求之而益用之出之。乾坤一日不息，则人之智慧心思必无穷与尽之日。”②只有这样的认识高度才能真正描述中国文学抒情传统的真正内涵，也才能穷尽中国文学抒情传统的根本精神。

二、文学抒情作为智慧的主要启示

中国文学抒情传统很早就将文学抒情界定为智慧，但这并不意味着西方文学抒情传统和西方文化传统就不重视智慧。只是西方文化传统所谓智慧与中国文化传统的智慧的内涵并不完全相同。在西方人看来，“在普通言语中，我们若说某人有智慧，也许他对实用的生活事项表现出良好的判断，也许因为他对根本原则和事物成因有很深的见解。今日‘智慧’一词在我们眼中具有道德及知性的双重意义，在我们传统中也一向如此。”③在西方人看来，所谓智慧其实包括两方面的内涵：一方面是知识，另一方面是道德德性。在中国人看来，智慧并不与知识有直接关系，如僧肇就有所谓《肇论·般若无知论》，认为圣人正是因为无知才无所无知，认为圣人正因为否

---

① 叶燮：《原诗》，载王夫之等：《清诗话》，上海古籍出版社 1999 年版，第 584—585 页。

② 叶燮：《原诗》，载王夫之等：《清诗话》，上海古籍出版社 1999 年版，第 567 页。

③ 阿德勒：《西方的智慧》，吉林文史出版社 1990 年版，第 91—92 页。

定知识才拥有了无所不知的般若智慧，甚至有所谓"不知之知，乃曰一切知"。这也就是说，智慧其实正是以无知识作为基本特征，正是由于不受制于知识的束缚，才可能达到无知而无所不知的智慧境界。这种以否定知识作为获得智慧重要途径的思想并不仅仅是佛教文化传统，道家对此也有精辟阐述，如老子就有所谓"绝学无忧"(《道德经》第二十章)的说法。在中国人看来，知识的积累充其量只是增加了人们的迷惘与束缚，并不能真正达到开启智慧的目的。所以老子主张"为学日益，为道日损"(《道德经》第四十八章)这也就是说，并不是知识越多越有智慧，甚至可能是知识越多越没有智慧。因为越执著于斤斤计较的分别与取舍，越可能束缚人们的思维，越可能因为鼠目寸光而丧失对宇宙的整体观照，最终丧失智慧。陆象山亦有"学未知止，则其知必不能至"①的说法。

更重要的原因是，在西方人看来，智慧可能只是属于上帝或神灵，人类充其量只能爱智慧或追求智慧，并不可能真正拥有智慧；但在中国人看来，所谓智慧正是自我的本心或本性。如孟子有所谓'仁义礼智根于心"(《孟子·尽心上》)，慧能亦云："无二之性即是佛性"(《坛经·自序品第一》)。所以在中国人看来，不仅知识学问源于本心，而且智慧也源于本心。如果执迷于外在知识，势必会障碍内在的本心，自然不可能获得智慧。圣人区别于君子和士人的根本特征，就在于圣人返归本性而不加执著，君子和士人则不同程度执著于外在知识。圣人的智慧常常建立在心性的基础上，而君子可能将外在知识与内在心性有机结合，一般人则可能只是执著于外在知识。《淮南子·俶真训》对此有深刻阐述："圣人之学也，欲以返性于初而游心于虚也。达人之学也，欲以通性于辽阔而觉于寂漠也。若夫俗世之学也则不然，擢德攓性，内愁五藏，外劳耳目，乃始招蛲振缱物之毫芒，摇消掉仁义礼乐，暴行越智于天下，以招号声名于世，此我所羞而不为也。"所谓中国文学抒情传统向来十分重视人们的原始本心，如叶燮有这样的阐述："诗之基，其人之胸襟是也。有胸襟，然后能载其性情、智慧、聪明、才辨以出，随遇发

① 陆九渊：《与胡季随》，《陆九渊集》，中华书局 1980 年版，第 9 页。

生，随生即盛。”中国文学抒情传统也因此十分强调作家自身因素，在叶燮看来，大凡人无才则心思不出，无胆则笔墨畏缩，无识则不能取舍，无力则不能自成一家：“大约才、识、胆、力，四者交相为济，苟一有所歉，则不可登作者之坛。”①所有这些都充分张扬作家原始本心的重要性。

在庄子看来，不知就是知，知就是不知，真正的智慧其实就是“不知之知”：“弗知乃知乎！知乃不知乎！孰知不知之知？”（《庄子·知北游》）成玄英疏曰：“泰清得中道而嗟叹，悟不知乃真知。谁知不知之知，明真知之至希也。”②庄子所谓“不知之知”及成玄英所谓“真知”，其实就是智慧。智慧的特征在于深切体悟到天地之间一切事物实际上都是平等不二的，无论美与丑、善与恶、是与非、有为与无为、生与死等都是如此。中国文学抒情传统理所当然应该以这种平等不二甚至冥合为一为特征，如其所云：“天地有大美而不言，四时有明法而不议，万物有成理而不说。圣人者，原天地之美而达万物之理，是故至人无为，大圣不作，观于天地之谓也。”（《庄子·知北游》）与此相反的知识则是建立在分别与取舍基础上的分崩离析为特征的，如所谓“判天地之美，析万物之理，察古人之全，寡能备于天地之美，称神明之容”。（《庄子·天下》）因此，作为知识的文学抒情往往标榜心与物、自我与宇宙的对立，作为智慧的文学抒情则张扬心与物、自我与宇宙的冥合为一。所以，对中国文学抒情传统的阅读应以达到对心与物、自我与宇宙平等不二的智慧体悟为主，如欧阳修《赠无为军李道士二首》所谓：“无为道士三尺琴，中有万古无穷音。音如石上泻流水，泻之不竭由源深。弹虽在指声在意，听不以耳而以心。心意既得形骸忘，不觉天地白日愁云阴。”③这可能是文学阅读深得平等不二智慧的案例。

智慧的根本特征是无所执著。不崇尚二元判断与分析，也从来不在看似矛盾对立的两极之中执著于任何一种观念而舍弃另一种观念，是智慧的

① 叶燮：《原诗》，载王夫之：《清诗话》，上海古籍出版社 1999 年版，第 572、584 页。

② 《南华真经注疏》（下），中华书局 1998 年版，第 432 页。

③ 欧阳修：《赠无为军李道士二首》，载北京大学哲学系美学教研室：《中国美学史资料选编》（下），中华书局 1981 年版，第 3 页。

特点。智慧也因此具有真正周遍万物而不遗的品质。中国人并不认为只有上帝或神灵才拥有智慧，但也不认为所有人都能获得智慧，获得智慧的常常是圣人，或者说圣人能够比一般人更易于获得智慧，这不是因为圣人比一般人生来具有智慧，也不是因为圣人有三头六臂或别的特异功能，只是因为圣人无所执著，而无所执著恰是人类与生俱来的原始本心。如老子所谓"圣人无常心"，及杜光庭所谓"圣人无心，未始有滞也"①的阐释，僧肇所引"无心无识，无不觉知"（《肇论·般若无知论》）、《坛经·般若品第二》所谓"去来自由，心体无滞"及后来禅宗所谓"即心是佛，无心是道"，甚至"圣人无心即是佛"（《古尊宿语录·黄檗（希运）断际禅师宛陵录》）等说法都揭示了这一精神。在韦政通看来，"人类获得新知识，必须以已有知识为基础，建立假设，然后遵循逻辑的程序加以推论，方可有得，其中的过程是必要的。智慧与知识的不同点之一，就在超越这些过程，排除一切思考的规则，直达目的。"②智慧区别于知识的更重要的特征，是知识总有所执著，而真正的智慧常常是一种多边甚至无边观念，虽然也可能从一个极端转向另一极端，但从来不执著于任何一种观念，当然也不排除其他任何观念，而是在任何时候都认为所有观念平等不二，无取无舍，通达无碍。如僧肇所谓"无取无舍，无知无不知"（《肇论·般若无知论》）。弗朗索瓦·于连对作为知识的西方哲学与东方智慧的特点有透彻认识，他说："哲学按照排除的模式来思考（真/假，是/不是），然后用辩证的方法演绎相互对立的项，由此而产生了哲学的历史。而智慧是按照'平等接受'的模式思考（平等地对待'正''反'），由此智慧是不可能有历史的。"③可见智慧区别于知识的根本特征是反对执著，所以在中国文化传统中真正的圣人是无所执著的。如老子所谓"执者失之"（《道德经》第二十九章）与孔子所谓"毋意、毋必、毋固、毋我"（《论语·子罕》），孟子所谓"所恶执一者，为其贼道也，举一而废百也"（《孟子·尽心上》），慧能所谓"心若住法，名为自缚"（《坛经·般若品第

---

① 《老子奚侗集解》，上海古籍出版社 2007 年版，第 125 页。

② 韦政通：《中国的智慧》，吉林出版集团有限责任公司 2009 年版，第 97 页。

③ 弗朗索瓦·于连：《圣人无意——或哲学的他者》，商务印书馆 2004 年版，第 91 页。

二》)。可见智慧的根本精神是无所执著,如果有所执著,就不再具有智慧的性质。无论生与死、有为与无为、有分别与无分别、二元与不二等等都无所执著与取舍,才是智慧的境界。生也就是死,死也就是生,有为就是无为,无为就是有为,有分别就是无分别,无分别就是有分别,有二就是不二,不二就是有二。这才是智慧根本特征之精义,如《华严经》卷十七所云"于诸法中不生二解"。

智慧的特征是无所执著,既不偏执一偶,也不守持中庸。虽然儒家和道家向来有守持中道和中庸的观点,但如果真正无所执著,就得放弃对中道或中庸的守持。至少不应该将守持中道狭隘地理解为适中或折中。《华严经》卷十九有所谓"不自著,不他著,不两著",慧海禅师《顿悟入道要门论》卷上亦有所谓:"无中间,亦无二边,即中道也。"可见真正的中道其实并不是适中或中庸,而是无所执著,因为守持适中或折中同样是一种执著。正由于并不纠缠于其中任何一极的观念,能在任何矛盾对立的两极之间游刃有余,才使其真正具有了无执无碍、豁达自如的智慧。所有这些表明,智慧至少在中国乃至东方文化传统中是既不执著对立双方中的一方,也不执著对立双方,同时还不执著于中间,是真正的无所执著,了无所得。如孔子"无可无不可"(《论语·微子》),孟子"可以仕则仕,可以止则止,可以久则久,可以速则速"(《孟子·公孙丑》),庄子"大知闲闲"(《庄子·齐物论》),慧能"智者了达"(《坛经·自序品第一》)等明确阐述了这一点。

可见智慧之无所执著的特征是建立在东方文化传统之上的,至少是有着中国儒、释、道文化传统的共同基础的。这种文化传统表现在各个方面。如不仅反对建立在二元论基础上有所分别和取舍的一切知识乃至巧智,如郭店楚简本《道德经》"绝智弃辩"、《庄子·大宗师》"离形去知",而且将无知看成无不知的智慧的根本特征,如僧肇"以圣心无知,故无所不知。不知之知,乃曰一切知"(《肇论·般若无知论》),王阳明"无知无不知,本体原是如此"。[①] 这就意味着真正的智慧是平等不二、无住无滞的,这个平等不

① 王阳明:《语录》三,《王阳明全集》(上),上海古籍出版社 1992 年版,第 109 页。

二可能表现在各个方面，如有知与无知、有智慧与无智慧都是平等不二，无所执著的。如僧肇有所谓“知即无知，无知即知”。（《肇论·般若无知论》）不执著于有知与无知，又不执著于有智慧与无智慧，是智慧之无所执著，心体无滞、了无所得的根本特征。可见对中国文学抒情传统作为智慧的体悟，最根本的是对诸如此类的看似对立双方的无所执著、了无所得的体悟。如果没有对这一智慧特征的体悟，就不可能真正领悟中国文学抒情传统的根本精神。

第二章　中国抒情的美学基础与阅读层次

虽然不同文学阅读都可能形成对中国抒情的认识,但由于读者切入层次不同必定有不同感受与认识。最基本层次是文字训诂,文字训诂的价值在于对文学抒情传统获得最基本的语言文字层面识解。更高层次的文学阅读,则可能是对文学形象的重构和阐释所达到对文学抒情更深层次识解。最深层次的文学阅读应该通过得意忘言、得意忘象达到对文学抒情最深层意义的识解。这种识解的关键在于对语言文字及形象之外更深刻内涵的识解,在于对生命感悟的启迪与顿悟。可见读者自身条件及切入文学抒情之程度显然是形成阅读层次,构建中国文学抒情之阅读传统的关键。

第一节　中国抒情的言尽意说与文字训诂

中国文字学与训诂学的理论基础似乎是相信语言文字能够全面准确地表达意义。也正是基于这种理论认识,才形成了相应的文字学和训诂学。基于文字学和训诂学对文学抒情进行的语言文字层面的解读,构成了中国文学阅读传统的最基础层次。

一、言尽意说的美学基础

在中国文学抒情传统中，虽然言尽意说并不占据主体地位，但对文字学和训诂学的影响极其深远。这种理论的根本特征在于相信语言文字能够全面准确地表达意义。最典型的就是言尽意说。言尽意说在先秦主要是《墨子·经上》有所谓“执所言而意得见，心之辩也。”后来《吕氏春秋·审应览·离谓》亦有“言者，以谕意也。言意相离，凶也”的说法。这些虽不是真正意义的言尽意说，但蕴涵着言尽意的思想。其后晋代欧阳建《言尽意论》对言尽意说进行了集中论说。在特别批评“言不尽意”观点的基础上，指出：“古今务于正名，圣贤不能去言，其故何也？诚以理得于心，非言不畅；物定于彼，非言不辩。言不畅志，则无以相接；名不辩物，则鉴识不显。鉴识显而名品殊，言称接而情志畅。原其所以，本其所由，非物有自然之名，理有必定之称也。欲辩其实，则殊其名；欲宣其志，则立其称。名逐物而迁，言因理而变，此犹声发响应，形存影附，不得相与为二，苟其不二，则无不尽，吾故以为尽矣。”在欧阳建看来，虽然的确如《论语·阳货》所载孔子有言“天何言哉？四时行焉，百物生焉，天何言哉”，但圣贤最终还是无法彻底放弃语言。这是因为没有语言，人们对事物本质规律的认识就无法形诸现实世界，就无法获得清晰的表达，而且有不同事物就应该有用来区别各种事物的名称，有不同的本质规律，就应该用不同的语言来描述这种本质规律，甚至认为名称与事物、语言与事理应该相辅相成，不可分割。所以他认为人们对事物本质规律的认识是非用语言不能全面表达的，有所谓：“诚以理得于心，非言不畅；物定于彼，非言不辩。”

《刘子·崇学》也有这样的阐述：“至道无言，非立言无以明其理；大象无形，非立象无以测其奥。道象之妙，非言不津；津言之妙，非学不传。未有不因学而鉴道，不假学以光身者也。”《刘子·审名》曰：“言以绎理，理为言本；名以订实，实为名源。有理无言，则理不可明；有实无名，则实不可辩。理由言明，而言非理也；实由名辨，而名非实也。今信言以弃理，实非得理者也；信名而略实，非得实者也。故明者，课言以寻理，不遗理而著言；执名以责实，不弃实而存名。然则言理兼通而名实俱正。”这也从一个侧面阐明了言意之间的关系，所谓“至道无言，非立言无以明其理”，以及“课言以寻理，不遗理而著言”等观点，一定程度上肯定了语言文字在表达意义方面的基本功能。事实上也确实如此，虽然至为精妙复杂的事物本质及其规律是无法用语言来描述的，但如果完全脱离了语言，即使最基本的规律及事理都无法得到必要阐述。所以一定的语言表达是不可避免的，也是十分必要的。

中国文学抒情传统在一定程度上受到了上述理论的影响，或这种理论也的确体现了中国文学抒情传统之某些观念。具体来说，言尽意说不仅在很大程度上助长了作家运用语言文字进行文学抒情的信心，也在很大程度上成就了文学抒情传统，如所谓“诗言志”和“诗缘情”，在很大程度上都得力于言尽意说。正是由于相信语言文字的这种功能，才使作家能够最大限度彰显语言文字的功能，成就了许多语言大师。这是因为在人类的诸多需要之中，情感表达的需要最具有普遍性，甚至人类的其他一切生命活动都似乎与抒情需要相联系，而且都可能通过抒情需要表现出来。即使马斯洛生理需要、安全需要等最基本的生存需要也可能与抒情需要紧密联系。因为这些需要的满足与否都可能最终显现为情感反应与变化。

言尽意说在很大程度上也决定阅读传统的形成。因为相信语言文字能够尽善尽美地表达思想情感，所以文学抒情的阅读也就形成通过语言文字能尽善尽美地阐释思想情感的观念。阅读者相信能够通过语言文字全面阐释作家的思想情感，而且自认为所有阐释都符合作家的实际感受与意图。基于这种阅读观念所形成的阐释传统，在中国主要表现为历史悠久的文字学尤其训诂学。这种训诂学传统虽然可能在具体应用中有多种变化，但大多数都相信所有阐释都符合作家的实际意图，而且这些意图只能唯一正确，不能存在模棱两可或含混不清的情形，认为模棱两可与含混不清的根源在于读者理解的有限。这种观念的最大优势是充分肯定了读者在阐释作家抒情意图方面的权威性。这种权威性很大程度上来自自信，也许实际情况并非如此。但即使是一种纯然的主观臆测，他们也自信是对作家抒情意图的最正确阐释。

可见言尽意说不仅深刻影响了作家的文学抒情传统，而且也极其深入地影响了读者的阅读，形成了文学阅读的训诂传统，在很大程度上左右了中国文化发展史。中国文化典籍之中的大部分典籍可能直接或间接与训诂有关，而且历史上许多文化事件与政治事件也似乎与典籍训诂有密切联系。如两汉经学、魏晋玄学、隋唐佛学在某种程度上都分别起源于对儒家、道家和佛教典籍的训诂阐释。所以文学阅读的训诂传统，不仅构成中国文学抒情传统的主要内容，而且也构成中国文化乃至政治传统的主要内容。

二、中国文学抒情阅读的文字训诂传统

言尽意说承认语言文字具有表情达意的功能，虽然也可能承认表达最精妙复杂的情感和意义是语言文字所无能为力的，但毕竟肯定了语言文字表情达意方面的基本功能，也自然形成了按照语言文字来阐释相关意义的做法，这种阐释在中国发展成为占据重要地位的文字学尤其训诂学。就一般情况而言，训诂学是一门关涉阐释古代汉文典籍方法的综合性应用型学科，是从词句入手，释读古代典籍，最终达到弄懂文本创作意图的目的。主要根据文字的形体与声音，以解释文字意义，尤其偏重研究古代典籍的词义、语法、修辞等语文现象，但不等于语义学、词义学。

训诂学是中国文学抒情传统中文学阅读的一个主要方式，同时也是中国文学抒情传统中文学阅读传统的最基本层次。这是因为训诂有着悠久的历史，产生于先秦时代，战国末期的《尔雅》被认为是最早的训诂学著作，传统的训诂学观念形成于唐代孔颖达，现代训诂学观念为黄侃所创立。所谓训诂学的历史其实就是中国阅读史，同时也是中国文学抒情的阅读史。训诂观念的形成和变化常常落后于文学阅读之训诂传统，而且当其形成学科更落后于训诂实践的发展。无论如何，训诂学作为汉语语言学的一个分支学科，其以阐释语义为核心的特征本身就体现了这种阅读传统的最大特点，并在后来被赋予了更为丰富的内涵与功能，其以语义为核心，但并不限于语义范围，涉及语言及用语言形式表现的名物、典章、文化、风习等，在更广泛的意义上与社会学、文化学等有机结合而使其功能获得延伸。也许人们并不在意言尽意说与训诂学之间的联系，但我们相信正是言尽意说为训诂学

提供了美学理论基础，真正的训诂学行为本身也表明对言尽意说的认同。因为所谓训诂学是以解释词义为基础的，既然以解释词义为基础，理所当然承认言尽意说。如果不承认言尽意说，也就表示无须进行词义解释和训诂。

许多文字训诂正是以承认言尽意说为基础的，戴震有这样的阐述："经之至者道也，所以明道者其词也，所以成词者字也。由字以通其词，由词以通其道，必有渐。"①戴震是清代训诂学的代表人物之一，他的这一观点明显显然肯定了言尽意说。可见以解释词义为基础的训诂学实际上彰显了言尽意说的美学理论价值，或集中彰显了言尽意说的核心内容。陆宗达有云："训诂是以解释词义为基础工作的。除此而外，它还从分析句读、阐述语法这两个方面，对虚词和句子结构进行分析，实际上为后来的语法学提供了素材。在释词、释句的过程中，它承担着说明修辞手法和研究特殊的表达方式的任务，以后的修辞学即从中取材。同时，它还串讲大意和分析篇章结构，就整段或全篇文章进行分析解释，这即是所谓'章句'之学。"②由于传统训诂学虽然以解释词义为基础，实际上不仅包括文字学、音韵学，甚至还涉及诸如修辞学、文章学等更广阔的领域，甚至是所谓文献语言学的总称，所以这种广义的训诂学可能体现中国文学抒情传统中阅读传统的核心内容或主要特征。即使从狭义训诂学入手，作为与文字学、音韵学相对的专门以研究语义为主要内容的传统语言文字学的独立门类，也同样体现了文学阅读传统的最基本特征。从这种意义说，所谓训诂学其实是中国文学抒情传统中阅读传统最具生命力的一种方式。这种方式贯穿整个中国历史文化，是西方任何国家的文化传统所无法比拟的。

解释词义也许并不是训诂学的唯一内容，但显然是最主要，也最基础的内容。所以训诂往往追求词义训释的最大限度客观性，为此反对一切所谓孤证，不成文地认为词义的训释最起码得有三个及三个以上的例证。如陆宗达明确指出："在解释词义时，如果不在语言文字上持有充分的论据，而

① 戴震：《与是仲明论学书》，《戴震集》，上海古籍出版社 2009 年版，第 183 页。

② 陆宗达：《训诂简论》，北京出版社 2002 年版，第 17 页。

凭主观臆断，就会完全歪曲文献的原意。"①而且训诂不仅需要客观性、概括性甚至灵活性，还强调依赖特定语言环境来解释人们的情感乃至态度。如陆宗达所说："解释词义不但需要高度的概括和准确，同时还需要一定的生动与具体；不但需要通过大量的材料保证所作训诂的科学性、客观性，还需要研究上下文的语言环境，体会运用语言的灵活性和形象性；不但要把单个的词和固定的词义训释好，还要在词与词之间、多义词的义与义之间研究他们的相互关系，理出词义的系统。"②认为连最基本的句读都可能涉及对作家情感态度的正确理解，强调最为客观忠实地阐释作家和文本的意义是训诂学最基本的使命。所以训诂学从来不明确张扬读者主观情感的过分介入，以尽可能客观地阐释文本和作家情感态度作为根本任务。这里实际上潜伏着一种阅读的基本观念：这就是形象文本和作家必定寄寓着特定的或确定的情感态度和意图，而且读者至少训诂学者的使命在于破译和忠实地解释这种本来存在的情感意义。这在很大程度上否定了读者和训诂学者主观情感的介入，至少在理论和意识层面是如此。

虽然训诂学总是强调唯一正确的客观训释，但实际情况可能复杂得多，即使对极其简单的语言文字也常常存在不尽相同甚或大相径庭、相互矛盾的训释。如对《论语·公冶长上》所载子贡之所谓"夫子之言性与天道，不可得而闻也"存在不同训释：一种认为孔子难以阐释，如《后汉书·桓谭传》所谓："天道性命，圣人所难言。自子贡以下，不得而闻。"一种认为，孔子知晓性与天道，但性与天道依赖自悟而无需告知，尤其不得告诉那些不能理解性与天道的人，如《史记·天官书》所说："孔子论六经，纪异而说不书。至天道性命，不传。传其人，不待告。告非其人，虽言不著。"《正义》有云："言天道性命，虽为言说，不得著明微妙，晓其意也。"甚至有将性与天道训释为《易经》，认为孔子传于子夏、商瞿等晚年弟子，"子贡言性与天道不可得闻，《易》是也"。还有认为子贡自得而闻之的，如《集注》有云："至于性与天道，则夫子罕言之，而学

① 陆宗达：《训诂简论》，北京出版社 2002 年版，第 21 页。

② 陆宗达：《训诂简论》，北京出版社 2002 年版，第 25—26 页。

者有不得闻者。盖圣门教不躐等,子贡自是始得闻之而叹其美也。"《论语意原》甚至认为:"性与天道至难言也。夫子寓之于文章之中,惟子贡能闻之。"①比较而言,这些训释的不同是显而易见的,可能涉及对根本问题的识解,如关于孔子是否真正知晓性与天道的问题,知晓性与天道而能否用语言文字来阐述的问题,能够用语言文字阐述,但可否告诉所有人的问题,以及告诉所有人而是否能真正理解的问题等。尼采也指出:"语文学的不足之处:人们总是把解释当作原文。"②可见,完全客观的训释几乎不存在,任何训释都不可避免地存在主观介入的情形,因为五花八门的训释本身就不言而喻地宣告了训诂学者主观情感和思想认识介入的情形。

虽然训诂学者也许并不承认先入为主的主观介入,但这丝毫不能改变其介入的事实,而只能是主观上聊以自慰地认为对词义进行了忠实训释。更为严峻的后果可能是,由于过分看重词义训释的客观性,反而使这些训释陷入漏失甚至误释文本最根本、最深刻内涵的困境。许多训诂学者虽然极其谨慎地训释每一个词义,生怕有任何歪曲原意的现象发生,但仍然不可避免地漏失和误释了最根本、最深刻的精神。一些训诂学者对此十分清楚。如王国轩在《陆九渊的学术宗旨(代前言)》中谈了这样的体会:"陆九渊是宋明时期陆、王心学的开创者,在我国思想史上占有重要的地位。一九五八年前后,我曾两次读《陆九渊集》,当时的注意力基本是集中在文字、训诂方面。这次又重读此书,按照本体与工夫的思路读下去,当正文读完时,我对陆九渊的思想主旨有了初步想法,当我继续读陆九渊《年谱》时,愈读下去我愈发惊喜不已。当年程颐发现两极相对原理时,他曾为此高兴得'手之舞之,足之蹈之',而我此时的心绪和程颐是一样的。我似乎觉得好像重新发现了陆氏的思想宗旨。这个宗旨是什么?用简单的话概括,即'发明本心'。"③王国轩的这个体会也正揭示了训诂方法的不足。

---

① 程树德:《论语集释》第1册,中华书局1990年版,第318—322页。

② 君特·沃尔法特编:《尼采遗稿选》,上海译文出版社2005年版,第211页。

③ 王国轩:《陆九渊的学术宗旨(代前言)》,载《陆九渊集》,中华书局1980年版,第1页。

虽然训诂学在后来有了进一步延伸和拓展的要求,但就其最基本的语言文字阐释而言,仍然是文学阅读的最基本层次。王畿有云:“吾人学问,自己从入处,便是感动人的样子。从言语入者,感动人处至言语而止;从意想入者,感动人处至意想而止;从解悟入者,感动人处至解悟而止。若能离此数者,默默从生机而入,感动人处方是日新。以机触机,默相授受,方无止法。”①虽然训诂这一层次可能仅仅拘泥于具体词义的阐释,甚或忽视更深邃乃至含糊的隐含意义,最终影响了阅读的纵深度,但毕竟是最基本的,是任何纵深层次阅读所不可完全逾越的。文字训诂的这一特点决定了它是中国文学抒情传统中阅读传统的最核心传统,在很大程度上影响了中国文化甚至政治历史的发展。中国文学抒情传统中儒家阅读传统大多建立在这一基础上,所以数千年来依赖政治制度包括科举制度得以绵延下来,并由此形成的诸多阅读感受大多出于这种传统,如《古今词话》所引徐渭“读词如冷水浇背,陡然一惊,便是兴观群怨,应是为佣言借貌一流人说法。夫温柔敦厚,诗教也”。②不仅中国历代诗话、词话、曲话在很大程度上得益于训诂,而且两汉经学、魏晋玄学、隋唐佛学、宋明理学都很大程度上得益于经典训诂。

所有这些表明,是文字训诂构成了中国文学阅读和文化发展的主脉。数千年中国文化和文学抒情传统之所以经久不衰,其最伟大的贡献应该归之于文字训诂。文字训诂虽然在很大程度上耗损了中国知识人的原创性,在很大程度上制约了中国文化的原创性,但同时也保障了中国文化传统尤其抒情传统的传承与延续,功不可没。

第二节 中国抒情的言不尽意说与形象阐释

虽然不能武断地认为文学阅读的形象重构一定建立在言不尽意说的基础之上,但二者显然有着极其密切的联系。言不尽意说不大相信和依赖语言

① 王畿:《冲元会纪》,《王畿集》,凤凰出版社 2007 年版,第 4 页。

② 沈雄:《古今词话》,载唐圭璋:《词话丛编》第 1 册,中华书局 1986 年版,第 879 页。

文字,最终在很大程度上求助于形象,而对形象关注的本身显示了形象阐释的基本内涵与特征。虽然这种形象重构也许并不与所谓形象学之间有必然联系,但关注形象并将形象普泛化的努力事实上使二者有了相同的阅读角度。

一、言不尽意说的美学基础

形象阐释不是没有美学理论依据,主要以言不尽意说为基础。言不尽意说认为语言文字不能表情达意,尤其不能传达事物微妙复杂的本质规律。具体来说包括了两种有所差异的观点:一种认为语言不能表情达意尤其表达事物微妙复杂的本质规律,但圣人可以通过特殊符号如卦象(即所谓"象")来表达这些微妙复杂的本质规律,如《周易·系辞传上》有所谓:"子曰:'书不尽言,言不尽意。'然则圣人之意,其不可见乎?子曰:'圣人立象以尽意,设卦以尽情伪,系辞焉以尽其言。'"这种观点的一个核心命题就是语言文字虽然不能全面准确地表情达意,但借助语言文字所塑造的形象可以达到表情达意的目的。这就意味着肯定了形象在表情达意方面的基本功能,也就认为借助语言文字所塑造的形象还是能够全面而准确地表情达意的。

另一种观点则认为,语言不能传达事物的本质规律,只能表达事物的粗略轮廓,因此在一定程度上否定了语言文字能够塑造形象来表情达意方面的基本功能,如《庄子·天道》所谓:"悲夫!世人以形色名声为足以得彼之情。夫形色名声果不足以得彼之情,则知者不言,言者不知,而世岂识之哉!"这种言不尽意说否定了语言文字乃至形象在表情达意方面的基本功能,但仍然肯定语言文字以及形象之外的意义的存在,使人们虽然不能将语言文字及形象直接作为阐释意义的依据,但从另一方面却肯定言外之象甚至象外之象的存在,以及言外之意、象外之意的存在。如荀粲有所谓:"盖理之微者,非物象之所举也。今称立象以尽意,此非通于意外者也;系辞焉以尽其言,此非言乎系表者也。斯则象外之意,系表之言,固蕴而不出矣。"[①]荀粲的这段话认为诸

① 《三国志·魏书》卷十《荀彧传》裴松之注引何劭《荀粲传》,陈寿:《三国志》,中华书局2006年版,第194页。

如天道、性命等事物本质规律即“理之微者”，不是形象所能传达的，而是深藏不发，系于言象之外的。质言之，也就是“理之微者”只能在象外去体悟与把握。于是又引《论语·阳货》“子曰：‘天何言哉？四时行焉，百物生焉，天何言哉’”来阐释“夫子之文章，可得而闻也，夫子之言性与天道，不可得而闻”。其实孔子所谓天地无言，只是揭示了自然界的无言之美，并不是说微妙复杂的事物本质规律无法用语言文字来表达，至于孔子弟子慨叹夫子言“性与天道”不得而闻，也不是性与天道无法用语言文字来表达，而可能是孔子注意因材施教使部分弟子未曾听说性与天道方面的观点。当然至为精妙复杂的事物本质规律无法用语言文字来表达也确实是一个事实，如所谓“是谓至精，愈不可闻”，即性与天道等“至精”之理，非语言所能传达，于是“余以留意于言，不如留意于不言；徒知无舌之通心，未尽有舌之必通心也”。“普天地之与人物，亦何屑于有言哉”之类的感慨也十分正常，[①]在一定程度上肯定了对天道、性命等理之微者不用舌或语言的观点。

言不尽意说虽然有所不同，但都肯定了意义的存在，区别在于认为意义的全面而且准确的表达，一个寄希望于象，另一个寄希望于象外。虽然有象外象内的差别，但都与象有关，至少都肯定了语言文字在塑造形象方面的功能。正是这种理论在很大程度上激发了作家进行文学抒情的兴趣，使文学艺术赢得了自身的尊严与优势。用语言文字塑造形象不仅是文学性最核心的内涵，而且也是文学之所以为文学的根本特征。许多作家也正是依赖这一点成就了其文学抒情的创造性。无论平庸作家，还是杰出作家最终都凭借形象获得了自身的存在价值。可以这样肯定地说，越是有成就的作家越可能在塑造形象尤其塑造象外之象方面表现突出。平庸作家抒情可能更多依赖语言文字直接抒情；一般作家主要依靠语言文字所塑造形象来抒情，使之真正意义上成其为作家；而杰出作家往往依赖语言文字所塑造形象之外的形象来抒情，使之蕴涵着无穷无尽的寓意乃至意味，同时也使其成为杰出作家。这就是说，言不尽意说充分揭示了文学抒情成其为文学抒情的根本

① 张韩：《不用舌论》，严可均辑：《全晋文》（中），商务印书馆1999年版，第1139页。

特征,而且也是文学抒情传统彰显其文学性的根本特征。

更为重要的是,重视形象和象外之象的观点还同时构成了中国文学抒情传统中文学阅读重视形象重构的传统。语言文字本身并不是形象,只是一种塑造形象的媒介,其所以最终成为形象的关键还在于读者的联想与想象。这也就是同样的语言文字所塑造的形象,能够在不同读者心目中形成不尽相同的形象的根本原因。这还是形象之内的形象,在很大程度上受制于作家语言文字所提供的信息,如“国破山河在,城春草木深”,就不能重构为无山河,也不能重构为城秋草木凋。因为所有这些形象都是语言文字所塑造形象的基本信息所确定的,是不允许进行再造乃至重构的。所谓重构也只是忠实地按照语言文字信息进行较为妥帖的重构。至于象外之象的重构,虽然也在一定程度上受制于形象本身的语言文字信息的制约,但毕竟存在更大创造空间,存在极大的艺术空白和空域等待着读者去填充和具体化、形象化。也正是由于这个原因,形象的再造与重构就成为文学抒情阅读传统的主要内容,是最富于文学阅读性质的阅读活动。它不仅彰显了文学阅读区别于其他阅读的基本特征,而且维护了文学抒情成其为文学抒情的根本特征。也正是因为这个原因,文学阅读形象重构似乎更能集中体现文学抒情传统之优势。

二、中国文学抒情阅读的形象阐释传统

言不尽意说虽然否定了语言文字在表情达意方面的基本功能,但没有完全否定语言文字所塑造的形象以及象外之象在寄寓情感与意义方面的功能,为人们提供了另一种文学阅读方式,这种方式也许类似于西方所谓形象学。

形象学至少在比较文学中是一种以着重阐释文学作品中所描述的异国形象为主的新兴学科。如果抛开单纯异国形象而将其扩充为所有文学形象,也许才能真正发挥形象学在文学阅读中的作用。任何文学形象,不仅是一种社会现实的真实反映,同样可能是对现实生活的一种超越或否定,或直接或曲折地寄寓作家内心最真实的情感。如果人们真正摆脱了诸如“自

我”与“他者”的对立与分别，对文学作品形象的重构就可能涉及真正意义的主观情感介入。这种形象可能是对一种文化或社会的想象，甚至可能是建立在个人乃至集体想象基础上的“乌托邦”，但这种乌托邦的想象如果真的体现特定民族和人类的共同理想，就必然涉及一定范围的集体无意识，甚至可能是这种集体无意识的直接或间接体现。

中国文学抒情传统“乌托邦”形象再造或重构主要有两种典型形式：一种是关于社会理想的，主要是“桃花源”。“桃花源”这一乌托邦社会的主要创造者是陶渊明。其关于“桃花源”的“土地平旷，屋舍俨然，有良田美池桑竹之属；阡陌交通，鸡犬相闻。其中往来种作，男女衣着，悉如外人；黄发垂髫，并怡然自乐”描述，集中体现了人与自我、人与人、人与自然的和谐关系。这不仅是中国文化乃至东方文化理想的集中体现，也是近年来西方有识之士的文化理想的体现。但陶渊明显然不是这种乌托邦社会的原创者，而是对道家尤其老子《道德经》第八十章“小国寡民，使有什伯之器而不用，使民重死而不远徙。虽有舟舆，无所乘之；有甲兵，无所陈之；使民复结绳而用之。甘其食，美其服，安其居，乐其俗。邻国相望，鸡犬之声相闻，民至老死不相往来”的一种文学描述，当然，其中也可能糅合了一些儒家大同世界的文化理想。对中国文学抒情传统而言，虽然陶渊明的桃花源寄托着作者的现实生活理想，但此后的历代诗人阅读陶渊明《桃花源记》却形成了不同的创造，总是强化了这种文化理想之中的某些成分。一种是强化了道家文化理想，甚至更多杂糅了后期道教文化理想，将其创造为一种神仙生活世界。如孟浩然《武陵泛舟》显然更加看重神仙生活以及超脱飘逸的神仙风范，有云：“武陵川路狭，前棹入花林。莫测幽源里，仙家信几深。山回青嶂合，云渡绿溪阴。坐听闲猿啸，弥清尘外心。”王维《桃源行》似乎更看重人类成为神仙，有云：“初因避地去人间，乃至成仙遂不还。”至于刘禹锡则将桃花源中的人们完全写成神仙，《桃源行》有云：“桃花满溪水似镜，尘心如垢洗不去。仙家一出寻无踪，至今流水山重重。”所有这些阅读都是建立在误读基础上的，认为桃花源是真正的神仙世界，当然也体现了唐代诗人对神仙世界的神往。一种则更强化了儒家文化理想，利用其对违背大同世界理想的社会现实进行了更尖锐明确的影射与批评，这主要体现在宋代诸如王安石的阅读创造之中。在王安石看来，所谓桃花源其实是人们为逃避秦朝暴政而形成的特定人间，有云："望夷宫中鹿为马，秦人半死长城下。避时不独商山翁，亦有桃源种桃者。此来种桃经几春，采花食实枝为薪。儿孙生长与世隔，虽有父子无君臣。"孟浩然、王维所重构的神仙世界，及王安石所重构的人间世界，都可能并不符合陶渊明的原意。孟浩然、王维等更看重超然洒脱的精神世界，王安石更强调苛政猛于虎的人间世界，其实陶渊明可能更喜欢淡泊宁静的心灵世界，也许或并不十分在意苛政或神仙的价值。虽然这些诗人的阅读也许只是一种误读，但这种误读显然真实地体现了一种阅读心理或人生理想，而这的确是真实可靠的。

一种是关于人格理想的，主要是"圣人"。圣人这一人格理想是儒家和道家共同的文化理想。圣人的人格理想其实是人与自我、人与社会、人与自然和谐的人格化体现，尤其是在人与自我、人与社会和谐基础上达到了人与自然的和谐境界。人与自然的和谐境界是中国文化传统人格理想的最高体现形式。如《周易·乾文言》所谓"夫大人者，与天地合其德，与日月合其明，与四时合其序，与鬼神合其凶吉"，老子所谓"天地不仁，以万物为刍狗；圣人不仁，以百姓为刍狗"（《道德经》第五章）等其实都体现了这一点。中国儒家和道家圣人人格理想在更广泛领域也有体现，如《黄帝内经素问》有云："上古有真人，提挈天地，把握阴阳，呼吸精气，独立守神，肌肉若一，故能寿敝天地，无有终时，此其道生。中古之时，有至人者淳德全道，和于阴阳，调于四时，去世离俗，积精全神，游行天地之间，视听八达之外，此盖益其寿命而强者也，亦归于真人。其次有圣人者，处天地之和，从八风之理，适嗜欲于世俗之间，无恚嗔之心，行不欲离于世，被服章，举不欲观于俗，外不劳形于事，内无思想之患，以恬愉为务，以自得为功，形体不敝，精神不散，亦可以百数。其次有贤人者，法则天地，象似日月，辩列星辰，逆从阴阳，分别四时，将从上古合同于道。亦可使益寿而有极时。"①《黄帝内经素问》显然将

① 《黄帝内经素问》，中医古籍出版社1997年版，第2页。

人与自然的和谐作为圣人的标志。

无论桃花源，还是圣人，都是中国文化传统之最高文化理想的集中体现形式。但更多的形象再造与重构可能并不都有这样的理想色彩，而是更集中地体现出艺术再创造的性质。如关于"野渡无人舟自横"的诗句形象再造与重构，就发生过这样的事情：据邓椿《画继》载，"所试之题，如'野水无人渡，孤舟今日横'，自第二人以下，多系空舟岸侧，或拳鹭于舷间，或栖鸦于蓬背；独魁则不然，画一舟人卧于舟尾，横一短笛，其意以为非无舟人，止无行人耳，且见舟子之甚闲也。"这段文字所记录的事情，正体现了关于形象再造与重构能否抓住精神的问题。以为前三个形象再造与重构强调了无人，乃至连舟人都作了无的处理，这样违背了是无人渡，而非无舟人的形象信息。在龙协涛看来，似乎前三个再造与重构"过于实在，过于确定，在某种程度上限制了欣赏者的想象力"，[①]其实主要还是因为没有能够抓住精神，进行了错误的或能够引发错误联想的再造与重构。当然也不排除后一种再造与重构的富于想象和空灵的韵味。如果说形象再造与重构常常是文学阅读传统中最富于文学性的创造活动，类似艺术构思的文学阅读创造更能集中体现创造性，而且往往将诸如空灵和韵味本身也作为文学阅读创造成就的最终体现形式而加以要求，其文学阅读创造活动的文学性自然显得更加突出。

由此可见，尽管比较文学的形象学有着特定含义，甚至可能与文学阅读的普泛化形象重构存在明显距离，但由于涉及一定形象乃至象外之象，而且是通过形象重构达到阐释情感和意义的目的，所以借助形象重构进行形象学阐释显然是中国文学抒情传统之文学阅读的一种主要方式。不过由于两种不太相同的言不尽意说，最终形成了两种阅读观念。一种是刘勰式的，主张："凡操千曲而后晓声，观千剑而后识器。故圆照之象，务先博观。阅乔岳以形培塿，酌沧波以喻畎浍。无私于轻重，不偏于憎爱，然后能平理若衡，照辞如镜矣。是以将阅文情，先标六观：一观位体，二观置辞，三观通变，四

① 龙协涛：《文学阅读学》，北京大学出版社2004年版，第125页。

观奇正,五观事义,六观宫商。斯术既行,则优劣见矣。"(《文心雕龙·知音》)在刘勰看来,不仅要观象,而且要"博观"。这是中国文学抒情传统中鉴赏论的一个主要内容,它不仅强调对形象的重构,而且主张全面阐释。这种鉴赏论相信语言文字在塑造形象方面的独特作用,甚至认为通过形象的重构与阐释,可以获得文学抒情的深层意义。另一种是司空图式的,强调"辨与味",主张对"韵外之致"、"味外之旨"的阐释。[①] 这种强调"韵外之致"、"味外之旨"的文学阅读实际上就是对"象外之象"、"景外之景"的阐释,是更具创造性地对象外之象的形象重构。这种文学阅读传统不再满足于象内之象,而是将象外之象看成文学阅读的根本环节与核心内容,认为文学抒情中最微妙复杂的情感不是寄寓于语言文字所塑造形象之中,而是蕴涵于语言文字所塑造形象之外。文学阅读的形象再造和重构,正是建立在两种并不完全相同的言不尽意说的基础之上。

对中国文学抒情作品的阅读,事实上无法清晰地分别运用两种不同鉴赏方法。因为经常出现的情形是对文本信息直观解读乃至忠实解读,更具有对形象直接阐释的性质,而对文本信息之外或蕴涵于形象之中的意义阐释,则更多具有对"象外之象"的阐释的性质。可以这样来阐述,相对缺乏创造性的阅读更具有刘勰的特点,相对具有创造性的阅读更具有司空图性质。但任何文学抒情传统中的阅读传统常常二者相辅相成,如对杜甫"国破山河在,城春草木深。感时花溅泪,恨别鸟惊心",司马光有这样的评述:"山河在,明无余物矣;草木深,明无人矣;花鸟,平时可娱之物,见之而泣,闻之而悲,则时可知矣。"[②]司马光的这种阐释事实兼具两种鉴赏方法。山河、草木、花鸟属于文本信息,余物、人和时势为文本信息之外的信息。司马光正是通过已有信息来推断未知信息,最终形成对抒情形象的全面重构与阐释。正如伊瑟尔所说:"对一个文学本文,我们的想象也只能描绘那些不在本文里的事物;本文已写出的部分给予我们知识,但恰恰是未写出的部分

---

① 参见司空图:《与李生论诗书》,载郭绍虞:《中国历代文论选》第2册,上海古籍出版社1979年版,第196—197页。

② 司马光:《温公续诗话》,载何文焕:《历代诗话》(上),中华书局1981年版,第278页。

提供给我们描绘种种事物的机会;实际上,如若没有种种不确定的因素,即本文的空白,我们就应该不能使用我们的想象。"①语言文字所塑造形象与语言文字之外形象的珠联璧合是文学阅读形象再造与重构的基本形态。前者是形象重构的基础,后者是形象重构的根本。

中国文学抒情向来以含蓄或蕴藉为特征。这意味着许多情况下总是将语言文字所塑造形象半遮半掩,难见庐山真面目。最基本的含蓄类似于费经虞《雅伦·炼句》所指出的现象:"唐僧琢句法:比物以意,而不指一物,谓之象外句。如无可'听雨寒更近,门前落叶声',以落叶比雨声也。又'微阳下乔木,远烧入秋山',以微阳比远烧也。言其用不言其名。"②虽然这种现象在中国文学抒情传统中颇为多见,但毕竟最为浅表化,充其量只是给读者将浅表化现象深度化的权利,并不具有更深刻的内涵与寓意。中国文学抒情之含蓄与蕴藉不限于此,而且与语言文字塑造形象的方式与性质有关,如维特根斯坦所说:"不出声的'内在'言语并非一个半隐蔽的现象,仿佛带着一层面纱。它毫不隐蔽,但这个概念很容易使我们糊涂,因为它与'外在'过程的概念平行却又不同它吻合。"③不仅如此,中国文学抒情传统还常常重视虚幻空间,而且与基于雕刻建筑的西方艺术空间不同,往往是基于书法的空间创造,如宗白华所说:"中国画里的空间构造,既不是凭借光影的烘染衬托(中国水墨画并不是光影的实写,而仍是一种抽象的笔墨表现),也不是移写雕像立体及建筑的几何透视,而是显示一种类似音乐或舞蹈所引起的空间感形。确切地说:是一种'书法的空间创造'。"④中国文学和艺术抒情虽然重视虚幻空间,但更重视虚实相生,传虚成实而形成的洋溢着盎然生命活力的意境空间。蒋和的看法有一定代表性:"大抵实处之妙皆因虚

① 伊瑟尔:《阅读过程:一个现象学的论述》,载朱立元:《二十世纪西方美学经典文本》第3卷,复旦大学出版社2001年版,第687—688页。

② 费经虞:《雅伦·炼句》,载《中国古典文艺学丛编》(二),北京大学出版社2001年版,第88页。

③ 维特根斯坦:《哲学研究》,知识·生活·读书三联书店1992年版,第307页。

④ 宗白华:《中西画法所表现的空间意识》,《宗白华全集》第2卷,安徽教育出版社1994年版,第143页。

处而生,故十分之三天地位置得宜,十分之七在云烟琐断。”[①]中国文学抒情传统创造虚实相生的空间结构,目的还是为了达到“‘道’的生命和‘艺’的生命,游刃于虚,莫不中音,合于桑林之舞,乃中经首之会”[②]的境界。这也就是说,重视虚幻空间和抟虚成实的、洋溢着盎然生命活力的意境空间,是中国文学抒情传统最突出的特征。中国文学抒情之阅读传统也因此具有多种多样的方式,包括将模糊形象清晰化,将浅表形象深度化,将局部形象整体化,将缺席形象在场化。这是中国文学抒情传统之阅读传统的形象再造与重构的主要途径和方法。其中前两种主要是对象内之象的再造与重构,后两种则主要是对象外之象的再造与重构。而对象外之象的再造与重构,显然更具再造与重构空间,是中国文学抒情传统之阅读传统之更具深度阅读性质的传统,是文学形象再生能力更突出的传统。

但中国文学抒情传统的形象阐释传统仍然不是最理想也不是最深刻的阅读。这是因为这种阅读虽然没有由于过分关注语言文字而有只见树木不见森林的局限,在很大程度上有了对抒情形象全面观照的特征,但这并不能从根本上改变了仍然有些肤浅的缺憾。因为形象重构和阐释只是一种初步的文学创造,真正的文学创造应该是意义的创造,尤其是至为深刻而微妙的意义创造。

第三节　中国抒情的得意忘言说与生命解悟

一、得意忘言说的美学基础

中国之言不尽意说其实还有更重要的观点,就是得意忘言说。得意忘言说实际上正是基于微妙复杂的本质规律不能用语言文字来表达这一观点才提出来的。只是言不尽意说往往肯定了象内之象乃至象外之象的价值与

---

① 蒋和:《学画杂论》,载俞剑华:《中国古代画论类编》(上),人民美术出版社 2000 年版,第 278 页。

② 宗白华:《中国艺术意境之诞生(增订稿)》,《宗白华全集》第 2 卷,安徽教育出版社 1994 年版,第 365 页。

意义，得意忘言尤其得意忘象说则否定了形象的意义，无论象内之象，还是象外之象都属于被否定的范畴。这就使得意忘象说有了不同于言不尽意说的内涵与特点。

其实得意忘言说因为完全否定了语言文字能够传达意，包括天道、性命等生命乃至宇宙普遍规律功能才得以形成。如《庄子·外物》中说："筌者所以在鱼，得鱼而忘筌。蹄者所以在兔，得兔而忘蹄。言者所以在意，得意而忘言。吾安得夫忘言之人而与之言哉！"这在一定程度上肯定了语言文字表达意义的功能，并在此基础上提出了得意忘言和得意忘象的观点。这是因为，语言文字是塑造乃至穷尽形象的，而塑造乃至穷尽形象的终极目的是穷尽意义，如王弼有所谓："尽意莫若象，尽象莫若言。"所以读者完全可以如其所云"故可寻言以观象"，"寻象以观意"。[①] 正由于语言文字仅仅是塑造形象的工具，形象仅仅是表达意义的工具，所以人们完全有权利也有必要抓住关键而舍弃辅助手段，如所谓"言者，象之蹄也；象者，意之筌也"，故可"得象而忘言"，"得意而忘象"。可见得意忘言说是得意忘象说的基础。正是因为有了得意忘言说，才有可能进一步达到得意忘象说的境界，即所谓"得意在忘象，得象在忘言"。正因为在王弼看来，"象生于意而存象焉，则所存者乃非其象也；言生于象而存言焉，则所存者乃非其言也。"于是有："是故，存言者非得象者也，存象者非得意者也。""然则，忘象者乃得意者也，忘言者乃得象者也。"[②]既然得象就可以忘言，那么得意自然可以忘象，这就使得意忘言说和得意忘象说有了超乎言不尽意说的基本内涵，以否定作为工具的语言文字和形象作为特征。其实此前如《吕氏春秋·审应览·离谓》亦有类似阐述，有云："夫辞者，意之表也。鉴其表而弃其意，悖。故古之人得其意则舍其言矣。听言者以言观意也。听言而意不可知，其与桥言无择。"既然得所言之意，就可把言忘掉，那么得象所蕴涵之意，同样可忘

① 王弼：《周易略例·明象》，楼宇烈：《王弼集校释》（下），中华书局1980年版，第609页。

② 王弼：《周易略例·明象》，楼宇烈：《王弼集校释》（下），中华书局1980年版，第609页。

掉象。

否定语言文字及其所塑造的形象直达意义本体是中国得意忘言和得意忘象说给予中国文学抒情阅读传统的最有力阐述。这种超越语言文字和形象的理论显然源于中国道家文化对语言文字和形象的认识。这就是《道德经》第四十一章所谓"大音希声,大象无形,道隐无名"。这种理论最根本的优势,是赋予读者极大的阅读创造性,赋予读者近似全知全能的阅读创造权利。按照这种理论,所有中国文学抒情的语言文字所塑造形象,其实都显得无足轻重,而读者的心解心证才最根本。这种理论在道家和佛教文化传统中被发挥得淋漓尽致。如《庄子·寓言》所谓:"言无言。终身言,未尝言;终身不言,未尝不言",彻底否定了语言文字独立存在的价值与意义,使意义获得了超越语言文字而独立存在的终极价值与意义。佛教对此也有精辟的阐述,如《金刚经·非说所说分第二十一》有云:"若人言如来有所说法,即为谤佛,不能解我所说故。须菩提,说法者无法可说,是名说法。"一般认为佛所说智慧是透彻圆融的无上智慧,无须争辩和怀疑,只需口念心行。但这种认识只是体现了对佛教的浅表化理解。在佛教看来,所有的言说,只是佛为了开启人们的本心而随缘假立的说教,其根本不在于言说之中,而在人们的自性之中。如果深得自性的照耀,就是获得了真谛,如果死守教条,就是迷误了佛言说的宗旨。所以《金刚经口诀》如是释道:"了万法空寂,一切名言皆是假立,于自空性中,炽然建立一切言辞,演说诸法无相无为,开导迷人,令见本性,修证无上菩提,是名说法。"①惟其如此,禅宗之所谓"不立文字",可谓深得其旨。

体悟中国文学抒情传统的根本在于,不执著于语言文字及其所塑造的形象。语言文字及其所塑造形象,充其量只是标月之指,而不是月的本体。丹霞禅师可谓深得其旨。丹霞天然禅师到处行脚,行走各个寺庙,天晚了,找个寺庙来借宿,庙里知客跟他说,今天客多寮房都已满,只有住大殿了,天

① 慧能:《金刚经口诀》,载明尧、明洁:《禅宗六代祖师传灯法本》,中州古籍出版社2009年版,第356页。

然禅师说,我就住大殿,知客把门打开,给他铺个厚垫子,到了后半夜天气很冷,丹霞禅师拿了几个佛像用戒刀劈开,点着火取暖,烧了一夜,把佛像劈的差不多了,早晨,知客来一看佛像全被丹霞禅师给烧了,就问怎么把佛像都给烧了?丹霞禅师说烧取舍利,这木头像有什么舍利,既然没舍利,就没用,不是真佛。丹霞禅师劈佛的举动告诉人们不要心外取法,佛就在人们的心中。与此类似,所有的语言文字及其所塑造的形象,不过是作家用来表情达意的手段,并不是终极目的,终极目的是语言文字及其所塑造形象所蕴涵的情感乃至思想。所以抓住情感与思想才是至为根本的,执著于语言文字及其所塑造形象实在是没有必要的,甚至可能是有害无益的。遗憾的是,中国文学抒情之阅读传统之训诂阐释过于执著语言文字,形象阐释则过于执著形象。所有这些都是佛教所反对的,甚至也可能是徒有其表而不得其实的。作为中国读者至少深悟中国文学抒情传统之读者,必须明白所有的语言文字及其所塑造形象,不过是人们用来开启智慧的临时性方便手段,不是终极目的,更不是智慧本身。智慧并不直接地存在于语言文字乃至形象之中,而是存在于每个人的原始本心之中。最为根本的阅读应该是自悟本心,只有不拘泥于语言文字及其所塑造形象本身的含义,真正做到了自悟本心、发明本心,才是抓住了语言文字及其所塑造形象的关键。陆辅之有云:“学者必在心传耳传,以心会意,当有悟入处。然须跳出窠臼外,时出新意,自成一家。”①这也就是说,只要人们能够自悟本性,自悟原始本心,完全可以超越语言文字及其所塑造的形象。佛教的阐述对通过阅读达到生命智慧的解悟颇有启发性。在佛教看来,自心即是佛,心外无佛。智慧只是存在于人类的原始本心之中,离开原始本心是没有智慧的。《金刚经·无得无说分第七》有云:“一切圣贤,皆以无为法而有差别。”这是说一切圣贤其原始本心非空非有,无为无作,无所差别,只是由于对原始本心的体悟不同而有差别。具体来说,就是一切圣贤本来没有差别,都有平等不二的原始本心,只是根性不同,解悟深浅不同而有差别,或悟解相同,只是由于外在机缘不同,所遭遇

① 陆辅之:《词旨》,载唐圭璋:《词话丛编》第1册,中华书局1986年版,第303页。

的具体情境不同,而演化出各种各样学说与主张之间的差别,如《金刚经口诀》有云:“圣贤说法,具一切智,万法在在,随问差别,令人心开,各自见性。”①这是说,所有学说与主张其本质上是一致的,都是发明原始本心的结果。只是因为本人的根性、遭遇和悟解不同而有差别。陆九渊甚至特别强调这个原始本心,不仅一切圣贤乃至一切人相同,而且可以跨越时代,无论过去、现在、未来都相同,如陆象山所说:“宇宙便是吾心,吾心即是宇宙。千万世之前,有圣人出焉,同此心同此理也。千万世之后,有圣人出焉,同此心同此理也。东南西北海有圣人出焉,同此心同此理也。”②

可见一切圣贤表情达意,著书立说,虽然显得众说纷纭,但不过是发明原始本心,这个本心不外乎清净不二之心。《坛经·般若品第二》有云:“万法本自人兴,一切经书,因人说有。”读者或一切人亦有发明本心,著书立说,形成经论的资格与悟性。中国文学抒情中的文学阅读传统理所当然应该是读者发明本心的活动,是用清净不二之心体悟思想情感意蕴,发明本心的结果。真正了解深层内涵的读者总是从中体悟平等不二的本心,总是看到千差万别之中同是一心的实质;仅仅停留于浅表化理解层次的读者,才斤斤计较于蛛丝马迹之类的差别。从这种意义上说,尽管人们长期以来总是执著于对中国文学抒情传统之诗言志、诗缘情诸说的分别和取舍,甚至存在鲜明的厚此薄彼倾向,但就其实质而言,则可能是相同的,即使有所不同,也不应该过分执著于分别和取舍,应该有兼容并蓄乃至无取无舍、一视同仁的态度。

二、中国文学抒情阅读的生命解悟传统

得意忘言和得意忘象说的价值在于充分认识到了诸如语言文字和形象对体悟平等不二之本心的束缚作用,以致为了最大限度张扬平等不二本心而特别强调对语言文字及其所塑造形象的否定。这实际上是为了进一步解

① 慧能:《金刚经口诀》,载明尧、明洁:《禅宗六代祖师传灯法本》,中州古籍出版社2009年版,第314页。

② 陆九渊:《杂说》,《陆九渊集》,中华书局1980年版,第273页。

放读者，使其充分张扬主体解读作用，将读者的自见本心和发明本心作为根本。这是中国文学抒情传统之文学阅读传统中最能充分彰显读者原始本心的理论传统。发明本心的行为事实上肯定了得意忘言说和得意忘象说的存在。得意忘言乃至得意忘象的说法，也通过对语言文字和形象的否定最终肯定了读者发明本心的价值与意义。

自见本心和发明本心确实是文学阅读达到深度阅读的根本原因，虽然这种自见和发明本心的主张，可能并不符合训诂学者的观念，也与形象再造和重构之间存在一定距离。训诂学者往往极力反对以自见和发明本心作为训诂的基本要求，至于形象再造和重构虽然可能默认自见和发明本心的存在，但并不明确提倡，相形之下，只有得意忘言和得意忘象说才肯定了读者自见和发明本心的价值与意义。虽然中国文学抒情传统集中着许多卓有成效的成果，但所有这些成果只能是他人发明本心的结果，并不能代替读者自己自见本心、发明本心。任何拘泥于他人阅读经验的阅读虽然可能容易得到人们认可，但充其量只能是拾人牙慧，并不能算作真正的阅读。真正的阅读只能是发明读者自己的原始本心。有些长于训诂的学者也真正认识到了自见和发明本心的价值与意义。如浦起龙明确指出："吾读杜十年，索杜于杜，弗得；索杜于百氏诠释之杜，愈益弗得。既乃摄吾之心，印杜之心，吾之心闷闷然而往，杜之心活活然而来，邂逅于无何有之乡，而吾之解出矣。"①黑格尔也有类似看法，他指出："艺术的真正职责就在于帮助人认识到心灵的最高旨趣。"②可见真正的深度阅读只能是自见本心、发明本心，而且正是因为自见本心、发明本心，才使阅读具有了无可替代的作用与价值。

这种建立在自见和发明本心基础上的文学阅读，形成不同于其他读者尤其训诂学者和形象阐释学者的识解，甚至在许多情况下与之大相径庭，但由于建立在自见乃至发明本心的基础之上，在很大程度上具有独立存在的价值与意义。宗白华是现代美学史上难得的对生命有所解悟的人，所以他

① 浦起龙：《读杜心解》第1册，中华书局1961年版，第5页。

② 黑格尔：《美学》第1卷，商务印书馆1979年版，第17页。

阅读抒情文本每每能够自见本心,对文本作出富有生命智慧的阐释。如其所云:"中国艺术意境的创构,既须得屈原的缠绵悱恻,又须得庄子的超旷空灵。缠绵悱恻,才能一往情深,深入万物的核心,所谓'得其环中'。超旷空灵,才能如镜中花,水中月,羚羊挂角,无迹可寻,所谓'超以象外'。色即是空,空即是色,色不异空,空不异色,这不但是盛唐人的诗境,而且是宋元人的画境。"[①]宗白华的这种解悟,并不仅仅限于对屈原的缠绵悱恻与庄子的超旷空灵的无所执著,还在于对"得其环中"与"超以象外"尤其色与空的无所分别与取舍,在于打破了执著于以二元论思维方式为基础的知识美学的分别与取舍,表彰了以不二论思维方式为基础的智慧美学品质,更在于达到了真正意义的"不作二,不作不二"的境界。

这种自见本心的生命解悟,在中国文化抒情传统中有着悠久的历史,不仅许多卓有成就的思想家的文学阅读大体具有这种性质,而且有些思想家的阅读,也往往成为中国文学抒情传统之阅读范式。如郭象注庄子其实就是如此。这就是大多数人认为郭象对庄子的阐释,与其说是阐释庄子,不如说是借助庄子阐发郭象自己的思想,有所谓"曾见郭象注庄子,识者云:却是庄子注郭象"。[②] 这的确揭示了郭象注庄子的特征,而且也充分彰显了文学阅读传统之自见乃至发明本心的基本精神,可谓深得其旨。

也许人们总是纠结于注释《庄子》是忠实原著丝毫不敢发挥好,还是借助特定原著进一步阐发自己的思想好的问题,比较而言似乎后者更具有独立的价值与意义。郭象注庄子确实最典型地体现了其自见和发明本心的精神。尽管可能因为对庄子的某种程度误读而遭到人们的批评,但正是由于他能够发明原始本心的缘故,使得郭象注本身具有了独立的思想价值,成为道家文化经典。郭象在庄子义理阐发方面确实有很高造诣,而且多有发挥,不仅将《庄子》的比喻、隐喻变成推理和论证,而且似乎有了更明晰的思想

---

① 宗白华:《中国艺术意境之诞生(增订稿)》,《宗白华全集》第2卷,安徽教育出版社1994年版,第364页。

② 《大慧普觉禅师语录》卷二十二,《禅宗语录辑要》(上),上海古籍出版社2011年版,第410页。

观点。如其《庄子注序》所谓："夫庄子者可谓知本矣，故未始藏其狂言，言虽无会而独应者也。夫应而非会，则虽当无用；言非物事，则虽高不行。与夫寂然不动，不得已而后起者，固有间矣，斯可谓知无心者也。夫心无为，则随感而应，应随其时，言唯谨尔。故与化为体，流万代而冥物，岂曾设对独遘而游谈乎方外哉？此其所以不经而为百家之冠也。"[①]在郭象看来，庄子是知道根本的。这个根本就是无心无为。真正无心的人是寂然不动的，但庄子大部分凭空发议论，自问自答，自言自语，并不与具体情况相吻合，也不解决具体问题，所以似乎没有多大用处，不能发生作用。庄子虽然懂得无心这个道理，不能将它体现出来，但在诸子百家中无疑最具文学色彩。郭象的这一发挥，与其说是对庄子的发现，不如说是对自我无心思想的一种发明。这种发明显然揭示了一切阅读是发明本心的精神实质，而且也揭示了圣心无执或圣人无心尤其无执著之心的思想。这也正是郭象发明本心的最高成就的体现。钱裴仲有云："读词之法，心细如发。先屏去一切闲思杂虑，然后心向之，目注之，谛审而咀味之，方见古人用心处。"[②]所以一切文学阅读传统都应该如郭象注庄子一样发明本心，而且最好是发明无执著之心。这才是中国文学抒情阅读传统之生命解悟的最高境界。

这种文学阅读传统往往因为误读甚至歪曲受到人们的指责与非难，但是这种指责和非难并不能够从根本上否定其独立阅读自见和发明本心的价值与意义。这也就是智旭《周易禅解》虽然不一定符合《周易》的宗旨，但由于他深明佛学、易学大义，能够"援禅以证易，诱儒以智禅"，所以在很大程度上实现了融合儒学与禅学的目的，仅此最后一点就必然在中国思想史具有崇高的地位与深远的影响力。智旭运用大量佛教术语解释《周易》，集中体现了以禅解易的阅读传统，甚至成为禅易会通的集大成者。智旭认为易即真如本性，具有随缘不变、不变随缘义；理即佛性，佛性是遍及一切众生、平等不二的。如其释《周易·乾象传》为："统论一传宗旨，乃孔子借释彖爻

① 郭象：《庄子注序》，载《南华真经注疏》(上)，中华书局 1998 年版，第 1 页。

② 钱裴仲：《雨华盦词话》，载唐圭璋：《词话丛编》第 4 册，中华书局 1986 年版，第 3012 页。

之辞，而深明性修不二之学。以乾表雄猛不可沮坏之佛性，以'元亨利贞'表佛性本具'常乐我净'之四德。佛性必常，常必备乎四德，竖穷横遍，当体绝待。故曰大哉乾元。"①释《周易·乾文言》之"夫大人者，与天地合其德，与日月合其明，与四时合其序，与鬼神合其吉凶。先天而天弗违，后天而奉天时，天且弗违，而况于人乎，况于鬼神乎。亢之为言也，知进而不知退，知存而不知亡，知得而不知丧，其唯圣人乎！知进退存亡而不失其正者，其唯圣人乎"，有云："凡有慧而无定者，惟知佛性之可尚，而不知法身之能流转五道也。惟知佛性之无所不在，而不知背觉合尘之不亡而亡也。惟知高谈理性之为得，而不知拔无修证之为丧也。唯圣人能知进退存亡之差别，而进亦佛性，退亦佛性，存亦佛性，亡亦佛性，进退存亡不会增减佛性，佛性不碍进退存亡，故全性起修，全修在性，而不失其正也，若徒恃佛性，不几亢而非龙乎？又约究竟位中解者，示现成佛是知进，示现九界是知退，示现圣行梵行、婴儿行是知存，示现病行是知亡。而于佛果智断无所缺减，是不失其正也。"②虽然智旭《周易禅解》用佛教术语所作禅解可能并不一定符合《易经》原旨，甚至可能在某些方面完全有悖于《周易》原旨，但这种发挥显然促进了禅宗与易学融合会通，仅此禅易会通的精神本身就让人耳目一新，具有独立的思想价值。

郭象、智旭等自见乃至发明原始本心的识解方式，虽然有类似于戴震、钱钟书等所批评的诸如程朱理学等"空言说理"、"轻凭臆解"的缺憾，但即使是钱钟书等精于考据的阅读方式也不是没有人批评。钱钟书博极群书，古今中外，文史哲等无所不窥，而且无论古今中外任他信手拈来随意发挥，的确彰显出博学多识的优势，这种博学多识也每每打破了现今学科界域，诸多观点既不属于任何学科，又同时属于任何学科，而且没有诸如主题等专题限制，能够在点滴琐碎之中彰显虽无体系但丰富多彩、引人入胜的精神魅力，亦可谓博大精深。但对大多数读者而言，未免有掉书袋之嫌，最起码是

① 智旭著，曾其海疏论：《周易禅解疏论》，上海古籍出版社 2006 年版，第 8 页。

② 智旭著，曾其海疏论：《周易禅解疏论》，上海古籍出版社 2006 年版，第 17 页。

让博学多识淹没了机敏与睿智，多少有些令人惋惜，倒使人们对《道德经》第五章所谓“多言数穷，不如守中”的提醒有了更深刻的领悟。在中国文学抒情传统中确实有许多学者竭尽毕生精力注疏经典，虽然引证可谓翔实，但却恰恰因为缺乏自见和发明本心的真知灼见，充其量只是掉书袋、钻故纸堆，堆积他人观点，多属拾人牙慧。这种文学阅读虽然也可能倾注毕生精力，但实际上难以给人醍醐灌顶、明心见性的启发。

可见，中国文学抒情之阅读传统，尤其深度阅读的价值在于读者在阅读中自见本心发明本心。弘忍有云：“千经万论，莫过守本真心是要也。”①这不仅是文学阅读超越抒情传统限制达到最高创造的体现，而且是文学阅读获得独立存在价值的根本保证。向来主张不立文字，以心传心的禅宗在此有突出贡献。许多禅宗公案都可以看成中国文学抒情阅读传统之成功范例。据《五灯会元·德山宣鉴禅师》载，“鼎州德山宣鉴禅师，简州周氏子，丱岁出家，依年受具。精究律藏，于性相诸经，贯通旨趣。常讲《金刚般若》，时谓之周金刚。尝谓同学曰：‘一毛吞海，海性无亏。纤芥投锋，锋利不动。学与无学，我知焉。’后闻南方禅席颇盛，师气不平，乃曰：‘出家儿千劫学佛威仪，万劫学佛细行，不得成佛。南方魔子敢言直指人心，见性成佛，我当搂其窟穴，灭其种类，以报佛恩。’遂担《青龙疏钞》出蜀，至澧阳路上，见一婆子卖饼，因息肩买饼点心。婆指担曰：‘这个是甚么文字？’。师曰：‘《青龙疏钞》。’婆曰：‘讲何经？’师曰：‘《金刚经》。’婆曰：‘我有一问，你若答得，施与点心。若答不得，且别处去。《金刚经》道：过去心不可得，现在心不可得，未来心不可得。未审上座点那个心？’师无语，遂往龙潭。至法堂曰：‘久向龙潭，及乎到来，潭又不见，龙又不现。’潭引身曰：‘子亲到龙潭。’师无语，遂栖止焉。一夕侍立次，潭曰：‘更深何不下去？’师珍重便出。却回曰：‘外面黑。’潭点纸烛度与师。师拟接，潭复吹灭。师于此大悟，便礼拜。潭曰：‘子见个甚么？’师曰：‘从今向去，更不疑天下老和尚舌头也。’

① 弘忍：《最上乘论》，载明尧、明洁：《禅宗六代祖师传灯法本》，中州古籍出版社 2009 年版，第 181 页。

至来日,龙潭升座,谓众曰:'可中有个汉,牙如剑树,口似血盆,一棒打不回头。他时向孤峰顶上,立吾道去在!'师将疏钞堆法堂前,举火炬曰:'穷诸玄辩,若一毫置于太虚。竭世枢机,似一滴投于巨壑。'遂焚之。"①德山宣鉴禅师虽然精研佛法,尤其擅长讲解《金刚经》,但过于执著文字般若,乃至对南方禅宗"直指人心,见性成佛"甚为不满。其所谓《青龙疏抄》也不过是对《金刚经》的一种文字阐释,其过于执著文字般若的行为本身违背了《金刚经·一体同观分第十八》"过去心不可得,现在心不可得,将来心也不可得"的宗旨。对此慧能《金刚经口诀》有如是阐释:"过去心不可得者,前念妄心,瞥尔已过,追寻无有处所。现在心不可得者,真心无相,凭何得见?未来心不可得者,本无可得,习气以尽,更不复生。了此三心皆不可得,是名为佛。"②在这个公案中,德山宣鉴禅师经过曲折终于体悟到自见本心、发明本心的重要性。佛教的根本在于了无所得。因为有所得,必有所执著,也必有所失有所舍。而分别、取舍都是有违佛教精神的。只是这种传统在清代以后逐渐被训诂考据之类的阅读传统所取代。

关注自见本心、发明本心的阅读传统才属于中国文学抒情传统之主流,也只有这种阅读传统才真正符合中国文化传统,至少符合佛教文化传统。这主要因为佛教向来反对执著,而且将自见本心甚至了无所得作为禅悟的根本特征。在佛教看来,所有执著,即使是执著于所谓佛法,同样必然心为其所束缚,只要心为其所束缚,就不可能真正体悟清净不二的平等心,就不可能顿然觉悟。只有廓然无圣,如《华严经》卷五十五所谓"于一切诸法皆无所有",无所执著,了无所得,才能真正体悟清净不二的原始本心。德山宣鉴禅师偈子称穷尽玄理佛论,也不过像放在虚空中的一根毫毛,用尽世间机巧,也不过像投入巨壑中的一滴水珠的意思,正是体悟了平等不二之原始本心的体现。虽然佛陀主张诵读《金刚经》,但《金刚经》同样也有"若人言如来有所说法,即为谤佛"的说法。这意味着心有所得只是凡夫执著佛法

① 普济:《五灯会元》(中),中华书局 1984 年版,第 371—372 页。

② 慧能:《金刚经口诀》,载明尧、明洁:《禅宗六代祖师传灯法本》,中州古籍出版社 2009 年版,第 353—354 页。

的体现,真正的佛法是了无所得的。如果人们执著于佛法,乃至心有生灭、得失之类的分别与取舍,必定是诽谤佛。慧能《金刚经口诀》有如是阐释:"了万法空寂,一切名言皆是假立,于自空性中,炽然建立一切言辞,演说诸法无相无为,开导迷人,令见本性,修证无上菩提,是名说法。"①佛随缘说法,只是根据具体情境假说而开导人们自悟本性,而非让人执著于种种说法。因而诸如训诂和形象阐释等都可能因为执著于语言文字而陷于仅得文字糟粕的结局。可见,无论形象阐释或训诂其实都违背自见和发明本心的根本宗旨。而自见和发明本心的根本在于体悟生来就有的清净不二本性。老太婆的点拨虽然未能最终使德山宣鉴禅师自悟本性,后来龙潭崇信禅师吹灭蜡烛的行为才使其最终顿然觉悟,以致不再执著于诸如光明与黑暗之类的分别,顿然回归平等不二、了无所得的清净本心。因为光明与黑暗并不是世界的真实本体,只是一种世界假象,只有本心才是真正真实不虚的。中国文学阅读传统也因此往往特别注重得意忘言和得意忘象,如黄子云道:"诗有禅理,不可道破。个中消息,学者当自领悟,一经笔舌,不触则背。诗可注而不可解者,以此也。"②

得意忘言和得意忘象的根本在于自见本心。而自见发明本心,其实是中国文化传统的主要内容。陆九渊思想的核心在于发明本心,这一思想源于孟子。孟子有云:"学问之道无他,求其放心而已。"(《孟子·告子上》)吕坤亦云:"浑身五脏六腑、百脉千络、耳目口鼻、四肢百骸、毛发甲爪,以至衣裳冠履,都无分毫罪过,都与尧舜一般。只是一点方寸之心千过万罪,禽兽不如。千古圣贤只是治心,更不说别个。学者只是知得这个可恨,便有许大见识。"③孟子甚至有"仁义礼智根于心"(《孟子·尽心上》)的说法。实际上禅宗发明原始本心的观点在某种程度上相似于孟子的学说,如《坛经·般若品》有云:"若识自心见性,皆成佛道。"慧能显然是得意忘言、得意

① 慧能:《金刚经口诀》,载明尧、明洁:《禅宗六代祖师传灯法本》,中州古籍出版社2009年版,第356页。

② 黄子云:《野鸿诗的》,载王夫之等:《清诗话》,上海古籍出版社1999年版,第857页。

③ 吕坤:《呻吟语》,《吕坤全集》(中),中华书局2008年版,第626页。

忘象的代表,慧能闻《金刚经》之所谓“应无所住而生其心”,便悟自性本来清净,本来不生不灭,本来自足,本来平等不二。据《坛经·自序品第一》载:“祖以袈裟遮围,不令人见,为说《金刚经》,至‘应无所住而生其心’,慧能言下大悟,一切万法不离自性。遂启祖言:‘何期自性,本自清净;何期自性,本不生灭;何期自性;本自具足;何期自性,本无动摇;何期自性,能生万法。’祖知悟本性,谓慧能曰:‘不识本心,学法无益。若识自本心,见自本性即名丈夫、天人师、佛。’”在禅宗乃至佛教看来,人们的本心本来清净自足,无善恶、美丑、是非、生死差别。既然没有如此等等差别,无我无众生、无凡无圣、无有为无无为,于一切不生二想,自然对诸如此类的种种差别无住无依、无所分别、无所取舍,乃至平等不二,自然能够在诸如烦恼、业障中自在清净。这也就是《华严经》卷五十八所谓“心皆平等而无所住”。得意忘言、得意忘象的根本在于对这种心无所住而平等不二的原始本心的自见与发明。所以在这种阅读之中,经典的价值仅仅在于引发人们发明本心,而不是本身具有独立的价值与意义。任何经典如果不能达到启发人们发明本心的目的,就只能是糟粕,这种糟粕不仅无益,反而有害,甚至可能严重束缚人们的思维。

佛教甚至有“佛说法四十九年,未曾说过一字”的说法。这并不是说佛陀在自我否定或自相矛盾,而是佛说法只是根据众生的根性和机缘随缘说法或对症下药。离开了具体病况,任何良药都可能显得无足轻重甚至毫无价值。既然佛说法只是对症下药,那么如同世界上没有能够包治一切病症的灵丹妙药一样,自然也就没有能够根治一切迷误的绝对真理。既然没有根治一切病症及迷误的灵丹妙药或绝对真理,也就无须死记硬背或恪守执著所谓佛法。佛陀此说实际上就是为了使众生不误解佛法,不执著经文的文字相,所以声称未曾说一个字。真正的佛法也确实是无可言说的,能够有所言说和耳闻的佛法可能并不是正法。正如所谓言语道断,心行处灭。这也就是《金刚经·无得无说分第七》所谓:“如来所说法,皆不可取,不可说,非法,非非法。”《金刚经口诀》如是释道:“恐人执著如来所说文字章句,不悟无相之理,妄生知解,故言不可取。如来为化生众生,应机随量,所有言说,亦何有定乎?学人不解如来深意,但诵如来所说教法,不了本心;不了本心,终不成佛,故言不可说也。口诵心不行即非法,口诵心行,了无所得,即非非法。"①可见一切佛法并不是为人们提供放之四海而皆准的绝对真理,仅仅是启发人们自悟清净不二本心。清净不二本心事实上无取无舍、无得无失。应该说清净不二的本心是中国文学抒情传统核心内容,至少也应该是作家进行文学抒情之基本心境,但真正体悟到这种佛理的作家并不多,更多只是得到禅趣而非佛理。这也许是文学抒情传统过于看重形象的特点本身限制了佛理,也可能是中国文学抒情传统本身并不十分看重佛理的体悟,而仅仅彰显禅趣。所以即使陶渊明"采菊东篱下,悠然见南山",谢灵运"白云抱幽石,绿条媚清涟",王维"人闲桂花落,夜静春山空",苏轼"舟行无人岸自移,我卧读书牛不知"等仍然是尽得禅趣而无佛理,因为其著相的特征还比较鲜明。尽管中国文学抒情传统仅仅涉及禅趣而非佛理,但这一缺憾不应该成为读者自见本心、发明本心的障碍。中国文学抒情传统关键还是取决于读者,取决于读者的自见本心和发明本心。如果不能自见本心和发明本心,即使表面看来严守文字训诂和形象阐释之所谓原旨,也只能是拾人牙慧,并不见得深得智慧之精神。因为所有文学抒情不过是作家发明本心而已。

惟其如此,许多禅师常常用诸如陶渊明"采菊东篱下,悠然见南山"来形容"不求佛、不求法、超然物外的悠然心境"。② 在某种程度上对禅宗比较感兴趣的罗兰·巴尔特似乎更能懂得自识本心、发明本心的内涵。他明确指出:"一个文本是由多种写作构成的,这些写作源自多种文化并相互对话、相互滑稽模仿和相互争执;但是,这种多重性却汇聚在一处,这一处不是至今人们所说的作者,而是读者:读者是构成写作的所有引证部分得以驻足的空间,无一例外。"③罗兰·巴特是以宣判作者或艺术家的死亡来换取读

① 慧能:《金刚经口诀》,载明尧、明洁:《禅宗六代祖师传灯法本》,中州古籍出版社2009年版,第314页。

② 秋月龙珉:《禅海珍言》,漓江出版社1994年版,第24页。

③ 罗兰·巴特:《作者的死亡》,《罗兰·巴特随笔选》,百花文艺出版社2005年版,第301页。

者的诞生。这种对作者死亡的宣判,颇有说服力地抬高了读者的中心地位。接受美学虽然没有宣布作家的死亡,但显然赋予了读者接受活动的中心地位,把读者看成了活动的最后决定因素。桑塔格甚至明确反对阐释,不仅否定艺术品的客观意义,认为传统的阐释方法追求确定性与透明性,但艺术存在本身就是反对阐释的,真正的阐释应该是对艺术品的一种修改和解放。宣告艺术家的死亡,张扬鉴赏者能动创造地位的观点的意义,在于最大限度地将读者从作家死魂灵的笼罩之中解放出来,但也不免陷入另一个盲目创造与肆意颠覆的怪圈之中,导致另外一种徒劳无益和自欺欺人的鉴赏行为。[①] 中国文学抒情阅读传统虽然提倡明心见性,但绝对不允许读者执著于自我的阅读经验而肆意附会甚至篡改文学抒情传统之本来旨意,如黄子云《野鸿诗的》有云:"代有风气之升降,人有材质之异同,假令执一己之偏衷,而欲千百万人之心思尽有当于我,断断不能。"[②]

不仅中国文学抒情境界可能存在层次差别,读者的阅读也可能存在不同层次。"《蔡小石拜石词序》云:'夫意以曲而善托,调以杳而弥深。始读之则万萼春深,百色妖露。积雪纻地,余霞绮天。此一境也。再读之,则烟涛澒洞,霜飙飞摇。骏马下坂,泳鳞出水。又一境也。卒读之,而皎皎明月,仙仙白云。鸿雁高翔,坠叶如雨。不知其何以冲然而澹,翛然而远也。'[诒]案:始境情胜也,又境气胜也,终境格胜也。"[③]宗白华曾将蔡小石所谓三境分别与西方印象主义、写实主义,浪漫主义、古典主义,象征主义、表现主义、后期印象派联系起来,认为第一境是"直观感相的渲染",第二境是"活跃生命的传达",第三境是"最高灵境的启示"。[④] 正是这个过程体现着文学抒情之创作和阅读的不同层次和境界。

文学阅读由浅入深,而有从文字训诂、到形象重构,最后臻达生命解悟

---

① 参见郭昭第:《审美智慧论》,人民出版社 2008 年版,第 160—161 页。

② 黄子云:《野鸿诗的》,载王夫之等:《清诗话》,上海古籍出版社 1999 年版,第 854 页。

③ 江顺诒、宗山参:《词学集成》,唐圭璋《词话丛编》第 4 册,中华书局 1986 年版,第 3293 页。

④ 宗白华:《中国艺术意境之诞生(增订稿)》,《宗白华全集》第 2 卷,安徽教育出版社 1994 年版,第 363 页。

境界的创构层深的过程，可能体现读者的阅读层次和境界，先是“见山是山，见水是水”的文字感知阶段，然后停留于字面形象的直观感知，基本属文字训诂阶段，再是主观生命的跃动乃至介入，介入“见山不是山，见水不是水”的移情觉知和形象阐释阶段，最终是“见山只是山，见水只是水”的通达无碍的生命解悟阶段。这恰似青原惟信禅师所云：“老僧三十年前未参禅时，见山是山，见水是水。及至后来，亲见知识，有个入处。见山不是山，见水不是水。而今得个休歇处，依前见山只是山，见水只是水。”①第一境界或阶段是佛教所谓法相境界或阶段，第二境界或阶段是佛教所谓非法相境界或阶段，第三境界或阶段实际上是非非法相的境界或阶段。如《金刚经·如理实见分第五》主张“凡所有相，皆是虚妄”，第一境界或阶段执著于诸法相的分别，第二境界或阶段执著于对诸相不加分别的非法相，只有第三境界或阶段才既不执著于法相，也不执著于非法相，有了不加分别和执著的“无法相，亦无非法相”（《金刚经·正信希有分第六》）的智慧。《金刚经·知见不生分第三十一》有云：“所言法相者，如来说即非法相，是名法相。”“言法相”是为破除我执，“即非法相”是为破除法执，“是名法相”是为破除非法执。所以中国文学抒情传统的阅读过程并不仅仅是一种从文字训诂、形象重构和生命解悟的境界渐深的过程，而且是人们通过阅读最终实现生命的自由与解放，达到《道德经》第六十四章所谓“无执，故无失”，《华严经》卷五十四所谓“无分别是分别，分别是无分别”境界的过程。

如果运用现代观念来阐释，“见山是山，见水是水”的文字感知阶段，就是本质主义阶段，认定世界上的一切事物必定存在一定本质及普遍规律，人们不仅能够发现这些本质及其规律，而且能够用语言准确地表述这些本质及其规律。到“见山不是山，见水不是水”的形象重构阶段，实际上是进入反本质主义阶段，是不再相信世界上一切事物都存在本质及其规律，而且也不认为人们能够发现和表述这些本质及其规律，人们只是在“发明”所谓本质及其规律并强加于事物之上。到“见山只是山，见水只是水”的生命解悟

① 普济：《五灯会元》（下），中华书局 1984 年版，第 1135 页。

阶段，就进入本质主义与反本质主义平等不二的阶段，既不执著于本质主义，也不执著于反本质主义。这才是认识所能够达到的最为心体无滞、明白四达的境界。表现在具体文学阅读过程之中，第一阶段就是相信关于抒情文本存在唯一正确的阅读和阐释，所以人们阅读的终极目标就是追求这种唯一正确的答案和阐释，为此而不惜一切代价地排除自我情感和生命态度对客观答案和阐释可能造成的干扰。第二阶段是不再相信文本存在唯一正确的答案和阐释，认为所有阅读体会和阐释不过是一种暂时性认识，都可能因为更新的阅读经验和阐释的出现而被宣布为浅薄和片面，因此怀疑甚至反对一切阅读和阐释。到第三阶段，就是既不执著于唯一正确的答案与阐释，也不执著于反对一切答案和阐释，而对一切答案和阐释与反对答案和阐释的阅读态度不取不舍。可见臻达文学阅读的第三阶段，不仅体现了阅读境界的提升，而且也显示了生命境界的提升。

按照王畿的阐述，如果读者仅仅停留于言语识解层面，所获得的生命解悟，仍然极其有限，充其量也只是获得了一种来自书本的间接经验，虽然有一定程度的觉悟性质，但毕竟显得有些隔膜、浅薄，只有在实践之中获得的觉悟，才可能上升为更真切、彻底的彻悟层次。如王畿有这样的阐述："君子之学贵于得悟，悟门不开，无以证学。入悟有三：有从言而入者，有从静坐而入者，有从人情事变练习而入者。从言而入，谓之解悟，学之初机也；从静坐而入，得自本心，谓之心证悟；从练习而入，无所择于境，谓之彻悟。"①王畿将获得来自书本的间接经验称为解悟，而将获得来自心灵的本性经验称为证悟，而将获得来自实践的直接经验，称为彻悟。在我们看来，获得来自本书的间接经验属于解悟，这是没有疑问的，但将来自心灵的本性经验称为证悟，而将来自实践的直接经验称为彻悟，似乎颠倒了二者之间的关系。来自实践的直接经验属于亲证的结果，应该是证悟，来自心灵的本性经验，因为属于自悟的结果，应该归于真正意义的彻悟。因为无论间接的书本经验，还是直接的实践经验，实际上都来自外在机缘，只有来自心灵的本性经验，

① 王畿：《龙溪会语》，《王畿集》，凤凰出版社 2007 年版，第 740 页。

才是生命本性的自觉，才是对不二本性的自见。来自书本和实践的经验应该归属于知识范畴，只有来自心灵的本性经验才属于智慧范畴。也许只有这种通过自悟获得的彻悟，才可能最透彻圆融，才可能是没有隔膜的、真正透彻的生命智慧。

所以如果仅仅将中国文学抒情传统作为一种知识，实际上不能获得最大限度的智慧启示，如果能够识自本心，体悟到善恶、美丑、是非不二的真如本性，对一切事物不加分别取舍，才有可能体悟明白四达、通达无碍的生命智慧，也才能赢得生命的真正自由与解放。黑格尔、席勒以及西方马克思主义理论家如卢卡奇、马尔库塞、阿多诺等虽然十分重视审美解放，但并不一定能够真正领悟中国文学抒情和文化传统的这种心体无滞、通达无碍的自由解放境界。也许只有这种自由解放，才可能是避免发达工业文明对人的异化，实现生命的彻底自由和解放的切实可行的道路。这不仅是人类一切生命的终极目的，而且也是中国文学抒情传统的真正精神，是中国文学抒情传统之所以值得研究的根本原因。

主要参考文献

方东美:《生生之美》,北京大学出版社 2009 年版。

徐复观:《中国艺术精神》,华东师范大学出版社 2001 年版。

徐复观:《中国文学精神》,上海书店出版社 2004 年版。

叶维廉:《中国诗学》,人民文学出版社 2006 年版。

刘若愚:《中国文学理论》,江苏教育出版社 2006 年版。

高友工:《美典:中国文学研究论集》,三联书店 2008 年版。

高友工:《唐诗的魅力》,上海古籍出版社 1989 年版。

宇文所安:《中国文论:英译与评论》,上海社会科学院出版社 2003 年版。

笠原仲二:《古代中国人的美意识》,三联书店 1988 年版。

朱良志:《中国艺术的生命精神》,安徽教育出版社 1995 年版。

朱良志:《中国美学十五讲》,北京大学出版社 2006 年版。

郭昭第:《中国生命智慧:〈易经〉〈道德经〉〈坛经〉心证》,人民出版社 2011 年版。

郭昭第:《大知闲闲:中国生命智慧论要》,中国社会科学出版社 2012 年版。

叶朗:《中国美学史大纲》,上海人民出版社 1985 年版。

王文生:《中国美学史——情味论的历史发展》,上海文艺出版社 2008 年版。

于民:《中国美学思想史》,复旦大学出版社 2010 年版。

北京大学哲学系美学教研室:《中国美学史资料选编》,中华书局 1980 年版。

叶朗:《中国历代美学文库》,高等教育出版社 2003 年版。

郭绍虞:《中国历代文论选》,上海古籍出版社 1979—1980 年版。

胡经之:《中国古典文艺学丛编》,北京大学出版社 2001 年版。

赵逵夫:《先秦文论全编要诠》,人民文学出版社 2010 年版。

何文焕:《历代诗话》,中华书局 1981 年版。

丁福保:《历代诗话续编》,中华书局 1983 年版。

王夫之等:《清诗话》,上海古籍出版社 1999 年版。

郭绍虞:《清诗话续编》,上海古籍出版社 1983 年版。

唐圭璋:《词话丛编》,中华书局 1986 年版。

俞剑华:《中国古代画论类编》,人民美术出版社 2000 年版。

范文澜:《文心雕龙注》,人民文学出版社 1958 年版。

魏庆之:《诗人玉屑》,中华书局 2007 年版。

袁枚:《随园诗话》,人民文学出版社 1982 年版。

沈德潜:《古诗源》,中华书局 1963 年版。

章学诚:《文史通义》,中华书局 1994 年版。

钱钟书:《谈艺录》,中华书局 1984 年版。

李泽厚:《美学三书》,安徽文艺出版社 1999 年版。

蒋孔阳:《美学新论》,人民文学出版社 2006 年版。

郭昭第:《文学元素学:文学理论的超学科视域》,中国社会科学出版社 2006 年版。

郭昭第:《审美智慧论》,人民出版社 2008 年版。

《诸子集成》,中华书局 1954 年版。

《十三经注疏》,中华书局 1979 年版。

朱熹:《四书章句集注》,中华书局 1983 年版。
奚侗:《老子奚侗集解》,上海古籍出版社 2007 年版。
高明:《帛书老子校注》,中华书局 1996 年版。
程树德:《论语集释》,中华书局 1990 年版。
《黄帝内经素问》,中医古籍出版社 1997 年版。
李道平:《周易集解纂疏》,中华书局 1994 年版。
《南华真经注疏》,中华书局 1998 年版。
郭庆藩:《庄子集释》,中华书局 1961 年版。
孙诒让:《墨子闲诂》,中华书局 2001 年版。
王先谦:《荀子集解》,中华书局 1988 年版。
李学勤:《仪礼注疏》,北京大学出版社 1999 年版。
何宁:《淮南子集释》,中华书局 1998 年版。
苏舆:《春秋繁露义证》,中华书局 1992 年版。
王利器:《颜氏家训集解》,中华书局 1993 年版。
傅亚庶:《刘子校释》,中华书局 1998 年版。
楼宇烈:《王弼集校释》,中华书局 1980 年版。
黄晖:《论衡校释》,中华书局 1990 年版。
柳宗元:《柳河东集》,上海古籍出版社 2008 年版。
周敦颐:《周子通书》,上海古籍出版社 2000 年版。
张载:《张子正蒙》,上海古籍出版社 2000 年版。
程颢、程颐:《二程遗书》,上海古籍出版社 2000 年版。
《邵雍集》,中华书局 2010 年版。
《叶适集》,中华书局 1961 年版。
《陆九渊集》,中华书局 1980 年版。
《王阳明全集》,上海古籍出版社 1992 年版。
《王畿集》,凤凰出版社 2007 年版。
《戴震集》,上海古籍出版社 1980 年版。
《中国现代学术经典梁启超卷》,河北教育出版社 1996 年版。

《宗白华全集》,安徽教育出版社 1994 年版。

《朱光潜美学文集》,上海文艺出版社 1982 年版。

韦政通:《中国的智慧》,吉林出版集团有限责任公司 2009 年版。

《中国佛教思想资料选编》,中华书局 1981—1983 年版。

《禅宗七经》,宗教文化出版社 1997 年版。

《佛教十三经》,中华书局 2010 年版。

普济:《五灯会元》,中华书局 1984 年版。

静筠二禅师:《祖堂集》,中华书局 2007 年版。

赜藏主:《古尊宿语录》,中华书局 1996 年版。

《禅宗六代祖师传灯法本》,中州古籍出版社 2009 年版。

《禅宗语录辑要》,上海古籍出版社 2011 年版。

慧皎:《高僧传》,中华书局 1992 年版。

张春波:《肇论校释》,中华书局 2010 年版。

赵朴初:《佛教常识答问》,北京出版社 2003 年版。

司马迁:《史记》,中华书局 2009 年版。

班固:《汉书》,中华书局 2007 年版。

范晔:《后汉书》,中华书局 2007 年版。

陈寿:《三国志》,中华书局 2006 年版。

今道友信:《东方的美学》,三联书店 1991 年版。

邱紫华:《印度古典美学》,华中师范大学出版社 2006 年版。

曹顺庆:《东方文论选》,四川人民出版社 1996 年版。

黄宝生:《梵语诗学论著汇编》,昆仑出版社 2008 年版。

姚卫群:《古印度六派哲学经典》,商务印书馆 2003 年版。

《徐梵澄文集》,上海三联书店,华东师范大学出版社 2006 年版。

铃木大拙:《禅风禅骨》,中国青年出版社 1989 年版。

铃木大拙:《禅与生活》,黄山书社 2010 年版。

朱光潜:《西方美学史》,人民文学出版社 1979 年版。

鲍桑葵:《美学史》,商务印书馆 1985 年版。

吉尔伯特、库恩:《美学史》,上海译文出版社 1987 年版。

塔塔尔凯维奇:《西方六大美学观念史》,上海译文出版社 2006 年版。

朱狄:《当代西方美学》,人民出版社 1985 年版。

北京大学哲学系美学教研室:《西方美学家论美和美感》,商务印书馆 1980 年版。

莱德尔:《现代美学文选》,文化艺术出版社 1988 年版。

蒋孔阳:《十九世纪西方美学名著选》,复旦大学出版社 1990 年版。

朱立元:《二十世纪西方美学经典文本》,复旦大学出版社 2000 年版。

伍蠡甫:《西方文论选》,上海译文出版社 1979—1980 年版。

伍蠡甫:《现代西方文论选》,上海译文出版社 1983 年版。

伍蠡甫:《西方文艺理论名著选编》,北京大学出版社 1985—1987 年版。

朱立元:《二十世纪西方文论选》,高等教育出版社 2002 年版。

胡经之:《西方二十世纪文论选》,中国社会科学出版社 1989 年版。

陆梅林:《西方马克思主义美学文选》,漓江出版社 1990 年版。

杜夫海纳:《审美经验现象学》,文化艺术出版社 1992 年版。

尧斯:《审美经验与文学解释学》,上海译文出版社 2006 年版。

瑞恰兹:《文学批评原理》,百花洲文艺出版社 1992 年版。

韦斯坦因:《比较文学与文学理论》,辽宁人民出版社 1987 年版。

艾布拉姆斯:《镜与灯:浪漫主义文论及其批评传统》,北京大学出版社 2004 年版。

苏珊·朗格:《情感与形式》,中国社会科学出版社 1986 年版。

苏硼·朗格:《艺术问题》,中国社会科学出版社 1986 年版。

阿恩海姆:《艺术心理学新论》,商务印书馆 1994 年版。

阿恩海姆:《艺术与视知觉》,四川人民出版社 1998 年版。

卢卡奇:《历史与阶级意识》,商务印书馆 1999 年版。

阿多诺:《美学理论》,四川人民出版社 1998 年版。

伊格尔顿:《文学原理引论》,文化艺术出版社 1987 年版。

马尔库塞:《爱欲与文明》,上海译文出版社 2005 年版。

马尔库塞:《审美之维》,广西师范大学出版社 2001 年版。

马尔库塞:《现代美学析疑》,文化艺术出版社 1986 年版。

罗兰·巴特:《罗兰·巴特随笔选》,百花文艺出版社 2005 年版。

伽达默尔:《真理与方法》,上海译文出版社 1999 年版。

理查德·舒斯特曼:《生活即审美》,北京大学出版社 2007 年版。

韦尔施:《重构美学》,上海译文出版社 2006 年版。

《巴尔扎克论文艺》,人民文学出版社 2003 年版。

尼采:《悲剧的诞生——尼采美学文选》,北岳文艺出版社 2004 年版。

《艾略特诗学文集》,国际文化出版公司 1989 年版。

加斯东·巴什拉:《梦想的诗学》,三联书店 1996 年版。

什克洛夫斯基:《散文理论》,百花洲文艺出版社 2010 年版。

弗莱:《批评的解剖》,百花文艺出版社 2006 年版。

哈罗曼·布鲁姆:《影响的焦虑:一种诗歌理论》,江苏教育出版社 2006 年版。

杨身源、张弘昕:《西方画论辑要》,江苏美术出版社 1990 年版。

《柏拉图全集》,人民出版社 2003 年版。

《亚里士多德全集》,中国人民大学出版社 1996 年版。

康德:《判断力批判》,商务印书馆 1964 年版。

黑格尔:《美学》,商务印书馆 1979—1981 年版。

黑格尔:《历史哲学》,上海书店出版社 2006 年版。

叔本华:《作为意志和表象的世界》,商务印书馆 1982 年版。

库萨的尼古拉:《论有学识的无知》,商务印书馆 1988 年版。

弗洛伊德:《精神分析引论》,商务印书馆 1984 年版。

弗洛伊德:《精神分析引论新编》,商务印书馆 1987 年版。

尼采:《权力意志》,中央编译出版社 2000 年版。

詹·弗雷泽:《金枝精要》,上海文艺出版社 2001 年版。

列维-布留尔:《原始思维》,商务印书馆 1981 年版。

列维-斯特劳斯:《野性的思维》,商务印书馆 1987 年版。
维特根斯坦:《哲学研究》,商务印书馆 1996 年版。
胡塞尔:《纯粹现象学通论》,商务印书馆 1992 年版。
胡塞尔:《生活世界现象学》,上海译文出版社 2002 年版。
《胡塞尔选集》,上海三联书店 1997 年版。
《海德格尔选集》,上海三联书店 1996 年版。
《拉康选集》,上海三联书店 2001 年版。
海德格尔:《存在与时间》,三联书店 1999 年版。
梅洛-庞蒂:《知觉现象学》,商务印书馆 2001 年版。
阿德勒:《西方的智慧》,吉林文史出版社 1990 年版。
汤因比:《历史研究》,上海人民出版社 2005 年版。
《爱因斯坦文集》,商务印书馆 2009 年版。

索　　引

关键词索引

C

D

E

F

L

M

N

P

Q

R

S

T

W

X

Y

Z

人名索引

G

H

J

K

L

M

N

著作索引

A

B

C

D

E

F

G

H

J

K

L

M

N

P

Q

R

S

T

W

X

Y

Z

后　记

也不知从什么时候开始，就有了这样一个近乎固执的念头：以为谁如果能借鉴西方经典叙事学理论，尽可能全面发掘、总结和阐述中国文学抒情传统，就可能真正形成中国抒情学，这应该是对中国和世界文学理论的一大贡献。我甚至将这个念头告诉许多同事，及熟悉抒情文学的朋友，认为他们如果能结合自己的切实体会，认真总结和梳理中国传统抒情理论，就一定能完成这一使命。但时过境迁，似乎没有谁真正对此动意，而且许多已有的成果也好像并不十分在意建构与西方叙事学相媲美的抒情学理论体系。

于是笔者翻阅了不少东西方相关理论，冒昧在拙著《文学元素学：文学理论的超学科视域》（中国社会科学出版社 2006 年版）中，尝试以西方叙事学理论体系为参考，以“抒情语法”为题初步构架了抒情学理论框架，虽然也提出了一些想法，但一直觉得不尽如人意，尤其对中国文学抒情传统的发掘和整理还不够充分。也许从那时起就产生了这一顽固的念头，也开始准备和积累相关资料，收集和翻阅了许多大型诗文总集，诗话、词话、曲话之类的总集等，也有意识重新收集和翻阅了西方、印度的相关文学理论，以期在适当时候实现这一夙愿，后来还成功申请到 2008 年甘肃省教育厅科研项目《中国抒情学研究》，计划在“抒情语法”一章的基础上进行一定拓展和延伸，以形成最终研究成果。但研究工作计划实际一拖再拖，使得许多奇思妙想也常常随着时间推移而淡忘。可能这个至今看来仍然有些不自量力的想法却像幽灵一样困扰着我,令我在得与失的天平上扼腕叹息,难以取舍。

几年过去了,原预计 2010 年结项的科研项目直到年底还没有动笔。在羞愧和焦急之余,决定利用 2010 年寒假一气呵成。期间关掉了手机,将自己锁在房子里闭门造车一个多月,还是没有完成预期计划,许多章节充其量仍只是一个初稿,不能使人满意,随着新学期的开学再度搁置下来,直到 2011 年暑假函授面授结束才有时间重新拿起初稿,总算在又一个新学期开学前的一两周完成了部分章节的补充与修订。有幸的是,2012 年又成功申请到教育部人文社会科学研究规划基金项目《中国智慧美学的世界视域会通研究》,才使这一成果有了继续修订完善并作为阶段性成果出版的机会。算起来,从动笔到修订定稿接近四个年头。如果算上写作《文学元素学:文学理论的超学科视域》之"抒情语法"一章的时间,至少也有足足八个多年头。

说实话,这部拙著命名为《中国抒情美学论要》,与中国历史悠久而造诣深厚的文学抒情传统及成果相比仍然有些名不副实。但考虑到如果没有第一次吃螃蟹的人,就不会有更多的人享受到螃蟹的美味,所以不揣浅陋,斗胆采用这一书名,以期引起方家的批评,并有更多的能者参与中国抒情学理论体系的建构。倘能抛砖引玉,引发人们探讨和研究中国抒情学,并创作出与中国抒情传统真正匹配的抒情美学著作,这不仅是出版这部拙著的最大愿望,是笔者的最大欣慰,而且也是民族的希望。所以真诚期待方家对拙著的不足与缺憾提出批评指正。

作 者

2011 年 8 月 16 日修订

2012 年 10 月 8 日定稿